本书获

2022 年贵州省出版传媒事业发展专项资金资助

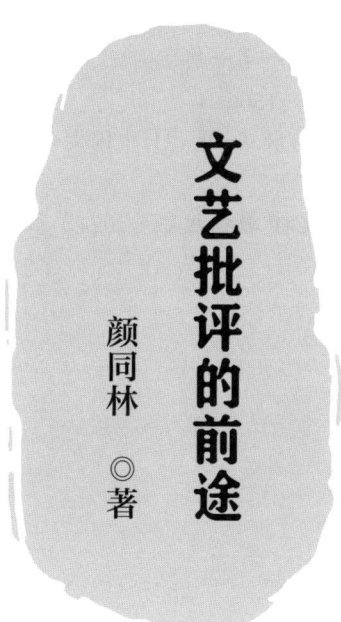

文艺批评的前途

颜同林 ◎ 著

贵州出版集团
贵州教育出版社
·贵阳·

图书在版编目（CIP）数据

文艺批评的前途 / 颜同林著. -- 贵阳：贵州教育
出版社，2024.3

（贵州文艺批评丛书. 第一辑）

ISBN 978-7-5456-1566-1

Ⅰ . ①文… Ⅱ . ①颜… Ⅲ . ①中国文学—当代文学—
文学评论 Ⅳ . ①I206.7

中国国家版本馆 CIP 数据核字（2024）第 069421 号

文艺批评的前途

WENYI PIPING DE QIANTU

颜同林 ◇ 著

责任编辑　廖　波

出版发行　贵州出版集团　贵州教育出版社

地　　址　贵阳市观山湖区会展东路 SOHO 区 A 座
　　　　　（电话 0851-86828567　邮编 550081）

印　　刷　山东临沂新华印刷物流集团有限责任公司

开　　本　787mm×1092mm　1/16

印　　张　27

字　　数　340 千字

版　　次　2024 年 3 月第 1 版

印　　次　2024 年 3 月第 1 次印刷

书　　号　ISBN 978-7-5456-1566-1

定　　价　78.00 元

如发现印装质量问题，请与出版社联系调换。
电话：0851-82263049

总　序
新时代对贵州文艺批评的呼唤

当我们说到贵州新文学时，最重要的一个观念乃是地域文学的观念，即贵州新文学在整个中国新文学格局中是一个典型的地域性存在，它并不是特别强势、发达，让外界所羡慕或赞赏。文学有中心和边缘的区别，中心和边缘是相对的。上海、北京等地的新文学往往站在全国的高度，具有全国性、中心性的特点。贵州新文学身处边缘，虽然有地域文学的优势，但在很多方面往往以一种局限、不足的姿态出现在世人面前。

如果大家对贵州新文学的发展历程和贵州新文学研究界的现状有所了解，就会发现另一个相伴随的特征，即被低看或被低估。贵州新文学没能得到一个应有的、公正的、客观的评价，这一现象有两方面的原因：第一是我们本身的文学发展所取得的成绩并不显赫；第二是贵州文学界力量往往很分散，贵州的文学创作和文艺批评没能拧成一股绳，缺乏一种整体性力量。

基于此，我们郑重提出两个很重要的概念：一是文学黔军或者文艺黔军的命名；二是贵州文艺批评的正名。这两个概念很少大范围流行，也很少被各方面关注到。

首先，提到文学黔军，甚至会有人怀疑贵州能构建起一支兵强马壮的文艺军队吗？黔军在整个中国近代史上的形象、地位、作用并不被外界所特别期待，何况文学黔军？总之，怀疑论居多，这一切和贵州地域的历史、传统与文化积累有密切的关系。地处西南腹地的贵州是典型的山区，长期以来山高谷深，土地贫瘠，交通不便，地理条件如漏斗一般，无论降雨如何丰富，可依然保存不下如此充沛的雨水。文学上的积累不足、传承不够与地域的特征有着密切的关系，使它长期以来处于一个封闭的、偏远的、欠发达的大西南区域之内。贵州新文学在文学传承、作家队伍建设上一直处于薄弱环节。在传承方面，贵州作家之间的衔接不够紧密，代际传承明显不足。因为各种原因，有些重要的贵州作家在文坛上莫名其妙地消失了，贵州作家的消失和退隐现象，也无形中影响了本土文学的积累和发展。

其次，贵州文艺批评（从历史积累来看以文学为主）既缺乏厚实的基础，也和文艺创作不相称、不对等，容易被外界所忽视。站在贵州文艺批评的高度，包括文学在内的贵州文艺创作与批评存在着这样一种情况，就是我们对自己的文艺、自己的队伍、自己的存在往往是以一种自卑的方式来看待。贵州文艺及其批评有时也如地理的漏斗一般，没有层层累积起来，文学积累不足十分典型。

众所周知，要想成军必得先有领军人物，必须有一群志同道合者，这样才能形成队伍，有队伍才能相互竞争，源源不断地产生优秀作品。正可谓"嘤其鸣矣，求其友声"，在文学领域，文学黔军需要文人们互相支撑、互相欣赏。最近十多年来，贵州政治、经济、交通、思想文化的发展和改变在全国有目共睹，地方文学、文艺也发展到了一个重要的历史关头。换言之，贵州文艺及其批评在整个中国发出自己的声音，并切实得到外界的平视和尊重，已欣逢其时。

贵州新文学的再出发，是文学黔军在新时代的使命与责任。文学黔军在这个语境中有两层含义：第一层是对贵州新文学一百多年来的回顾；第二层是站在当下，希望建立黔军的规模，打出文学的新口号，闯出一条贵州文学不断发展壮大的新路。如今，贵州与全国一样经过脱贫攻坚之后摆脱了绝对贫困，真正实现了全面建成小康社会的阶段性目标。贵州的整个外部环境都发生了重大的变化，贵州新文学已经站到了一个新的历史起点上。放眼贵州文坛，以"60后""70后"为代表的第四代作家，以"80后""90后"为代表的第五代作家就是新时代贵州文坛的中坚力量，历史的重任自然就落在这两代作家身上。

贵州文艺批评，自然源自文艺黔军。我们这次集结起来，希望扛起这面旗帜，团结带领更多的本土文艺批评工作者做出更为扎实的研究工作。贵州文艺批评需要正名，更需要呵护、关心和支持。在与贵州教育出版社同人的交流过程中，我们都认为关于贵州地域的文艺批评，应该有扎实的研究做基础，应该有一定的规模和效应，不同学者的教育背景、学术训练、思想视野不同，自然会呈现特定地域的政治、经济、法律、文化、教育等人文方面的诸多面相，文艺批评的健康发展，自然会大力助推文艺创作的繁盛。贵州教育出版社推出的这套《贵州文艺批评丛书》，将是实现我们共同理想的第一步。贵州文艺批评的同人们一定会为遇到贵州教育出版社这样的知音而倍感欣慰！

《贵州文艺批评丛书》这一辑的出版，以及后续推出的续集，将标志性地让贵州文艺批评发展壮大起来，枝繁叶茂，真正让我们回望和回报贵州这片神奇的土地。无疑，这是新时代贵州的人文景观。我们以自己的方式、声音，响应新时代对贵州文艺批评的呼唤。

以贵州文艺批评为旗帜，我们再出发。

颜同林

2023 年 2 月于贵州师范大学

自 序

　　一转眼，作为一名文艺工作者，我进入文艺批评领域已有20 余年了。在此期间，我也先后出版了几本学术著作，陆续产生了或大或小的学术影响，鼓励着我在文艺批评的园地里继续劳作。对于《文艺批评的前途》而言，这本小书更是应运而生。伴随着这本小书的问世，我觉得自己在适应周围的情况时有了许多新的变化，那就是在学术自觉上更加明显，文艺批评的底蕴更加厚实，文艺批评的路径更加多样。进一步而言，在文艺批评这个园地里，我更加期待自己在其他方面有新的进展和突破。

　　将《文艺批评的前途》纳入自己主编的"贵州文艺批评丛书"之中，最早的机缘，要回溯到 2021 年 5 月。当时，在贵州省宣传部门、省文联领导和朋友们的信任与支持下，由我接任贵州省文艺评论家协会主席一职。虽然省文艺评论家协会主席是一个务虚的头衔，没有多少经费和阵地，但也算得上是全省文艺批评的一个特殊岗位。接任后，我有幸被邀参加了由贵州省委宣传部、贵州省文联、贵州省作协和贵州出版集团联合召开的贵州省文学创作与出版工作座谈会。在会场上，基于对贵州文艺批评的历史和现状的考量，我呼吁出版、宣传部门要重视文艺批评，甚至在这一重要场合郑重提出"黔派文艺批评"的口号，希望有识之士在有条件的情况下帮助推出"黔派文艺批评丛书"。为了这个具有地方特色和底蕴的口号，我还与贵州文艺界一些朋友经过反复的商谈，后来考虑类似的文艺批评丛书都是从零起步，没有坚实的基础作为支撑，这次我听从数位师友的建议，退了一步，暂时仍以"贵州文艺批评丛书"命名，等待以后黔地文艺批评研究队伍兵强马壮之后，再吹响"黔派文艺批评"的号角。

回顾过去，记得自己最早是尝试文学创作，诗歌、散文发表较多。在读硕、读博的过程中，个人的精力和时间渐渐让位于文学研究。尽管主要是从事文学研究，但个人对当下的文艺现象、思潮观念、作家作品仍有广泛关注。因此，从事文艺批评的工作从来没有中断过。同时，也必须提及一件具有催化剂意义的大事件：2021年8月，中央宣传部、文化和旅游部、国家广播电视总局、中国文联、中国作协等五部门联合印发了《关于加强新时代文艺评论工作的指导意见》（以下简称《意见》）。《意见》明确了加强新时代文艺评论工作的总体要求，指出要以习近平新时代中国特色社会主义思想为指导，全面贯彻"二为"方向和"双百"方针，坚持创造性转化、创新性发展，弘扬中华美学精神，进行科学的、全面的文艺评论，发挥价值引导、精神引领、审美启迪作用，推动社会主义文艺健康繁荣发展。因为本人担任贵州省文艺评论家协会主席一职，在全省范围内有所作为也是理所当然的事情。记得《意见》发布后，在贵州文艺界引起了热烈反响，贵州省委宣传部、贵州省文联、贵州省作协相关部门和全省广大文艺评论工作者表示应该坚持正确导向，推出更多本土的文艺评论精品。当今正是文艺繁荣的崭新时代，贵州文艺界同行置身于这样的时代背景下，理应奋发作为，为时代放歌、为时代立传。我们也应主动拥抱新时代、学习新思想，打造贵州文艺批评新品牌，构筑贵州文艺批评新高地。在我的设想中，希望借助全省出版、宣传等行业的力量，逐步推出举全省文艺评论界之力而打造的"贵州文艺批评丛书"这一品牌。"贵州文艺批评丛书"立足贵州百年文艺创作与艺术发展的丰富实践，计划分辑出版，致力于多角度、全方位呈现贵州文艺批评的面貌和成绩，在全国文艺评论界发出独特的声音，为贵州文艺事业繁荣做出独特而实在的贡献。我们相信这套丛书的策划和落实，会同步提高贵州文艺批评的水平，亦会成为研究贵州文学与艺术的重镇。

在贵州工作10多年，对于贵州文艺界自然十分了解，担任这套丛书的主编，我首先想到的是以身作则，从已经发表的大量文章中选录了一部分，然后按照不同主题组合编排，便有了这一本应运而生的小册子。

全书共分为五辑，是按五个板块来设计的，分别是文本鉴赏、语言维度探究、综合批评、影像叙事研究、作家访谈。每一个板块的研究对象既有贵州的作家作品，也有全国其他省份的作家作品，试图消除文艺批评在全国与地方文学之间的固有鸿沟，这一整体性、全局性的文艺考察，不言而喻，源自本人试图站在全国的高度来审视所有的研究对象。所选的文章类别，有对具体文艺作品的鉴赏，有对作家作品的综合分析，也有对实力作家的访谈。在研究对象上，有些是针对一首诗或一部小说，有些是针对一个作家或一部作品集。选文时的考虑重点是全书涉及的研究对象应该多元化，或者是诗歌小说，或者是思潮现象，或者是作家个案，或者是影视批评，尽量在不同领域内呈现出艺术探索的勇气和自信。

"却顾所来径，苍苍横翠微。"在贵州文艺评论界，我是一名后来者，但愿自己一步一个脚印，矫健地向前走着，留给世界一个生机勃勃的背影。

目　录

目
录

后　记　　　　　　411

第一辑

作品鉴赏：文本内外的求索

隐含的女性话语与性别诉求

——卞之琳《睡车》解读

素以诗风晦涩著称的现代派诗人卞之琳，虽然一生诗作数量不多，但以质量而论倒是杰作颇多。卞之琳歧义丛生的部分诗作，一直是一代又一代诗歌研究者青睐的理想对象，似乎颇有心智操练之趣。不同的批评方法，在解读、还原过程中大显身手，借用一句旧话，可谓"八仙过海，各显神通"。

众所周知，不同文学批评方法进入文本的途径、解读线索、关注重点以及得出的结论均有所不同，甚至可达到大相径庭的程度。自然，每一种解读只要能自圆其说，也就自成一个小天地，有独立门庭的价值。下面笔者尝试运用女性主义批评方法来解读他的一首短诗《睡车》。这是一首不为研究者注意的诗作，它隐含的女性话语与性别意识相当巧妙、含蓄，诗人不断想象并唤起特定女性这一"理想读者"的潜在目的，是相当隐晦而执着的。也正如研究者所言，卞之琳诗作的隐晦"内涵不易捉摸，需要读者用直觉来领悟"，"其实只是尼柯孙所说的

'亲切'与'暗示'换了新装而已"①。短诗的题目是《睡车》，不妨全文引录如下：

> 睡车，你载了一百个睡眠；
> 你同时还载了三十个失眠——
> 我就是一个，我开着眼睛。
> 撇下了身体的三个同厢客，
> 你们飞去了什么地方？
> 喂，你杭州？你上海？你天津？
> 我仿佛脱下了旅衣的老江湖
> 此刻在这里做了店小二。

从诗题的表面及舒展自如的字里行间来看，显然是诗人根据个人的旅行经验而写的一首旅行题材的日常生活之诗。也许在类似今天火车卧铺车厢的睡车里，诗人因旅行单调、无聊乏味而睡不着，睁眼看着同行者不同的睡姿、心态、目的，在昏昏欲睡中偶然灵感袭来，迅速地记载下旅途上的一幕，以及由此而来的一点生活情趣。另外一层，短诗还集中呈现出卞之琳擅长的时空处理能力，颇得意识流写法的真谛，从具体特定的睡车开始，漫游全国各地，甚至遁入古代江湖世界，幻想在偏僻简陋的茅舍之中，过着酒肆小伙计的另类生活。可以说，《睡车》虽短，但诗歌通过杂糅的时空，多重对比，扩大了它的容量。诗思推进的手法也相当娴熟，上天入地，大有"寂然凝虑，

---

① 汉乐逸：《发现卞之琳：一位西方学者的探索之旅》，李永毅译，外语教学与研究出版社，2010，第28页。

思接千载；悄焉动容，视通万里”[1]的气势。

不过，反复读完此诗，发现此诗的内容并不像上述的那么简单，而是恰恰相反，不断动摇以上所作的基本判断，它变得越来越难以索解。诗人为什么要以"睡车"为语境？他选择杭州、上海、天津等城市是无意而随机的吗？"我"为什么要脱下旅衣（又是什么样的旅衣？），变换身体符号"老江湖"而退居作"店小二"？为什么这里会选用这些带有南方古方言意味的特色词语？……无疑，这些问题都值得再三琢磨，哪怕它相当费解。

对以上问题的回答，都涉及同一个问题的不同侧面，即隐含的女性话语与性别诉求的深层审美内容及其结构。它通过抒情主人公反男性抒情话语的方式，秘密地辗转靠近女性话语模式，在女性化的对话语境中，不断抽绎出欲说还休的情丝。诗思的言说，采取阴柔的、略显忧郁而又女性化的理路，一路隐晦曲折地推进。

一、通向无题的"装饰"

有必要对此诗写作背景与原初被收录进诗集的情况作一交代。此诗写于 20 世纪 30 年代中期，具体时间应是 1937 年 4 月份，其间伴随着诗人《无题》一类诗的断续写作。而当时正是卞之琳因结识有才女之称的张充和而大写情诗的阶段，是卞之琳一生创作中最为丰富、集中而又佳作迭出的黄金时期。随后，

---

① 刘勰：《文心雕龙注》，范文澜注，人民文学出版社，1958，第493 页。

卞之琳于 1937 年在杭州把当年所作的包括《睡车》在内的诗 18 首，加上前两年所作的 2 首诗编成诗集《装饰集》，手录一册，题献给张充和，其理由是卷内之作几乎都是写给她的，带有相当的私密性、独语性。这一类有着固定"理想读者"的诗作，现在解读得较多的是诗人的《无题》系列等，显然这一状况不足取信于人。

卞之琳对于这一类作品，曾经沧海之后有过一段略带伤感的自述："在一般的儿女交往中有一个异乎寻常的初次结识，显然彼此有相通的'一点'。由于我的矜持，由于对方的洒脱，看来一纵即逝的这一点，我以为值得珍惜而只能任其消失的一颗朝露罢了。不料事隔三年多，我们彼此有缘重逢，就发现这竟是彼此无心或有意共同栽培的一粒种子，突然萌发，甚至含苞了。我开始做起了好梦，开始私下深切感受这方面的悲欢。隐隐中我又在希望中预感到无望，预感到这还是不会开花结果。仿佛作为雪泥鸿爪，留个纪念，就写了《无题》等这种诗。"[1]这是一段带有相当真实性的佐证，对我们理解《无题》，以及这首《睡车》不无裨益。《睡车》这首诗欲露还藏，虽然全篇响彻着男性的声音，但处处潜藏着一个既定的女性读者，诗的调子是时时变幻着的，或者把男性话语进行阉割，自动调适为独语状态，起到一种陌生化、女性化的间离效果；或者在字里行间的空隙处，不断插入其他的声音，晃动着在暗处倾听的女性身影。

我们不妨细致地从具体语词、句式来切入此诗。从诗风而言，全诗带有口语化风格，正如《装饰集》中所有的诗一样，

---

① 卞之琳：《雕虫纪历》，人民文学出版社，1984，第 6—7 页。

它的题材以日常生活为基调，饱含感性生活的肉感。在全诗涉及的地点时，也是双方相同熟悉、关注的地方。也许是张充和是生长在吴语区的苏州人，诗人在题赠之作中较为密切地调用了自己较为熟稔的吴语词汇。从语汇来看，"睡车""撇下"是江南一带方言口语词，"我就是一个"与"开着眼睛"的"开着"也十分口语化；其次是有明显南方方言意味或口语性质的诗句："你们飞去了什么地方？/喂，你杭州？你上海？你天津？"便是。事实上除此诗外，这一表达方式在卞之琳这一阶段其他情诗中也运用得颇为频繁。如语汇方面的，"一脉""来客"（《半岛》），"踩踩""信面"（《无题三》），"今朝""流水账"（《无题四》）；如句式方面的，"明朝看天下雨今夜落几寸"（《雨同我》），等等均是。共同熟悉或感兴趣的事物，容易取悦对方，取得对方亲切、易于并乐于接近的好感，私密性意味较浓。

值得着重分析的是，这首诗具有诗眼性质同时又最令人费解的词语及句子，集中于最后两行："我仿佛脱下了旅衣的老江湖/此刻在这里做了店小二。"全诗的情感质地、价值判断牢牢地暗含其中。"老江湖"与"店小二"两词，既有明显的方言特色，也有诙谐、轻松的江南生活气息，它们分别指"长期在外闯荡因而阅历丰富的人"和"店肆伙计"。"老江湖"与"店小二"这一对带有地域性、渐趋老化的古方言语汇，在《睡车》中被巧妙激活，像擦拭过后的铜器一样焕然一新。除了表面有古雅、诙谐并博"心上人"一笑的良苦用心，它关键的是形成多重对照视角，并在性别隐喻与置换方面担当重任。"老江湖"与"店小二"是对称性的，犹如双星照耀全诗，缺一不可。无论单独留用哪一个，都是不完整的，会破坏全诗的和谐性。如单独把"老江湖"换成"老顾客""老油头"之类，或者单独把"店小二"换成"女服务员""服务生"之类，都将使这一首诗大为逊色，降格为末流之作。

从诗的具体结构与情感脉络而言，大致可以分为两个意义单元。全诗前三行显然是为后五行设定一个公共性的戏剧场景，使自第四行开始的后半部分有迹可循。如果说诗是虚实相生的话，那它是实的部分。接下去，借助这个实在的情景说明，在短短的五行中，诗人以不言自明的"梦"为核心展开了一系列的精彩对比。梦，在诗的后半部分起到不言自明，或实写或虚写，全诗都笼罩在梦的氛围之中。寻梦与追梦也罢，沉入梦中与梦醒时分也好，随着对梦的内容的不同框定，一起被组织进来。借了梦的翅膀，三个同厢客"撇下了身体"，各自飞去，与此相对的是，失眠的我"开着眼睛"已无梦可做，也不想去寻梦。是没做过，还是不敢做、不愿做，还显得含混，尚需后面行文的支撑。"我"表面仿佛是超脱于世的旅客，但实际上并非如此。最后两句诗，使更多的相对关系尽量呈现，一系列疑问也在这一关系中得到暗示。譬如，一厢情愿地判断别的旅客"你们飞去了什么地方？／你杭州？你上海？你天津？"与自己待在过去的回忆中构成对照，"我"的"返回"与其余人的"出发"，"我"逃出江湖与别人踏入江湖，都是相对而言的。又如，动荡不安、变幻莫测的茫茫江湖，与供人歇脚、日日如常的小店；东奔西跑、追寻梦想的"老江湖"与安分守己、平淡为常的"店小二"，都构成一个个相对的审美空间。如果说这些还仅仅是表面的联想与对峙的话，那么诗中把"老江湖"与"店小二"精彩地予以等同与转换，从"老江湖"变成"店小二"，其间"老江湖"与"店小二"的关系，倒是最值得花工夫解读的，隐含的女性话语与性别意识也藏匿其间。

二、"老江湖"与"店小二"：男女的一种隐喻

根据这一线索，我们再来细读就会不断有新的发现，全诗内容也顿时灵动鲜活起来。从文化原型与习见的性别观念打量，"老江湖"与"店小二"具有隐喻的功能，分别隐喻男与女。正像卞之琳后来因恋爱失败而写作小说《山山水水》疗伤一样，书名"含有山水相隔和相接的矛盾统一意味"，"山"和"水"又隐喻男和女，所以小说的主线是"一对青年男女的悲欢离合"。卞之琳羞涩、矜持、内敛的独特气质，加上两人性格特征和其他因素，使得现实恋爱中的诗人恋爱之路曲折反复，两人的关系总在风雨中飘摇，难以抓住，考验期显得相当漫长。这一切，自然影响到诗人的抒情方式，即此类情诗抒情模式不断因自蚀而女性化。另外补充的是，"老江湖"在闯荡江湖之前，很可能是从不谙世事、幻想闯荡江湖的"店小二"起步的，一个小人物原先由不甘平淡、不甘做一个"店小二"而跃入江湖开始寻梦之旅，在经过动荡、传奇为基调的江湖生涯后，再回到原点重归平淡。这似乎有一种卞之琳预感出的"命定感"。即使面对自己的初次恋爱，诗人这方面的悲欢体验也甚于常人，敏锐的情思超过了实际的生理年龄，在喜悦中不断咀嚼着惆怅、无可奈何的宿命感。

"老江湖"一般暗含男性身份，"店小二"作为女性身份的符号象征比较自然。在此基础上，我们不难看出其中还潜藏着双重性别意味：一是"我"男性身份的保留与持续，二是由"老江湖"而"店小二"，男性身份向女性身份进行过一次互

换。前者意味着"老江湖""我"厌倦了江湖生涯，不愿去闯荡江湖，愿意隐名埋姓，像所有武侠故事一样，对红尘有爱的拥抱是通过退隐江湖来实现的，即退居为"店小二"角色而陪伴着另一个女性化的"店小二"。后者则相反，通过性别身份的互换，希望"隐含读者"理解男性的心理负载，懂得他对"她"的情感分量，以便增强"她"对自己的同情了解。显然，后者通过这一转换，更加强烈地改写抒情话语的性别特征。

由此回溯上去，对"失眠"的理解，也似乎有了更具体的内容。虽然"我"是三十个失眠者之一，但每个人失眠的理由是大相径庭的。疾病隐喻的失眠者与进入睡梦中的酣睡者不同，也无法交流、对话与倾诉；同时不同的失眠者之间因失眠原因不一，也很难对话沟通，唯一可能倾诉的是私生活圈子的隐含读者，即诗人最初设定的女友这一身份，这是解读的关键之所在。对于素以"冷血动物"自嘲，并"更怕公开我的私人感情"[1]的卞之琳而言，其情感结构类似一枚坚果的内核，需要层层解密之后才裸露出来。譬如，到底是心满意足地从"老江湖"安心做"店小二"呢，还是无可奈何地做了"店小二"，这一情感判断显然需要隐含的女性读者作出评断，旁人自然只能胡乱猜测，虽然诗中也有暗示。以及三个同厢客留下了肉身，灵肉已分离，而"我"在抚摸着自己的身体时，灵魂是否也已远逝？

另外，《睡车》把关于爱情的梦的呓语，搬到了"睡车"这一公共空间中进行，而不是自己失眠的卧房。这一策略似乎想给人造成一种解读的错觉，但如果剥茧抽丝的话，仍然能剥去

---

[1] 卞之琳：《雕虫纪历》，人民文学出版社，1984，第1—3页。

它的外壳。事实上，像《断章》这样的诗，也难以摆脱作为情诗解读的嫌疑[1]。

三、结　语

《睡车》因与颇具爱情私密性的《装饰集》相连，使得它的性别意识出现分化，在不乏男性话语的空间中，隐含的女性话语与性别诉求也有迹可辨。事实上，诗人的性别立场及其意识，并不总是落在千篇一律的窠臼里，而是根据读者、内容、题材不断调适，成为一种丰富、错杂的存在。

---

① 江弱水：《〈断章〉取义》，安徽教育出版社，1999。

"八小时"内外的独特体验
——穆旦《线上》解读

　　面对作品沿波讨源，我们就会发现，凡是以作品为中心，强调从作品中来，到作品中去的批评活动，"细读"与"体验"似乎是必不可少的环节。也正因如此，两者常常被人提及，不论是与"他者"交流阅读心得，还是在书面文字的理性表述中。但是，如果将两者并列在一起进入人们的视线中时，我们则会发现"细读"与"体验"的关系并不如想象的那样简单，也不如一般人所认为的那样容易协调，其间的缝隙、矛盾，像一个未兑现的诺言，时刻逼近我们内心发出种种尖锐追问。

　　"细读"与"体验"，作为某种阅读活动流程的链条，可谓自古皆然。文学作品既是作家对自身生命、生活及其意义的深刻追问与体验，也是读者通过细读进行体验还原与覆盖的审美载体。正是通过这一中介，各种联系才得以充分展开。就20世纪成就颇大的现代主义诗歌作品而言，无论是从词语组合到技艺渊源，也无论是从作诗观念到文本生成面貌，都突然变得与以前不同了，体验的独特性占据要津。一方面是主体内在体验世界是无序、丰富、捉摸不定的，另一方面从回忆想象中寻找出口，这出口永远敞开，但有流量、速度方面的限制。解困的方法是对体验本身的重新发掘：既保持差异性、新鲜感，又整合原有的资源。"细读"与"体验"，紧紧围绕作品，或展开或收缩。所以，从作品中来，到作品中去，不妨理解为从体验中来，到体验中去。而细读，是桥梁，更是梯子，把心灵的手臂无形中加长了。

下面不妨以现代派诗人穆旦的《线上》为例进行剖析。众所周知，作为九叶诗人中的一员，穆旦是一个在中国文学史上不断升高，成为热点、经典的诗人，"经历了一个'重新发现'、不断阐释的话语历程"①。他的一首短诗《线上》很有意味，不妨全文引录如下：

> 人们说这是他所选择的，
> 自然的赐与（予）太多太危险，
> 他捞起一枝（支）笔或是电话机，
>
> 八小时躲开了阳光和泥土，
> 十年二十年在一件事的末梢上，
> 在人世的杳蔼里，要找到安全，
>
> 学会了被统治才可以统治，
> 前人的榜样，忍耐和爬行，

① 方长安、纪海龙：《穆旦被经典化的话语历程》，《南开学报（哲学社会科学版）》2007 年第 3 期。

长期的茫然后他得到奖章，

那无神的眼！那陷落的两肩！
痛苦的头脑现在已经安分！
那就要燃尽的蜡烛的火焰！

在摆着无数方向的原野上，
这时候，他一身担当过的事情，
碾过他，却只碾出一条细线。

1945 年 2 月

穆旦在 20 世纪 40 年代迎来了他诗歌创作的高峰期，此一
阶段的新诗作品大多锋利而深刻，也是充分日常生活化的。基
于怀疑现实生存的自省式体验，以及对既定生活轨迹的警惕，
穆旦总是敏锐地感受并捕捉到生活潜流下不可忽视的异质性存
在，他经常在诗中所言说的"被围困"隐喻，正是源于生活被
奴役所受创伤的诗意呈现。而《线上》正是这样一首不可多得
的作品，"线上"这一隐喻呈现出另一种被围困的状态。正如有
学者所言："他所要做的就是揭穿现代社会中的隐瞒和欺骗，掀
开那层人们赖以躲避的社会习俗，捣毁常人的避难所，让他们
独立地、真实地生活和存在。""于是，真正的存在者事实上成
了一个被围困的人——被社会习俗与传统、被文明的荒野所包
围。"①

---

① 王毅：《中国现代主义诗歌史论 1925—1949》，西南师范大学出版
社，1998，第 177—179 页。

人生面临许多选择，选择之后意味着担当。在现代社会中，人们由乡村向城市转变是大势所趋，城市化的进程使现代人面临新的选择与承担。随着城市文明的推进，与农耕文化相比，人们生存方式的改变之一便是办公时间、地点与劳作性质的迥异，人与土地之间、人与人之间的关系在疏远中得到了改写。人们远离了对庄稼的亲近，也部分地远离了土地，远离了对物候变化的敏感。在八小时工作制的办公室里，有着庞杂的人群，他们选择了这些经过自己不断努力而得到的工作，踌躇满志而又焦头烂额地生活着。聚焦于此，不同的眼光下肯定有不同的发现，诗人穆旦涉及这一题材，在丰富的痛苦中看到了诸多令人猝不及防的景观，其片面的深刻令人有嘘唏之叹！

　　《线上》是穆旦描写办公文化的一首诗，是他对八小时生活的重审与想象。全诗一共十五行，分为五节，每节三行，形式相当匀称而整齐。首先来看第一节，"人们说这是他所选择的，/自然的赐与（予）太多太危险，/他捞起一枝（支）笔或是电话机"，诗的开头采用穆旦所擅长的以议论为诗的方式，但在叙述性的句子中又糅进了生活的景象。诗刚开头先声夺人的是"人们说"，而不是诗中的"他"自己说，造成一种客观化的效果，暗示他活在人们的议论中，在人与人的关系中给他这样定位，即自己总是活在他者的视野里，正如穆旦所说的"被围困"是现代人的生存状态。同时这意味着可能不是"他"真正在兴趣、意愿基础之上所做的选择。人们习惯于说自然的赐予，选择太多反而太危险，因此只能选择一种工作并终其一生，正如老舍《茶馆》里所说的，不论是相面的，还是善扑营的，子承父业是相当自然而体面的选择了，除此之外，选择并不太多。那"他"的选择是什么呢？诗中没有明说，而是以形象化的细节来述说与暗示，一个小知识分子或小公务员的办公室工作映入眼帘，"捞起一枝（支）笔或是电话机"。文稿工作、接听电话，乃办公室里最为常见的风景，也是日常处理得最多的工作细节。有一份工作都不容易，也许在别人的眼光中还残存着羡慕、向往的神情，也许从办公室起步后有大鹏展翅的宏图在前方等待。这样避开了一种"危险"，旱涝保收，饭碗因为"镀金"而闪闪发光。由此可见，诗人涉及的是城市的景观，奏响的是城市化的生活节拍。

随后的诗节，打破了读者习惯性的期待视野，在办公室里工作，并不见得多么赏心悦目。在日复一日、年复一年的八小时的工作中，远离了阳光、泥土，也就远离了自然、束缚了人性。城市文明的高度发达，使人的主体性得不到张扬，整个社会都像一架庞大的机器，也许每个人都成了——一个熟悉的比喻——一颗小小的螺丝钉。没有什么创意，一切按部就班，一切都是单调而重复。"人世的荟萃"带有某种概括性，在荟萃中寻找到生活的意义，在荟萃中找到安全，哪怕是蜗牛一样的安全，"一地鸡毛"一样的琐碎生活里的安全。虽然诗中在这里没有明写，但也有所涉及，几十年围绕在"一件事的末梢上"，度过了人的青年、中年，耗费了多少生命的时光。这里用"末梢"来作譬比，似乎有点残酷、无情，而诗的情感基调，大半则托身于此。

接下来的第三节与第四节，都是对第二节的扩充与具体化，人世如何荟萃呢？怎样度过每天的八小时呢？八小时干完后是什么样的感受呢？诗中仍然以理性的叙述进行了框定。特别是第三节，可谓全诗的内核。不妨照录下奇文共同欣赏一番，"学会了被统治才可以统治，/前人的榜样，忍耐和爬行，/长期的茫然后他得到奖章"。再自然不过的是哪里有集体化的生活，哪里就有"管理"。管理的法则是通过人与人之间的交往与竞争形成的。一个办公室、一个机关，形形色色的人置身其中，或按长辈的模样、要求去历练，或与同龄人在拼抢中成长，自然难免勾心斗角，难免涉及隐私、派性等等诸多侧面。避开了一种危险，也许有另一种危险存在。于是为了安全起见，不得不学会痛苦地等待，学会参悟或隐或显的规则，通过长期忍耐、爬行，通过卑躬屈膝之后，可能得到奖章、提拔，得到一个更适合的位置与舞台。于是被统治与统治便相应发生变化：被谁统治，统治谁，这里只有"谁"会变换内容，而事物关系的本质不会改变。诗中这样书写显得高度抽象而片面，自然，这里没有乐趣、没有生机，有的只是茫然、无聊之类的情绪。一旦过了若干年，除收获几枚空洞、无言的奖章后，什么也没多获得。痛苦的头脑，也不再长在"组织部新来的年青人"脖颈上，而是长年累月地不再思索生存的抗争与意义之类的话题，什么都是刘世吾所说的"就那么回事"了；同时自然的年龄也在催逼着："那无神的眼！那陷落的两肩！"像就要燃尽的蜡烛一样，早已被岁月掏尽成为一具空壳。

那他的意义何在呢？当再一次"人们说"的时候，却发现他一生担当过的事情，在无数方向的原野上："碾过他，却只碾出一条细线。"诗的结尾昭示着，本来人生有多少选择，有多少可能，可是在"安全"的名义下，因从事着无足轻重的工作，到头来找不到出路，也寻找不到人生的价值。这一点类似于巴金《寒夜》所揭示的汪文宣们的生活，难道两者不都是这样吗？

从结构来看，全诗五节，非常巧妙地形成了一个照应和回环的结构。全诗是严谨而内敛的。众所周知，穆旦的诗艺是非常讲究的，正如他的代表作《诗八首》一样，处处完满自足，成为圆形结构，既无限开放又适当归拢，始终保持一种强大的张力结构。《线上》从开始的"自然的赐与（予）太多太危险"到最后的"无数方向的原野上"，相互照应，弥漫一种伸缩自如的张力。同时，诗中包含双重框架，一层是人们说的、大众认可的；一层是诗中主体背后的声音，显性的与隐性的双线并进，这样显得结构清晰、质感厚重。另一方面，诗的结构、诗思运行的轨迹，也通过推敲词语与标点符号予以体现。譬如，前面三节都是逗号，没有断开结束的意思，在表面上也是连成一片，第四节则连续用了三个叹号"！"，表达一种不可遏止的强烈情感的判断，最后一节则尾随两个逗号并以一个句号作结，反映出诗人清晰而明确的主题观念，以及想如何表达的具体策略。

全诗出彩的部分不仅在以上所述的地方，在我看来，最夺目的是诗作中提炼出的一个概念陈述——"八小时"的诗意提纯。诗中通过它来具体指陈人事，暗示了办公室生活的情景。在穆旦的全部诗作中，加上《线上》一共有四首诗有这一概念，写作时间都是20世纪40年代，情感基调又都大同小异，其他三首诗的相关内容是这样的："八小时工作，挖成一颗空壳，／荡在尘网里，害怕把丝弄断，／蜘蛛嗅过了，知道没有用处。"（《还原作用》）"从中心压下挤在边沿的人们／已准确地踏进八小时的房屋，／这些我都看见了是一个阴谋，／随着每日的阳光使我们成熟。"（《裂纹》）"我想要离开这普遍而无望的模仿，／这八小时的旋转和空虚的眼"。（《我想要走》）字里行间，足以可见诗人对八小时工作清醒而鲜明的态度与价值判断，他非常厌倦，想不顾一切地逃离。但逃到哪里去呢？诗人没有明说，但也有一些暗示，那就是对自然的回归。在《线上》一诗中，有类似的说明。"自然的赐与（予）太多太危险"，"在摆着无数方向的原野上"便是。第一句虽然指的是反面的意思，但它出自"人们说"，是庸众的口吻；后一句则相反，是站在想选择的立场而言说的。在此首诗中，有两个语境，分别指城市化与大自然。作为城市化的对立面，大自然式的生存状态是"他"在诗人指引下所向往的。对自然的向往，既指大自然，也指无为而治的生活的自然状态。因为只有这样，人们抵达并拥有的才是人性的浑朴，本我、原初、自然的面目才能显现与回归。

穆旦反城市化，进而反城市文明。在诗人眼中，城市化意味着异化，意味着人的天性的泯灭。从生活经历来看，穆旦虽然在城市中长大，不像沈从文来自湘西的山山水水，一生幻想边城的世界；也不像诗人海子，来自安徽僻远的农村，一生热爱着麦地、乡村，弃绝城市文明。

《线上》描述的是城市中的人高度抽象的生存状态，诗人对这一状态没有用一个色彩鲜艳的词语，全是灰色的风景。在这灰色的风景中，是无数单面人的蠕动，是失去个性生命的排列。在这样的风景中，自然也在消失、同化，城市化作为一体化的代名词，使人人依附于"线上"的生存，无形中被围困。因此，"线上"是一种隐喻，更是一个寓言。"线上"，正如女诗人舒婷当时颇受争议的《流水线》一诗中所形容的那样，"小树在流水线上发呆"，"我惟独不能感觉到／我自己的存在"；也可以说像小说《围城》中所揭示的城堡、鸟笼一样。延展开来，穆旦此诗写于1945年2月，离诗人1942参加中国远征军所遭遇的生死劫数已有几年，这几年前后，作为诗人的穆旦辗转于昆明、重庆、贵阳、桂林、沈阳、北平等地，工作变化不定，生活困顿。[①]在寻找工作的负荷体验中，也许正因为对此有深刻的洞察，使穆旦在体验人生苦难，表现生存痛苦、思索生命意义的诗歌创作中，发出了陌生而旷远的声音，这既是他对自己生存的审美观照，也是对八小时生活的错位想象。

工作而等待，是诗人冯至的理解与回答。对于穆旦而言，未必没有同样的理解，但如何解脱人生"线上"的悖论与困境呢？穆旦的痛苦，很大程度在于他直面现代人生的矛盾，这种矛盾是一种生存的悖论。现代社会对人们理想的消耗，或者说常人对社会习俗的屈从，实际上成了常态。维护并继续着这样的生存方式，是社会与常人相互促进和推进的一场阴谋。对诗人而言，揭露这场阴谋也许不难，但要改变这种现状，却令人感到有难以实现的绝望。因为这由来已久的阴谋已经分出胜负，它们形成了有力的"传统"和根深蒂固的社会习俗，到头来是"那改变明天的已为今天所改变。"（《成熟·二》）

具体落实到城市现代文明的建构中来言说，这一切似乎又都与虚伪、伪饰、反人性有某种内在牵扯。受到西方存在主义哲学影响的穆旦，深切感受到在麻木而强大的习俗面前，真正的个体、独立担当的存在者无疑会感到无力，感到孤单而又悲观，甚至绝望。在时间无情的流逝中，诗人痛感再也没有什么能够抓住，一切都毫无用处，工作而等待也是一种幻象，甚至成为更深的绝望。于是，真正的存在者事实上成了一个被围困的人——被社会习俗与传统、被文明的荒野所包围，如《被围

---

① 陈伯良：《穆旦传》，世界知识出版社，2006，第90—103页。

者》所揭示出来的那样。①

我是谁，我在干什么，人生的意义在哪里?《线上》这首诗以"他"替代"我"，试图对此进行质疑并回答，尽管这一回答并不为绝大多数人所认同。在丰富的痛苦面前，穆旦展示了作为一个存在主义者的姿态。尽管在"一个奴隶制度附带一个理想"(《幻想底乘客》)的社会中多少显得有点虚幻。在活着与死亡之间、在充实与空虚之间、在工作与等待之间，存在的个体也许需要与常人保持某种背离，也许需要持久地与平庸、习俗进行斗争，才能寻找一线生机。真正的个体，其生存方式是不断地选择与承担。正因为这样，生命个体选择的艰难与焦虑，便不可避免，它纠缠着生命直到终点。甚至可能到最后连选择、承担都面目模糊了，不知道是不是自己的选择，正如《线上》开头所说，"人们说这是他所选择的"，到底是谁的选择，他能否做出合适的选择，最初选择时的场景到底怎样，都变得捉摸不定了。人生不过如此，荒诞仍未消失。

---

① 王毅：《围困与突围：关于穆旦诗歌的文化阐释》，《文艺研究》1998年第3期。

性别意识与女性诗人的身体书写
——以唐亚平《黑色沙漠》为例

　　女性作家在 20 世纪八九十年代成批量出现，早已成为文坛的重要现象之一。性别意识的彰显、女性身份的标出，特别是男女对视下，女性本身固有的身体书写，成为与此现象密切相关的诸多症候。从小说家陈染、林白、海男，到诗人翟永明、伊蕾、陆忆敏、唐亚平等，莫不如此。具体到贵州诗坛而言，在全国诗界引起较大反响的除了李发模的叙事诗《呼声》外，唐亚平的《黑色沙漠》组诗最具代表性。从四川盆地到贵州高原，女诗人唐亚平在 20 世纪 80 年代中期达到了一个创作的黄金时期，不论是本地诗界还是全国诗坛，一般都会及时而准确地与她的代表作《黑色沙漠》组诗联系起来。尽管诗人在《黑色沙漠》（春风文艺出版社，1997 年）之前先后出版了数本诗集，譬如《荒蛮月亮》（贵州人民出版社，1987 年）、《月亮的表情》（沈阳出版社，1992 年）、《唐亚平诗选》（贵州人民出版社，1996 年），但都没有像《黑色沙漠》那样具有持久的名声和影响力。

《黑色沙漠》组诗差不多成了女诗人唐亚平的名片，中国当代新诗史书写者在清点 20 世纪 80 年代的女性诗歌时，则会将翟永明等一批女性诗人标识为女性诗歌的代表。"我想占有女性全部的痛苦和幸福。想做好女儿、好妻子、好母亲、好朋友、好公民。像普通人一样劳作过日子，像智者一样思考，像自己一样写作。"[①]"经由'怀腹'和'身体'的观念而启发的诗学，自然具备了对于一种'女性的诗学'的象征式表述。"[②]不论是诗人还是评论家都有如此共识，值得追问的是，完稿于 20 世纪 80 年代的《黑色沙漠》组诗到底具体写了什么，写得怎样？似乎不应成为一个问题，但事实恰恰相反，唐亚平的这一组诗，既缺乏具体的文本解读，也缺乏视之为组诗的理性探讨。无疑，这一现状还有待在重读中予以审视。

像剖析翟永明的组诗《女人》时不忘从性别说起一样，对唐亚平这样一组篇幅较为宏阔、内容繁杂、风格迥异的诗，也都有待于从性别的角度展开讨论。

放眼中国文学史，不难发现男性的声音响彻文坛，女性化的声音一直被遮蔽。这一板结现状，随着 20 世纪社会变革而出现松动。20 世纪以来思想的突飞猛进是以前任何历史时代都不可能想象的。从器物的发明、制度的改革、文化的迭代都呈明显的加速度趋势变革。因此，没有什么能保持住原来的面貌、品性，一切都有待重新认识。具体到文学、到文学中的诗歌，关键的是人的主体的显著改变与重新估价。男人与女人之间，

① 唐亚平：《荒蛮月亮》，贵州人民出版社，1987，第 2—3 页。
② 张建建：《女性的诗学——唐亚平论》，载唐亚平《唐亚平诗集》，上海人民出版社，2016，第 50 页。

黑夜与白昼之间，都被置放在新的天平上。

正是在这一思潮中，女性的气质、精神开始强势生长。结束"文革"后所携进的余力，助推了20世纪80年代的文学新潮，新文学再启蒙也罢，走向世界也罢，反正追新逐异成了风向标。女性群体外应女权主义的狂潮，内合控制人口后男女比例倾斜的大局，频频改变了社会文化，改写了历史。重新认识女性，包括对男性的要求与女性的自觉；重新认识自己，不管是从身体还是从内心深处。"女性诗人所先天居于的这种劣势构成了其命运的一部分。而真正的'女性诗歌'正是在反抗和应对这种命运的过程中形成的。追求个性解放以打破传统的女性道德规范，摈弃社会所长期分派的某种既定角色，只是其初步的意识形态；回到和深入女性自身，基于独特的生命体验所获具的人性深度而建立起全面的自主自立意识，才是其充分实现。真正的'女性诗歌'不仅意味着对被男性成见所长期遮蔽的别一世界的揭示，而且意味着已成的世界秩序被重新阐释和重新创造的可能。"①回到女性自身在文学中寻找生活，成为无法回避的话题。被纳入女性主义文学的女性诗歌，隆重登场之后会遭遇到什么呢？首先是抛弃旧的承担，以崭新的角色、身份活着。在诗歌风尚上，诸如温柔、细腻、婉约之类的风格不断被人抛入历史的故纸堆。女性诗歌经过洗牌之后占据了舞台中央的某一块，然后是去男性中心化。女性之后是更女性化，对女性历史命运的颠覆，对女性权利的争夺，作为一个时代的新问题被纷纷提出来了。

---

① 唐晓渡：《女性诗歌：从黑夜到白昼——读翟永明的组诗〈女人〉》，《诗刊》1987年第2期。

基于此，包括唐亚平《黑色沙漠》组诗在内的女性诗歌，在20世纪80年代中期引领了一时之风骚，其影响系于斯，存亡与意义系于此。

　　《黑色沙漠》组诗结构完整，加上同题为《黑夜》的序诗与跋诗一共12首，诗人不仅在诗的首数上精心考虑，而且从序诗到跋诗构成一个穆旦《诗八首》式的圆形结构，一个从黑夜到黑夜的封闭结构。

　　组诗的叙事时间大致与黑夜相吻合，以一个"尤物""我"黑夜的内心活动与日常生活为细节展开。它从头到尾，相当整饬地进行暗度陈仓式的过渡、衔接与照应，一切笼罩在暗处，给人闻香识女人之叹！除序诗与跋诗置身首尾遥相呼应外，第二首诗《黑色沼泽》从傍晚落笔，张扬"要么就放弃一切要么就占有一切"的欲望，乘此而来的第三首诗《黑色眼泪》，开始将欲望具体化，呈现出在"倾斜的暮色"中沉思的姿态。第四首诗《黑色犹豫》从"黄昏将近"落子，因"不知该往哪里走"而徘徊。第五、六首诗分别是《黑色金子》《黑色洞穴》，在黑夜的普遍化、哲理性上下功夫，渲染作为女人的"我"的磨难、无助与挣扎。接下来的《黑色睡裙》《黑色子夜》《黑色石头》则从传统的男女关系入手，来写女人的引诱与被引诱、性的欲望与幻想等日常生活情景。这几首诗以情色故事的外表，书写琐细而繁复的女性情感，触手可及的感受中无疑有触目惊心的内质，像女人的肌肤一样滑腻而生动。倒数第三首诗与第二首诗，前者以"霜雪"为题，后者以"乌龟"为譬喻，都用"黑色"限定修饰，把时间限在黎明、梦醒之前。没有哪一首诗的题目没有"黑色"二字，没有沾染黑色的基调。这既是自然的隐喻，更是情感、心态的一种逆势呈现。由此看来，"黑色"的能指或是白昼交替这一常与变中的夜晚，或是性别交叉、滑移中情感的黑夜。施虐与受虐、反抗与自恋、变性与变态，则是能指中的所指，一切都糅杂在一起，构成一个极端女性化、个人化的文本。

从最初的黑夜开始，虽然最后抵达的也是黑夜，但已不同。跋诗对"兄弟"的真情告白，便泄露了这一秘密，即向男性的一次展现，一次赤裸裸的宣告。在《黑色沙漠》直接而硬朗的起与合之间，从"兄弟，我透明得一无所有/但是你要相信我非凡的成熟/我的路一夜之间化为绝壁"，历经"啊兄弟，我们上哪儿去/我的透明就是一切/你可以信任我辉煌的成熟"，再到最后"我和绝壁结束了对峙/靠崇高的孤独和冷峻的痛苦结合/哦兄弟/我的高贵和沉重将超越一切"为止，一路婉转的是心灵深处的大胆召唤，这既是一次心灵的彻底裸露，也是一次心智的根本嬗变。无疑，这一姿态是惊世骇俗的，也包含着一种陌生化的人情味。

撇开结构而言，在内容、情感与诗思上，组诗的完整性并不太强，缺乏环环相扣的艺术匠心。不过，涉及面广、以细节来呈现生活、以观念来改写自我等新质弥补了这些不足。具体详述起来，可作以下归纳：一是体现在整组诗的格调上，诗人营造了一种压抑、反抗而又略显恐慌的氛围，呈现在读者面前的是一个心灵之窗。诗思是从黑夜到黑夜，立足于黑夜发生的事情，以及在黑夜才有的情绪与格调。诗里有虚拟的独身之家，但是没有习见的温馨的归属感。序诗的开头便是"我的眼睛不由自主地流出黑夜/流出黑夜使我无家可归/在一片漆黑之中我成为夜游之神"。独身女人的家室，自然有一种漂泊、无根之感。二是组诗中始终以"我"为第一人称来展开，虽然也出现过"女人""女巫"的名义，或泛指，或化身，都有一种内在的统一。是怎样一个"我"呢？诗中以"真是个尤物"开始，"长着有肉垫的猫脚和蛇的躯体"，后来依次作了交代，如性情总是怀疑、猜忌轻信、忧虑犹豫，时而高傲时而歇斯底里，时而故作轻松时而沉重异常，时而虚无绝望时而冥想放纵，时而浪荡时而害羞装清纯……性情的乖舛与脆弱一览无余。是人格的分裂吗？当人性分裂的可能成为常识之后，这似乎也没有说服力。好在诗作采取第一人称来书写，除了把观念具体化、亲切化，这样既可以削弱类似的怀疑，又可以抵达内心的深处。总之，它通过潜意识等心智活动来营造语境，以"我"来写女性的命运，书写青春女性的冲动与幻觉，是贴切而稳妥的。三是组诗一以贯之的是女性化的思维方式，自始至终没有跳出女性身体的隐喻。其中最为典型的是意象，如长发、睡裙、乳汁、黑夜、沼泽、漩涡、石头、乌龟。另外带有繁殖性、象征性的女性化诗句也比比皆是。诗人也是这样体认的："怀腹的身体，安然入睡的身体和宇宙万物浑然一体，如此说来，整个女性的方式天生是诗意地拥有世界的方式，怀腹使女性获得了圆满的形式，使整个宇宙获得了圆满的形式。"[1]这一隐喻式书写使组诗的诗情相当独特，值得咀嚼玩味的诗句大多来自于此。譬如"我的欲望是无边无际的漆黑／我长久地抚摸那最黑暗的地方／看那里成为黑色的漩涡／并且以漩涡的力量诱惑太阳和月亮"（《黑色沼泽》），"这里到处是孕妇的面孔／蝴蝶斑跃跃欲飞"（《黑色石头》），"我怀着乌龟的耐心消磨长夜"，"我身怀一窝龟卵"

第
一
辑

作
品
鉴
赏
：
文
本
内
外
的
求
索

---

[1] 唐亚平：《我因为爱你而成为女人（后记）》，载《唐亚平诗选》，贵州人民出版社，1996，第199页。

（《黑色乌龟》）。特别是《黑色洞穴》带有更多的隐喻性与直白性："那支（只）手瘦骨嶙峋／要把女性的浑圆捏成棱角／覆手为云翻手为雨／把女人拉出来／让她有眼睛有嘴唇／让她有洞穴／是谁伸出手来／扩展没有出路的天空／那只手瘦骨嶙峋／要把阳光聚于五指／在女人的乳房上烙下烧焦的指纹／在女人的洞穴里烧铸钟乳石／转手为乾扭手为坤"。从以上所引用的诗句来看，女性的黑夜，源自女性自身的身体隐喻，来自女性内心潜意识的辽阔的灰色地带。

《黑色沙漠》从黑夜到黑夜，走进去之后没有沿着习见的一丝光亮走出来，这便是鲜明的"黑夜意识"。黑色是夜晚的专利，它是无限的，也是隐秘性的。它改变了从黑夜走向白昼，逐渐适应阳光的正常视觉观念，而是从相反方向出击，走向没有尽头的混沌与神秘。这样的语境自然适合在心理上释放自己以寻求另一种解放。最初提出"黑夜意识"的女诗人翟永明，差不多同时完成《女人》组诗之后，宣告了黑夜意识的存在。十年之后，翟氏再次谈到它时表示，这一意识与"当时写作时的心境、处境与环境正好契合，并暗示了我那一阶段的追索与沉湎于黑暗中的写作。"称之为"黑夜意识"也正是"一种来自内心的个人挣扎，以及对'女性价值'的形而上的极端的抗争。"[1]后来这一意识泛化了，从个人化走向大众化，从翟永明走向了无数个翟永明式的女性诗人。沿此奔走的女性诗人在拒绝了太阳与月亮之后，自然从一极滑到了另一极，从白昼滑入了黑夜的深渊，在黑夜与黑夜之间焦头烂额地奔跑。

---

[1] 翟永明：《再谈"黑夜意识"与"女性诗歌"》，《诗探索》1995年第1期。

诗人创造一个黑暗的世界并自恋于黑夜，一些象征性的意象既符合女性身体内的黑暗，也符合隐蔽的成规，如无根的洞穴、放下窗帘的房子，弥漫出神秘的自足性气质，虽然其中有矫饰，也有伪装。"'黑夜'以及与'黑色'相关的语象在她们手里被作了集束性的、刻骨铭心的、有时近于夸张程度的使用，'黑夜'在她们那里普遍地被作了类似于'激情的来源'这样的诗意的解释。"[①]"夸张"的极致是心理的极致，可窥一斑的恰恰是新的时代女性的心理。

《黑色沙漠》中叙述者的口吻，滑移于不自信、不信任与孤寂之间。诗中发出的声音低沉而阴暗，似乎总在自我质疑、探寻中伸缩，仿佛在暗室中生活更久的蜗牛伸着柔嫩的触须在试探。而矛盾的是，唐亚平又想以这种特殊的方式，有意识地反叛传统女性诗歌的柔弱。诗人为什么不以果断的语式、男性的声音来达到这一目的，而是以带有夸张的嘲讽语调来维护女性的尊严意识呢？也许诗人是想借助黑夜这一面无形的镜子来达到自我发现、自我完形。比较唐亚平的这组诗与翟永明的《女人》，以及诗人自述受到影响的美国女诗人西尔维娅·普拉斯的作品，我们不难发现影响与仿效的存在，也可以看到中外女性诗人的主体意识觉醒。肉体沉睡过久之后的苏醒，宛如平地一声焦雷。不过，在唐亚平手里，更多的是一个学哲学出身的女诗人的睿智与深刻。她是宣言式的，有许多带有哲理性的诗句点缀其间，为揭示主题服务。"诗歌艺术并不像一些人说得那么玄奥高深，也不像一些人说得那么简单易行。诗歌属于自

---

① 李振声：《季节轮换："第三代"诗叙论》，复旦大学出版社，2008，第185页。

然、自由和生命。对于诗人来说'诗没有什么理论，只有经验和灵感'。但是诗如果没有一种深刻的哲学从内部无形地支撑着，诗就难以长久地站稳脚跟。"[①]从具体诗作来看，它以重理念、重直白、反常识而著称，不妨举几例如下："唯一的勇气诞生于沮丧 / 最后的胆量诞生于死亡"（《黑色沼泽》），"对死亡我不想严阵以待 / 我忧虑万分 / 我想扔掉的东西还没有扔掉"（《黑色眼泪》），"被所有的人掠夺 / 却被所有的爱包围 / 每一个夜晚是一个深渊 / 你们占有我犹如黑夜占有萤火"（《黑色金子》），"死去的石头活着也是石头 / 无所恨无所爱 / 无所忠贞无所背叛 / 越是伤心越是痛快"（《黑色石头》），"乌鸦把我叫醒 / 慵懒之眠在晚霞中流产 / 我寻思该怎样感谢乌鸦 / 想起来谁都需要感谢"（《黑色乌龟》）……

"自白""独白"等话语风格还裹挟着一种宣泄、无助，这也是黑夜意识所具有的。虚无与惊悚，是唐亚平组诗中反复出现的主题。抒情主体常常感觉自己的身体没有得到尊重，由于害怕被异化与放逐，诗人便主动进行外化，将外在的事物化身为自己，她在寻找反映自己精神理念对应的象征物时，整个自然被变形了。除了三首有内容、情景、故事的诗，其余的都是与物化的自然进行对话，面对强大的传统与惯性，诗人既有激烈的反抗与弃绝，也有明智的情感判断。具体以《黑色霜雪》与《黑色乌龟》为例，诗中似乎没有自我，但在写语象时带有丰富的痛苦。在这两首诗中，前者借夜色中山腰的霜雪，来写心灵的寒夜，写"霜雪如漆的脸色"，来表达冷漠的神情、来表

① 唐亚平：《作者的话》，载唐晓渡、王家新编选：《中国当代实验诗选》，春风文艺出版社，1987，第198页。

达心如止水的程度、来表达寂寞的程度；后者则在龟甲占卜的文化底蕴中，书写虚幻与意念，古老的梦是慵懒而无力的，写出了命运的无常与沉重。黑夜意识以这种个人化的方式完成，在决裂与倾斜之间，有宣泄的快感，更有无助的承担。

总而言之，女诗人唐亚平的《黑色沙漠》组诗，凸显性别意识的差异，为女性身体书写进行了纵深的开掘。在个性解放与女性主义涨潮中，她完成了一次自我的裸露与背叛，最后消失在曾经肩负过无穷的黑夜观念中。她放逐自己，并在不断放逐中反复寻找自己！

第一辑 作品鉴赏：文本内外的求索

《己卯年雨雪》与抗战文学的新叙事

　　当代作家熊育群是广东文坛的一棵大树，枝繁叶茂，活力四射。其创作以小说为主，兼顾诗歌、散文等多种文体。熊育群在广州生活多年，湖南岳阳则是他的第一故乡，在日夜流淌的汨罗江两岸，大小村庄遍布于这片湖区。春夏秋冬，四季轮回会有不同；风霜雨雪，看似平常却见异色。当人们把目光回溯到1939年农历己卯年的八月，虽然同样是在秋季，虽然也是常见的风雨天气，但是这年八月却格外的特别和血腥。以营田、推山咀、大湾杨、马头曹、南渡桥、新市、河夹塘等为具体地名的村庄或集镇，以及由此形成的特定区域，正经历了一次次无比惨烈的大型战役。作为长沙会战的前沿之一，中日两个国家的军队屯集于汨罗江两岸，双方敌对的军人、平民，以及这些人物背后的万千家庭，都聚集于此。在战争地所发生的硝烟与故事，并没有随着历史的推移而失去了记忆，相反，它会因为摧残人性的酷烈、因为乡土的熟悉而永远定格了下来。熊育群的童年记忆，虽然没有战争，但耳闻目睹的是这些战争远去后留下来的村庄与市镇，以及年长的亲人与乡民。因此，他心底油然而生的是一份铭记痛苦的勇气与担当。10多年来，熊育群一直酝酿与构思着这部纪实性的作品，一步一步地进行着扎实的史料搜集和实地调研工作。记述地方抗战史实，反思战争本性，便有了这本沉甸甸的力作——《己卯年雨雪》[①]。

故事的梗概并不复杂：1939年中秋前后，一名叫武田千鹤子的日本女人踏上了中国国土，目的之一是慰问自己新婚之后便辞别家乡、远赴中国打仗的丈夫武田修宏，在岳阳营田战地终于与丈夫短暂团聚。两人随后在随军行进过程中遭遇了埋伏，武田重伤生死未卜，自己则被中国军民俘虏。俘获押送她的核心人物是祝奕典，她因与祝氏关爱之人王旻如相貌十分相像，侥幸得以活了下来。千鹤子先是受到祝奕典等人仇视，随着双方了解不断深入，她后来得到祝奕典、左坤苇夫妇，以及左太乙等一家人的救助与关怀。其间千鹤子诞下了与武田修宏的孩子，而武田修宏死里逃生，历经千辛万苦寻找妻儿，最后孩子找到了，自己却难逃命运的安排而被击毙。故事最后以千鹤子被押送至战俘营，祝奕典则因窝藏日本人而被判了10年监禁而告终。

《己卯年雨雪》立足于特定地域，以抗战新叙事见长，其引人入胜之处，不仅在于塑造了武田千鹤子、武田修宏、祝奕典、左坤苇和左太乙等一批血肉丰满的军民人物形象，展现了战争下人性的善与恶、恩与怨、仇恨与宽恕等主题，更重要的是，作家用独具匠心的叙事技巧，为我们讲述这一个故事作出了可贵的探索。

---

① 熊育群：《己卯年雨雪》，花城出版社，2016。

一、双线并行、新颖多样的叙述结构

与大多数文学作品的单一结构线索不同，《己卯年雨雪》为了追求故事内容的丰富新颖和情节结构的跌宕起伏，强化陌生化，设计的是双线甚至是多线条的叙述结构，中间还用明暗结合互补的方式加以缝合。"小说家詹姆斯曾略带夸张地说：'讲述一个故事至少有五百万种方式。'每一种讲述方式都会在读者身上唤起独特的阅读反应和情感效果，因此如何讲述直接决定着这种效果能否得到实现。"[①]叙事学理论告诉我们，同一个故事可以有不同的叙述方式，研究叙事文学作品应该研究故事是如何被叙述的，如何叙述对于作品来说十分重要。熊育群在《己卯年雨雪》的新叙事形式无疑体现出了作家的个人化思考。

首先，从小说的故事情节可以看出，作者有意安排了中日两对不同恋人的遭遇与命运为主线，即以武田修宏与武田千鹤子、祝奕典与左坤苇为中心展开故事情节。两条线索并非平行不相交的，两对恋人之间的故事也不是彼此孤立的，他们之间有着密切而错综的联系，这就涉及了隐藏于其中的桥梁——曾经喜欢祝奕典并差一点与之结合的王旻如。在王旻如被日军残暴杀害之后，报仇心切的祝奕典俘虏了千鹤子，故事一下子就进入了恩怨分明的胶着状态。千鹤子和王旻如之间冥冥中注定有着某种联系，祝奕典"第一次看到一个人与另一个人长相如此酷似……日本女人与中国女人原来是一样的。"在后续情节中，这种似曾相识得到了扩大。譬如，千鹤子受到中国文化影

---

① 罗钢：《叙事学导论》，云南人民出版社，1994，第158—159页。

响，左坤苇还跟着千鹤子学日本礼仪，千鹤子喜欢庄子，收藏《史记》，自幼背诵《论语》，崇拜诸葛亮，迷恋《红楼梦》……甚至连武田修宏也推崇中国古代文人墨客"雪夜访戴""竹林七贤""兰亭雅集"的典故；中国与日本的很多节日也是相通的，中国的清明节和日本的盂兰盆节都是祭祀祖先的日子，武田夫妇的家乡日出町也时兴过中秋节；中国的陌生面孔能让他们想起自己家乡的亲人，武田修宏看到的那个像自己舅舅的老人，他给老人烟抽，并想营救老人，虽然老人最终还是惨遭杀害；左太乙也让千鹤子联想到自己家乡的老人，"在她的印象里，这个老人似曾相识，她想不起来在哪里见过，在志高湖还是经冢山？反正是日出町远处的什么地方"；甚至中国村庄土墙上的牵牛花和日出町的也一模一样。关键的一点是，千鹤子还会讲汉语，大体听得懂一些当地方言，使得她与祝奕典等人之间的沟通消除了语言上的障碍，拉近了来自两个不同国家的完全陌生者之间的距离。在双线并行中，正是这些情节与感情上的许多支架，像血管一样密切相通，让两条并行线索较好地交融在一起，相互之间产生丰富的关联。

其次，作者在小说中还采用了新颖多样的叙述方式。一般来讲，小说的叙事顺序主要分为顺叙、插叙、倒叙和补叙之类。顺叙是最简单、最基本的一种叙述方法，它是按照时间的先后顺序来反映人物事件的经过与原委，使用顺叙便于确定文章的中心和布局，方便安排材料，写作起来也相对顺手，使得文章条理清晰、层次分明。这也符合人们认识事物的发展规律，是叙述性文学作品常用的叙述方式。但是，如果单纯使用顺叙又会给文章带来平淡无奇的感觉，难以激起读者的阅读兴趣。"小说的结构涉及人物的配备，情节的处理，环境的布置，章节段落的划分，以及它们之间的联系和结合，等等，这些都要通过作家艰苦的创造性的劳动，加以巧妙的编织，形成为一个生气贯注的有机整体"，①好的小说必然离不开好的叙述方式，倒叙、插叙和补叙的使用则弥补了顺叙结构的不足，使得文章跌宕起伏，悬念丛生，无形中丰富了文本的阅读内容，从而引起读者强烈的阅读兴趣。

《己卯年雨雪》对这种复杂结构的运用，使得作品的情节有了波涛起伏般的变化，有助于增强作品的层次感，深化作品内涵。小说以千鹤子访亲被俘为开端，以其被送往战俘营结束，故事叙事时间长度为一年多，在这一年多时间内，除了祝奕典的故事与其并行发展外，故事中大量穿插了千鹤子的人生回忆，武田修宏的战争体验和变化，以及以左太平、左太乙、左坤苇、王旻如等人悲欢离合的小故事。小说主体以现实发展为主，插叙了大量回忆性片段或情节，比如千鹤子在昏迷时回忆起母亲在少女时代教她如何伺候未来的丈夫，以及她和武田修宏结婚时的场景，他们在日本作为普通人生活的一幕幕展现在读者面前；祝奕典也在故事的发展与推进中，回想起与左坤苇的美好爱情，他和王旻如的阴差阳错……诸如此类，都是这部小说吸引读者的匠心之处。

二、双向视角、多种声音的复调模式

小说是一种叙事的艺术，叙事文本中整个错综复杂的方法问题，"都要受角度问题——叙述者所站位置对故事的关系问

---

① 孙子威：《文学原理》，华中师范大学出版社，1989，第201页。

题——调节"①。不同的视角会有不同的效果，而所谓视角，是指"叙述者或人物与叙事文中的事件相对应的位置或状态，或者说，叙述者或人物从什么角度观察故事"②。可见，视角作为叙事要素之一，与叙事作品的整体风格互相应和，共同体现创作者独特的创新思维与能力。叙事视角的意义还在于它是建构叙事文本的基点，是作者与文本的心灵结合，作者把他体验到的不论是现实世界还是历史世界，转化为语言叙事的虚拟世界；同时，帮助读者进入叙事虚构世界当中，找到打开作者心灵的钥匙。总之，叙事角度选取的成功与否，直接关系着小说艺术成就的高低，同样会在较大程度上影响小说的风格设定和技巧、节奏，等等。

熊育群在小说《己卯年雨雪》中，在叙事视角上有意将日本人作为主角，并站在他者的立场展开叙述，与以前同类题材的抗日作品截然不同。作者在长篇"后记"中就曾提到"我要写一对日本恋人和一对家乡的恋人"的故事，"中国作家写抗战题材小说鲜有以日本人为主角的"，作家的理由是："这一场战争是两个国家间的交战……任何撇开对方自己写自己的行为，总是有遗憾的，很难全面，容易沦为自说自话。"作者觉得"要真实地呈现这场战争，离不开日本人"，"我想，超越双方的立场，从仇恨中抬起头来，不仅仅是从自己国家和民族的立场出发，从受害者的立场出发，而是要看到战争的本质，看到战争对人类的伤害，寻找根本的缘由与真正的罪恶，写出和平的宝

---

① 珀·卢伯克：《小说技巧》，载《小说美学经典三种》，方土人等译，上海文艺出版社，1990，第 180 页。

② 胡亚敏：《叙事学》，华中师范大学出版社，2004，第 19 页。

贵，这对一个作家不仅是良知，也是责任。"正如优秀的叙事作品"以小说特有的方式，以小说特有的逻辑，发现了存在的不同方面"①一样，作家发现的侧面不同，体现出来的精神也是不同质的。这种以日本人为主角进行叙事的创作手法，无疑成了此书中的一个亮点，为作者打开了一个更为广阔的叙事空间。知名学者孟繁华在其著作《叙事的艺术》中提到："视角的变化极大地改变了叙事艺术的结构，对于提高叙事艺术的表现力提供了众多的方式。我们大概都会承认，同一个故事会由于叙述方式的不同而产生完全不同的艺术效果。"②在论述叙事视角的选择意义时，他认为视角选择的多样性表明："众多的作家是在促进创作多样化的发展，是在探寻'怎么写'才有可能接近真实的。比起一种叙事视角来说，多种视角毕竟能满足更多的审美消费需求。"③无疑，这一说法有的放矢，是小说叙事研究的一种深刻见解。叙事视角的选择和设定，对于小说《己卯年雨雪》创作的成功有着积极意义。另一方面，小说《己卯年雨雪》在叙事模式上还借鉴了"复调小说"的发展模式。"复调小说"理论是苏联著名文艺理论家巴赫金在研究俄国作家陀思妥耶夫斯基小说的基础上提出的，认为"有着众多的各自独立而不相融合的声音和意识，由具有充分价值的不同声音组成真正的复调"。④而小说《己卯年雨雪》在人物描写、内部声音上，

① 米兰·昆德拉：《小说的艺术》，董强译，上海译文出版社，2004，第5页。

② 孟繁华：《叙事的艺术》，中国文联出版公司，1989，第35页。

③ 同上书，第36页。

④ 巴赫金：《陀思妥耶夫斯基诗学问题》，白春仁、顾亚铃译，生活·读书·新知三联书店，1988，第29页。

尤为注重人物心理活动和想象描写，这是"复调小说"的一个重要特征。

作者在创作过程中，尽力从敌我双方的自然转换、不同声音的对话与冲突来展示双方人性的丑恶与美好，凸显人物思想上的不断变化与矛盾。其中，我们认为这一"复调"思想主要体现在对战争与和平的反省，以及对敌国态度的换位思考上。千鹤子由最初仇恨中国人，随着与中国人的深入接触，慢慢地理解和接受了祝奕典等人，并最终与他们达到了心灵上的融合。她认识到："说支那人奴性十足是错误的。这里的人看不到一点奴性。"千鹤子不再为"圣战"辩护，典型的如"祝奕典杀侵略自己国土的人，杀死自己心爱女人的人，又有什么不对？"她最终选择了完全站在中国一方，站在正义一方。在被俘期间，她不断反思战争的意义，作者有意让我们从一个日本女人的视角来认识和解读战争，即由最初所认为的"我们日本人有责任把支那从白人手中解放出来"，指责中国"是一个不争气的邻国，它过去太自大了，从不向外面学习，搞洋务运动只是学些坚船利炮的东西"。到质疑："那里真的是日本人的希望吗？中国人真的需要我们去为他们做事？为什么还要打仗呢？"再到彻底否定："'太可怕了！简直是地狱！'国内的报纸把战场描画得那么壮观、美妙，英雄都是那么勇敢、高尚，这里看到的无非就是杀人，那些报道多么无知！"

与千鹤子相似，武田修宏的心路历程同等重要，他让我们从一个日本士兵的角度更彻底地认识到了战争的本质。武田修宏首先是认同战争，不伤及无辜，但逐渐把枪对准了中国平民，在习惯了杀戮的同时最后也在慢慢思考："这种行为是否恰当？我们是为了保证和平才破坏和平吗？和平真的离不开战争？为什么所有的战争都在说捍卫和平？"这本身就是悖论，"为了保证和平而破坏和平"，这种军国主义者灌输的荒诞逻辑在小说中大量存在，在相当一段时间内蒙蔽了像武田修宏这样的军人。最后，他开始不断反思战争中的士兵，和鼓动战争的领导人，希特勒鼓舞人心的话，让他感到反感，他觉得"人这种动物真是盲目"。"为何战争就能使人发疯？这真是正义的'圣战'吗？日本是优秀民族，希特勒也称德意志为优秀民族，他们在欧洲大陆开了一个个'舞场'，为什么全世界都在杀人？""既然是为亚洲人的自卫自存，理应受到支那人的欢迎，但为何看到的全是仇恨和恐慌？这两年的经历，武田修宏遇到的全是反抗与战斗。强迫别人就是应该的吗？好东西为什么他们不接受？支那人真的那么愚蠢，连好歹都不分了？""靠杀人来实现的主义会是好的主义吗？"小说中类似的句子、段落有很多，从中不难发现，不论是千鹤子，还是武田修宏，都有其内心不同声音的对话，在本真的犹疑与怯懦之间、在自诩的正义与真理之间、在残忍的屠戮与伤害之间，这些飘荡在人生歧路上的各种声音，总是突然而至，处处让人产生一种不信任感、不真实感，并从内部否定了这场旷日持久的战争。

同样道理，站在抗日英雄祝奕典的角度来看，虽然他无法放下对日本人的仇恨，但随着与千鹤子的深入接触和对她的了解，也觉得："她温顺、礼貌、善解人意，她完全是她自己了。""他观察日本女人一段时间后，心里就开始纠结，越是纠结越是仔细地观察，越是仔细地观察越发现她不同于她的同类"，慢慢地祝奕典也对千鹤子产生了愧疚心理："他觉得自己对她太狠了。他把她的一生毁得干干净净。"而人与人之间的谅解，是建立在互相理解和信任的基础上的。至于左太乙、左坤苇等人，超越了简单的冤家路窄的复仇心理，他们与普通民众不同的地方，同样存在于他们能在具体的人与事中进行独立思考；同样存在于他们对人性普遍真善的常识有更高的判断。所以，在小说的情节推进过程中，越到后来，中日军民在中国血与火的战场上相逢，渐渐消泯了各自国籍的标签，和平共存的主题也得到了凸现。

三、传统战争文学叙事技巧的借鉴与创新

《己卯年雨雪》具有鲜明的传奇色彩和浪漫主义特征。小说从开头到结尾，所穿插的命运预言、奇幻情境和离奇情节，等等，都是十分普遍的。类似"比较典型地运用了通过幻想反映现实的表现方法"[①]一样，传统战争文学的叙事元素，给小说作品带来了强烈的可读性，一定程度上满足了读者的想象诉求。

以小说人物而论，中心人物之一的祝奕典是作者笔下的抗日英雄，但"他一会儿是篾匠，一会儿是跑江湖的船帮，一会儿杀日本梁子，一会儿又与土匪纠缠不清，隐身江湖，任性而为，从无约束"；同时又有着脆弱柔情的一面，他对王旻如用情至深，对左坤苇和孩子都是体贴关怀、充满爱意，甚至对千鹤子后来的态度也转变为关怀和怜悯，内心充满愧疚。与祝奕典形影不离的是他充满传奇色彩的响刀，其来历十分少见："打成一把五行刀，师徒俩都会病一场。师傅知道他们的病除了累，还有神灵的惩罚，当那刀兀自鸣响的时候，师徒俩就开始

---

① 游国恩、王起等编《中国文学史（二）》，人民文学出版社，1963，第 200 页。

头昏脑涨，师傅听到了灵的哭泣。他知道打出这样的宝刀是一种罪孽。"这把夺命的五行刀甚至会"自言自语"，它有着嗜血的本性，"它在指挥自己杀那个日本兵"，祝奕典没能来得及思考"刀自己就在行动了"，"响刀开始成为传奇。它注定不凡。"一把宝刀的出世，仿佛是吸取了天地的精华，带着杀戮和罪孽，这种写法颇具传统武侠小说的风韵，让人读来叹为观止。佩刀之人自然也是非凡之人，祝奕典"一直贴身带着这把响刀，母亲手中的一根线他不用剪而用刀断开，他用刀给人剃光头、刮胡子，用刀把笋切得纸一样薄……他眼到刀到，不差分毫"。在迷魂一样的杨仙湖上，祝奕典能够出入自如，"人们谈论他就像谈论神灵一样充满敬意"。显然，如此种种关于冷兵器及其主人的描述，大体延续了传统战争文学中对英雄人物的神性化塑造，虽带有明显的夸张和浪漫主义倾向，但并没有影响小说事件真实性的曲折反映，作者通过这种文学书写的方式凸显出人物的英勇和传奇，相对于概念化叙述更能激起读者的阅读兴趣。

而另一个具有传奇色彩的人物就是左太乙。左太乙是小说中最亲近自然和回归本真的人，他通晓老子、庄子和《周易》，从不带着世俗的眼光和心境来看待外界。他"一步步沉浸到了老子、庄子和《周易》的世界，从陶渊明、王维、柳宗元的诗中寻找着慰藉，最终心皈道教"。左太乙爱鸟、护鸟，为了远离乱世，他躲到大湾杨"上到荒洲，与鸟为伍，更无人世的纠葛了"，世界在发生着变化，但他在鸟的世界里，看到"纯净、自在、悠然、轻盈、忘我……"在战争年代里他坚持寻找内心的回归，"一个人长期在湖中生活，沉思默想，迷恋孤独，渐渐地他开始生活在自己的幻想中了，时间却在为他慢慢打开"。与仇恨日本女人相反，他视千鹤子为国人、亲人，在战争中，无辜的女人需要的是保护，而不是无情的屠戮。试想，如果没有左太乙，千鹤子能存活下来吗？最令人称奇的是，最后他的死也成了一个不朽的传奇，老人消失后踪迹无处可寻，等找到他时，已经有一个月的时间了，而"他的尸体竟然没有腐烂"，他的相貌"一天一变，好像许多个人的模样"，就连左坤苇甚至都不能确定这是自己的"爷"，而这个神奇的老人仿佛还永远存在于天地之间。左太乙的死又成了大湾杨人们口里的怪事——"死得怪"，村民以七大怪来总结了他的人生。总之，作者在左太乙身上，展现了他对自然、对道、对人性的终极追求，其目的之一便是与战争的发动者、渔利者、嗜血者进行鲜明的多维对比，人性的美丑、善恶自然也昭然若揭！

对于战争中普通人物命运捉摸不定的安排，也成了小说中的创新之处，作者以此来体现出人在战争中无法掌控自己命运的荒诞感和无力感。这种命运的安排在对武田修宏的描述中体现得最为明显。"自踏上支那国土开始，他就越来越相信命运了"。比如，战场上井上被安排在后面最安全的地方，死的却是他，让武田修宏"觉得生命真是无常，命运似乎早就注定了一切，人的努力也许都是徒劳的"，"战场上谁会死，什么时候死，其实命运早已做出了安排。有人置身枪林弹雨毫发无伤，有人躲在战壕却被打死。只有命运才能决定一个人的生死"。当我们读到这些故事细节时，莫不感慨万千：桑野想方设法躲避死亡，但他却死了，被流弹击中；井上总是调侃大家会帮他们把骨灰带回去，但井上却死了，自己连骨灰都没能留下。幸存下来的人也像是命运的安排，如村民黎哲秋的家人惨遭杀害，自己为家人去白水亲戚家找食物却逃过一劫……这些都体现了战争的荒诞性和命运的不确定性，既像梦魇一样带有传奇色彩，也对战争本身的特质进行了彻底的解剖。

四、结　语

熊育群的小说《己卯年雨雪》，采用了双线并行与交叉错综的叙事结构，以此来突围传统战争文学较为单一的叙事结构；同时借鉴了"复调"的叙述模式，将战争的反省、人性的复杂放置在一个独特而丰富的审美空间之中。作为一部难得的"和平之书"，小说从日本人的视角来写战争，考察日本人在战争中的特定状态和心理，追根溯源地探究与否定战争的本质，而不只是以单向的视角，仅仅提出控诉和指责，这样在反思中大力向前推进，既建构了自己独特而鲜明的叙事模式，也在主题上进行了新的尝试。作家这一努力，使得小说作品具有可读性、传奇性，也足以见出作者用心与用力之处。

历史的趣味及其个性化书写

——读《明朝那些事儿·第1部·洪武大帝》札记

  《明朝那些事儿》是历史研究学者当年明月的系列著述，讲述的是 1344 年至 1644 年近 300 年间的历史。"当年明月"是石悦的笔名，作者写作此书时是广东顺德海关的一名公务员，这是他在业余时间挑灯夜战的成果。《明朝那些事儿》一看标题，便知作者丢下了正襟危坐的正史书写的套路，以亲切、诙谐的形式，呈现出有趣的历史故事。

  这种个性化历史书写的层层趣味，自然引起了广大读者的阅读兴趣。文章最先在网络上发表，作者一边写作一边连载，获得读者的一致好评。而后结集出版，发行甚广，成为历史类图书一个不可复制的传奇。据介绍，此书稿 2006 年 3 月首先在天涯论坛上发表，后转至新浪博客继续刊发，掀起了一阵阵点击风暴，两个月点击率破百万人次，后于新浪博客停止更新后点击率破亿人次。纸质图书则是从 2006 年刊行第一部，至 2009 年 4 月出版第七部形成完璧。《明朝那些事儿》一共七部，图书出版期间销售量突破 500 万册，被誉为"三十年来最畅销之史学读本",目前已销售上千万册,并被翻译为日、韩、英等多国语言在国外出版发行。为什么《明朝那些事儿》能如此畅销不衰呢?在我看来,因为它呈现的是一段十分有趣而被人为扭曲的历史,其本身历史的趣味被遮蔽之后一旦得到发掘足以让人反复回味。本文无意将全套书作为研究对象,仅对《明朝那些事儿·第1部·洪武大帝》①(以下简称《洪武大帝》)略加剖析,以期引起读书界更多的关注和思考。

一、有趣的历史

对于中国历史的种种书写,首先要厘清的莫过于其中或明或暗的历史观,它是作者对整个历史史实的看法和评价,基本点是如何看待社会存在与社会意识的关系。马克思曾经说过"历史不过是追求着自己目的的人的活动而已"②。看来生命个体对目的的追求活动也是在造就有个性的历史。当年明月是一位青年历史研究学者,他有自己不同寻常的历史观,他力求真实、生动,以讲故事的方式来呈现历史,通过历史上有趣味的人与事来消解历史书写既有的刻板与无趣。正如他在《明朝那些事儿》引子里所说:"由于早年读了太多学究书,所以我很痛恨那些故作高深的文章。其实历史本身很精彩,所有的历史都可以写得很好看,我希望我自己也能做到。"作者所说的"精彩"和

---

① 当年明月:《明朝那些事儿·第1部·洪武大帝》,浙江人民出版社,2011。

② 马克思、恩格斯:《马克思恩格斯文集》(第1卷),人民出版社,2009,第295页。

"好看"，贯穿在其中的便是趣味，抓住了这一点，便有了崭新的内核和不同一般的制高点。

首先，有趣的历史及其呈现，离不开的便是真实。尽管当年明月不断在历史和小说、正史和戏说之间找平衡点，但在历史真实性上是不打折扣的。《洪武大帝》基于历史史实上的个性化描写，离不开大量史书上所记载的丰富资料，一代代史学家对明王朝的记录，成为当年明月写作的基石。他在引子中强调，"这部书是描写正史的，资料来源包括《明实录》《明通鉴》《明史》《明史纪事本末》等二十余种明代史料和笔记杂谈"。换言之，作者书写的人物和事件都是根据史料而来，只是书写的方式不同于以往我们所见的史书。另外，真实性不仅在于历史真相的披露，还在于他对待历史真相的态度，于当年明月而言历史事实上很简单，它就是过去人的生活，只不过是高度浓缩的生活，他所做的就是把这些高度浓缩的生活变得有趣、写得真实。

其次，有趣的历史要有许多有趣味的人与事。人们之所以会对历史产生兴趣，来源于历史的一切都能与当下构成对话，与历史密切相关的是活生生的人。历史过程中人的活动、人的心灵和情感，都会成为我们聚焦的一个个焦点。读者对历史感兴趣，关键是可以与过去的人进行对话，获得收获和启示。《洪武大帝》因其独特的趣味性让读者愿意去了解这段历史，有人说《明朝那些事儿》在文体上很另类，既不是正史，也不是小说。当年明月说其实他并不知道自己写的算什么体裁，只要大家接受并喜爱历史，体裁对于他来说并不重要，而且读者往往最关注的是作家讲的故事是否精彩。是的，在目前快餐文化和娱乐文化强势的背景下，既有的陈规可以不管，标举历史的趣味则成了一种突围。比如在《洪武大帝》开篇中没有以往历史叙述的帝王视角，而是以一份朱元璋档案开始，这份档案像极了当下流行的投档简历，格式中规中矩，但内容却让人忍俊不禁。趣味十足的叙述基调一下子便抓住了读者的阅读心理，让读者不自觉地期待后面情节的发展。又比如，像朱元璋与陈友谅的决战一般是要严肃叙说的，而当年明月却在有趣轻松的氛围中加了一些独到的评价，宏大的视角消失了，读后有轻松之感。当年明月的历史叙事具有平民化色彩，在写作时会把自己的情感带入其中，不仅写英雄人物如此，写普通的小人物也同样如此，许多消逝的历史人物与事件，会慢慢走进当下读者的心灵，走进寻常百姓的生活中。

再次，有趣的历史着力点在于写出人的情绪，刻画人物的心灵世界，哪怕是心灵阴影。与严肃的史学专著截然不同的，便是当年明月在《洪武大帝》中对历史人物的心灵对视。他希望读者能在轻松的阅读体验中了解历史，能在阅读中感受到历史的精彩与智慧，为了达到这一目的，必须刻画出人物的心灵和情绪。正是当年明月独辟蹊径、具有现代意识的历史观，使得明朝的历史就像一个个电影的分镜头般慢慢走进我们，展现出一个个精妙的故事。而这位说故事的人，为我们刻画了这些明朝历史人物的喜怒哀乐，让我们更贴近作者笔下轻松的历史。当年明月看到了历史人物的情绪，而我们则从他的笔下感受到了他们的情绪，历史原本就应该这样具有真切的情绪，大到朱元璋，小到普通士兵，都有各自的喜怒哀乐。正如作者所说："我的书之所以畅销，不是因为历史研究水平有多高，主要是我能够把研究放在读者能接受的水平上，跟讲故事的能力结合一起"①。此话不虚，可谓其个性化历史书写的底色。

二、鲜活的历史人物形象塑造

《洪武大帝》主要是写朱元璋这个明朝的开国君主，从朱元璋出生写到朱棣以靖难之役的名义夺位为止。围绕洪武大帝展开的是不同性格与命运的政治对手，他身边的将军、谋士、子女、同伴，以及其他有名字或没名字的芸芸众生。这些元末明初的历史人物，其鲜活的面容让人耳目一新。当年明月用一副独特的笔墨，书写了朱元璋这个穷困潦倒草根农民的发家兴盛史，将朱元璋一生的奋斗史以讲故事的方式展现出来，成功实现了自己最初创作好看历史的写作梦想。《洪武大帝》作为头炮所取得的热烈追捧，无疑是对当年明月无形的嘉奖。

众所周知，《红楼梦》在艺术上之所以有巨大的成就，来自曹雪芹塑造了一群生动鲜明的个性化人物。"在人物的塑造上，《红楼梦》的成就是惊人的。"②而《洪武大帝》之所以能从网络上迅速走红，而后成为畅销书，也与当年明月能依据史料对人物形象进行刻画与塑造有关。

（一）明朝的开创者——朱元璋是全书浓墨重彩的主要历史人物。被誉为"法兰西思想之王"的伏尔泰曾说过："造就政治家的，决不是超凡出众的洞察力，而是他们的性格。"性格决

---

① 徐杰：《当年明月：写作是为了还债》，《黄海晨刊》2008 年 11 月 19 日。

② 冯沅君：《试论红楼梦的人物塑造——以刘老老为例》，《文史哲》1955 年第 1 期。（原文如此，现在一般写为"刘姥姥"，笔者注。）

定命运，也决定前途。《洪武大帝》中朱元璋正是这句话的印证者，他除了具有有目共睹的军事天赋，坚强、忍耐、勤劳、残忍、狡猾、多疑等性格集于一身，成为帝王性格的有机部分。朱元璋的性格形成与他的童年时期的艰苦、青年时期的孤悲，以及走投无路之下的叛逆造反和政治生涯的诡谲多变不无关系。生活于乱世的他，走向造反也是理所当然的，造反之后他的身份时刻都在变换，他的思想及其性格也随之有所改变，原本固有的性格也会有所保留。读完《洪武大帝》之后，我们看到的是一个性格自相矛盾的帝王。也正是因为他性格的自相矛盾，我们才觉得这个帝王活得真实、丰富。首先，他是逆向成长的草根人物。朱元璋原名朱重八，是个彻彻底底的农民，绝对没有任何背景可言。论智谋他比不过刘基、李善长，论远见他比不过汤和，论战斗能力他比不过徐达、常遇春等名将。但朱元璋有自强不息的本能，有军事家的谋略，自幼年小伙伴汤和邀请他加入郭子兴的起义军后，其军事生涯便好戏连台，打败了诸如张士诚、陈友谅、王保保之类的强劲对手。小胜大胜之后没有贪图享受，没有迫不及待地称王称帝，朱元璋是草根逆袭的代表，是成千上万草根的终极偶像。他成为九五之尊后，却仍然有着农民的勤劳和质朴，有着家族统治的远见。其次，他还是深谋远虑的"老狐狸"。在战场上，一方面有坚持己见的勇猛果敢，另一方面也能虚怀若谷。比如以他与北元大将王保保的对战为例，在与北元的战争连续取得胜利之后，元军开始采用游击战术不断向明朝进攻。朱元璋选择了与将领们意见相反的作战计划，最终获得了成功。双方就此僵持了十年，朱元璋也有时间来着手建立自己的国家。又比如称帝之后，在胡惟庸一案中，朱元璋利用胡惟庸的小聪明成功摧毁了明朝以前延续了千年的丞相制度，对他而言，胡惟庸只不过是一个跳梁小丑，只是他实现目的的工具，当然这也应该归功于朱元璋的隐忍。最后，朱元璋还是深谋远虑的"嗜血者"。"洪武四大案"分别为胡惟庸案、空印案、郭桓案、蓝玉案。空印案发生时，朱元璋感觉自己受到了欺骗，发现此事后震怒不已，有些史料记载，最后涉及此案被处死的达到万人以上。郭桓案就是有官员告发户部侍郎郭桓与他人合谋贪污，且情况属实，杀掉相关的同党3万多人。蓝玉案的缘由是大将蓝玉战胜北元帮助朱元璋消除了最后的对手，却使朱元璋感到不安，加之这位英勇的大将军任意妄为，屡屡惹得朱元璋不高兴，被处死后祸及其同党15000多人。朱元璋作为一代开国君主，其人性是自相矛盾的。比如为了强化权力，他不惜杀害诸如李善长、徐达之类的功臣，因此被视为杀人狂魔，一边又以仁爱之心对待普通百姓，在他身上存在着两种极端的性格走向。清代史学家赵翼评价他"残忍实千古所未有"，说他是"圣贤、豪杰、盗贼之性，实兼而有之者也"。在朱元璋身上"王道"和"霸道"同时存在，这也是每个帝王身上都存在的现象，帝王身上这种看似自相矛盾的地方往往是他为人最真实的地方。从朱元璋的一生中可以看见一个人类永恒的主题：人存在的意义，于他而言就是政治生涯中的活命哲学，为了活命从不轻信他人，狠心铲除阻碍在前进道路上的任何人，这是自小生活教给他的真理。个人的经历让朱元璋认识到贪污腐败给一个王朝会带来致命危害，为了防止与元朝同样的结局他高压肃贪，制定明法约束官员行为，包括后来设立的特务机构，其目的也都是为了杜绝腐败。这一切，都让朱元璋配得上乱世中的英雄这一称号。

（二）在夺位之争中的胜出者——朱棣，也是一个十分重要的人物。《洪武大帝》后面约四分之一的篇幅，是以朱棣为主要人物展开的，讲述了朱元璋逝世后，燕王朱棣取代自己的侄子朱允炆，成为明王朝新任皇帝的整个过程。在史书上，这就是著名的"靖难之役"，靖难之役发生的关键在于两个人：一位是刚刚登上皇位时刻感到帝位受到威胁的朱允炆，一位就是不想造反但被逼着造反而当上皇帝的朱棣。后者在这夺位之争中，走的是一条布满荆棘之路。比如，他是一名装疯卖傻的好演员。朱棣自始至终就清楚自己是朱允炆最终的清除目标，为了争取作战的准备时间，他装疯卖傻，表演成功后却被人出卖，真是让人哭笑不得，可在这个关节上却还有转机，让他顺利躲过此劫，也不枉他那一番辛苦表演。在装疯期间他可并没有闲着，趁机培养了一批死士，在修筑的地下室里打造兵器，从此也可看出他是一个城府很深的人。朱棣在造反的过程中一再地受到阻碍，曾屡战屡败，可他仍坚持选择奋战到底，由此可见他和朱元璋一样有反抗到底的决心。当年明月是这样评价朱棣的："他不是一个好人，却是一个不折不扣的好皇帝。"许多史学家都认为朱棣当上皇帝名不正言不顺，但是不能否认，朱棣虽然有篡位之嫌，但是他却推动了明朝社会的进步，是一位文韬武略的帝王，在推进封建社会历史的进步中，朱棣是一位不可否认的大有作为的帝王。

（三）将相谋士等精英人物的群体塑造。《洪武大帝》除了讲述朱元璋和朱棣的奋斗史，还涉及这个时期许多优秀的精英人士。他们虽然没有男主角可歌可泣的人生历程，但是他们凭借自己的本领从普通群众中脱颖而出，自然也是相当出色的。朱元璋成就自己的帝王大业是与他们的帮助分不开的，他们或许是朱元璋的功臣，或许是朱元璋的敌人，均是朱元璋成功路上必不可少的历史人物。这里不妨选择几个有代表性的人物形象展开分析。首先，选择谋士文人的代表——刘基、李善长。刘基，字伯温，辅佐朱元璋建立了明朝，朱元璋对他很是看重。在朱元璋攻城略地的浴血奋战时期，他出谋划策，成为朱元璋的得力助手。譬如太平失守后，他与朱元璋站在一起，誓死与之共存亡，作为一个文人在此种情况下临危不惧是颇有骨气的。他一生足智多谋、料事如神、不营私结党、懂得进退之道，可惜还是没能躲过明枪暗箭而被毒害身亡。与刘基截然相反的是明朝的开朝丞相李善长，朱元璋对他也很器重。虽然他在军事指挥方面涉及不多，但还是给朱元璋早期的造反提供了帮助，让朱元璋有时间去扩张实力，一步一步走向人生的巅峰。其次，朱元璋的政治对手陈友谅、张士诚等人，也塑造得十分形象、生动。如果朱元璋被称作英雄的话，那么陈友谅就是响当当的硬汉子。敢作敢当，目标坚定，抵抗元朝不是口号，而是其目标。作为最低等的渔民，陈友谅的自尊告诉自己一定要爬到金字塔的最顶端，内心有着深厚的自卑感，也有不可告人的膨胀着的名利欲望。他确实值得朱元璋把他放在心上——心狠手辣，敢作敢为确有硬汉气质。不同于陈友谅的是张士诚没有什么彻底的目标，他反抗元朝是因为他的身份——卖私盐，曾受到元朝统治集团的压制，对元朝刻骨的仇恨只有通过造反来实现。性格中最突出的地方就是不怕死，高邮之战中意志顽强的他率军抵抗了元军的进攻。作为一个卖私盐的商人，他还是挺有生意头脑的，另一方面商人小富即安的心理让他缺乏远见、不思进取，最后他的失败必将成为定局。

当年明月抓住了朱元璋、朱棣时代众多人物的主要性格，一一加以琢磨、呈现，让我们去了解他们的过人之处，加深了对那个时代的体悟，历史前进的车辙中不应缺少这样的风云人物。

三、借力于文学创作手法的艺术技巧

《洪武大帝》之所以广受读者好评，还因为当年明月大力借助了文学的创作手法和技巧。当年明月在《洪武大帝》的引子中说道，"加入了小说的写法和对人物的心理分析"，"其实我也不知道自己写的算什么体裁，不是小说，不是史书，但在我看来体裁似乎并不重要。"虽然作者说是四不像，但文学的创作手法与技巧却没有少用。《洪武大帝》的情节之所以生动，人物剖析之所以深刻，与作者创造性地运用小说的虚构、悬疑等手法，以及灵活生动的文学语言叙述是分不开的。

（一）设置悬念推动情节发展。"悬念"原是心理学的概念，后广泛应用于文学创作。悬念是欣赏戏剧、电影或者其他文艺作品时的一种心理活动，即关切故事发展和人物命运的紧张心情。作家和导演为体现作品中的矛盾冲突，在处理情节结构时常用各种手法引起观众或读者的悬念以加强作品的思想、艺术感染力。柯南道尔的福尔摩斯小说系列、金庸的新派武侠小说系列都是悬念手法运用的代表。《洪武大帝》在历史叙述中加入了悬念的设置艺术，事件和人物的命运都由作者操控，营造的神秘气息会让读者生发强烈的好奇心和求知欲，从而推动情节发展。《洪武大帝》中对诸如汤和、陈友谅、李景隆等都用了"悬念"作扣子。试以汤和为例，在朱元璋刚参军时，汤和对于比他官职小很多的朱元璋很是尊敬，常常走在朱元璋的后面，大家都很奇怪。当年明月在此设置悬念说及汤和很有远见，在接下来的讲述中却把这个话题撇在一边，最后通过朱元璋在接下来血雨腥风的大肆残杀中唯独汤和独享老年之福，谜底渐渐揭晓。汤和的远见还表现在以下事件中：洪武二十一年（公元1388年），汤和探悉朱元璋对兵权的重视，就以年老为由要求告老还乡，后来受到召见修筑城墙抵御倭寇后又主动辞行……这些行为都使朱元璋大为高兴，汤和在后来的政治斗争中幸存下来，也就不无道理了。又譬如以陈友谅为例，陈友谅杀害了将领赵普胜之后，士兵们对他不再忠诚，当年明月在此说道陈友谅很快就会尝到恶果了，却并未直接陈述是什么样的恶果，而是转向其他事件进行叙说。直到陈友谅在鄱阳湖决战中以失败告终时，当年明月才指出正是他的背信弃义、心狠手辣让他失去了军心，失去了忠心的将领，失败就是他的恶果。

（二）文学虚构加深了笔者对历史人物人性的洞悉。鲁迅曾说："人物的模特儿也一样，没有专用过一个人，往往嘴在浙江，脸在北京，衣服在山西，是一个拼凑起来的脚色。"[1]可见，文学作品中人物形象的塑造，有虚构再创造的成分，虚构是其中必不可少的环节。历史学家吴晗在历史剧创作中也一再地强调虚构的重要："历史剧的剧作家在不违反时代的真实性原则下，不去写这个时代所不可能发生的事情，而写的是这个历史人物所处的时代完全可能发生的事情，在这个原则下，剧作家有充分的虚构的自由，创造故事。"[2]那么，介

---

① 鲁迅：《我怎么做起小说来》，载《鲁迅全集》（第4卷），人民文学出版社，2005，第527页。

② 吴晗：《谈历史剧》，《文汇报》1960年12月25日。

于历史与文学之间的《洪武大帝》怎样在虚构和真实之间流走呢？怎样去设计虚构内容呢？在文学创作中，真实与虚构辩证存在，两者并没有绝对的鸿沟。《洪武大帝》之所以能激发起、一股学史、读史的潮流，是因为当年明月在创作时就已深刻认识到并不能完全还原历史，只是尽可能地靠近历史。正如莎士比亚所说"一千个观众眼中有一千个哈姆雷特"一样，当年明月眼中有自己的朱元璋和朱棣，为了真实地感受笔下过去时代人物的选择和决定，作者总会把自己置身于同等的情境，难免会掺杂个人的情感。《洪武大帝》中有虚构的成分，这是在充分尊重史实上的虚构，本质上没有扭曲事实真相，这些虚构成分包括对话、环境场景，对人物心理和作者的各种评价。首先来看对话的虚构，古代文言文式的语境被现代通俗语言的语境所替换，加入的现代生活元素和网络流行语远离了真实的对话，虽然某些部分意思大致相同，但也很难去把握当时的真实对话。不过，对话虚构的巧妙运用确实增加了文本的魅力，贴近现实世俗生活，让读者阅读时没有时间的距离。其次，人物的心理刻画是当年明月站在人物角度所分析的，带有自己的主观能动性，虚构起来也有很大的弹性空间。再次，场景描绘中也有虚构的成分，《洪武大帝》中的战争是存在的，作者在其中会加入对场景环境的营造，有利于读者更好地理解历史。另外，作者的各种评价，包括带有倾向性的意见，也是作者站在自己的角度所进行的思想活动，个性化色彩较强。

一部作品如果能够体现人性，那么这部作品称得上是一部合格的著作。《洪武大帝》中，虚构手法贯穿于全部历史事件与情节中，作者巧妙地运用虚构来剖析人物的心理和人性，有效地加强了读者对于人物形象的把握。朱元璋的成长史中加入了虚构的手法，加强了我们对朱元璋性格的理解及其人性的判断。我们都知道朱元璋是个穷苦的农民，他生活在元朝的腐败统治下，在前文中我们已经说到他的人生目的就是活着，封建思想对他的毒害是很深的，他很难有其他伟大的想法，他的造反必定会有犹豫徘徊。许多史书中把朱元璋塑造成为一个天生的英雄，他的起义造反有彻底的革命性，当年明月对此并不认同。作者结合朱元璋的经历，用虚构的手法来刻画朱元璋应有的造反心理，他的走投无路、他的恐惧担忧，等等，都有独特之处。朱元璋在当上皇帝之后，为了维护政权的长治久安而大肆杀人，其中多为功臣宿将，朱元璋似乎也成了一个不明是非的杀人狂魔。可是，当年明月并未大加指责，他结合社会政治环境的变化来推测朱元璋的心理动机。朱元璋是底层农民出身，从小的遭遇让他痛恨营私舞弊，对官员极不信任，他太了解这些官员的本性了。他们费尽心思地为子孙世袭官位的道路扫除障碍，是希望自己的子孙能永远享受荣华富贵，诸如此类，当年明月根据自己的经历和见闻来虚构朱元璋的心理，朱元璋的人性变化也易于被我们所了解。

（三）语言的文学性趣味加强了作品的可读性。《洪武大帝》走的是大众化、平民化的路子。弃文言而用白话，而且白话具有文学性，风趣、幽默、鲜活，富有现代生活气息，可读性强。作者时而作轻松的调侃，时而引入流行的网络语言，时而以市井人物口吻进行抒情议论，使著作酣畅淋漓，十分耐读。当年明月在写作时曾参考了明朝正史资料和杂谈（野史），并对正史和野史认真地做了辨别。相比于《三国志》，《三国演义》就是正史的普及版，它以通俗语言演绎正史，文学性强。《洪武大帝》与《三国演义》有相类似的地方，我们阅读时会觉得它不像正史那么严肃又不像野史缺乏证据，它是有趣、精彩的白话文通俗书籍。《洪武大帝》语言不受体裁的约束，语言的表达空间很自由，说不上是严格意义上的历史著作，但一点儿也不影响它的畅销。别林斯基说过："只有在历史中，科学和艺术才会汇合在一起，来达到同一个目的，因为在我们今天，历史按其内在内容来说，是学术性的，同样，按其叙述手法来说，又是艺术性的作品……"[1]历史著述借力于文学的语言力量，注重历史细节的刻画，让历史具有更多文学的元素，可见当年明月在历史与文学之间找到了有效平衡的交叉点，历史丢下了正经古板的外衣，更加靠近大众的生活。在《明朝那些事儿》的粉丝中，曾经有人大力提倡把《明朝那些事儿》加入语文教学中，可见它有文学欣赏的价值。

四、结　语

当年明月的《明朝那些事儿》系列，以《洪武大帝》开始，呈现了大明王朝的历史侧面，有趣的历史观念和个性化书写，使明史迎来了新的春天。以史为鉴，方能知得失。《洪武大帝》以史料为基础，以年代、人物和事件为主线，借力于文学艺术手法，还原了元末明初的这一段历史。此书塑造的历史人物个性鲜明、形象生动。在诸多历史人物的身上，不难看到他们成

---

[1] 别林斯基：《俄国文学史试论（1845 年）》，载中国社会科学院外国文学研究所外国文学研究资料丛刊编辑委员会编《外国理论家、作家论形象思维》，中国社会科学出版社，1979，第 75 页。

长的历史轨迹，看到他们各自的前途和命运。历史就在我们身边，历史规律告诉我们：历史似乎总是在不断重演，虽然人物在更替，但剧本并没有改变。

百川归海：建党精神的时代隐喻

——长篇小说《百川东到海》读后印象

　　以小说题材而言，革命历史题材曾风起云涌，领一时之风骚。新中国成立之后《保卫延安》《铁道游击队》《青春之歌》《林海雪原》等一大批作品在文学史上流光溢彩，至今仍激动人心。在文学史家的视野里，类似的作品曾以"革命历史小说"予以命名："讲述的是中共发动、领导的'革命'的起源，和这一'革命'经历曲折过程之后最终走向胜利的故事。"① 以小说叙事的方式，讲述中共组织的革命活动，讲述青年一代的成长，已成为当代文学史上小说创作的某种范式，沉淀为不可重复的审美存在。归纳起来，为党写史，为党立传，成为现代小说创作的一个优良传统。

　　在中国共产党成立 100 周年之际，以文学的方式回顾党的光荣历史，追忆党史上的历史人物与事件，汇聚成了建党精神

---

　　① 洪子诚：《中国当代文学史》(修订版)，北京大学出版社，2007，第 94 页。

的有机部分。相应的是，此起彼伏的主题写作与出版策划，正面回应了这一历史诉求。在此背景下，具有文学博士学位，并在文化、宣传系统工作的女作家郑欣，捧出了40多万字的长篇小说《百川东到海》。这一长篇小说最先发表在《十月·长篇小说》2021年双月号第2期上，旋即被《小说选刊》2021年第6期选载数个章节，同时由贵州人民出版社于2021年5月正式出版。仔细比较之下，贵州人民出版社的初版本最为完整，一共三十四章，字数也最多，可谓为一个定本。《百川东到海》归入了主题出版小说一类，其扉页上有"贵州省庆祝中国共产党成立100周年重点主题出版物"字样也是明证。出版之后，作者携小说在济南等地参加了全国图书交易博览会等主题书展活动，产生了重要的积极影响。站在中国共产党百年大庆的历史节点来看，《百川东到海》的文学书写及其隐喻无疑具有典型意义。

首先，《百川东到海》既是一部压缩的中国近现代史的文学书写，又是一部浪漫传奇的革命历史。小说叙述了一个北洋军阀的豪门——唐姓家族由盛而衰的寓言式故事，由小家而家国，并以普通人物命运的切口打开了现代民族国家的大视野。从时间来看，《百川东到海》的叙事时长共30年，以1919年至1949年为限，小说中反映的历史事件有很多，比如小说一开头便涉及新文化运动后"五四"的兴起、北洋军阀上层人物的倾轧、第一批共产主义研究小组的译介等。随着众多人物的出入、几条情节线的交错，北伐战争、济南惨案、中原大战、青岛纱厂工人运动、抗日战争、七七事变、鲁西北保卫战、中国远征军缅甸战役、抗日战争胜利、国共内战、天津战役、北平和平解放等事件先后出现，像串起的珠子一样贯穿于小说之内，呈现出一种近现代历史的全局景观。这些历史事件以及相关的历史场景，繁简不一地被缝合到小说的时代背景、主题、情节、人物塑造上。在空间地域上，小说也有开阔的地域纵深，北平、天津、洛阳、济南、青岛、聊城、遵义、重庆等城市都留下了书中人物的足迹。驾驭这一空间地域的缘由，一方面来自作家学习工作经历中熟悉的地域，另一方面则依据故事的结构需要和人物性格发展而延展开来。

其次，百川归海、大浪淘沙是小说提炼的主题。小说围绕党的引导与青年一代的成长展开。小说突出的地方是暗指人的成长与党的引导水乳交融、不可分离，所有叙事线索聚集在一个由盛而衰的家族传奇里：北洋军阀内阁总理唐炳铨因政治斗争一夜暴毙，其二子唐淳祐、唐淳祐失去父辈庇护，刚与一对表姐妹订婚便不得不踏上出走、奋斗、自我革命的道路。兄弟之间加入国共两党的对立，人生路途的铺展都由此而生。小说从 1919 年冬开始叙述，年少单纯的唐淳祐在第一批共产主义研究小组中开始翻译《共产党宣言》和马克思的《资本论》，是最早在国内传播马克思主义的"盗火者"。我党诞生之后，家族覆灭加剧了唐淳祐的觉醒，包括与订婚的妻子顾惠茗渐行渐远，告别了寄生的旧世界。而后参加学潮、领导工人运动；数次入狱、多次死里逃生；亲历战争、目睹妻子牺牲，乃至隐姓埋名从事革命工作，这些都伴随着唐淳祐走上了不同寻常的人生之路。二哥唐淳祐在小说中居于明面上的位置，是一个贯穿始终的人物，他最早参加黄埔军校、北伐战争，几经反复后在聊城保卫战中受伤，并一直在国军系统里身不由己地生活着，他的迷惘、彷徨、柔弱、失意也十分矛盾而典型，直到最后弃暗投明，投入新中国的怀抱，找到正确的革命道路。四妹唐宛淇在法国留学，向往革命，后在八路军部队、延安圣地从事革命文艺工作。与他们三人形成鲜明对照的，则包括大哥唐淳衷懦弱、自私的短暂一生，五妹唐宛漪虚荣、自我的市侩人生。哪怕来自同一个家庭，人物的性格、禀赋、人生追求都会截然不同，更何况民国社会中的芸芸众生。换言之，一个大家族官二代的人生道路与命运，与党领导的波澜壮阔的革命历史伴随始终，身处一个剧烈变革的时代，亿万民众何尝不同样如此？在这样的逻辑下，党的诞生、发展与壮大，便与亿万民众的生存遭遇息息相关，包括奎栗、安泰、桃叶等众多人物在内。

再次，《百川东到海》作为庆祝建党百年的一部长篇小说，为党写史、铸魂、立传的特点也十分典型，在小说中集中体现在塑造的一批共产党员、革命者人物身上。黎达泽、肖禾、陈尔留、续春花等就是其中的优秀代表，他们坚持真理、践行初心、不怕牺牲、对党忠诚，可谓知行合一。这些人物形象鲜活、丰满，在革命实践中鲜明地呈现出个性。譬如小说中以李大钊为原型的革命者黎达泽，投身革命，与敌人斗智斗勇，将个人生命置之脑后，直到付出宝贵生命。革命者肖禾这一人物，来自贵州，在日本留学，后来在青岛、济南、聊城从事工运或革命活动，最后在聊城保卫战中壮烈牺牲。这一人物是以邓恩铭为原型，并糅合了包括祖茂林、刘谦初、张郁光等党在山东地区早期创始人和革命先驱的事迹，典型性颇强。又比如在抗日战争时期的聊城保卫战中，围绕山东六区保安司令范筑先的统战工作，在鲁西北根据地这片血雨腥风之中，既传递着来自延安中共领袖的声音，也有陈尔留、罗丹等共产党员奔赴火线的背影。无数党的优秀儿女，不管他们身处何处都能舍生取义，担当使命，为了中华民族解放与独立而冲锋陷阵，成为走在时代最前列的中流砥柱。

在艺术手法上，《百川东到海》也有独特之处。第一，小说糅合了通俗传奇、家族小说的题材与叙事之长，不断沟通新旧、雅俗，综合性特征明显。第二，真实与虚构相互依赖、相互成就。作品纪实性强，虚构性也不弱，两者参差组合，有特殊的审美意蕴。作者写作之前，曾翻阅大量相关史料，小说中有名有姓的人物有一百来个，有些是作者虚构的人物，有些是历史中的真人真事，这些都是结合真实的历史大事来写，放置在特定的历史场景之中，赋予了小说真实、深沉、厚重的特质。比如作者是山东聊城人，小说将人物带到这里，带着写真实的目的；小说多处写到聊城，典型情节有孟家的丫头王桃叶在第十二章中回到家乡聊城生活，结婚成家扎根下来，后续章节中桃叶一家人和唐氏家族又有多重关联；小说的重要情节包括聊城保卫战的始末，最后则写到唐淳祐、孟敏之一家人归根聊城。第三，纪实与传奇相协调，也较为明显。小说开头的数个章节，都有"鸳鸯蝴蝶派"、张恨水通俗小说、《红楼梦》等家族小说的格调，情节跌宕起伏，环境古香古色，情节、人物巧合性也很分明，带有传奇的色泽。但越到小说的后章，传奇的格调变得淡远，纪实的现实主义的底色慢慢凸显了出来。第四，对比与反衬贯穿始终，不论是家庭核心成员内部，还是亲友、同学、同事之间都是如此。唐氏三兄弟的三位妻子的不同性格、才情、追求，显然影响了各自丈夫的命运。最为典型的如唐淳祐、唐淳祐两位的妻子孟敏之、顾惠茗，有表姐妹的血缘之亲，一起长大，同一时间订婚，但结局截然不同：孟敏之端庄大方、是非分明，成为唐淳祐不断前行的革命同路人；顾惠茗则贪图富贵、虚荣攀比，以自我为中心，成为一个悲剧人物。至于参加过革命，最终沦为汉奸的王中南之流，则更是如此。

百川东到海，大浪淘沙始见真，这是小说恢宏的主题，寓意不言自明。作为建党精神的形象呈现和隐喻，《百川东到海》涉及时代、革命与人物命运的复杂关联，尽管小说情节复杂、人物众多，但为党写史立传的主线贯穿首尾，仿佛轮盘中的醒目坐标，屹立在历史的深处。

第二辑

语言之筏：站在岸边远眺

"南腔北调"：语言和思想的分歧与沟通

——从鲁迅《南腔北调集》谈起

　　鲁迅在年过半百之后曾编过杂文集《南腔北调集》，这本书凸显了文学语言与思想的"南腔北调"之症候。集子前有一篇十分精辟的《题记》，作者一起笔便交代了着意于"南腔北调"的缘由：

　　一两年前，上海有一位文学家，现在是好像不在这里了，那时候，却常常拉别人为材料，来写她的所谓"素描"。我也没有被赦免。据说，我极喜欢演说，但讲话的时候是口吃的，至于用语，则是南腔北调。前两点我很惊奇，后一点可是十分佩服了。真的，我不会说绵软的苏白，不会打响亮的京腔，不入调，不入流，实在是南腔北调。而且近几年来，这缺点还有开拓到文字上去的趋势；《语丝》早经停刊，没有了任意说话的地方，打杂的笔墨，是也得给各个编辑者设身处地地想一想的，于是文章也就不能划一不二，可说之处说一点，不能说之处便罢休。①

此说法吻合杂文集的历史原貌：《南腔北调集》收入作者1932年至1933年所作的杂文51篇，1934年3月由上海同文书店（原联华书店）初版，作者生前一共印刷三次。此书作为一本双年度杂文合选，其中1932年的杂文录入10篇，1933年的选入41篇，当时正是鲁迅在文坛纵横驰骋的黄金时光。同时，这一段颇为自谦却富于战斗韧性的话，也吻合民国文坛鲁迅的语言风格——言简意赅，有驳有立，长于形象，给读者留下的思考余地甚大。恰巧的是，20世纪30年代末鲁迅友人的笔下也有类似的表述：

> 鲁迅的说话，是南腔北调的，乡土色彩对于他特别浓重，所以，在杂文里，也常常可以看到绍兴话的出现；但也有古语，……因为多读日本书，也常常吸收日本词，我们现在已经应用得十分普遍的名词，有一些还是鲁迅亲手介绍过来的。②

不论是鲁迅自述还是亲历者印象中的"南腔北调"一说，既是一个指涉现实的名词，同时也是一个更深层次的民国文化隐喻：它既牵引到声音层面声腔不一这一听觉功能上，又指涉文字背后参差错落的思想，其间有分歧更有沟通。这一切，无疑都奠基于民国历史文化的具体语境之中，其中标准的语言工

① 鲁迅：《题记·南腔北调集》，载《鲁迅全集》（第4卷），人民文学出版社，2005，第427页。

② 唐弢：《鲁迅的杂文》，载李宗英、张梦阳编著《六十年来鲁迅研究论文选》（上），中国社会科学出版社，1982，第229页。

具——国语——便显得尤其重要。李怡先生是当下鲁迅研究界的重要学者，近年来他又提出"民国机制"，倡议重返分歧、芜杂的民国文学，他曾说过这样一段话：

> 一个民族和国家的文学史叙述，所依赖的巨大背景肯定是种种具体的历史情态，包括国家政治的情状、社会体制的细则、生存方式的细节、精神活动的详情等。这种种细节的呈现，来自历史事实的"还原"而不是抽象的理论概括。国家是我们生存的政治构架，在中国式的生存中，政治构架往往起着至关重要的作用，影响及每个人最重要的生存环境和人生环节，也是文学存在的最坚实的背景；在国家政治的大框架中又形成了社会历史发展的种种具体情态。这是每个个体的具体生存环境，是文学关怀和观照的基本场景，也是作为精神现象的文学创作的基础和动力。[①]

李怡的这一史识，可谓切中肯綮。有关"历史情态""政治构架"等因素不可忽视，"语言因素"则同样不可忽略。"所谓现代语言运动主要指晚清以降的语言文字改革及国语统一运动，是以追求言文一致为目的，使中国汉语书面语言从文言向现代白话转型的语言现代化运动。语言运动在中华人民共和国成立前主要以国语运动为主体。"[②]因此，国语是内部充满矛盾与张力的概念。国语之于中华民国，是20世纪30年代文学一种合理性的语言基座，鲁迅杂文也同样适用此一普遍原理。

----

① 李怡：《中国现代文学史的叙述范式》，《中国社会科学》2012年第2期。

② 刘进才：《语言运动与中国现代文学》，中华书局，2007，第1页。

基于此，本文拟从以下几个方面进行梳理与归纳：一是从语言层面，具体拟从方言的分歧与融通、文字风格的个性与共性等角度切入；二是从语言到思想，以民国时期张扬思想自由、回归原生态思想交锋现场为旨归。这两个层面，是鲁迅《南腔北调集》中"南腔北调"的现象与本质，两者合而为一，呈现出辩证统一的局面。民国历史文化的一个侧面，也可以由此做到以小见大。

一、作为语言现象的"南腔北调"

20 世纪 30 年代，脱离中华民国政府体制之后，鲁迅更多的是以自由撰稿人的身份发出各种歧异的声音。在政府与民间之间，他偏向于后者；在专制与自由之间，他对前者从来没有妥协过。正因为如此，鲁迅的笔听从于心灵的召唤，在民国历史的独特土壤中，找到了自己生存的根本。

当时，鲁迅与不同的文化人、出版媒体等打交道或论争时，往往能一针见血地抓住对方的软肋，或采取拿来主义的积极态度借以丰富自己，或巧妙改装以打击对手。"南腔北调"的说法，便源自署名"美子"的一个无名作者。此人在上海《出版消息》第四期（1933 年 1 月）《作家素描（八）·鲁迅》中写下了这样一小段话："鲁迅很喜欢演说，只是有些口吃，并且是'南腔北调'，然而这是促成他深刻而又滑稽的条件之一。"很明显，这位短文作者面壁凭空虚造，有意丑化了鲁迅，也诋毁了鲁迅演讲的价值，自然是不足道的。鲁迅随手拈来核心的一段，并没有疾言厉色，而是含蓄地加以反击，有力地揭露了造谣者用哈哈镜观察人物的嘴脸。在鲁迅的原计划中，曾准备把《南腔北调集》和还未成书的意在部分揭露梁实秋、张若谷、杨邨人面目的《五讲三嘘集》配对——只可惜后者没有印出，但鲁迅在《题记》中倒是把这层意思悉数传达出来了。

"南腔北调"，在《现代汉语词典》里的字面意思是形容人口音不纯，掺杂方音。从字面来看"腔"与"调"是同义词，指方音，凸显出了南方话与北方话的对峙。南方的"声腔"与北方"声调"是显著的存在，走南闯北的人一听南方人与北方人的说话，便能从口语上辨识出籍贯，乃至职业、身份与文化程度等。以听觉的形式来区分中国文字的发音、腔调，用词遣句的粗细、高低，是本能的反应。在文言占领书面语且人们很少远行的时代，语言给人一种高度统一、集中的印象。随着封建朝代的终结与时代新格局的形成，文言的地位一落千丈，不再有往日的荣光。相反，具有不同声腔、活在人们唇舌上的白话乃至方言土语，逐渐成为民国时期文学语言的正统了。五四时期的钱玄同便认为"今后当以'白话诗'为正体，其他古体之诗，及词、曲偶一为之，固无不可，然不可以为韵文正宗也"[①]。文言是旧诗唯一的语言载体，素有最为顽固的语言堡垒之称，在这堡垒里取得全胜，也就说明文言的正宗地位被彻底剥离了。白话文学的先驱胡适坚定地认为文言是死文字，而"白话是活文字"[②]，"活文字者，日用语言之文字"[③]。他后来还对

① 钱玄同：《致胡适》，载沈永宝编《钱玄同五四时期言论集》，东方出版中心，1998，第 55 页。

② 胡适：《四十自述·逼上梁山》，载《中国新文学大系 第 1 集·建设理论集》，上海良友图书印刷公司，1935，第 6 页。

③ 胡适：《尝试集·自序》，载《尝试集》，人民文学出版社，1984，第 137 页。

白话作了更全面的思考，释白话之义，约有三端：

（一）白话的"白"，是戏台上"说白"的白，是俗语"土白"的白。故白话即是俗话。

（二）白话的"白"，是"清白"的白，是"明白"的白。白话但须要"明白如话"，不妨夹几个文言的字眼。

（三）白话的"白"，是"黑白"的白。白话便是干干净净没有堆砌涂饰的话，也不妨夹入几个明白易晓的文言字眼。[①]

首先，在胡适看来，所谓活文学、活白话，便是民众嘴里活着的方言而已，不过这一方言，因为地域局限太大，分歧太多，在当时流行的理论下主要暗指北方方言。北方话的腔调，在蓝青官话的掩护下，成为一个不言自明的流行化的白话口语标准。另一方面，南方话虽在地域大小方面不占优势，方言的局限性也相当明显，但它的丰富性与异质性极其显著。而且，不容置疑的是，新文化的领军人物或参与者，几乎很少是来自北方方言区的人，相反是出身于南方的文化人占了绝对优势，如江浙、两湖、两广、安徽、闽赣，都是新文学作家与文人较为集中的所在区域。操着不同南方"声腔"的新文化作家与文化人，携带着母舌的声音与力量，在精神上形成了可以俯视北方话的高压姿态。

其次，语言与文学虽然自魏晋时期便有南北之别，但是文化的闭塞会让大众很难体验出这一区别。文言占据正统地位这

---

① 胡适：《答钱玄同》，载季美林主编《胡适全集》（第1卷），安徽教育出版社，2003，第40—41页。

么长久，原因之一便是人们很少真正外出，形成不了真正有冲击力的力量。中国的现代化进程，伴随着广大民众不断离乡，不断外出，或进城，或从军，大规模出入于南北。换言之，"南腔北调"是伴随着中国现代化进程出现的最典型的语言现象，也是现代思想文化发展与交流史上的重要标志。鲁迅在说到自己的小说人物时，曾说过"人物的模特儿也一样，没有专用过一个人，往往嘴在浙江，脸在北京，衣服在山西，是一个拼凑起来的脚色"[1]。这在鲁迅之前是很难普遍出现的。没有相当的阅历与见闻，全国不同省市人物的特点，怎么会这样杂糅在一个虚构的人物身上呢？

再次，"南腔北调"的说法，其用意更多的在字面之外。与喜欢蹈虚、悬空的作家不同，鲁迅是最为关注当下的，譬如带给他战斗激情的民国社会历史，譬如迫使他拿起笔来的活生生的人与事。在《南腔北调集》乃至此集前后出版的数本杂文集子里，鲁迅面对的问题是民国时期 30 年代前后的历史事件与出入于事件内外的不同思想者，发生之事不论是在南北，不论是大是小，都纠缠着当时真实、具体而芜杂的人事。这是鲁迅在民国特定时空与场域中发出的声音，是一种踩在南北不同土地上的精神足迹。另一方面，鲁迅既凸显阳面又凸显阴面的写法，往往能穿越时空的隧道，唤醒人们强烈的历史在场感与人事是非感，他所针砭的时弊，笔下的人物，南北的风习，没有化为一缕轻烟散去；恰恰相反，它们能够在不同的时空中经受得住反复地阅读，不断跨越时空而再度逼问当下的现实生活。这些

---

[1] 鲁迅：《我怎么做起小说来》，载《鲁迅全集》（第 4 卷），人民文学出版社，2005，第 527 页。

常读常新、指涉甚广、超越地域的长短杂著，似乎并没有在其他现代作家那里醒目地存在！

总而言之，有南才有北，南与北的互动与对峙，才有一个容纳民国文学与思想的空间，这一空间无疑为民国社会历史所倾力支撑。民国社会历史文化多元与宽松的大环境，使得鲁迅在走南闯北的同时具有多方言的阅历，积累了独特的语言与思想财富，语言和思想的分歧与沟通，才有充分生长的可能。鲁迅拥有这样不同寻常的生命与语言体验，为他的创作打下了坚实的基础。

二、鲁迅的语言体验与独特观念

出生于浙江绍兴的鲁迅，在民国文学的浙籍作家阵列中，放射出最为耀眼的光芒。绍兴吴地方言的滋长，南京、北平、厦门、广州、上海等地语言生活的熏陶，都让鲁迅不断走在语言的"歧途"上。大至南方话与北方话的交汇，小至南北语言内部语言支脉的错杂。试举其大略，鲁迅对地方话与白话、国语关系的剖析，对民国文学语言的正面建构，便是其中独特而深刻的地方。

鲁迅自五四新文化运动以来一直主要以白话文为武器，力图通过文艺启蒙民众的思想前驱。他幼时即进家馆、入私塾，打下了深厚的传统文化功底，对儒家典籍的表意工具——文言，耳濡目染，自然浸淫甚深。由文言而白话，虽然并不纯粹，但着意于普通民众，求通求达的用心是不言自明的。另一方面，鲁迅在家乡浙江绍兴出生成长，度过了自己的青少年时代，日常口语是绍兴话，属于吴语地域。携带着母舌方言，鲁迅求学于南京、日本，归国后又在北平、厦门、广州与上海或长或短生活过，可以说历经了几个大的方言地区，对南北各地语言的分歧，既存理性的认识，又有感性的接触。譬如刚到厦门，鲁迅在致许广平的私信中就说出这一感受，"这里的话，我一字都不懂"①，住了一段时间仍说，"不过言语仍旧不懂"②。到了广州，最大的阻碍则是言语，从到广州直到离开广州的时候止，除能听明白几个简单的数字、一句骂人的话之外，也是一无所知。鲁迅在厦门与广州停留的时间都是半年左右，与当地语言的隔阂是有密切关联的。相反，生活在北平或定居于上海，鲁迅没有碰到同样的语言障碍，北平话属于北方话的代表，蓝青官话足以应付日常生活交流的需要；上海则是吴语区域，与鲁迅的家乡话相仿佛，在语言的熟悉与文化的认同上，共同之处更多，更加让鲁迅有一种语言归属感。

来自书本知识与现实生活体验的南北语言之别，在鲁迅的脑海深处一直沉潜着。在中国历史上，南北之划分已有相当长的历史，以南北之别来称指，自然包括语言生活的区别。相对而言，北方方言区板块大，语言稳定性强，能用文字记录口语内容的十分普遍。在五四时期，胡适为了力倡白话文学，曾为北方话划了一个很大的语言圈子，占了中国一大半的版图。后来在白话文学立住脚后，胡适又对方言文学大力提倡，试图沟通南北语言。在中国历史传统上，南方一般指江南，也就是以鲁迅时代的江浙地区为主，比它略大的地域；后来南方的概念

---

① 鲁迅：《两地书》，载《鲁迅全集》（第11卷），人民文学出版社，2005，第107页。

② 同上书，第116页。

也扩大了，大体以长江南北为界，南方便包括两湖、江西、两广、闽台等地。这是中国方言最为复杂的地域，集中了数种地域性强的方言，如闽语、吴语、湘语、粤语、赣语、客家语等便是。生活在南方的人们，一方面对口语的分歧之感自然远胜于北方人氏；另一方面，南方方言普遍不能用汉字来记音，也是一个久拖不决的难题。可以说，南方方言的繁复与杂乱，无形中阻碍了语言与思想的融通，影响了南方话的普遍化。在语言层面求同，自然成为 20 世纪以来一个不断重复出现的话题。譬如五四时期，譬如 20 世纪 40 年代，都是这样。试以 20 世纪 30 年代为例，当时虽然复兴文言的呼声仍不绝如缕，但毕竟通过文言这种文字来消除隔阂，已处末流。相反，对五四以来白话的分歧，却引发了一种叫作大众语的语言运动。在这运动的前夜，语言的通畅与民众的启智，无形中又一次在酝酿，在等待燎原的那一点星火。20 世纪 30 年代初，身处吴语包围之中的上海，虽然有瞿秋白所言的一种新的普通话在形成，预示突破"国语"之后的又一语言整合，但毕竟一厢情愿的成分太多。大众语、普通话，新的名词与概念，同样像进入瞿秋白视野中一样，顺利进入了鲁迅的潜意识中。当时鲁迅居留上海，回到了方言母语的怀抱之中，对语言的敏锐与思考无日不伴随在自己的笔下与日常生活之中。在如何消除方言的地方性，求得一种较为浅显的语言工具方面，鲁迅又一次走在同代人的前面。在方言面前，首先是承认它，充分发展，求专化，再来消除方言之间的隔阂，求得普通化——这是鲁迅由语言的分歧到沟通的主要思路。

鲁迅的创作，杂语共生，他对自己的语言风格与个性是有清醒认识的，但往往是在创作时呈现本色，没有进行集中的思考。1934 年上半年，在关于大众语的论争中，鲁迅作了《门外文谈》的专题研究，其中相当一部分是关于语言、文学与思想的论述，下面这段话就相当典型：

中国的言语，各处很不同，单给一个粗枝大叶的区别，就有北方话，江浙话，两湖川贵话，福建话，广东话这五种，而这五种中，还有小区别。现在用拉丁字来写，写普通话，还是写土话呢？要写普通话，人们不会；倘写土话，别处的人们就看不懂，反而隔阂起来，不及全国通用的汉字了。这是一个大弊病！

我的意思是：在开首的启蒙时期，各地方各写它的土话，用不着顾到和别地方意思不相通。当未用拉丁写法之前，我们的不识字的人们，原没有用汉字互通着声气，所以新添的坏处是一点也没有的，倒有新的益处，至少是在同一语言的区域里，可以彼此交换意见，吸收智识了……

……启蒙时候用方言，但一面又要渐渐地加入普通的语法和词汇去。先用固有的，是一地方的语文的大众化，加入新的去，是全国的语文的大众化。[①]

也就是说，方言有广阔的空间，也有自身的局限，捧与骂都不是正确的路子。方言的分歧是文化统合的阻力，这是基础与现实，难以跨越但必须正视。因此，在鲁迅看来，大胆调用方言是合理而且必需的，这是必不可少的第一步。同时不可能

---

① 鲁迅：《门外文谈》，载《鲁迅全集》（第 6 卷），人民文学出版社，2005，第 99—100 页。

停留在这一地步，要渐渐加入新的"普通的语法和词汇"。语言会不断融合，不断消弭方言的地方性，全国语文也就会逐步统一起来，一种新的语言形态就会形成。这与鲁迅的其他相关表述是一致的，譬如，"要推行大众语文，必须用罗马字拼音（即拉丁化，现在有人分为两件事，我不懂怎么回事），而且要分为多少区，每区又分为小区（譬如绍兴一个地方，至少也得分为四小区），写作之初，纯用其地的方言，但是，人们是要前进的，那时原有方言一定不够，就只好采用白话，欧字，甚而至于语法"。"至于已有大众语雏形的地方，我以为大可以依此为根据而加以改进，太僻的土语，是不必用的"。[①]

正因如此，来自方言区的鲁迅，对语言复杂而异样的基座，保持了一种积极而清醒的姿态。南方人说话的腔调、语汇，或特殊的一些讲法，明显复杂于北方话，自然各有独自的价值与意义。因此，为了白话文能明白如话，鲁迅以为"第一是在作者先把似识非识的字放弃，从活人的嘴上，采取有生命的词汇，搬到纸上来；也就是学学孩子，只说些自己的确能懂的话"[②]。"有的说：古文各省人都能懂，白话就各处不同，反而不能互相了解了。殊不知这只要教育普及和交通发达就好，那时就人人都能懂较为易解的白话文；至于古文，何尝各省人都能懂，便是一省里，也没有许多人懂得的"。[③]正视方言、尊重方

---

① 鲁迅：《答曹聚仁先生信》，载《鲁迅全集》（第6卷），人民文学出版社，2005，第78—79页。

② 鲁迅：《人生识字胡涂始》，载《鲁迅全集》（第6卷），人民文学出版社，2005，第306—307页。

③ 鲁迅：《无声的中国》，载《鲁迅全集》（第4卷），人民文学出版社，2005，第14页。

言、宽容方言，是鲁迅一个主要的没有发生变更的观点；发现方言的不足，求得语言的融会贯通，也是他始终如一地坚守过的观点。

扩大开来看，鲁迅除了在日本时期对域外语言学理论有所摭拾，在翻译苏联文艺著述时对苏联语言学思想也有所汲取之外，鲁迅的语言观似乎还与瞿秋白的语言观相互影响，有所重叠。适当比较两者的异同，是可以得出明确结论的。比如，在从方言向普通话的演进中，鲁迅用了"专化"与"普通化"这一对概念。一方面，源自方言区的现代作家，在整个作家队伍与思想文化人士中占据优势，能贴近方言母语这一天然的亲和性，也能理解其本真的力量和存在的意义。另一方面，则着眼于实用与扩大，认为语言的分歧可以沟通。"现在在码头上，公共机关中，大学校里，确已有着一种好像普通话模样的东西，大家说话，既非'国语'，又不是京话，各各带着乡音，乡调，却又不是方言，即使说的吃力，听的也吃力，然而总归说得出，听得懂。如果加以整理，帮它发达，也是大众语中的一支，说不定将来还简直是主力。我说要在方言里'加入新的去'，那'新的'的来源就在这地方。待到这一种出于自然，又加人工的话一普遍，我们的大众语文就算大致统一了。"[①]这种大众语调论，与瞿秋白在 20 世纪 30 年代的普通话论调，有不少异曲同工之处。不同的是，鲁迅实事求是地根据北方话的流行程度，肯定北方话的势力与今后的主流性质。对于普通话发展的超前思维，鲁迅的思维观念与瞿秋白的略有不同，显得更理性，也

---

① 鲁迅：《门外文谈》，载《鲁迅全集》（第 6 卷），人民文学出版社，2005，第 100—101 页。

更为符合实际。瞿秋白对"五四"白话文的非议，对 20 世纪
30 年代普通话的估计，则比较空疏，不切实际。

方言是分歧的，普通话则是统一规范的。但普通话好不好
呢？在当时对普通话的认识如何呢？答案虽然不是一下子就能
回答清楚的，但无论如何与 21 世纪语境下普通话的概念大不相
同。在 20 世纪 30 年代，鲁迅的语言统一观部分承袭着五四时
期钱玄同消灭汉字、用世界语代之的观点。鲁迅与世界语接触
也较早，对其印象一直很好，认为将来人类总有一种共同的言
语，赞成世界语。"赞成的时候也早得很，怕有二十来年了罢，
但理由却很简单，现在回想起来：一，是因为可以由此联合世
界上的一切人——尤其是被压迫的人们；二，是为了自己的本
行，以为它可以互相绍介文学；三，是因为见了几个世界语家，
都超乎口是心非的利己主义者之上。"① 与此相并行的是，鲁迅
与大多数先驱一样认为中国汉字难认、难记、难用，以后会被
消灭，走一条拼音化的新路。与此相关联的是，鲁迅终其一生，
都旗帜鲜明地反对文言的复兴。如五四时期反对传统、古文，
把古籍视为古董，坚决加以否决；在 20 世纪 30 年代，不论是
对施蛰存提倡旧书书目的反对，还是大众语运动之初对汪懋祖
等提倡文言的反对，都毫无商量之余地——舍掉了文言的通与
同，不在文言这一语言上沟通。鲁迅认同中国现代化进程中过
渡时期的"南腔北调"，也就对立足于白话文学逻辑链条上的现
代文学与文化之语言，有一个客观而稳妥的评价。

---

① 鲁迅：《答世界社信》，载《鲁迅全集》（第 8 卷），人民文学出版
社，2005，第 448 页。

三、语言的背面与文艺交锋

"南腔北调"既是语言层面的，也包含有思想层面的内容，是思想自由与思想交锋的隐喻。在《南腔北调集》编印之前，按时间为序，在它的前面还有《三闲集》与《二心集》，分别收录 1927 至 1929 年、1930 年至 1931 年所作的杂文，内容均是政见歧异者的人事纠缠，或是是非面前的选择与担当。鲁迅定居上海之后生命的最后 10 年，差不多是在争论与辩驳、破坏与建设中走过来的。在 1927 年因被屠杀掉的革命青年的血所惊吓，鲁迅从广州远走上海，惊魂未定，仍同在北平时期一样，面临打压与围攻。与他的对阵的人来自不同阵营与势力：后期创造社、太阳社、新月社，以及从事不同文化教育工作的文士们。这一时间段内鲁迅仍是沉着应对，没有露出手忙脚乱的迹象。重点考察当时的那些笔仗，可以发现在鲁迅身上所贴的各式各样的标签，或被视为有钱阶级，或是封建余孽，或是没落者，或是死去时代的落伍者。在对立者与鲁迅的论争中，或是关于无产阶级文学的现状与未来，或是关于左翼文学的观点，或是翻译上的硬译与曲译……正是在民国社会那样的时代与语境下，不同层面、不同角度射来的明枪冷箭，虽然让鲁迅疲于奔命，但也丰富了他的思想，连杂文集的标题，也是处于这种环境下突然得来的灵感之花。有感于成仿吾所说的"以趣味为中心的文艺"，"后面必有一种以趣味为中心的生活基调"，"它所矜持着的是闲暇，闲暇，第三个闲暇"，鲁迅转身接过投射来的冷箭取《三闲集》而回敬之。鲁迅又因为德国学者梅林格"怀一点不同的意见，有一点携贰的心思，是一定要大吃其苦的"之说，联想到自己的处境，取名《二心集》。

鲁迅杂文集的取名受到现实的刺激，杂文的具体篇目也是如此。具体以《南腔北调集》为例，那真的是问题很多、涉及面广。大至国家外交与苏联见闻，如《"非所计也"》《林克多〈苏联闻见录〉序》《我们不再受骗了》，小至思想批评的角度与技巧，如《辱骂和恐吓决不是战斗》《论翻印木刻》《作文秘诀》，都是具体事件的触发，鲁迅看后如鲠在喉而不吐不快。至于文化战线上的是非之争（《论"第三种人"》《小品文的危机》《答杨邨人先生公开信的公开信》），翻译理论争辩的继续与翻译的前途（《关于翻译》《大家降一级试试看》），物是人非的感慨（《为了忘却的记念》《〈守常全集〉题记》），教育战线的悲喜剧（《论"赴难"和"逃难"》《学生和玉佛》《上海的儿童》）都是长短不一、深入浅出的杂感，均是鲁迅对现实的有力发言。

怎样来看待这些性质不一、时间不一的论争呢？在鲁迅的交往与论争中，除个别人与事外，相当多的论争是为了是非的澄清，是思想的交锋，但并不是你死我活的置人于死地。所以说，鲁迅的南腔北调是特别有时代意义的，譬如他与创造社的成仿吾、郭沫若有过一些论争，但事过之后，鲁迅对成仿吾能宽宏大度；又比如他与郭沫若，正如他所言："例如我和茅盾，郭沫若两位，或相识，或未尝一面，或未冲突，或曾用笔墨相讥，但大战斗却都为着同一的目标，决不日夜记着个人的恩怨。"[1]曾有一段时间，我们主要是站在鲁迅的立场来看待与深化那些论敌的错误或卑劣。这自然能揭开各种人的嘴脸，鲁

---

[1] 鲁迅：《答徐懋庸并关于抗日统一战线问题》，载《鲁迅全集》（第6卷），人民文学出版社，2005，第557页。

迅在 20 世纪 30 年代为中国思想史留下了丰富而宝贵的资料。相对于今天过度包装、伪装重于正装的时代，已不可能再看到这样的画面了，也难以看到学者文士的灵魂。但是，如果我们在今天，仍然抱着这一眼光来看待鲁迅与同时代不同对手的争论，那就显得有些过时了。恰恰相反，我们对待这些不同的声音，要更理性一些，更具有包容性。他们的人生理想与生存目的，处世方式与言行举止，均有其存在的理由，后来者可以试着去理解与包容。在对人与对事上，鲁迅虽然也有自我改过的品格，但因为他长于思想斗争，个性独立而多疑，兼之信息获取途径又是那么歧异，并不能保证鲁迅在争论中就永远是正确的。人的心气秉性有高低、眼界视野有远近、品行操守有清浊，这些都是普遍存在的。所以，尽管在鲁迅生前或身后，曾经有相当长的时间内，那些被鲁迅所锁定的对手，可能是反面人物，可能是中立人物，在现代文学、思想与文化史上，形象并不怎么高大与完美，但是并不应该永远被唾弃。在不同的时代，是非、对错都可能出现变化，而在今天，可能许多标准都下降了，实在没有太多的资格去嘲弄那些被鲁迅批判过人，譬如梁实秋、胡秋原、杜衡，诸如此类，都应理性客观看诗。"如果说中国现代文学的发展过程中存在着一系列的'二元对立'的话，那么这样的'二元'却又很可能是彼此交织在一起的，它们之间有对立，却也存在着交融与结合"①。放眼 20 世纪以来的一百多年之中，鲁迅的时代是一个很难再现的百家争鸣的时代，是一个思想自由、兼容并包的时代。"五四奠基的'民国机制'在后来

---

① 李怡：《现代性：批判的批判——中国现代文学研究的核心问题》，人民文学出版社，2006，第 244 页。

逐步显示了强大的文化建设力量，甚至在某种程度上构成了对国民党专制独裁的某种制约"①。因此，在鲁迅生活的 20 世纪 30 年代，曾有太多的思想分歧与斗争，表面看上去是水火不容、你死我活，但实际上并没有限制别人的声音通过合法的途径发表。这是一种思想层面的"南腔北调"，在思想意识层面，人们通过交锋、辩驳与诘难，绽放出了不同颜色与气味的思想之花。

"民国文学史绝非为败北的民国政府招魂，而是给民国时期的文学描绘一幅全景图"，"从迄今出版的近 600 种现代文学史著作来看，刻意回避民国，忽略文学的民国社会文化背景和文学之内涵与文体的民国因子，便无法解释文学发展的复杂动因，绘制不出这一历史时期的中国文学全图"②。由此看来，透过"民国机制"或民国社会历史视角这一窗口，重新打量从语言到思想的"南腔北调"，便能对民国时期的历史人物、作家作品进行重新描述与评判，既能拒绝高度统一的既有书写模式，也能摆脱不断板结的历史结论。

四、结　语

自古以来南来北往的行人，走在异乡的路上，一路携带母语的旅人，南腔北调的见闻与经历是丰富的，同时也是具有个性化的。作为民国社会历史过程的一个缩影，鲁迅以自己特有的方式，既全方位体验了民国时期语言与思想层面的"南腔北

① 李怡：《民国机制：中国现代文学的一种阐释框架》，《广东社会科学》2010 年第 6 期。

② 张中良：《民国文学史概念的合法性及其历史依据》，《西北师大学报（社会科学版）》2014 年第 2 期。

调"，也以它作为书籍的内容与形式，使之成为民国历史语境中一种特别的审美存在。

蕴含着民国时期多元而宽容的时代精神，鲁迅有他的呐喊与彷徨，别的文士也有。隔着半个多世纪，我们阅读诸多民国时期文化人的评传、传记与文字研究，难道不是倾听更多"南腔北调"的声音吗？

方言入诗：诗歌传统及意义

　　方言与文学、地域文化关系之密切，征之古今皆然。反映人类现实生活的文学艺术，因离不了语言而离不开地域方言，不论是源远流长的中国古典诗歌、词曲，还是不断演变的小说、戏曲、笔记，都与方言保持不同程度的融合性，构成一种难以剥离抽绎的共生状态。按胡适的"双线文学观念"来看，他所钩沉出的近千年的白话文学史，更是以方言口语为基础。胡适认为国语文学乃是自然口语一千多年历史进化所书写出来的产物，而且"白话文学史就是中国文学史的中心部分，中国文学史若去掉了白话文学的进化史，就不成中国文学史了，只可叫作'古文传统史'罢了"①。

　　自五四时期新文学作家始，现代作家认识到白话与方言的内在联系，重视方言作为民族文化活化石的价值和人们口头"活"的语言的意义，对这一语言形态多有眷顾，到胡适所倡导的"国语的文学，文学的国语"阶段，"国语"在大量汲取方

---

① 胡适：《白话文学史》，安徽教育出版社，1999，第 2 页。

言、同化方言，实现国语与方言的融会贯通方面也是一以贯之的。具体延伸到某一类型的文体身上，则体现出不同的形态与特质，也就是说，方言在不同文体中渗透、影响的方式与介入程度不尽相同；不同现代文体如小说、戏剧、散文、诗歌，与方言彼此结合程度不一，产生审美效果不一，得到的评价也参差不齐。其中，方言入诗便是诗歌史上自然而然形成的一种诗学现象。方言入诗，简而言之便是方言如何被纳入、整合到诗歌语言系统中去，让诗歌语言方言化；同时方言入诗也就成为一种诗歌传统，成就了一种诗歌史上的独特风景。

一、方言文学与文体

方言文学在现代文学史上是一个笼统的概念，具体从文学内部的文体来看，各种文体与方言之间的吻合性与匹配程度也大为不同。在西化而来的文学理论介绍性质的著作中，一般以小说、戏剧、诗歌、散文四分法来划分文体类型，虽然也有一些著作划分不一，但这四类占据主体地位，因此这里也以此四类为准，略做比较。

在四类文体中，现代小说与方言的关系最为密切。作为一种侧重刻画人物形象、叙述故事情节而又在篇幅伸缩上最灵活的文学样式，小说所具有的这一文体特征有助于它对各地方言的大量吸纳。运用地域方言来营造地域环境，或为了描摹人物口吻起见而通过大量原生态的个性化口语来塑造人物性格，都是小说家的必然选择。优秀的现代小说，一般给读者印象最深的是个性化的人物形象，因身份地位、文化职业等诸方面参差不齐，以致他们各有各的声口，为了惟妙惟肖地予以呈现便不得不考虑折射在语言上的特点。用方言，能绘声绘影，刻画入微，人物脾气语调和态度跃然纸上，这正是方言文学的特色，使读者产生一种如见其人、如闻其声的现场感。正如胡适所说："通俗的白话固然远胜于古文，但终不如方言的能表现说话的人的神情口气。……通俗官话里的人物是做作不自然的活人；方言土话里的人物是自然流露的活人。"① 其次，现代小说一般篇幅没有太多的限制，伸缩性最大，从短篇小说的数千字到长篇小说的数百万字，篇幅长短不一，容纳一点方言基本不起眼，所以除了在对白中大量采用方言外，在叙述、描写、抒情等部分也照样可以纳入各地方言。如专注于运用北平方言写作的小说家老舍，自长篇处女作《老张的哲学》问世始，不论是长篇《二马》《牛天赐传》《骆驼祥子》等，还是《月牙儿》《断魂枪》等中篇和短篇小说，无不创造性地运用北平市民浅显地道的京白口语，其所使用的语汇、句式、语气以至说话的神态气韵，都渗透着北京文化的精髓，以独特的"京味"而获得"语言大师"之誉。

同时还有运用四川方言的沙汀、李劼人、艾芜等人，不仅在小说中大量运用四川方言，保留了四川方言原有的语法规则和思维逻辑，形成带有地域文化标签性质的特有声腔韵调。又如粤语区的欧阳山、草明、黄谷柳等小说家，也以方言粤语来创作了大量优秀、富有个性的作品。这些广义上的方言小说，应注意采用方言（或称之为群众语言）而做到作品的通俗易懂、生动形象，不但受到本地方言区的底层工人、店员、市民以及

---

① 胡适：《〈海上花列传〉序》，载季羡林主编《胡适全集》（第3卷），安徽教育出版社，2003，第523页。

学生等为基本受众的读者欢迎，还流传到别的方言区，同样产生了广泛而深远的影响。

体式灵活、伸缩自如的散文文体，吸附方言的能量也较为显著。不论是杂文随笔、笔记小品、游记序跋，还是日记书信、新闻传记等文类，涉及面十分丰富，呈现出杂糅性特点，它或叙事，或描写，或写意，写法自由，对"方言入文"这一传承顾虑甚少。这里仅举一例，如徐志摩就在精美的行文中掺杂方言，得到了评论大家周作人的肯定："散文方面志摩的成就也并不小……志摩可以与冰心女士归在一派，仿佛是鸭儿梨的样子，流丽轻脆，在白话的基本上加入古文方言欧化种种成分，使引车卖浆之徒的话进而成一种富有表现力的文章，这就是单从文体变迁上讲也是很大的一个供献了。"① 可见，以白话为骨干，有充分的自由，适当加入种种语言成分。散文文体在日益拓展边界的同时，也在篇幅上更为灵活多样，语言的包容能力也会无形中扩大；此外，散文内容的日常化，也使其对方言土语具有积极的容纳功能，帮助各地方言俗语轻松地拥有自由出入于散文的许可证。

戏剧的脚本——剧本，是一种侧重以人物台词为手段，集中反映矛盾冲突的文学体裁。它浓缩地反映现实生活，以人物台词推进戏剧动作，这一点，也让戏剧给鲜活在人物口头上的话语"出场"创造了条件。事实上，从传统的戏曲，到现代的戏剧，一般流行在某一地域，在语言倾向上基本上是以方言为主。现代文明戏、话剧、活报剧等品种，基本上沿此路径发展；另一方面，当地看戏的观众，对我们今天褒奖有加的"普通

---

① 周作人：《志摩纪念》，《新月》第 4 卷第 1 期，1932 年 1 月。

话"反而听不懂。试以上海为例，新剧最初在上海演出时，本地居民对普通话是陌生的，后来浙江、江苏、广东、山东等地移民迁入，他们也都是操原先本地的语言，其家乡小戏也在沪上小范围内流行。随着城市现代化历史进程的推进，上海形成了五方杂处的特点，自然产生了瞿秋白所肯定的无产阶级的普通话。在舞台人物塑造上，人物说话或者是多重方言混合进行，或者是单一方言自始至终，有戏剧研究者曾发现在新剧进行民族化尝试时："最大的改变是方言的运用，例如军官警官都说山东话，阔太太交际花都说苏州话，洋行买办和翻译都说广东话，大老板大商贩都说宁波话，师爷文书算命先生都说绍兴话，理发师黄包车夫都说扬州话等等。"[1]延至 20 世纪 40 年代，全国各地使用方言创作、演出的活动仍在进行，如全国范围内用四川方言写作、演出的《抓壮丁》《啷格办》等就是。笔者在查阅曾经以苏州话译《诗经》和创作方言诗文的倪海曙的资料时，也发现有典型的例子。1940 年前后的上海，生于上海的倪海曙在华光戏剧学校教方言剧，用上海话演出《黄昏》。还有上海剧艺社演出了夏衍原著、倪海曙用上海话改写的《上海屋檐下》，接着上海的一些报刊展开了方言剧的讨论。多数意见认为，用方言演话剧，在当时上海大多数群众听不懂普通话的情况下，是话剧大众化的有效手段之一。从这些例子，可以从侧面反映出戏剧与方言的亲缘关系。

与以上三类文体相比，现代诗歌大概是对方言"消化不良"型的文体了。现代诗歌篇幅短小、富于韵律、长于抒情，

---

[1] 蒋星煜：《话剧的民族化与方言问题——为中国话剧九十周年纪念而作》，《齐鲁学刊》1998 年第 3 期。

语言又具有高度凝练、简洁，富有弹性的特点，所以在一般读者心目中，现代诗歌是最为讲究语言纯化艺术的文体。从中国繁复的传统诗话评价倾向来看，评说者一般对方言入诗采取反对、诋毁的态度，认为有拗口、拖沓、不顺之嫌。然而现代新诗本身以白话为语言基础，白话与方言在语言的基座上不无共同之处，现代新诗对方言自有独特的融合与消化功用。虽然现代新诗没有现代小说戏剧等文体大量吞纳方言的气魄与能力，但新歌与方言的不解之缘，并没有断流过，只是居于支流地位而已，形成了强大而隐伏的诗歌传统。自胡适尝试白话新诗以来，笼统的包括方言化在内的"口语化"倾向一直左右着新诗的发生、发展，各个阶段尝试方言入诗的白话诗人也大有人在。

二、方言入诗作为传统

方言入诗作为传统，有自己特殊的历史，这一传统本身具有韧性而坚挺的精神力量，在诗歌史的长河中，可谓生生不息。

从源头上看，《诗经》《楚辞》中就有不少篇什是当时的地域方言诗，另外的诗作里方言成分及地域特色也不少，但后来这一事实被历史有意无意地遮蔽了。随着文言在汉代以后逐渐与口语方言脱节，大一统的封建统治方式，两者唇齿相依地巩固着文言的正宗地位，致使方言进入诗歌的途径越来越狭小、崎岖。白话新诗的语言观念恰恰相反，新诗的生命是白话所给予的，因此在语言取向上，充分包纳方言的白话一直成为新诗最主要的语言资源。沿此方向，任何活的、流动的口头文学，譬如民谣、儿歌、说唱文艺等，都推动着新诗语言、体式的流变。而古典诗歌拒绝了这一联系，结果是朝僵化、凝滞、呆板的窄路上走，尽管它被拖着走了千年之久。另外一层，新诗总是会变化的，但它只可能朝新颖的、未知的方向流动，即使有短暂的复古、倒退，也阻止不了这一历史趋势。我们无法预言将来的诗歌会怎样变化，会变成什么模样，但生活本身的变迁与口语的变迁并行不悖，方言化的口语就会内在地裹挟着精神世界的变革，这是历史的潜在规律。

在新诗史上，方言入诗作为传统是不曾断流的。像胡适论新诗时喜欢套用"戏台里喝采"这一徽语说法一样，各地方言在白话新诗中屡见不鲜，譬如，《尝试集》《蕙的风》等诗集中掩不住的徽语腔调；《瓦釜集》《冬夜》《十年诗草》《马凡陀的山歌》《解放山歌》等作品中摆不脱的吴侬软语；《女神》《草儿》《化雪夜》等诗中不自觉流露出的川地乡谈；《王贵与李香香》《王九诉苦》《死不着》等叙事诗中自由流淌的西北信天游腔调，都会内在地指向某一地域，与地域方言有千丝万缕的联系。又如，胡适、刘半农、沈尹默、闻一多、徐志摩等诗人久居京城，故在其创作中时时闪出北京土白来；瞿秋白、鲁迅、袁水拍在民谣体诗作中则夹杂着不少上海方言；抗战期间，广东香港报纸杂志如《华商报》《中国诗坛》上则不缺少颇具特色的粤语新诗……诗人们或录自口头，或活学活用，呈现出各地俚语方言在新诗中此起彼伏的景观。正是来自不同方言区的不同诗人，或在整齐中求变化，或在共性中显个性，或出于笔墨游戏，或为试验新诗音节，把鲜活、丰富而又芜杂的各地方言烙在新诗的字里行间。他们既把各自母亲膝盖上学来的语言自然地带入到新诗中去，又把外地的方言揣摩、消化，拿来仿效某一阶层人物的口吻，形神毕肖地凸显其性情，这样就把生活中获得的语言资源自觉地化为新诗语言资源，像胡适所预料的那样为新诗创作提供了极其丰富的新材料、新血液，也使新诗在语言层面上呈现出地域文化的异彩来，诸如一地之民风、一时之风俗，均能窥见几分。

在新诗发展史上，方言入诗又与口语入诗有着复杂的联系。虽然口语入诗名正言顺，但是方言入诗一直饱受非议，其实它们在相当程度上有重叠的成分，诗人或诗评家在言及二者时，一般也很少作明确的辨析。在整个纯文学队伍中，除胡适、刘半农、刘大白、徐志摩、闻一多、卞之琳、蒲风、艾青、沙鸥、李季、楼栖等诗人比较专业地从事或多或少的试验之外，其余诗人，如郭沫若、康白情、汪静之、王统照、冯至、臧克家、何其芳、李广田乃至穆旦等一大批诗人，都是在无意识中在创作中携带了一些方言因素。另一方面，几乎没有诗人为方言入诗而紧闭大门，横加指责。因此，现代新诗史上，虽然只有刘半农、蒲风、沙鸥、李季、楼栖、丹木、黄雨、张志民等人出版过专门的方言入诗性质的诗集，但绝大多数诗人的诗集中，均不乏零星的方言诗作。另外，不同时期的诗人尽管没有具体言及到"方言入诗"之类的自我体认，但几乎以走口语化的道路来容纳方言因素的存在。口语的优势正是方言的优势，方言比一般人心目中的口语还更"口语"一些。在新诗写作实践中，大量口语、俚俗语入诗成为诗人们抵抗僵化和拓展诗域、塑造人物与深入现实的有力手段，新诗中的平民性、现时性、亲切感等美学特征，也由此而立。

三、结　语

地域方言与现代新诗的关系复杂而多变，成为一种显著的存在。从文体冲突到文体融合，方言入诗的通道似乎还应更为宽阔一些。作为人类最本真的思维方式，按海德格尔的观点看，方言也是存在之家。万物均可入诗，更何况方言入诗，更何况承载方言因素从而呈现出独特的地域文化风貌的一切存在。可以说，方言入诗是检验诗人语言灵性、生长的一个标志，也是建构诗歌性格、推动新诗口语化发展的重要资源。

普通话写作与共和国文学的确立

20 世纪四五十年代之交，战火弥漫的中国正发生着急剧而猛烈的社会大变革。经过战火洗礼，从延安窑洞中一路走来的中国共产党领导饱受战争创伤的中国人民在探索中前行，并最终创立了一个崭新的现代国家。20 世纪中国文学的历史进程，把最为重要的分水岭也标定在这一历史时刻。在既有的共和国文学史的建构与叙述中，新中国文学一直以唯一的合法性进行自己的命名。文学与政治关系的强化，由国语写作向普通话写作的转型，则是其中最为复杂的一环。"大众化语言""群众口语""新的语言"一类的词汇、概念大批量地从乡村迁徙到城市，从大西北席卷到全国各地，成为共和国文学发生期不言自明的时尚与标准。"普通话写作"，一种与毛泽东所说的"新鲜活泼的、为中国老百姓所喜闻乐见的中国作风和中国气派"相适应的文学创作范式，是脱离了党八股逐步在左冲右突中建构成为共和国文学的合法化的文学语言。"如果把当代诗歌在五十年代以后出现的各种美学倾向或那些可疑的显然借用自意识形态范畴的种种'主义'用括号括起来，仅仅考察它的语言轨迹，我以为可以清晰地发现它在语言上的两个清晰的向度：普通话写作的向度和受到方言影响的口语写作的向度。"[1]不只是诗歌，小说、戏剧、散文领域更是如此。而且，普通话写作还是共和国文学确立的标志。作为在 20 世纪 50 年代牢牢扎根下来并影响至今的合法性语言，普通话写作以它既有的特点、优势甚至缺陷，与日后整体评价共和国文学的发生与确立，构成密不可分的内在关系。

一、从国语到普通话

普通话写作的内核是普通话，审视普通话写作，离不开对普通话本身的反观与凝思。普通话是怎样形成的，它与文学语言的背离与耦合呈现出什么样的历史图景，虽然从事国语运动的语言学家有所梳理，但立足于文学语言的维度对它进行钩稽清理并标举其意义的还暂付阙如。进一步说，普通话是一个属于在能指的稳固中却不断滑动其所指的术语，这一切都必然涉及它的溯源以及相应的辨析。

普通话写作的基础是普通话本身的建构，梳理普通话的渊源、发生、发展与历史变迁，辨析普通话内涵的时代变迁，则是审视普通话写作的逻辑起点。普通话的出现，是统一语言、推行国语所面临的一个首要问题。在清末倡导的切音字运动中，出于言文合一的考虑，语言界的先行者试验性地提出了各种方案，也产生了许多新的名词术语，普通话是其中之一。"普通

---

[1] 于坚：《诗歌之舌的硬与软——诗歌研究草案》，载《拒绝隐喻》，云南人民出版社，2004，第 137 页。

话"本身是一个偏正结构的短语，即"普通"的"话"，与"普通语"演变相关①；"普通"是一个来自现代日语的外来语汇，它由汉字构成，是由日语使用汉字来翻译欧美词语所创造的新词②。朱文熊于 1906 年在前人的基础上最早提出了"普通话"，并给它下了定义。他认为汉语可分三类：一类是"国文"（文言），一类是"普通话"（各省通行之话），还有一类是"俗语"（方言）。③从当初所界定的含义来分析，"国文"（文言）"通行"了近两千年，主要限于特定人群；"俗语"（方言）仅在特定地域"通行"。而与这两者不同，又能"通行"于各省，可以说是一种崭新的统一的语言，虽然在当时仅仅是一种建构中的乌托邦式的语言。联想起来"普通话"大概与当时的"蓝青官话"有更多的相似之处吧。这是一种民族、国家共同语的语言雏形，虽有一个简短的限定，但缺乏实质性的内容。用什么话来统一全国的语言，怎样来统一全国语言？清末汉语拼音运动刚刚草创，其幼稚与空疏也是情理之中的事。

随着对此陌生话题的关注与研究，言文一致渐渐有了清晰而具体的轮廓。从中国语言的演变史来看，明清以来的北方官

---

① 1902 年吴汝伦奉命去日本考察教育学制，在其记录日本见闻的《东游丛录》一书中，有"普通话"的说法，参见老兵《"普通话"这个词的来历》，载高等院校文字改革研究会筹备组编辑《语文现代化》（1980 年第 2 辑），知识出版社，1980，第 186 页。

② 刘禾：《跨语际实践：文学，民族文化与被译介的现代性（中国，1900—1937）》（修订译本），宋伟杰等译，生活·读书·新知三联书店，2008，第 387 页。

③ 倪海曙：《推广普通话的历史发展》，载倪海曙著作编辑小组《倪海曙语文论集》，上海教育出版社，1991，第 166 页。

话其实是最有资格的。从清末到民国初年，新的术语"国语"这一概念一经提出便广为流行，即为有力的佐证；"普通话"似乎昙花一现，被扔在一边无人问津。对"国语"的概念、标准进行限定的莫过于江谦。他说："东西各国方音之殊，无异中国，自用标准语为教育，而全国语言一致。……中国官话既有南派北派之分，而南北之中，又相差异。学部既谋国语之统一，编订此项课本时，是否用标准京音？""各国国语，皆有语法，所以完全发表意思之机能。语法之生，虽原于习惯，而条理次序之规定，则在读本。学部编订此项课本，是否兼为规定语法？"又说："各国国语，必有辞典，以便检查，所以防易混之音，别各殊之异义，而识未习之字。……此项国语辞典，是否亦为应编之一？"[①]以上所议，虽是江谦议员向清廷奏报的质询，但国语之名中的内容如语音、语法、语汇三要素已大体提及。正如"国民"一词立足于一国之民的阐释，"国语"也是立足于一国之语的释义。从语音、语汇、语法角度充实这一概念，是走上正途的标志。随后陆续有语言学者提及施行国语的措施、机构、进程等诸事，不断增补、丰富这一概念。从民国初年到新中国成立这一历史时期，"国语"基本上是一个得到大面积认同的概念。与"国语"相比照，朱文熊提出的"普通话"概念仅是一个空壳，缺乏最起码的内容。与文言、方言土语不同，又能"各省通行"，朱文熊的设想带有乌托邦色彩，也由此可见一斑。不过，从以上粗线条的梳理中，我们大体可以明晓，语言的分歧是客观存在的古老话题。在差异中寻找相

---

① 倪海曙：《推广普通话的历史发展》，载倪海曙著作编辑小组《倪海曙语文论集》，上海教育出版社，1991，第169页。

同，求同的思维是自古皆然的。从古至今，不论是口语还是书面语，一种基于人员流动后相互交流的共同语言，一种适应社会上这一庞大群体并且为他们所遵循的语言，是整个社会的需要，是语言发展的必然结果。根据语言自身特点，这种民族的共同语背后必然要有一种具有地域性、权威性的母语方言作为基础，诸如与不同朝代共衰荣的中原之音与北京话便是这样的地域方言。

　　"国语"在中华民国的三十多年间，一直作为口号与目标而存在着，但它的发展并不顺畅，加之先天营养不良、生不逢时，缺点也不可避免地存在，来自各方面的有形或无形的阻力也是显而易见的。由白话包装的"国语"，在 20 世纪二三十年代发展成了不文不白的语言，是一种"近文之雅语"，远远没有达到共同语规范化的标准。于是朱文熊提出过的"普通话"这一名词又被提出来了，鼓吹最力者为革命家瞿秋白。时代在变，这一语汇的内涵也在变化。作为一个政治人物，瞿秋白于 20 世纪 30 年代在《大众文艺的问题》《普洛大众文艺的现实问题》《鬼门关以外的战争》《新中国的文字革命》《罗马字的中国文还是肉麻字中国文？》等数篇文章中一边抨击"五四"以来的白话文（国语）是一种非驴非马的"骡子话""鬼话""半死不活的言语""活死人的腔调"等，一边进行想象中的普通话建构。在他的论述中，语言是有阶级性、等级性的，"五四"以来半文半白的白话，属于资产阶级的私立，将随着资产阶级民主革命的失败而被扔到历史的垃圾桶。从资产阶级革命过渡到无产阶级革命，必然还需要一次新的文字革命，即"俗话文学革命运动"。他所指的"俗话"，也就是"现代人的普通话"。对于普通话，他在 1930 年与止敬（即茅盾）关于大众文艺"用什么话写"的问题讨论中便旗帜鲜明地提出过，后来也反复论证过。新的文学革命在肃清新旧文言的同时，取而代之的"就要一切都用现代中国活人的白话来写，尤其是无产阶级的话来写。无产阶级不比一般'乡下人'的农民。'乡下人'的言语是原始的，偏僻的。而无产阶级在五方杂处的大都市里面，在现代化的工厂里面，他的言语事实上已经产生一种中国的普通话（不是官僚的所谓国语）！容纳许多地方的土语，消磨各种土话的偏僻性质，并且接受外国的字眼，创造着现代科学艺术以及政治的新的术语。同时，这和智识分子的新文言不同"。[1] 普洛大众文艺也好，非大众的普洛文艺，都要用"现在人的普通话来写——有特别必要的时候，还要用现在人的土话来写（方言文学）。无产阶级，在'五方杂处'的大城市和工厂里，正在天天创造普通话，这必然的是各地方土话的互相让步，所谓'官话'的软化。统一言语的任务也落到无产阶级身上"。[2] 瞿秋白的其他文章中还有一些类似的说法。据瞿氏所言，普通话是一种与新兴的无产阶级，包括以工人、农民为主的民众密切相关的语言，它来自活人嘴唇的话，最核心的是读出来底层民众可以听得懂。这种"听得懂"，以"听懂"作为标尺，是直观的也是具体的。尽管瞿秋白当时的普通话主张遭到质疑，后来的研究者也认为他的主张有历史的局限，但他当时确实在有破有立中大刀阔斧地为普通话杀出了一条血路，坚持中国社会需要新的文学革命这一既有主张，描绘了掺杂地方方言的普通话在全

---

① 瞿秋白：《大众文艺的问题》，载《瞿秋白文集》（文学编第 3 卷），人民文学出版社，1989，第 16—17 页。

② 瞿秋白：《普洛大众文艺的现实问题》，载《瞿秋白文集》（文学编第 1 卷），人民文学出版社，1985，第 468 页。

国范围内形成的过程，只是发展才到一个初步的阶段而已。通过他的鼓吹与描述，这种普通话是在逐步壮大、完善的。结合瞿氏其他论述，我们从中可以看出他的另一设想，即普通话建构走的是从土语到方言普通话（即通行了大的方言区），再到全国普通话这样一个"之"字形过程；普通话之"普通"程度是要普及到每一个工农劳苦大众口中。这一过程是漫长的，带有革命性的，而方言化的普通话则是不可缺少而且非常重要的阶段，这种立足于城市的大方言逐渐取得领导地位，互相竞争，排除人为干扰，最终适应全国社会经济统一化的语言才有可能成为全国的普通话[①]。这与他反对以北京语音为标准音与以北方话为基础方言也是相一致的；远一点说，也与他在城市里武装暴动夺取政权，而不是毛泽东式的农村包围城市以取得胜利的政治思想相吻合。

作为一个概念来看，普通话在瞿秋白论述中也还缺乏具体、明白、清晰的界定，相反他选择的是模糊、笼统的说法。比较之下，他最关心的是普通话的形成过程、阶级属性、用途目的等诸方面。不过，从朱文熊到瞿秋白，普通话这一概念在20多年中，发展特别迅猛，在社会上的使用频率也相当高，不论是反对者还是支持者，都随手拈来这一概念在使用，证明它具有特别旺盛的生命伟力。

随后不久出现的大众语讨论中，普通话再一次大面积地卷入进来。1934年，为反对"文言复兴运动"，上海等地又掀起"大众语"运动，提倡"大众说得出、听得懂、写得顺手、看

---

① 瞿秋白：《新中国的文字革命》，载《瞿秋白文集》（文学编第3卷），人民文学出版社，1989，第284—295页。

得明白的语言"。这一讨论仍在普通话、白话、文言、方言等几项术语中间周旋，"大众语"也是从底层普通民众实用、方便、容易的角度提出的概念，与瞿秋白关于普通话的主张有部分相同之处，后来的争执可以证明这一点，也类似于鲁迅所说的语言的"专化"与"普遍化"。"大众语"与"普通话"两个概念之间有相通的地方，是这一讨论中最有意味的地方。"普通话"这一词汇出现的频率很高，虽然每一个论述者对概念的内涵与外延理解并不相同，但重叠之中无形中扩大了普通话的影响。对于普通话的内容，主流观点是各种土话方言，流行最广的土话方言不断充实，最终成为普通话的实体。

抗日战争爆发后，"国语"推行工作由于时局的大变动而停滞不前；但在战争时期人员大迁徙的过程中，特别是乡村农民的语言在这一迁徙中声势渐大，一种类似于五方杂处的混杂着各地村庄乡音的"普通话"广为流行；追求语言的普通、普遍大行其道，"普通话"深入民间，开展得如火如荼。普通话的"流行"，方言起到了丰富普通话的作用，这一思维在不同的论述中是有代表性的。普通话容纳方言而又超越方言，来自活人的唇舌而又有所提炼，这大致确定的途径，在后来的普通话发展中得到了历史的机遇，也得到了历史的检验。

这一机遇与检验的过程随着"民族形式"的论争提速了。20世纪40年代，"民族形式"的讨论成为一个炙手可热的新话题。在涉及文艺的民族形式、民间形式、大众化等问题时，语言问题再次凸显出来，成为一个不能回避的重要问题。联系到当时由于战争所造成的文人由城市进入乡村这一事实，地方语言与书面语的统一性再次对立起来。一方面书面语接受语言的地方化，被迫面对各地的方言土语与民间文艺形式，一方面地方语言借助某种普遍化的语言工具去适应语言交际。群众语言历史性地成为一个必须面对的事实，这一事实在解放区得到圆满解决，也只有在依靠广大民众进行抗日战争的解放区才能真正得到解决。这是毛泽东在延安文艺座谈会上的讲话中的一个重要话题，也是他在延安整风中的一个重要环节。群众口语，成为解放区文学面对天时与地利的最佳选择，在这个意义上，以大西北为地域背景、以赵树理为代表作家的西北方言，化身为群众口语，渐渐占据要冲。当然，全国各地的方言文学也多少受到刺激与提升。"群众口语""地方语言"使普通话让位了，也真正得到了发展。与瞿秋白立足于城市不同，毛泽东把思想之根扎在乡村，保持去芜存精之思。虽然当时没有提及普通话这一名称，但所指的事物有类似之处。与瞿秋白盯住大都市五方杂处所形成的现代中国普通话不同，乡村的群众语言成为另一端口上的类似语言。在延安文学、解放区文学代表性作家的自述，以及权威批评的论述中，几乎很难找到普通话这样的词汇，而代之以"口语""群众语言"等词语。这是内容大于形式的一种文学语言，静悄悄地带来一场新的语言革命。

中华民国之"国家"政体，随着国民党败北而在大陆终结，和它休戚与共的"国语"这一概念也随之被新生的中华人民共和国所抛弃。中国共产党执政的新中国，在梳理党的革命历史的过程中，自然追溯到了"普通话"。在普通话与国语之间，自然倾向于前者。普通话概念得到重新挖掘，发扬光大，并得到了前所未有的荣耀与地位。

新中国成立伊始，政治的统一内在而强烈地呼唤语言的统一。新生的中国，是一个统一的多民族国家，而共同的语言是巩固现代民族国家的基石。20 世纪 50 年代之初，陆续便有各种包括扬弃方言土语、文言、放逐欧化语等规范语言的声音出现。在短短几年之间，一种与大一统的政治局面相适应的规范性的民族共同语，呼之欲出，正可谓万事俱备，只欠东风。这东风果然如期而至，普通话的提炼、充实与定型，便是 1955 年 10 月全国文字改革会议与现代汉语规范问题学术会议的主要议题。全国文字改革会议虽然立足的是文字拼音化，但在力证这一趋势时，提出的过渡与基础是推广以北京语音为标准音的普通话。现代汉语规范问题学术会议并不是一次普通的学术会议，而是学术与政治的联姻，参加会议的有北京和国内其他地区的语文研究工作者、语文教育工作者以及文学、翻译、戏剧、电影、曲艺、新闻、广播、速记等方面的代表 120 多人，其中包括数位来自苏联、罗马尼亚、波兰等兄弟国家的语言学家。会议由中国科学院院长郭沫若致开幕词，国务院副总理陈毅做了重要指示，闭幕后胡乔木和代表们作了一次谈话。可以看出，在当时这是一次最高规格的带有政治意义的大型学术会议，其影响似乎不亚于已召开过两次的"文代会"（中华全国文学艺术工作者代表大会）。会议讨论的分议题主要有：汉语规范化的重要性，语音、词汇、语法以及词典编纂、翻译方面的问题，此外还包括普通话与方言、文学风格与语言规范化的关系等方面的内容。在科学院语言所罗常培、吕叔湘联名所作的报告中，深入探讨了现代汉语规范的迫切性、所要解决的原则问题、怎样进行规范化工作等指导意见。民族共同语与普通话之间画上了等号，焦点集中在普通话的建构上。

换一个角度来看，这次会议内容集中于落实民族共同语与普通话如何合二为一，互相替换。而且，普通话既是汉民族的共同语、标准语，也是中华民族的共通语，后来全国各少数民族地区也通行普通话。普通话以北方话为基础方言，以北京语音为标准音，是符合汉语的实际情况和历史发展的。在这次会议上，对普通话的定义还不全面，对普通话的定义是粗陋而不成熟的。1956年2月6日，国务院发布《关于推广普通话的指示》中，才第一次完整表述了普通话的定义："以北京语音为标准音、以北方话为基础方言、以典范的现代白话文著作为语法规范"。这一定义从语音、词汇、语法三个方面进行了明确的限定。两次会议之后，教育界、出版界、文化界、军队、党政机关、各类学校、总工会、共青团、交通部门等，都有通知下发全国各自系统。华夏大地掀起了一个又一个推广普通话的高潮，1955年到1957年形成了推广普通话的高潮。当时学校教学使用普通话，各行各业使用普通话。短短三四年时间，普通话不胫而走，在全社会妇孺皆知。

经过中华人民共和国成立后四五年的酝酿、收缩与突围，到全国文字改革会议与现代汉语规范问题学术会议的正式亮相，普通话在20世纪50年代中期爆破式地迎来了它最好的历史时期，一直延续至今。其间虽有反复与退却，但总的趋势是强化普通话的合法性。普通话融入社会，逐渐壮大，语言生态趋于单一化，则是普通话归宿的最好注脚。

由国语而普通话，两者不可相提并论，其关键是后者有政治行政力量的持续推动。普通话渗透进整个国家与人民的生活之中，主要依靠政治行政力量，辅之以学术之力，两者全速推进了"普通话"这一民族共同语的历史进程。"多作或一程度的大众化的文艺，也固然是现今的急务。若是大规模的设施，就必须政治之力的帮助，一条腿是走不成路的，许多动听的话，不过文人的聊以自慰罢了。"[①] 1930 年鲁迅的预言，20 多年后落到了实处，成为当时狂热国土之上的一种现实图景。借"政治之力的帮助"，文学语言在语言发展史上起了突变，"普通话"与中华人民共和国一路同行，毫无争议地取得了合法性。

二、普通话写作的时代建构

在"五四"前夕的白话文运动中，胡适提出一个流传甚广的论点——"国语的文学，文学的国语"，这是建设新文学、进行文学革命的唯一途径。在没有标准国语的情况下，唯一的工作便是用白话工具去做白话的"活文学"，如尽量采用已有的四大古典白话小说的语言资源，采用今日的白话，甚至还可采用浅显文言来补充。其中，在沟通国语与方言土语之关系上，胡适认为"一切方言都是候补的国语"，变成正式的国语则有两点：一是在各种方言之中，通行最广；二是在各种方言中，产生的文学最多[②]。

以此来反观普通话写作，将"国语的文学，文学的国语"替换成"普通话的文学，文学的普通话"同样是适当而贴切的[③]。20 世纪初，朱文熊首提"普通话"这一概念，但淹没在

[①] 鲁迅：《文艺的大众化》，载《鲁迅全集》（第 7 卷），人民文学出版社，2005，第 368 页。

[②] 胡适：《国语文法概论》，载季羡林主编《胡适全集》（第 1 卷），安徽教育出版社，2003，第 421—422 页。

[③] 代表性的有林汉达的《试验用普通话写作》，载高等院校文字改革研究会筹备组编辑《语文现代化》（1980 年第 1 辑），知识出版社，1980，第 129—134 页。

白话、国语的汪洋大海之中，缺乏相应的文学创作，因此没有什么影响，仅仅成为后来的语言学家追溯术语的起点。20世纪30年代是大众崛起的年代，民族危亡的形势呼唤大众的觉醒，在启蒙大众的星星之火中，与大众语并行的普通话成为"五四"白话去精英化的一种选择。在瞿秋白等人眼中，中国大众要求自己有的大众文化的时代到了，半文半白的欧化的白话文成为众矢之的。白话文没有走向大众（大众语），普通话可以走向大众。在当时的大众语讨论中，有不少这方面的主张，因为大众语既涉及阶级属性，还存在一个地域属性，中国幅员辽阔，方言复杂，此地大众的大众语与彼处大众的大众语是隔膜的。大众语无非是无产阶级的普通话。同样，大众语必须为大众所熟知，必须有大众语文学，陈子展说，"所谓大众语，包括大众说得出，听得懂，看得明白的语言文字。标准的大众语，似乎还得靠将来大众语文学家的作品来规定"，"大众语文学在诗歌小说戏曲三类，说听看三样都须顾到，尤其要注重听，叫人听得懂"①。可惜的是，当时没有多少真正大众语文学作品出现，譬如瞿秋白一边提倡"现代中国普通话"，一边身体力行做了一些方言化的、贴近底层百姓生活的诗文，如《东洋人出兵》之类，但总的来说，在文学界的影响并不显著。

既然大众语也是某种形式的普通话，就要考虑以何种地域语言为基础进行建构，于是多数人认为北平话最为合适。"大众语必以一种活的言为基础。中国四分之三的语人能懂的活的

---

① 陈子展：《文言——白话——大众语》，《申报·自由谈》1934 年 6 月 18 日。

语言便是滤过的北平话。北平话又最好听，好听，人就愿意学，因此，北平话实有成为大众语之主要成分之资格。但大众语应当胆量大，凡与大众前进生活有亲切关系的各地土语，甚至于外国话都可尽量吸收。"① 大众语不与文言相容，与"五四"以后新的白话也有隔膜，也不完全是方言文学，而是说得出，听得懂，写得顺手，看得明白。其中写得顺手、轻松，也是不具体的。老舍的作品，当时大多以他的家乡北平话写成，在大众语文学中占有一席之地。在"国语的文学"和"文学的国语"被置换成为"大众语的文学"和"文学的大众语"的过程中，大众语与文学的联姻最被看重。20世纪三四十年代中，除了最为典型的老舍外，一批从事语言运动的学者、左翼文学影响下的作家有不少尝试。这里仅以倪海曙与欧阳山为例，作一说明。欧阳山写大众小说，是在1932年的广州，在文学用语上决定尽量用广州话来写，当时就出版了一些受到普通读者欢迎的粤语小说等作品。20世纪40年代，从事文字改革工作的倪海曙，试写一些通俗的大众语文学，主要以诗歌为主，也创作了一些戏曲、小说、散文，他说："我用方言（上海话和苏州话）写，也用最平常的普通话写。在语言的问题上，我遵守文字拼音化的一个最基本的原则，就是写的和说的一致，念出来能听得懂。"② 从上海话的沪剧《警察访问》与《望阿奶》，小说《三轮车》；苏州话的诗《太太走出厨房》，小说《黄包车》等大众语作品来看，其内容贴近底层生活，风格生动风趣，颇受赵景

① 陶知行：《大众语文运动之路》，载宣浩平编《大众语文论战》，上海启智书局，1933，第195页。

② 倪海曙：《杂格咙咚》，生活·读书·新知三联书店，1981，第1页。

深、陈望道、郭绍虞等人的称赞。

但从民国文学的主潮及其史实的书写来看，这些尝试与探索没有得到正面的积极评价。重新回到 20 世纪 30 年代的大众语、大众语文学的论争旋涡中，大众语文学与"五四"的白话文学在实质上同中有异、异中有同，成果要比白话文学差一大截。大众语的推行，没有大量相关文学的支撑，往往成为无源之水，这也就是大众语、普通话这些概念在 20 世纪 30 年代得到社会的一定关注但产生的实际效果不尽人意的原因所在。后来虽然没有提这样的口号，但文学语言面向底层民众的浅俗化倾向一直在探索中前进。抗日战争的硝烟弥漫之中，出于战争把底层民众卷入其中的事实，在解放区这片土地上，大众语文学的创作转换成了农民方言口语的文学，这与毛泽东在延安文艺座谈会上的讲话又纠结起来。在华南方言文学运动中，茅盾对"国语的文学，文学的国语"颇有微词，断定为不正确的观念，应当加以纠正。在他的追述中，其纠正的方式是把"五四"以来的白话文学称之为"北中国的方言文学"，与广东方言文学的广东白话文学，两者是并列的，具有同等地位[①]。如果把茅盾所指的"广东"地名换成其他地名，也有相似的方言文学，则自然扩大了各地方言文学的影响。譬如重庆大后方文学中的四川方言诗热潮、华南粤语方言文学运动，都是受引入的解放区作品的有力刺激，以及当地方言区域的地域优势引导等，都是典型的案例。以延安为中心的西北文坛后来汇集的《中国人民文艺丛书》，赵景深就评价其中"所应用山陕一带方

---

① 茅盾：《杂谈"方言文学"》，载香港《群众》周刊第 2 卷 3 期，1948 年 1 月 29 日。

言的作品，更不知有多少"①。

在 20 世纪 50 年代新中国大力提倡现代汉语规范化、推广普通话的运动中，强化并独尊普通话写作成为事实。作为一个现代民族国家，新中国借助政党和国家机器推行语言变革，在目标规划、机构设置、制度考虑和宣传动员上，都是花最大力气去做，但是最为根本的也还是落实在文学创作上。这一点从当时的文件、通知以及作家的呼应、表态等上可见一斑。《人民日报》的社论在现代汉语规范问题学术会议还没开始讨论便定下了基调："语言的规范必须寄托在有形的东西上。这首先是一切作品，特别重要的是文学作品，因为语言的规范主要是通过作品传播开来的。作家们和翻译工作者们重视或不重视语言的规范，影响所及是难以估计的，我们不能不对他们提出特别严格的要求。"②

如果说会议之前，推动它的力量主要是像吴玉章、胡乔木等政界人物，以及新中国成立前后活跃的诸如罗常培、吕叔湘、王力等语言学家的话，那么实质上起到真正作用的仍是全国各地的广大作家。郭沫若、老舍、夏衍、叶圣陶等一大批作家卷入其中，便是明证。美学家朱光潜当时回复老舍的信中说："争取汉语规范化，说到究竟，真正促成语文规范化的还是在群众中有威信的作家。"③像重新学会怎样说话一样，抛开对熟悉语言的迷恋，投入浩瀚而陌生的共同语规范化汪洋中，也是一个重新开始、适应的过程。时代主潮裹挟着运动的激流，在不断分化中凝聚着人

① 参见赵景深为《杂格咙咚》所作的序，载倪海曙《杂格咙咚》，生活·读书·新知三联书店，1981，第 6 页。

②《为促进汉字改革、推广普通话、实现汉语规范化而努力》，《人民日报》1955 年 10 月 26 日第 1 版。

③ 老舍：《老舍全集》（第 15 卷），人民文学出版社，1999，第 755 页。

流。具体来说，首先是各种政府部门、文化单位、出版机构、社会团体中的领导型文人集体加入了这一运动，如郭沫若、茅盾、周扬、叶圣陶、老舍、艾青、何其芳、田间、李季、臧克家、袁水拍、沙鸥、公木等。他们有的直接参与了这一系列事件，共商国是，有的在大会小会上贯彻和落实党与政府所交代的这一政治任务；有的则在创作与修订旧版著作中或者改弦易辙、另觅出路，或者明显放慢探索脚步、在观望中前行。其次，具体落实到散居全国各地的作家身上，他们一方面通过《文艺报》等传媒引导、规范，将其写作纳入既定的轨道上；一方面通过各种批评，乃至批判，正反出击，强制执行普通话写作这一有关大一统的文化政策。新中国文学所有文体均是如此，尤其以小说、话剧为重。普通话写作，已跃居到了一元的位置，作为对立面的非普通话写作，也就成了被约束、被清理的对象。

从"国语的文学，文学的国语"到"普通话的文学，文学的普通话"，两者产生的作用是相同的，也是身处当时的作家不可避免要面临的问题。政治立场和语言立场有重合之处，这是新中国作家集体认同的必经之道。虽然也有个别人加以抗拒，"拿推广普通话的理由，反对和非难作家的采用方言土语""忽略了作家也有提炼群众语言来丰富普通话的责任"[1]。但这样的声音太微弱了，非普通话写作在新中国文学的实践中丧失了合法性，其中最为典型的莫过于限制方言文学[2]。

① 王西彦：《读〈山乡巨变〉》，《人民文学》1958 年第 7 期。

② 参阅笔者论文：《普通话写作的倡导与方言文学的退场》，《广播电视大学学报（哲学社会科学版）》2011 年第 4 期；《〈女神〉版本校释与普通话写作》，《广东社会科学》2012 年第 3 期；《苏联经验与普通话写作——以郭沫若为中心的考察》，《福建论坛（人文社会科学版）》2013 年第 12 期。

从观念认同到创作实践，20世纪50年代作家对普通话写作的选择并不是一个简单与一次性完成的过程，尤其是非北方方言区的作家，其语言的转换是艰难而漫长的，但再艰难也要扛住，再漫长也要坚持。当然也有一部分作家对普通话写作并不适应，加上其他的原因就中断了自己的创作。在一个政治化的时代，对语言立场、文学立场与政治立场的同一性的强调，使当代作家在分化中开始了各自的人生轨迹；从语言维度考察，当代文学确立的标志与普通话写作的普遍化，则是对应的关系。

三、结　语

普通话写作与民族共同语的建构具有同构性，普通话写作与共和国文学的确立既有密切的相生关系，也有互相难以调和的内在矛盾。这一问题实际上相当复杂，直到今天来看，学者也常常对此呈现出对立、矛盾的见解。它在实践上并没有获得很好的解决，而且还会在相当一段历史时期内延续下去。作为一个重大问题，普通话写作与共和国文学发生之后的演变与各种张力，无疑更值得思考与总结。

群众口语与"十七年新诗"的语言基座

1949 年是中国 20 世纪政治、经济、文化的重要分水岭。伴随着新中国政权确立而焕然一新的文学被命名为共和国的文学，它全面、深入地反映社会主义建设时期的社会生活，作为其开端的"十七年文学"更是具有特定时代的典型性质。从文学语言角度来考察，普通话写作的推行与共和国文学的确立相互依存，成为这一时段显著的存在；群众语言与普通话互为存在，差异性显著，也自然成为此一阶段文学语言流变的外在载体。具体到中国新诗文体而言，群众口语入诗的全面兴起，已是时代的主潮，群众口语是"十七年新诗"的语言底色与基座。

一、群众口语的生成与流变

从 1949 年到 1966 年，在中国当代文学史上被称之"十七年文学"时期，也是社会主义建设初期文学的典型发展阶段。从文学会议、制度等角度来看，在"十七年文学"时期一共经历了三次大规模的文代会（中华全国文学艺术工作者代表大会）：从1949年第一次文代会到1953年第二次文代会，再到1960年的第三次文代会，共和国文学的发展与政治关系十分密切，差不多都在文代会上体现出来，而且是作为政治晴雨表的及时反映与综合呈现。1955年10月，现代汉语规范问题学术会议在北京召开，把现代汉语规范问题提到了一个时代的崭新高度，既全面影响了社会语言的宏观生态，也在微观层面不断扩大渗透面，覆盖了语言的方方面面。共和国文学视野下中国新诗的发展与演变，也是同样的情形，新诗的语言形态与追求有相应的要求：以群众语言为主体，以鲁迅、毛泽东的语言为范本，后来具体归结到"普通话写作"本身，即是一种硬朗、直白、刚性，大众化与民族化兼顾的文学用语形式[1]。

第一次文代会在尘埃落定的北平召开时，从延安"带着胜利者的骄傲和丰富成熟的'工农兵文艺'经验"[2]走来的领头人周扬全面系统地做了主题报告——《新的人民的文艺》，在报告中他理直气壮地提出"四新"，"新的语言"即为其中之一，报告者认为自1942年毛泽东《在延安文艺座谈会上的讲话》发表以后，解放区文学在语言上是全"新"的，是"工农群众的语言"的胜利，"做到了相当大众化的程度"。新的语言背后则是新的思想、主题、人物，新的世界。整个20世纪50年代至60年代，像"口语""群众语言"一样，"新的语言"逐渐被重新

---

① 参阅笔者著作：《普通话写作与当代文学的确立》，台湾花木兰文化出版社，2014。

② 孟繁华、程光炜：《中国当代文学发展史》，中国人民大学出版社，2008，第25页。

赋予新的内容，延续了 40 年代延安文学的语言经验[①]，并且又被具有既定时代内涵的"普通话"概念所代替，与此相关的文学语言则自然以此为标杆——普通话写作的倡导与合法化，成为共和国文学确立的显著标志。

20 世纪上半叶总体上是以国语为语言形态，如果从南北文学的分界来加以说明，则是南方作家占据优势，北方作家屈居其后，所以方言化、杂语纷呈的文学用语特征明显。但自 1949 年下半年第一次文代会后，随着中华人民共和国成立，民族国家大一统的观念普遍贯通下来，对语言的统一、稳定、规范与一体化的认知也变得普遍、权威起来；20 世纪 50 年代以后的当红作家，大多有以延安为中心的根据地生活背景和经历，来自解放区的作家携带政治的优势，理所当然地占据新的制高点。比如，出席第一次文代会的代表有 753 名，其中来自中国人民解放军军队系统与整个解放区的代表，也就是以北方地域为绝对主力的作家就有 400 多名，出席理由是其文艺工作者的基数为 6 万；来自国统区与全国其他大部分地区的代表仅 300 多名，其中国统区文艺工作者基数为 1 万，照当时说法大体上一个代表背后有 100 名左右的文艺工作者[②]。从中不难看出，获得认可的作家比例与地域作家数量有政治上的倾向性，在统计人数方面也带有主观性。在此基础上建立起来的新中国创作队伍主力，便可清晰看出作家群体的出身、地域与语言禀赋了。著名学者

① 陈思广、廖海杰：《延安文艺政策与现代长篇小说新格局的形成》，《贵州师范大学学报（社会科学版）》2016 年第 5 期。

② 周恩来：《在中华全国文学艺术工作者代表大会上的政治报告》，载《中华全国文学艺术工作者代表大会纪念文集》，新华书店，1950，第26—27 页。

洪子诚认为来自北方方言区的"中心作家"占据了"十七年文学"的要津，其审美、语言风格与他们出身的地域密切相关[1]。事实上确实如此，这一状况一直延续到20世纪70年代。没有什么比创造文学历史的人——这一关键因素的更替——所起的作用更大了，而且这一"换人""换思想"的变更过程是暴风骤雨式的。扭转乾坤的力量来自党和政府的政治需要，来自民族国家想象共同体的迫切要求，也源自作家的政治态度与文学立场。

具体到中国新诗本身，随着20世纪50年代反右运动的发动与结束，社会主义的生产"大跃进"运动的提倡与展开，最为典型的知识分子精英诗人队伍得到较大范围内的整顿与调整，诗歌语言欧化风格得以清除，群众口语频频上镜。其中，新民歌运动是诗歌语言的一次集中表现。由于是从上到下贯穿下来的，形成了一个全民写诗、全社会"诗化"的特殊现象。新民歌运动作为典型个案的诗语狂欢化现象，可以作为重点个案予以剖析。联系新民歌运动前后，便可大体窥见"十七年文学"时期诗歌的基本面貌。

"十七年诗歌"是诗歌走群众化、大众化的新路，其语言基座是群众口语。经过新中国成立之后多年的现代汉语规范化思潮之清洗，群众口语也出现了新的特质，一种硬朗、通俗而具有普遍性的语言形态，正在形成工农语言的样品[2]。"不同的语言风格"似乎并不明显，方言化的鸿沟有所填充。因为带有

---

[1] 洪子诚：《中国当代文学史》，北京大学出版社，2007，第29页。

[2] 郭小川：《怎样使诗歌更快更好的发展——1958年6月3日在诗刊编辑部的座谈会上的发言》，《诗刊》1958年8月号。

过渡性特征，语言的夹生、混用现象倒是十分典型的，当时活跃的诗评家安旗发现，"从一些具体作品来看，新诗民族化群众化的风格仍然是不够成熟的。不够成熟的现象特别明显地表现在诗的语言上"。"在这些优秀的或较好的作品之中，往往在一些玉润珠圆的段落之间夹杂着一些生涩的诗行；在一些精彩的创造之外也出现一些机械的模拟。或者借用了过多的文言句法和语汇，而又未完全消化；或者吸收了大量的方言土语而缺乏提炼，结果南腔北调；甚至生造一些似是而非的词句，竟不管通顺与否；诸如此类现象，好像佳肴中的泥沙，往往影响整个作品质量"。"诗歌语言上这种夹生现象，在当前诗歌创作中相当普遍"。[①]

与语言的"不同风格""语言夹生"现象的说法比较相近的，还有诸如语言混用、群众口语不成熟、语言生硬、洋腔洋调等说法。问题是，诗歌语言的形成最后到底呈现的是什么样的特征呢？经过岁月的沉淀之后，到底有哪些因素左右了诗歌语言的发展呢？无疑，服务工农兵的读者意识，处于关键地位。

二、读者意识与诗歌语言"欧化"的批判

切实面向并服务最广大工农兵读者，是 20 世纪 50 年代的读者观。这些诗歌读者的文学素养、心理、审美与接受等处于一个较低的初级阶段，与知识分子读者相比，工农兵读者显得

① 安旗：《新诗民族化群众化问题初探》，《人民日报》1962 年 6 月 24 日第 5 版。

落后一截。服务于工农兵读者带有一定的迁就性质，特别是对于精英知识分子诗人而言。诗人总是感觉到自己已经最大限度地放下身段，但仍与群众的趣味与语言观念有较大的距离。比如在当时的热烈讨论中，一位通俗报纸的副刊编辑说，为了弄明白农民到底喜欢哪一种诗歌形式，1954 年和 1956 年报纸编辑们进行了两次调查，还开了几次农民通讯员座谈会进行调查。"调查的结果是：几乎是所有的农民喜欢山歌、快板、民歌和句子短、有韵的诗，就是不喜欢句子长、没有韵的新诗。"[1] 在调查中，赞成新诗的主要是教师、学生和机关干部，也就是说后者大体属于既有的知识分子队伍。鉴于这一情况，这份通俗语报纸就大量刊登山歌、快板、顺口溜、金钱板等通俗的诗歌和曲艺。在农村也有人调查过该问题："我曾和社员们不止一次地谈到关于民歌和新诗的问题。他们都这样反映：一些诗人的东西，总感到有点味道不合，有点洋腔，什么星星啊，露珠啊，花啊，月啊，眼睛啊，辫子啊等等，一点也不干净利索，更奇怪的是有些诗人故意寻求'含蓄'。"[2] 相反得到赞赏的是，"民歌所描写的都是今天的现实生活，用的词句都是生活里的口头语，提炼过的口头语。不像某些诗人的作品一念起来恐怕连他自己也听不懂"。[3]

诗句冗长、学生腔或是洋腔洋调，一直是作为群众语言的对立面而被强调和贬斥，在当时的语境下经常有意无意地被轻易地抛出来进行批判。学生腔或是洋腔洋调，指的是知识分子

---

① 韩郁：《诗歌下放真正的涵义是什么》，《星星》1958 年 8 月号。

② 李春学：《农民喜欢自己的歌》，《诗刊》1958 年 6 月号。

③ 金帆：《学习民歌的几点心得》，《诗刊》1958 年 10 月号。

或读书人的酸腐诗腔，或是欧化之后仍未中国化、本土化的残羹剩饭。在20世纪50年代是如此看待这样的诗歌，延伸到20世纪60年代，也仍是戴着这样的眼镜去看待。文坛掌门周扬评论新诗的看法应该具有代表性，他在《新民歌开拓了诗歌的新道路》一文中认为新诗"最根本的缺点就是还没有和劳动群众很好地结合"，"群众不满意诗读起来不上口，特别不满意那些故意雕琢、晦涩难懂、读起来头痛的诗句，总之，群众厌恶洋八股"[①]。

周扬这一说法差不多源自毛泽东《在延安文艺座谈会上的讲话》，是一种层层沿袭的说辞，这一理论可以到处遍地开花。在当时对学生腔评价甚低，学生腔意味着不成熟，意指学生时代的尝试与练笔。由于中国20世纪主要是向西方学习，学生腔本身就带有语言洋化、欧化的痕迹，只不过欧化当时的名声更坏，差不多成了过街老鼠。

"五四"以来诗人队伍中知识分子的语言，尽管能有限度地脱离掉学生腔与洋腔洋调的嫌疑，但总是名不正言不顺。它在当时还有一个称呼，邵荃麟称之为"沙龙式的语言"。这一说法源自马雅可夫斯基《最后一次的演讲》（刊于《诗刊》1957年6月号），意思是指知识分子所臆造的语言，脱离了大街与群众的语言写作，这种语言局限于沙龙小圈子与沙龙情趣。这种语言的代表，邵荃麟点名批评了穆旦的《我的叔父死了》《"也许"和"一定"》两首诗[②]。曾是20世纪30年代现代派诗人的

---

① 周扬：《新民歌开拓了诗歌的新道路》，《红旗》创刊号，1958年第1期。

② 邵荃麟：《门外谈诗》，《诗刊》1958年4月号。

徐迟，在 20 世纪 50 年代中期《诗刊》创办时任副主编，在当时诗论写作方面十分活跃。他在《南水泉诗会发言》中，像邵荃麟认为诗歌有主流与逆流之分一样，他换了一个说法，认为诗风有东风与西风之别，外国刊物上翻译过来的诗歌是低级趣味的东西；评定穆旦的诗句"平衡把我变成一棵树"就写得很隐晦、很糟糕。被徐迟点名属于西风派的还有艾青、蔡其矫、卞之琳以及包括从前的自己（他自述从 1940 年以后就坚决与它割绝了）。在举例方面，徐迟既举了穆旦"平衡把我变成一棵树"一类的诗句，也举了自己写过这一类的诗句，均认为是别别扭扭的文字而被唾弃掉的。诗评家丁力还把诗分为几类：民歌体诗（包括民歌和在民歌基础上发展的新诗），在古典诗歌的基础上发展的新诗，比较口语化的自由体诗、半自由体诗，洋腔洋调的自由体诗和洋腔洋调的格律诗。而他坚决反对的则是后面两种[1]。

与邵荃麟、徐迟、丁力等被否定的学生腔、沙龙式语言，或者是洋化、欧化的诗句等等相对立的则是群众语言，它是通俗的、一说就能明白，一般比较简短、形象。他们认为要丢掉学生腔、欧化等语言毛病，除了学习群众语言，仍然存在一个思想感情的改造问题。在"十七年文学"时期的诗坛上，改造思想这本"经"仍得重复不断地念下去，时时处处得绷紧这根弦，哪怕是农民或工人出身的诗人也是如此，譬如知名的工人出身的诗人孙友田就承认："对我们这些刚刚脱掉学生装，换上工人服的新工人诗歌作者，……还要在劳动中下苦工夫改造自

---

① 丁力：《也谈新诗的道路问题》，《文艺红旗》1959 年 3 月号；《诗话》，《文艺报》1958 年第 20 期。

己。不然唱的还是学生腔"[①]。

三、洋腔与土调：对峙中的语言包袱

新诗语言的欧化，已成为一个被批判的对象。与欧化相对立的，有民族化、民间化的群众语言。如何运用群众唇舌上的语言，是考验诗人进行创作的试金石。在洋腔与土调之间，后者的吸引力盖过了前者。

以《王贵与李香香》著称的诗人李季，在20世纪50年代中期的思想改造中有这样的自认："过去我写的《王贵与李香香》，在不识字的人中间都很流传，这几年写的却有人看不懂。后来，我检查了一下，感到的确太洋气了，自己下决心要改，要恢复我原来的风格。""像我这样以民歌起家的人，简直已经忘了本。"[②]李季的言外之意是进城久了，自己便和劳动人民逐渐疏远了；终日在知识分子成堆的地方生活，为工农兵服务的意识便淡薄了许多。这一观念在当时的主流诗歌刊物上也是这样立论与体认的，即需要"改了洋腔唱土调"。比如当时的国家级刊物《诗刊》，在刊登"农村大跃进"专栏后附有《编后记》短文，呼吁"大跃进的声音响彻全国。'诗刊'争取成为今天大跃进的一名鼓手"。"欢迎及时反映人民火热的生产运动，并且起着鼓动作用的街头诗、传单诗、民歌"。而"街头诗、传单诗、民歌"之类的作品，并不是知识分子诗人的长项，转变观

----

① 安旗：《新诗民族化群众化问题初探》，四川人民出版社，1963，第22页。

② 李季的话，见《毛主席"在延安文艺座谈会上的讲话"发表十五周年纪念》，《人民日报》1957年5月23日第8版。

念才能为民众服务，转换诗风才能开一代诗风。

虽然改变自己的思想声带是一个痛苦的过程，但必须无情地面对和勇敢地承担。在当时的思想改造运动接力赛中，许多具有小资产阶级情调的知识分子诗人都是这样被改造过来的。下面具体以诗人为例来进行分析，选择的个案是蔡其矫、雁翼，以及其他有类似经历的诗人群体。

蔡其矫20世纪40年代就在延安开始尝试写作新诗，20世纪50年代在作协文学讲习所工作，是当时有良好诗歌素养、发展潜力甚大的诗人；诗人的诗歌创作路子很正，本人也很年轻，应该说是意气风发的最佳写诗年龄。蔡其矫喜欢美国诗人惠特曼，以擅长运用抒情长句与浪漫主义风格著称。1956年他曾出版诗集《回声集》，之后出版《回声续集》和《涛声集》，这些诗集中的作品属于颂歌序列，尽情歌颂祖国的建设者。比如水兵、海员与渔民，写得比较顺手。不过遗憾的是蔡其矫仍然没有达标，被挑出的致命缺点是"和工农兵的实际生活还有一段距离"[1]。1957年末因工作之便，诗人在长江水利规划办公室任职，沿着长江流域考察时有感于见闻与时事，发表了《川江号子》与《雾中汉水》等诗，着意抒写纤夫的苦难生活，当即受到严厉的批判，被认为"以旧眼光来看今天的新生活，用呆滞的、冷冰冰的情感来吟咏今天沸腾着建设声浪的城市，对现实生活形成了歪曲"[2]。为了脱胎换骨，蔡其矫的诗歌风格逐渐发生质变，短暂地改变了自己，表现之一便是在《诗刊》发表了

---

[1] 蔡其矫：《回声集》，作家出版社，1956，第109页。

[2] 肖翔：《什么样的思想感情——对蔡其矫"川江号子""宜昌"等诗的意见》，《诗刊》1958年7月号。

《农村水利建设山歌》，第一首是《为啥唱山歌》，举起了向民歌学习的旗帜："改了创作写众调，改了新诗唱山歌，/唱起山歌长干劲，一人歌唱大家和。//不打鼓，不敲锣，不怕走调人笑倒，/今天且把山歌唱，明天再写新诗歌。"蔡其矫开始学会用民歌体来写诗，这一举措与变革得到了当时的好评，但是不知什么原因蔡其矫没有坚持多久，也没有写出多少能传诵一时的民歌体诗歌，付出的代价之一便是从北京撤出来后南下福建到当地落户，成为一个边缘化诗人甚至是一个诗坛失踪者。当时与蔡其矫相似的还有朱子奇，朱子奇写诗喜欢用十分冗长的诗句，往往是二三十个字一句，欧化的倾向十分明显。朱子奇这一诗歌语言风格当时就受到了猛烈的抨击，后来与蔡其矫一样在短暂的一段时间内有所改变，但最终还是没有真正改造过来，始终给诗坛工农兵读者留下了"诗句的冗长和欧化使人头痛，因而不受人欢迎"[1]的坏印象。

雁翼也是一个与蔡其矫差不多的年轻诗人，在《星星》诗刊上不论是发表作品，还是参与新民歌讨论，都曾在一个阶段里是一个相当响亮的名字。1958年《星星》诗刊发起"诗歌下放"的讨论，雁翼除了撰写的诗歌论文受到批判，其诗作也被当作是知识分子学生腔与洋腔洋调的典型而遭到非议。雁翼最先起步模仿的是外国诗人，如1958年6月号在《延河》发表的长诗《路的歌》，在形式上是模仿惠特曼和西欧的商籁体。"比如近半年来我的诗，在语言上有过长和欧化的倾向，这是我值得注意和及时改正的。我也正在改正"[2]。在接受批评的同时，

---

① 丁风：《欢迎朱子奇改变诗风》，《诗刊》1958年9月号。

② 雁翼：《对诗歌下放的一点看法》，《星星》1958年6月号。

雁翼写出了《川江行》《凉山行》《西昌行》等组诗，出版了《大巴山的早晨》《在云彩上面》等诗集。诗人不断修正早期新诗创作像翻译诗的洋腔洋调的语言缺点，注重汲取古典诗歌和民歌的一些积极因素，创作的诗歌在节奏和韵律有所加强，以长短句结合取代过去较多修饰语的长句，且以短句为主；在音节的上口、顺畅方面也有改进。不过语言的改造很难，虽然作者十分努力但仍有一些语言夹生的现象，如《凉山行》组诗中最后一首《凉山吟》："山山是田，/田田是山，/条条山路，/穿过竹林果园，/牵着城城镇镇，/连着宅宅院院；/岭依岭，/巅连巅"，像"田田是山""城城镇镇"之类的表述属于生造词语与句子，语汇不地道、诗句不通顺，语言处于混乱、夹生状态。这说明要想达到出神入化的民歌手水平，仍然需要诗人从古典诗歌和民歌、从当下人民群众的活语言中去创造和提炼。

从直观的角度看，当时诗句过长、不凝练是最容易被读者识别的，尤其是个别诗人喜欢或擅长经营长诗句，让读者喘不过气来，自然受到非难。朱子奇发表在《人民文学》上的《我高唱共产主义进行曲》和孙静轩发表在《长江文艺》上的《我在天空歌唱大地》，每句诗平均在 20 至 30 个汉字，修饰语甚多，绕来绕去，显得佶屈聱牙。有诗评家当时统计出诗歌创作中的四类这样的缺点：一是句子太长，念起来太累，喘不过气来；二是句法欧化，还加上一大串不必要的形容词；三是知识分子腔、洋学生腔太重，语言干瘪，枯燥无味；四是晦涩难懂，语法不通，像猜谜一样[1]。

对于知识分子诗人而言，诗歌语言方面欧化的洋腔，不被

---

① 丁力：《诗，必须到群众中去》，《文艺报》1958 年 7 期。

看好的学生腔，都被挤压在一个狭窄的空间里。相反，改变诗歌语言形态，尽量通过改造得以接近群众口语，过程是漫长的，也是曲折的，相当一部分诗人在这一转型过程中是不成功的。与知识分子诗人脱胎换骨式的挣扎、适应相比，新时期所培养出来的广大工农兵诗人，则诗歌语言上自有别样的表现。

四、工农兵诗人的语言底蕴与语言自信

为了更好地贯彻文艺为工农兵服务的方针，一方面，党和政府将精英知识分子诗人在各种条件下加以思想改造，以便他们放下包袱深入群众，与群众打成一片，建立起一支信得过的文艺生产的大军；另一方面，又把那些握过锄头、镰刀、铁锤的工农兵出身的诗人队伍整体抬升，打造另一支接地气、有情怀的队伍。这一支队伍主要是以现有的普通工人、农民、战士为主来进行遴选，既照顾到他们的文学热情，也考虑到工农大众思想过硬，至少这一支队伍不需要再经过大规模和长期的思想改造，便可以为时代所用了。

这样的诗人队伍，本身便是从工厂、车间、田头而来，用摸机器、锄头的手腾出来写诗。这样，工农兵诗人在语言维度上具有鲜明的职业化特征，与读者的接受、时代的规约相关。有研究者指出清末西书翻译采取文言，因为除了涉及翻译功用、翻译策略，还与"潜在的读者以及时代风尚等一系列文化生成和接受机制"相关，"与特定时期的特殊语境有关"[1]。站在相似

---

[1] 熊辉：《保守与现代：清末西书翻译的语言困境》，《贵州师范大学学报（社会科学版）》2017年第2期。

的角度看，二者隔了半个多世纪也是有较多相似之处，即潜在的读者等，影响文学的语言形态、文化生成、时代语境，也潜移默化地牵制住了文学语言的质地。譬如，20世纪50年代，在工业战线，印刷工人李学鳌曾有《当我印好一幅新地图的时候》受到好评；上海的工人福庚和郑成义，写烟囱、写上海，后来转行从事文字编辑方面等工作。此外，煤矿、纺织、石油、森林伐木等许多行业，都有各自推出的代表诗人。在广大农村中，20世纪40年代的延安就出现过不少农民诗人，在"十七年文学"的阶段更是新旧交替，重点推出了一批农民诗人和民间歌手。扶植的农民诗人和民间歌手有王老九、霍满生、殷光兰、刘章、黄声孝、李根宝等人，另外还有一批来自少数民族地区的诗人，如康朗甩等。这批人又大体可以分为两类：一类是一直活跃于民间与大地的韵文作者，其作品保留了民间文学或口传文学的底色，主要借鉴民间说唱和戏曲唱词的艺术手法，采用民间口语，有些在文化人的帮助下将口传文学变成书面的文学。另一类是接受过几年基础教育的新式农民，或是在乡村一级底层文化机构中的半脱产农民，他们一边劳动一边编创民歌体作品，慢慢地被推上诗坛。如陕北的王老九便是当时的代表，以至在"大跃进"时，河北石家庄地委宣传会议上就提出口号"村村要有李有才，社社要有王老九"。张家口地区则提出要把整个地区变成街头诗与壁画专区。

工农兵出身的诗人能成批次地茁壮成长，也源于当时的文学生产方式。工农兵诗人历代皆有，但相当时候是处于自生自灭状态，很少有在文学史上扬名的。在"十七年文学"时期特别是新民歌运动中，他们受到党和政府的大力鼓励和扶持，文学生产方式也担保向他们尽可能倾斜与照顾。比如，当时权威的报纸杂志大量发表这些作者的诗作，不管是否与发表水平有些距离，也尽量修改加以刊发；至于诗作的思想性与艺术性有一些缺陷，也往往被评论者善意地忽略不计。各种刊物对工农兵诗人的此类作品，广开欢迎之门。譬如《诗刊》就有了显著的变化。"我们自己统计十一期之中，约稿占 60.7%，投稿占39.3%，其中青年的稿子占 30%，第一次发表作品的作者的稿子占 16%"。"最初几期约稿用得多，最近投稿采用率越大"①。到了 1958 年《诗刊》则大量发表工人、农民、解放军战士的诗作，通常是以民歌几十首、一百多首的方式集中刊发，或采取特辑或专辑形式不断推出。此外，关于诗歌的评论与意见、读者的反应等诸方面，也可以看出工农兵读者的意见经常能顺利地登出来；读者凡是遇到读不懂，读不甚明白的都是异口同声地进行口诛笔伐，斥之为知识分子的臭毛病，认为没有改正过来而不能为社会主义歌唱。

　　虽然此一阶段新诗强调知识分子诗人的思想改造，强调以工农兵诗人为骨干力量，强调新诗为工农兵服务，但奇怪的是去方言化的举措却是明显而连贯的。在现代格律诗的争论中，当时的诗论家王力就敏锐地抓住了这一问题："方言问题增加了现代格律诗问题的复杂性。诗是给全国人民朗诵的。但是，由于全国各地的汉语方言很复杂，甲地吟咏起来非常和谐的一首诗，到了乙地，也许在形式上完全不能引起人们的美感，或者令人觉得还有缺点。有些诗的韵脚，诗人用自己的口语念起来非常和谐，另一些诗人念起来并不十分和谐，这就是方言作祟的缘故。声调也有同样的问题。但是，最困难的还是轻音问题。

---

　　① 编者：《编后记》，《诗刊》1957 年 11 月号。

关于韵脚和平仄，各地方言虽有分歧，毕竟还有许多共同点。至于作为语音体系的轻音和非轻音分别，在许多方言里根本没有这种东西，这些方言区域的人不但不会运用轻音律，而且也不会欣赏轻音律。这些困难的解决有待于普通话的推广。"①诗人袁水拍则说："就我自己来说，我写的诗甚至连韵也弄错了，平仄更未加注意，这方面的知识简直等于零，需要补课，但是我对于那些能够在这方面讲究的诗人，是双手拥护并表示钦佩的。同时，我也不认为讲究平仄是难以办到的事。各地方言不同，平仄不统一，固然是个事实，但是语言既然要推广普通话，用拉丁字母记音，而用拉丁字书写，是要记下声调的记号的。普通话的声调是有一定的，用普通话写诗，自然不会像用方言写诗那样，由于各地平仄不一致而感到困难了。现在的小学生就会辨别四声或正在学习辨别四声了。至于平仄怎样一个讲究法，那是另一个问题。我想，完全搬用古典诗词的平仄规律那是不需要的。"②

高举群众口语的招牌，却没有方言的基质，从中可以见出对方言母语的压制，以及普通话写作在诗歌中通行无阻的总体趋势。

五、结　语

在"十七年文学"时期，中国新诗拓宽民族化、群众化、

---

① 王力：《中国格律诗的传统和现代格律诗的问题》,《文学评论》1959 年 3 期。

② 袁水拍：《新民歌的一二艺术特点》,《诗刊》1959 年国庆十周年专号。

大众化的道路，向民歌和古典诗歌学习，在语言上追求群众口语化、单一化，以顺耳、上口、听起来易懂为标准，使新诗走进了寻常百姓家。对诗歌语言欧化的批评，对洋腔、学生腔的摒弃，对诗人队伍的重建，则是其中有声有色的环节。

欧化与古化：20世纪50年代普通话写作的语言规避和调适

　　20世纪四五十年代之交，随着新中国的成立和新生政权的巩固与加强，在整个社会语言领域出现了由国语向民族共同语——普通话的重大转变，在文学语言写作向度上也相应出现了由国语写作向普通话写作的时代转型[①]。当代诗人于坚也认为在当代诗歌的语言轨迹中，自20世纪50年代开始便可以清晰地发现语言上的两个向度，即"普通话写作的向度和受到方言影响的口语写作的向度"[②]。显然，这是一次文学语言的净化、纯洁、变革的过程，也是一次对文学语言的重新规范之举。以

---

① 可参见笔者关于20世纪50年代普通话写作的代表性文章：《普通话写作的倡导与方言文学的退场》，《广播电视大学学报（哲学社会科学版）》2011年第4期；《苏联经验与普通话写作——以郭沫若为中心的考察》，《福建论坛（人文社会科学版）》2013年第12期；《普通话写作与共和国文学的确立》，《现代中国文化与文学》（第16辑），巴蜀书社，2015。

② 于坚：《诗歌之舌的硬与软——诗歌研究草案：关于当代诗歌的两类语言向度》，载《拒绝隐喻》，云南人民出版社，2004，第137页。

20 世纪 50 年代为分水岭，对于跨入新社会的现代作家来说，文学语言的转型这一任务是崭新而艰巨的，他们肩负着这一历史责任，并在 20 世纪 50 年代的文学创作与旧作修订重版中有鲜明而全面的反映。

1955 年在北京召开了颇为重要的现代汉语规范问题学术会议，整个会议过程中以及后续一段时间定义普通话包含语音、语汇和语法标准，其中以北京音为标准的分歧不大，而以北方话为基础方言的语汇和以典范的现代白话文著作为规范的语法方面则存在着含混之处。语汇方面的标准，党和政府在现代汉语规范问题学术会议召开后，便责成中国科学院语言研究所对现代汉语语典进行编纂，但是编纂工作十分滞后。中科院语言研究所在接受任务后，成立了词典编辑室，制定相关规范，商量体例和收集语料，到 1958 年 2 月才试编现代汉语词典，1960 年出版试印本，1965 年出版试用本，1973 年内部印刷发行，正式第一版公开出版发行则延迟到了 1978 年年底。

就语法而言，以典范的现代白话文著作为语法规范则更为松弛和模糊，在 20 世纪 50 年代的现代汉语语法书稿中，往往选入的作品是思想进步可靠的左翼作家们的作品，例如中国科学院语言研究所语法小组在《中国语文》月刊连载的《语法讲话》，作为典范的现代白话文著作是毛泽东、鲁迅、茅盾、叶圣陶、曹禺、老舍、巴金、赵树理、杜鹏程、丁西林、周立波、欧阳山、杨朔、袁静等 60 多名作家。1953 年张志公出版的《修辞概要》一书例句涉及的现代作家有 30 多名，其中引用毛泽东、鲁迅、老舍、丁玲、赵树理、周立波等人文章作为例句的最多；引用频次最多的作品是《暴风骤雨》《太阳照在桑乾河上》《新儿女英雄传》等。这些作品所体现的语法是否能够成为当时汉语规范化的最佳代表，这里姑且不论，但所选作家的政治立场和思想价值超过语言规范化却是毋庸置疑的。换言之，语汇与语法这两个领域异常复杂，难以做到泾渭分明，同全社会迅速提速的普通话写作的发生、倡导与建构有千丝万缕的复杂关联。

语言规范还是一个思想问题与技术性问题。语言混乱、文理不通的现象最先被定性并成为广泛批评的对象，譬如"不加选择地滥用文言、土语和外来语，而且故意'创造'一些仅仅一个小圈子里面的人才能懂得的各种词"①。类似的论述便得到大面积的清算；在努力推广普通话时期，作家的种种社会责任被特意强调起来："语言的规范必须寄托在有形的东西上。这首先是一切作品，特别重要的是文学作品，因为语言的规范主要是通过作品传播开来的。作家们和翻译工作者重视或不重视语言的规范，影响所及是难以估计的，我们不能不对他们提出特别严格的要求。"②不难发现，20世纪50年代的新社会在语言领域吹响了崭新而响亮的集结号，在朝普通话写作的开阔道路上，迅速汇聚了踊跃在这一主干道上的千军万马。其中，在以前欧化与古化作为文学语言的重要源泉，现在则出现了去欧化、去古化的新现象。重新审视这两种文学语言现象，成为当下反思这一历史时段语言运动的重要着陆点，也是总结文学语言经验的主要途径。

---

① 《正确地使用祖国的语言，为语言的纯洁和健康而斗争！》，《人民日报》1951年6月6日第1版。

② 《为促进汉字改革、推广普通话、实现汉语规范化而努力》，《人民日报》1955年10月26日第1版。

一、欧化与去欧化：文学语言的疏离和生长

"欧化"是中国新文学发生期的一个重要语言现象，一直贯通 20 世纪并且延续至今，在 20 世纪 50 年代的普通话写作思潮中自然十分突出。胡适视野中"百事不如人"的晚清末期，一切向西方看齐，在当时引发了"西化"的狂潮。在语言领域则是外来语汇的涌入最为明显。在言文一致、口语至上的总体目标下，一切向西方语言学习成为一种内在的时代要求，譬如翻译领域的直译，引进西语（特别是欧洲国家语言）的语汇、语法以及相关的语言资源显得顺理成章。欧化的语言作为汉语书面语的"他者"入侵到汉语之中，经历了一个循序渐进、不断排斥、不断融合的动态过程，新文学作家的创作实践一边受其影响，一边也在融通，这就是欧化现象产生的根源，也是欧化语言在中国这片土地上站稳脚跟的历史进程。学界对外来语汇的关注较早，而对欧化语法的注意则迟了一步，一直到 1945 年语言学家王力在《中国语法理论》中才辟有专章，以"欧化的语法"为对象进行探讨，后来陆续有不少学者在大量著述中讨论这一重大问题。

"欧化"是中西文化交流的产物。"兹不论其高下，与夫结果之善恶，但凡欧洲人所创造，直接或间接传来，使中国人学之，除旧布新，在将来历史上留有纪念痕迹者，皆谓之欧化。"① 早在 20 世纪 20 年代，新文学界便有各种细分"欧化"的说法，比如"英化""法化""俄化""意化"，以及与"欧化"

①　张星烺：《欧化东渐史》，商务印书馆，2000，第 4 页。

相关也有不同之处的"日化"一说。这是以国别的方式对"欧化"进行细化和辨析。到了 20 世纪 50 年代，似乎谈论语言的"俄化"是比较现实的，虽然当时讨论的文字并不多见。

在中国新文学史上，"欧化"一词包纳了思想、观念、习俗、语言形态与表达等多方面的内容，但停留在语言内部层面的居多。白话文就是借助"欧化"而实现其革命的，胡适认为："欧化的白话文就是充分吸收西洋语言的细密的结构，使我们的文字能够传达复杂的思想，曲折的理论。"[①] 按傅斯年的说法，欧化的白话文"就是直用西洋文的款式，文法，词法，句法，章法，词枝，（Figure of Speech）……一切修辞学上的方法，造成一种超于现在的国语，欧化的国语，因而成就一种欧化国语的文学"。[②] 这样的经典论述，学界凡是涉及此话题者一般都会引述与延展，因为这些论述确实指出了欧化的必要与欧化的好处。欧化的国语，更能适应于现代化的社会，是一种与世界潮流相一致的先进的语言，难道国人还能不识货吗？中国既有的语言，包括文言和白话在内，在充分容纳欧化的成分后有了崭新的血液、崭新的面孔，在一种陌生与疏离中生长而变得更有生命力了。当然，新的语言观念与语言表达的输入自然有利有弊，关键是审视的角度与择取的内容。在解放区文艺发展中，直到 20 世纪 50 年代，都因为政治上的恐欧症，使隔离、排拒、丑化语言的欧化成为一种必然，欧化便成为一个附加的牺牲品。汉语与以英文为主的西方语言差别很大，欧化语

---

① 胡适：《中国新文学大系·建设理论集》，上海良友图书印刷公司，1935，第 24 页。

② 傅斯年：《怎样做白话文》，载胡适《中国新文学大系·建设理论集》，上海良友图书印刷公司，1935，第 223 页。

言作为他者植入汉语后改变了汉语固有的结构与成分，加之参差不齐的翻译工作者在个性化地译介作品时，其语言形态呈现出佶屈聱牙、消化不良的消极现象，有违汉语表达习惯之处较多，几重因素叠加，使欧化背上了不好的名声。新中国成立后，整个国家的语言策略是继承大众化和民族化的语言传统，恰恰与语言欧化又是背道而驰的。毛泽东曾针对句法上欧化、一句长到四五十字的语言现象进行批评。报刊上也不断有人说胡风文学作品的语言是翻译体，欧化厉害，晦涩难懂，别扭[①]。受此影响甚深的新中国当红作家自然不能免俗，占据文坛主流的不少作家，缺乏对外国文学翻译作品的历史之同情，相关素养也较缺乏，或者是不屑于接受，于是欧化成为一个带有贬义的词语。许多作家在回顾各自创作历程时，一旦提到欧化，批判立场与情感基调差不多呈异口同声之势。资格较老的丁玲在 20 世纪 80 年代回顾创作时谈道："我是受'五四'的影响而从事写作的。因此，我开始写的作品是很欧化的，有很多欧化的句子。当时我们读了一些翻译小说，许多翻译作品的文字很别扭，原作的文字、语言真正美的东西传达不出来，只把表面的一些形式介绍过来了。那时我们写文章多半都是从中间起，什么'电灯点得很堂皇，会议正在开始'之类，弄上这末一个片段，来表示一个思想。"[②] 新中国成立后以《红旗谱》著称的梁斌认为，自己在语言问题上走过一段弯路："最初，由于读翻译作品和'五四'时期的新文学比较多，一般的只会使用书面上的语言，

---

① 辛生：《胡风的语言及其他——随笔三则》，《剧本》1955 年第 4 期。

② 丁玲：《和湖南青年作者谈创作》，《芙蓉》1983 年第 3 期。

没有自己的语言，写出的东西不新鲜，不活泼。"① 作家吴强认为自己的代表性长篇小说《红日》，语言的失误之处是，"在通过作者自己的语言描写人物、风景事件的时候，就暴露了更多的缺点。语法不通、词藻陈旧、冗长，倒装的欧化句子也很多"。② 与他们形成对比的是，赵树理从欧化到民族化，转型很快也很成功，自然成为一个可供大家取法的对象，群众口语的一以贯之是赵树理语言的长处和特色。欧阳山是20世纪50年代中创作实绩突出的作家，"文革"结束以后他给邵子南的作品选集作序时，说自己钦佩邵子南作品的群众语言风格，不论是在对话还是叙述中，而且他还回忆了邵氏当时给自己的影响："一九四六，我在延安写《高干大》的时候，正碰到一个改造风格和改造语言的问题。就是说，我要从那以前的欧化风格和欧化语言，努力变成民族风格和民族语言，也就是中国作风和中国气派。当时，我正在辛勤地劳动和痛苦地挣扎当中摸索前进。"③ 由于受邵氏影响，欧阳山的写作风格和语言才好不容易转换过来。不过需要指出的是，上述作家虽然讨伐欧化的不是，但其实他们对欧化究竟为何物并不一定知道得清清楚楚，多半是略知一二，知其然而不知其所以然的现象也是不少的。

尽管人们对欧化颇有微词，但欧化进入汉语体系已是一个不用争论的事实，对欧化完全抵制更不可能。于是，与欧化相关的文学翻译成为大山压顶的重灾区。以前的欧化是翻译造成的，包

---

① 梁斌:《漫谈〈红旗谱〉的创作》，载周立波等著《创作经验漫谈》，人民文学出版社，1979，第28页。

② 吴强:《写作〈红日〉的几点感受》，载周立波等著《创作经验漫谈》，人民文学出版社，1979，第88页。

③ 欧阳山:《邵子南选集》，四川人民出版社，1980，第10页。

括鲁迅的翻译风格也是以直译为主，虽然鲁迅时代认为欧化体可以丰富现代汉语生长的观点占据主流，但随着时间的流逝，这一潮流已没有当初的好名声了。到 20 世纪 50 年代的翻译作品必须最大限度克服欧化的毛病，在 1955 年现代汉语规范问题学术会议前后，翻译界也行动起来，参加到普通话写作的阵营中去。"凡是写出来给大家看的东西都要做到口语化和规范化。翻译也不能例外"①。有一些读者，翻阅最近出版的比较流行的翻译书刊，发现不合规范的译语有以下几种情形：一种是"硬搬"外国的词汇和语法；另一种情形是滥用古文的词句；第三种情形是滥用方言。"不健康、不纯洁、不合规范的译语的流行，固然是由于目前汉语本身的缺点，但是，我们不能不承认，其中有一大部分是由于翻译工作者和编辑工作未能尽到应尽的责任。要改善这种情形，就不能不加强翻译界的批评和自我批评"②。也就是说，在反欧化的旗帜下，对欧化语言探寻自身缺点已然成为一种思维模式。消除欧化的直接手段，即是删除、调整夹杂外文单词和句子，将一些随意翻译的外国地名、人名、术语等进行校正，并予以统一化和规范化。在 20 世纪 50 年代重版的现代文学名著中，这一方面的"清污"手段比较典型，在具体处理过程中也有个别作家是采取在页下加注解的方式解决，如郭沫若、茅盾、巴金、老舍、赵树理等人的作品便是，这样既保持了历史原貌，也让读者容易明白，在"易懂"方面率先过关。

　　承继"欧化"历史演变以及这一语言现象在文艺创作中变革而来的，则有从"欧化"到"学生腔"的概念翻转。与"欧

---

① 董秋斯：《改进译风的一点感想》，《语文学习》1958 年第 6 期。
② 敬业：《翻译工作与汉语规范化》，《世界文学》1956 年第 3 期。

化"有密切关联的包括"学生腔"这一现象，如果说"欧化"是中西文化交流的产物的话，那么"学生腔"则是依附于欧化的副产品。何为学生腔，没有学者长期做过详细的探究。"什么叫学生腔？我还弄不大清楚。也许是自古有之吧？看，戏曲里，旧小说里，往往讽刺秀才爱说'之乎者也'。秀才口中爱转文，这恐怕就是古代的学生腔吧。现代学生腔里，恐怕也有爱转文的毛病，话说得不通俗，不现成。"[①] 此外学生腔还有"松懈、幼稚、冗长"等先天性毛病，这是老舍简单的归纳。显然，这一观点受毛泽东等政治领袖人物言论影响甚深。赵树理在谈到自己的创作经验时曾说："我既是个农民出身而又上过学校的人，自然是既不得不与农民说话，又不得不与知识分子说话。有时候从学校回到家乡，向乡间父老兄弟们谈起话来，一不留心，也往往带一点学生腔，可是一带出那等腔调，立刻就要遭到他们的议论，碰惯了钉子就学了点乖，以后即使向他们介绍知识分子的话，也要设法把知识分子的话翻译成他们的话来说，时候久了就变成了习惯。说话如此，写起文章来便也在这方面留神——'然而'听不惯，咱就写成'可是'；'所以'生一点，咱就写成'因此'；不给他们换成顺当的字眼儿，他们就不愿意看。"[②] 学生腔和欧化一样，以前作为一个中性词仅仅指称一种语言现象，在 20 世纪 50 年代却陷于污泥之地，逐渐沦落成了一个贬义词。与中国新文学一路伴随的这一重要语言现象的合理性与历史价值，却没有多少人鼓足勇气大胆肯定，更不用

---

① 老舍：《怎样丢掉学生腔》，《中国青年报》1962 年 8 月 18 日。

② 赵树理：《也算经验》，载《中华全国文学艺术工作者代表大会纪念文集》，新华书店，1950，第 412 页。

说去努力加以辩驳和维护了。受到批评的还有"干部腔",有地方宣传工作的干部,从数十篇群众文艺作品中看到语言上的干部腔①。这种干部腔也是知识分子腔,有些场合还和洋腔洋调混搭在一起反复出现,并反复遭到抨击。

这些以"某某腔"为说辞的说法,在 20 世纪 50 年代带有明显的排他性,问题是它到底是从哪里来的? 仔细追溯似乎与毛泽东 20 世纪 40 年代的论说有内在联系。首先不妨看毛泽东的一段论述:"如果一篇文章,一个演说,颠来倒去,总是那几个名词,一套'学生腔',没有一点生动活泼的语言,这岂不是语言无味,面目可憎,像个瘪三吗? 一个人七岁入小学,十几岁入中学,二十多岁在大学毕业,没有和人民群众接触过,语言不丰富,单纯得很,那是难怪的。"②分析这一段话,首先,这里所说的是受学校教育的人,没有社会经验,与群众语言是隔膜的。其次,学生腔并不一定只与年龄相关,并不是学生写的就有学生腔,有的中学生能够写出很好的文章,而有些四五十岁的人拿起笔来,也会写出学生腔来。"知识分子极大多数没有跟人民群众接触过,生活圈子小得很。他们的词汇、句法主要的是从书本儿上学来的,所以语言不生动,干瘪无味,是一种'学生腔'。"③

指责作家作文演说、文艺创作上"学生腔"的种种不是,很大程度上是"学生腔"背后站着的主体与广大群众没有多少

<hr>

① 石家庄地委宣传部:《从四十四篇群众文艺作品中看到了什么》,《文艺报》1949 年 12 月 10 日。

② 毛泽东:《反对党八股》,载《毛泽东选集》(第 3 卷),人民出版社,1953,第 838 页。

③ 陈治文:《谈写作的语言》,《中国语文》1952 年第 7 期。

接触，容易沉于书斋与书本等封闭和虚幻的世界之中，实乃20世纪50年代思想改造、语言改造的产物。反对学生腔也就意味着反对知识分子腔，剥夺知识分子总是想去启蒙民众的心理优势。遵循毛泽东指示精神，与东北农民打成一片的湖南籍作家周立波，在用东北话写的小说《暴风骤雨》赢得全国一片叫好声时，不忘介绍他的语言经验，其中学生腔与群众语言的优劣一目了然。他认为农民说话形象、生动、活泼，并举了许多具体的例子，这里仅引用一例。学生腔："看那朵云飞过来了，非下雨不可。"农民说："瞧那块云，我说那家伙是龙王爷的小舅子，非得下不结。"按照周立波的看法，农民的语言是从生产知识和斗争知识里提炼出来的，全都是新鲜活泼、简洁生动的语言。与农民的语言相比，工人、士兵的群众语言很少得到关注，不过他们与农民比较接近，其中不少也来自各地农民群众之中。这样，以农民为代表的群众语言比知识分子语言要具有先天优势，成为当时文学语言看齐的标杆。

作家眼光向下，在向群众学习取经的过程中，大量记录、采纳、淘洗不同地域的群众语言，适当提炼加工，便成为抵制语言欧化、建构地道正宗文学语言的源泉。这一点，无疑是当时作家对待文学语言的主要姿态与策略。类似的作家例子还有很多，比如叶圣陶在20世纪50年代将长篇小说《倪焕之》修订一新后收入《叶圣陶文集》时，是以1930年开明书店的初版本为底本进行的，从初版本到文集本，其中有这样的例句："他以为没有经验如自己"改成为"他以为自己完全没有经验"；"剥除了好些女性的可厌的娇柔，对于他是开拓了尝味的新领域"改为"没有那些女性的可厌的娇柔，这在他都是新的认识"。从中不难看出作家对知识分子腔调、欧化句式的弃用和调适。

二、20世纪50年代普通话写作对古化的规避

在民族共同语规范化的建构过程中，普通话写作面对另一种重要语言资源的清理与择取，便是对文言的处理，笔者在这里归纳为"古化"这一说法。古化的内核便是文言化，即对文言语汇、语法以及文言系统的统称。

经过20世纪上半叶放逐文言、压制文言的长时段努力，文言与现代生活渐行渐远，其地位经历了从主流到支流再到末流的变迁，其历史形象已经日落千丈。在20世纪50年代的时代语境下，文言充其量成为向民族共同语——普通话输送有生命的语汇的一个仓库，作为普通话的有限的补充，蜷缩在语言版图的某个角落。在文学语言演变史上，文言出现在现代性文学作品中最为显著的形态是文白夹杂，掺和在白话之中，半文半白、文白混杂类似的说法就是明证。"五四"以后新式学堂的普遍实施，去文言而崇白话，使得文言的重要地位发生了根本的改变，由文言而白话，已是时代不可阻挡的主潮。在20世纪三四十年代中国共产党领导下的广大解放区，民众的扫盲则是一个反反复复的工作，去文言化、以拼音化取代文言等避难就易的社会用语现象十分典型，对于普通民众掌握起来有难度的文言便成为历史的沉重包袱。新中国成立后，在全社会向通俗化、大众化、拼音化迈进的普通话建构中，虽然也提及民族化与中国文化传统，但摒弃文言已不可逆转，文白混杂的文学语言风格进一步减弱。加之新中国基础教育大量削减文言文篇幅，不断削弱文言文作品的价值与地位，年轻作家的文言修养也随之减弱。

　　文言本身的地位是中性的，在特定的时代和语境下，它的历史面貌会发生变异，美化与妖魔化是两个极端。有国学根底的张中行，曾列举了文言的功过，其中功劳部分有以下诸点：积累了丰富的文化遗产；汉语文化的威力和同文言有密切关系；文言是好的交流工具和团结纽带；文言曾是表情达意的好工具；文言为今人提供了大量值得欣赏的作品。与此相反的是它的过失：助长文白分家；大过是脱离群众；阻碍白话作品成长；思想方面有糟粕；有些作品华而不实；有些作品是文字游戏。①文言的功过从作者列举的方面看是相当全面的，在文言之"过"中称之为"大过是脱离群众"，这一点在当时颇具时代特色。在群众语言被尊崇的特定时代，文言严重脱离群众口语，难学难懂，难道不在清除之列？一些受普通话写作启发的作家在写作的过程中，在希冀语言表现功能、表现手法有所创新时，首要关注的就是文言文的缺点，它被放大后简直成了洪水猛兽。

　　经过历史长时段的放逐与打压，事实上文言的势力与影响已大为削弱。文白夹杂倒是保存了一部分文言的成分，文言传统部分得以承继。文白夹杂之所以成为一种常态，原因在于两者太纠缠不清，不能彻底剥离。现代汉语由古代汉语演变而来，白话与文言在古代汉语中就是并行不悖的两个系统，它们之间一般很难划出一条泾渭分明的界线。现代汉语规范问题的主将——语言学家吕叔湘在20世纪40年代写过《文言和白话》的论文，他在文章中摘录出传统文化古籍中的十二段文字，哪段是文言，哪段是白话，意见并不一致；甚至同一个人，初看与再看的结论也不相同。分辨的方法，普遍的是举例法，譬如

---

　　① 张中行：《文言和白话》，黑龙江人民出版社，1988，第33—50页。

语气词不用"的、了、吗、啦",而要用"之、乎、也、矣"。20世纪50年代汪曾祺曾说过:"文言和白话的界限是不好画的。'一路秋山红叶,老圃黄花,不觉到了济南地界',是文言,还是白话?只要我们说的是中国话,恐怕就摆脱不了一定的文言的句子。"[①]文言确实是古代书面语的精华,在千百年的雕琢与锤炼中成熟独立,变成了一种优美、生动、准确的文学语言。古人在文言作品中留下的语汇、表达方式,并不是想推倒就可以推倒的。与合法性历史不足一个世纪的现代白话相比,它还是一个老师。"我们现在用的是现代汉语。可是现代汉语旁边坐着一位'文言'。""文言和现代汉语虽然差别很大,却又有拉不断扯不断的关系。一方面,两者同源异流,现代汉语,不管怎样发展变化,总不能不保留一些幼儿时期的面貌,因而同文言总会有这样那样的相似之点(表现在词汇和句法方面)。另一方面,两千年来,能写作的人表情达意,惯于用文言,这表达习惯的水流总不能不渗入当时通用的口语中,因而历代相传,到现代汉语,仍不能不掺杂相当数量的文言成分。此外,还有不少的人认为,专从表达方面着眼,文言的财富比现代汉语雄厚,现代汉语想增加表达能力,应该到文言那里吸收营养;少数人甚至认为,如果不能吸收,现代汉语就写不到上好的程度。"[②]由此可见,语言彻底的转换是不可能真正做到的。在20世纪50年代文学语言的建构中,文言的有限存在,主要是通过有生命力的部分词汇和一些常见语法来实现。对文言或古化的规避和

① 汪曾祺:《关于小说语言(扎记)》,载《小说文体研究》,中国社会科学出版社,1988,第9页。

② 张中行:《张中行作品集》(第1卷),中国社会科学出版社,1995,第3页。

调适是其主流，潜流则是文言的风气仍在某些小圈子里流行。适度的文言化或半文言化的潜在式写作，也同样零散地存在着。在 20 世纪 50 年代被充当文学语言范例的鲁迅，其写作语言并不纯洁。"没有相宜的白话，宁可引古语"①，这是鲁迅取舍文言的标准。扩展开来，鲁迅作品语言的欧化、古化等因素是较多地存在的，虽然他有"炼话"一说，但也为文白夹杂的保存留下了一席之地。

文学语言的文白夹杂，比较典型的表现是少数作家能有效掌握文言用法，有古化情结或倾向，而且较多集中在"五四"时期就开始创作实践的现代作家身上。他们作品的语言形态就夹杂较多的文言成分，其人生经历是或多或少接受过私塾教育，有研读四书五经的读书生活，书面语中的文言气息颇浓，文言化或半文言化思维成为某种定势。不过，这一批作家也在 20 世纪 50 年代普通话写作思潮中，开启了去文言化的姿态。他们规避古化的方式体现在修改旧作与重新出版上。

众所周知，叶圣陶是"五四"以前便从事创作的现代作家，在 20 世纪 50 年代则是毫不动摇地支持普通话写作的代表，作为语言学家和教育部副部长的叶圣陶在汉语规范化进程中，一直走在最前列，新中国成立后便开始了这一工作，其子叶至善在某些场合曾说，"他在学校里读的是文言，写的也是文言。'五四'前后提倡写白话文，写出来的其实是四不像：文言的成分还相当多；又掺杂些外国腔，是从当时那些生硬的翻译文字学来的；再加上些旧小说中的古代口语和别地方人不能

---

① 鲁迅：《我怎样做起小说来》，载《鲁迅全集》（第 4 卷），人民文学出版社，2005，第 526 页。

懂的苏州方言。这样的文字不整理一遍，叫人家怎么看得下去呢？"①20 世纪 50 年代中后期，作为当时少数有几套大型个人文集的作者，叶圣陶亲自修订出版《叶圣陶文集》，这算得上是一个典型个案。叶圣陶延续了 1954 年编选短篇小说选集时对每个作品在语言上打磨修改的习惯，在编选《叶圣陶文集》（共 3 卷）时更加努力。他在文集前记中是这样叙述的："这回编这个第一卷，我把各篇都改了一遍。我用的是朱笔，有几篇改动很多。看上去满页朱红，好像程度极差的学生的课卷。改动不在内容方面，只在语言方面。内容如果改动很大，那就是新作而不是旧作了。即使改动不大，也多少要变更写作当时的思想感情。因此，内容悉仍其旧。至于旧作所用的语言，一点是文言成分太多，又一点是有许多话说得别扭，不上口，不顺耳。在应该积极推广普通话的今天，如果照原样重印，我觉得很不对。因此，我利用业余的时间，逐篇改了一遍。改了之后不见得就是规范的普通话，我还抱歉。"②另外《叶圣陶文集》第 2 卷和第 3 卷都是以同样方式进行，去文言化贯穿始终。

　　叶圣陶在《叶圣陶文集》中去文言化的主要方法有以下两种途径：一是对文言词语进行删削或替换，二是对文言的句式、表达进行调整。拿 1923 年商务印书馆的《火灾》和 1926 年开明书店的《城中》去比较《叶圣陶文集》中的同一篇目，发现改动的例子很多，比如实词类"奉伺"改为"看护"，"窥察"改为"观察"，"停足"改为"停步"，"膝际"改为"膝头"，

① 叶至善：《编后絮语》，载《中国现代作家选集·叶圣陶》，人民文学出版社，1985，第 244—245 页。

② 叶圣陶：《叶圣陶文集·前记》，载《叶圣陶文集》（第 1 卷），人民文学出版社，1953，第 1 页。

"旧蓄"改为"积蓄"等；虚词类"颇"改为"很","欲"改为"要","故"改为"所以","若"改为"如果","尚"改为"还"之类的改动也比比皆是。句式的改动也很多，比如"一片噪音又喧闹于我背后了"改为"一片噪音又在我背后喧闹了"（《晓行》），"何以这样办"改为"为什么这样办"（《云翳》），"英文先生掷书于桌面"改为"英文先生把书扔在桌上","胜利每每为三叔所操"改为"胜利每每操在三叔手里"（《义儿》）等。叶圣陶的长篇小说《倪焕之》在 20 世纪上半叶多次再版，没有修改，1953 年由人民文学出版社出版时改为只剩 22 章的删节本，再次修改收入《叶圣陶文集》时，又大体还原了历史的原貌，但词语和句子的修改幅度仍然很大，其中也有很多类似之处：比如词语方面，"杯箸"改为"杯筷","闻说"改为"听说"；在句子表达上，"田主是口惠而实不至，胥吏便乘机捞取油水"改为"田主的剥削，胥吏的敲诈"等。

郭沫若在编选 17 卷本的《沫若文集》时也是如此处理，譬如其中收录的历史剧《虎符》是一个不足 10 万字的剧本，但修改之处高达一千多处，修改字数达万字以上；有些段落几乎是重写，有些页面修改的文字超过了原来的文字；没有哪一页纸没有改动过，一次删改 30 字以上的部分就有三四十处。在所在的修改中，语言上的去文言化相当典型，对文言的扬弃是这样体现的：具体表现之一是将文言词汇删除，调整为现代口语，包括实词与虚词两类。比如，将"黥墨"改为"黥刑"，将"子息"改为"儿女"，将"丫嬛"改为"丫头"，将"血食"改为"江山社稷"……另外删去表连属关系的文言"之"共多处。又比如，在第一幕中魏太妃劝如姬不要对魏王不满的台词中有这样一句："父母纵使是顽嚣，子道不可不讲；丈夫纵使是乖僻，妇道不可不守啦。"修改中便把"顽嚣""乖僻"全部改成"不好",对古化的规避,在郭沫若的《沫若文集》里可见一斑。影响所及,不同省市的作家也是如此,比如贵州的蹇先艾,在20世纪50年代将20世纪上半叶他自己所出版的小说单行本集子重新修订一新,有选择性地出版了《山城集》(作家出版社,1956年)和《倔强的女人》(新文艺出版社,1957年),去文言化也是同样如此。蹇先艾将文言虚词"之""乎"等删减,将"何故"改为"为什么",将"何以不"改为"没有",在实词方面将"女伶"改为"女演员","杞忧"改为"忧虑"之类都较为普遍;在句子上,如"不意尊夫人也是如此"改为"想不到尊夫人也是精于此道的"(《初秋之夜》),"奉赠他几个零用"改为"赠送他一些零用"(《山东七哥》)等。

三、欧化与古化:在去和留之间的博弈

文学语言是时代的产物,与特定历史时期的语言观念休戚相关。在20世纪50年代的语言规范化运动中,民族共同语——普通话的正统地位已经确立并不断巩固,普通话写作的格局已经生成并逐渐建构出来。对于欧化与古化而言,尽管20世纪50年代的作家们多半加以排斥,但实际上并不能单向度地清理干净,语言纯洁的目标仍是一个理想中的乌托邦目标。

首先,就欧化而言,社会上对于文学语言欧化、学生腔的批评一直没有间断过,但是撇开它的生涩与生硬,实际上它的正面建构作用也不可抹杀。相反,语言欧化的可取之处很多,去欧化的方式与手段也留下了弥足珍贵的教训。试以翻译的著述来说,在20世纪翻译界有一个共识,认为语言欧化的积极作

用大大超过消极作用。如果只单纯抓住某一点来说，肯定会适得其反。没有欧化的翻译语言这一桥梁，中国现代汉语肯定不能这样迅速发生变化，与世界接轨的能力也大为下降，更不用说从古汉语到白话的成功转型。欧化的语汇、句式大量存留在现代汉语之中，已不能完全有效地辨认并予以剥离。欧化这一语言现象，实际上已构成现代汉语的有机部分。新中国的重要文艺理论家周扬后来有所反思："新的字汇与语法，新的技巧与体裁之输入，并不是'欧化主义'的多事，而正是中国实际生活中的需要。"[①]欧化增强了汉语的生命力，具有语言杂合的优势，像杂交水稻一样有助于改良品种。异质语言与文化是语言发展的有益养分，学生腔往往也是知识分子的有效表达，其实也没有想象得那么糟糕。

"欧化"主要为现代汉语的多样性发展提供了一种前所未有的崭新资源，文学语言在文言、白话、方言之外又有了新的选择机会，这就使得写作者在面临不同的对象和不同的体裁进行语言表达时可以选择、挪用、借鉴，糅杂、融合等最为合适的语言生成路径，文学语言在媒介上具有多样性，显然有益于语言良性发展。在文学语言领域，既可以是完全欧化、半欧化，也可以和文言、方言融合为一种混合体，如鲁迅的《呐喊》、钱钟书的《围城》就显示出了这种语言表达方式的优势，语言的多样性、丰富性产生出了审美趣味上的丰富性与复杂性，相反，语言单一化不会产生生动、准确而形象的表达效果。当时部分作家的一种倾向是大胆采用方言土语，以人们唇舌上活着的语

----

① 周扬：《对旧形式利用在文学上的一个看法》，载《周扬文集》（第1卷），人民文学出版社，1984，第298页。

言来抵挡语言欧化，这一有效途径也有矛盾冲突之处。比如王西彦对周立波的《山乡巨变》就有这样的评价，"我们许多作家，都是知识分子出身，读过不少外国作品，在语言句法上，带着不少欧化成分，腔调也是知识分子的；因此，在采用方言土语时，就往往会夹夹杂杂的，显出不调和、不统一的痕迹"，"至于在整部作品中，使用群众语言和夹杂近于欧化的知识分子腔调所产生的不够调和统一的地方，我也碰到了好几处。"①论者举例的地方是《山乡巨变》第3章中邓秀梅对盛淑君谈论爱情的抒情部分，以及第18章描写陈大春和盛淑君恋爱时的细节，都有欧化的句子与表达。这一现象恰恰说明，周立波在小说创作中习惯于提炼方言土语的个性化表达，并不能完全拒绝欧化，两者不够调和、统一，这是文学语言不断规避与调适的产物，这一语言形态其实是文学语言发展的常态。

其次，与欧化相似，文言也不是文学语言之敌。文言的功效被低估，会大大降低语言的表现力。文白夹杂也并不是一件令人灰心的事，适度的文白夹杂有助于文学语言的生动丰富。叶圣陶、郭沫若等人虽然在重新修订出版自己著述时有去文言化的倾向，但在他们私下的日记、书信中却适当夹杂文言，呈现文白夹杂的文风特点。叶圣陶当时的日记、书信都是文言体。在日记、书信中拒绝普通话写作的作家还比较多，譬如被陈思和称之为"潜在写作"的一批作家中有不少人便是，另外像周作人、俞平伯、黄裳、唐弢等一批作家的书话、随笔等也有文言的回潮。胡适在论述文学革命的历史背景时指出士大夫

① 王西彦：《读〈山乡巨变〉》，载李华盛、胡光凡编《周立波研究资料》，湖南人民出版社，1983，第396—397页。

始终迷恋着古文字的残骸，又想用一种便民文字来教育、开通老百姓，整个社会分成两个阶级：上等人认汉字，念八股，做古文；下等人认字母，读拼音文字的书报，两个潮流始终合不拢来①。周作人在 20 世纪 30 年代初梳理中国新文学的源流时，也曾有这样的论述，在清末梁任公充当风云人物的时期，曾有白话文字出现，如《白话报》《白话丛书》，但和"五四"以后的白话文不同，主要体现在两个方面：第一，现在白话文，是"话怎么说便怎么写"。那时候却是由八股翻白话，即作者用古文想出之后，又翻作白话写出来的；第二，是态度的不同，现在我们作文的态度是一元的，无论对人对事，都是一律用白话。而以前的态度是二元的，为一般没有学识的平民和工人才写白话，如写正经文章或著书时，当然还是用古文。周作人形象地称这种现象为"古文是为'老爷'用的，白话是为'听差'用的"②。也许在叶圣陶、周作人等作家的眼里，普通话是写给普通百姓看的，文言仍是自己迷恋的语言，用起来更得心应手一些。这种文学语言的二元论的思想与现象，值得我们进一步加以梳理与总结。

梳理 20 世纪 50 年代普通话写作的发展历程，从源流来看，语言文字工作者、作家们驾驭汉语的能力越来越脆弱。阅读 20 世纪 50 年代的文学作品，就会发现风格多样、语言丰富的作品越来越少，文字肤浅粗疏、单薄划一的作品却越来越多。这也很反面证明了，如果将文学语言刻意纯洁化，对普通话语言的

① 胡适：《中国新文学大系·建设理论集》，上海良友图书印刷公司，1935，第 13—14 页。

② 周作人：《中国新文学的源流》，河北教育出版社，2002，第 52 页。

发展理解有所偏狭的话，往往会造成文学语言的人为瓶颈，不断降低文学语言的表达能力。

如何把握文学语言的规范，毛泽东有一段经典的论述，"语言这东西，不是随便可以学好的，非下苦功不可。第一，要向人民群众学习语言。人民的语汇是很丰富的，生动活泼的，表现实际生活的。我们很多人没有学好语言，所以我们在写文章做演说时没有几句生动活泼切实有力的话，只有死板板的几条筋，像瘪三一样，瘦得难看，不像一个健康的人。第二，要从外国语言中吸收我们所需要的成分。我们不是硬搬或滥用外国语言，是要吸收外国语言中的好东西，于我们适用的东西。因为中国原有语汇不够用，现在我们的语汇中就有很多是从外国吸收来的。……第三，我们还要学习古人语言中有生命的东西。由于我们没有努力学习语言，古人语言中的许多还有生气的东西我们就没有充分地合理地利用。当然我们坚决反对去用已经死了的语汇和典故，这是确定了的，但是好的仍然有用的东西还是应该继承。"[1] 毛泽东所说的第二点和第三点，涉及语言的欧化与古化。不过，这只是一个宏观的立论与思路。对普通话写作在语言维度上的把握尺度，以宽松、兼容为宜。对于文学语言的欧化与古化，只有充分"拿来"才会真正融汇沉淀，只有充分尊重和汲取，才会真正推动文学语言健康、良性与全面地发展。

---

[1] 毛泽东：《反对党八股》，载《毛泽东选集》（第3卷），人民出版社，1953，第838页。

无言的坚守与有声的乡土

——论 50 年代周立波的文学语言观念与实践

自 1949 年中华人民共和国成立之后，民族共同语的倡议与发展便正式提上了政府议事日程，一直到以现代汉语规范问题学术会议召开为标志的 1955 年 10 月，在短短几年时间之内便将民族共同语即汉语规范化运动推进到了一个新的高度。与此相伴随的是，在当代作家创作队伍中弥漫开来的是普通话写作的萌生与兴起，这成为作家们迎面而来的不二选择。在内涵上重新被定义的普通话，像雨水完全浸透过泥土一样，已彻底深入社会每个角落之中，在这种全民化的运动中很少有处于创作中的作家能卷起裤管站在岸边，也很少有作家不会受其潜在而复杂的影响。20 世纪 50 年代来自不同地域的作家们，尽管在新中国成立后拥有不同的文坛位置和不同的语言风格，但如何作为一个真实的生命个体去面对普通话写作，仍然是一件具有某种强制性的棘手之事。在迎合与疏离之间，可以清晰地看到当代作家们各自舞蹈的一个个时代背景。

选择什么样的作家作为标本最为合适呢？我们认为那些语

言风格早已形成而且特征明显，在语言艺术上有大师之称的作家最具有代表性。譬如赵树理、叶圣陶、老舍和周立波等便是十分合适的人选。1956 年，在中国作协第二次理事会扩大会议上，周扬在其报告中谈到重视文学遗产与传统的问题，并号召青年作家向现代作家学习技巧时，所列举的对象首先是鲁迅和郭沫若，除此之外"作家茅盾、老舍、巴金、曹禺、赵树理都是当代语言艺术的大师"[①]。现代文学史上的"鲁郭茅巴老曹"的定位似乎与周扬的这一梳理与描述有关，另外赵树理也名列其中，反映了周扬对他一以贯之的好评。从文学语言角度来看，除周扬所点名称赞的上述作家之外，叶圣陶和周立波也值得特别关注。叶圣陶是一个在"五四"之前就开始创作的老一辈作家，成名于 20 世纪 20 年代，素以语言讲究、修辞严谨著称，在 20 世纪 50 年代旧著修订重版上有突出的表现。周立波素以坚守群众语言著称，文学语言的立场是坚定的、特殊的，语言风格十分独特而鲜明，对语言的探索一以贯之，与其他当代语言艺术的大师一样，也大体保持在同样的水平线上。

一、普通话写作的兴起与作家的新使命

在回过头去梳理革命历史的语言文化遗产时，20 世纪 30 年代瞿秋白鼓吹甚力的普通话，20 世纪 40 年代延安时期吴玉章等人力倡的普通话、简化字思想，全部得到了重新挖掘与正

① 周扬：《建设社会主义文学的任务——在中国作家协会第二次理事会会议（扩大）上的报告》，载《中国作家协会第二次理事会会议（扩大）报告、发言集》，人民文学出版社，1956，第 35 页。

名①。在普通话与国语之间，前者日益彰显，后者自然不断淡化。普通话概念重新得以充实与完善，并提高到了以前所不能抵达的历史地位。

新中国成立后百废待兴，语言统一、思想统一是其中重要的一环。拥有共同的民族语言，无疑是现代民族国家的标志性基石。第一次文代会（中华全国文学艺术工作者代表大会）之后，语言学界和文学艺术界便开始不断出现重视语言规范的声音，包括清理方言、文言以及欧化语在内②。与一体化的意识形态相适应，统一、齐整的民族共同语断然不可缺少。在苏联斯大林语言学说的影响下，经过数年的讨论、辨析，现代汉语规范化思想已经渐渐成形。规范化的现代汉语不久便与普通话概念不断重叠起来，普通话的提炼、充实与定型；普通话写作的规划、充实和成型，也是水到渠成的大事。1955 年 10 月，有标志性的事件莫过于全国文字改革会议与现代汉语规范问题学术会议的相继召开，相隔两天接连召开的两次会议，从文字到语言，都指向民族共同语的建设。全国文字改革会议，侧重文字拼音化、汉字简化，议定推广以北京音为标准音的普通话。现代汉语规范问题学术会议，则向前再进一步，除语音之外还讨论到词汇、语法的规范问题。在此会议召开之前，《中国语文》杂志 1955 年 7 月号上在报道消息一栏有此相关新闻，题目即是"中国科学院语言研究所即将召开现代汉语规范问题学术会议"，部分内容如下："准备在今年 8 月中旬召开会议，主要

① 王东杰：《官话、国语、普通话：中国近代标准语的"正名"与政治》，《学术月刊》2014 年第 2 期。

② 参看笔者论文：《普通话写作的倡导与方言文学的退场》，《广播电视大学学报（哲学社会科学版）》2011 年第 4 期。

任务是讨论汉语规范化的原则和如何建立标准汉语语音方面的明确规范。对于标准语的语法和词汇等方面的规范问题也将在会上提出报告，组织讨论，指出解决的方向。……语言规范化不只是少数语言学家的事，而是我国当今社会生活中一个非常重要的问题，是每个人都应该关心的问题。"此外据《中国语文》杂志报道，1955 年 5 月北京语言学界茶话会座谈汉语规范化问题，中心议题是标准音问题；1955 年 7 月，中国科学院语言研究所召开汉语规范化问题座谈会，有 40 余名重要学者参加，议题有所扩大。"不只是少数语言学家的事"意味着语言文字的事关联全社会，覆盖面甚广，后续的大力推广、普及也是最好的证明。

现代汉语规范问题学术会议的时间从《中国语文》杂志的信息来看，原来初定为 8 月中旬，但实际上推迟到了 10 月底。当时全国主要新闻媒体，对这一会议有详细的新闻报道，重要文章全部收齐后由科学出版社出版，即《现代汉语规范问题学术会议文件汇编》，出版时间为 1956 年 7 月。值得补充的是，会议召开后的反应，报刊发表的有关论文、报道和消息的篇目都有详细索引，以供检索查阅。从会议议程来看，参加会议的有 120 多人，来自全国各地和不同行业，包括语言学家、语文教育家、新闻、广播方面的重要代表，也包括来自文学、戏剧、翻译、电影和曲艺方面的重要代表。党和政府的数位负责同志也参加了会议。此外，会议还邀请了苏联、波兰、罗马尼亚、朝鲜等国的语言学家参加，可谓当时最高规格的一次会议。全国文字改革会议，由教育部和中国文字改革委员会联合召开；现代汉语规范问题学术会议，名义由中国科学院哲学社会科学部主办，但教育部和中国文字改革委员会都参与进来，陈毅、胡乔木也做了重要指示和谈话，实际上更加扩大化了。其中罗常培、吕叔湘、陆志韦、陆宗达、丁声树、胡裕树和陈望道等一批顶尖的语言学家开始了新的学术生涯。与会代表中重要作家除了当时兼有多种重要职务的郭沫若，还有叶圣陶、老舍、欧阳予倩、曹禺、董秋斯、陈翔鹤、丁西林和楼适夷等人。其中，郭沫若、叶圣陶和老舍在当时及以后一段时间都颇为积极，譬如郭沫若职务之一是中国科学院院长，下辖的语言研究所之事也是他分内的一项职责；叶圣陶职务主要在新闻出版署，与语言文字业务关系也十分密切；老舍是北京本地人，以用北京话写作著称，1956年还被任命为中央推广普通话工作委员会的副主任，推广普通话也算得上是本职业务工作的职责所系。董秋斯在文学翻译界，楼适夷在出版界，也都为普通话推广而贡献着自己的力量。

这两次全国大型学术会议针对汉字规范、现代汉语规范，作出了重要的前瞻性的长远规划，归纳起来有以下最主要的方面：一、明确民族共同语为普通话，并以国务院名义在全国推广，普通话升格并合法化。二、制定汉语拼音方案。三、拟编辑出版《现代汉语词典》，以词汇规范为主要目的。四、全国汉语方言普查。集中起来，普通话的定义与普及是重中之重。"在汉语近几百年的发展中，已经逐渐形成一种民族共同语，这就是以北方话为基础方言的'普通话'。这种'普通话'最近几十年来得到广泛的传播。"[①] 大会报告中所说的逐渐形成的"民族

---

① 罗常培、吕叔湘：《现代汉语规范问题》，载现代汉语规范问题学术会议秘书处《现代汉语规范问题学术会议文件汇编》，科学出版社，1956，第5页。

共同语"，就是普通话，已明确无误，普通话就这样确定下来并逐步赋予其法律地位。当时会议决议，议定普通话以北京语音为标准音，以北方话为基础方言。会后，根据语言学家陈望道的提议，又及时补充了语法的规范，即以典范的现代白话文著作为语法规范。这样，普通话的概念焕然一新，从语音、词汇和语法三个层面予以完整界定。1956 年 2 月 6 日，国务院正式公布《国务院关于推广普通话的指示》，普通话的定义首次确定下来，至今一直没有改变。"汉语统一的基础已经存在了，这就是以北京语音为标准音、以北方话为基础方言、以典范的现代白话文著作为语法规范的普通话。"[①]普通话代替了民族共同语，成为中华民族所有国民的通用语言。推广普通话的活动，从上而下，一时席卷全国各地。"1955 年到 1957 年形成了推广普通话的高潮。当时学校教学使用普通话，各行各业使用普通话。……在 1956 年到 1958 年那段时间里，我经常出差，无论在饭店、宾馆，或者在公共汽车上，听见大部分工作人员讲普通话。大家以讲普通话为乐，以讲普通话为荣。"[②]通过这些引述，大体可以窥见当时社会用语的风向标。

普通话的推广和普及，与广大作家的文学创作有密切的特殊关联。著名美学家朱光潜早在现代汉语规范问题学术会议前夕，与老舍的通信中就一针见血地提出了这一观点，"争取汉语规范化，说到究竟，真正促成语文规范化的还是在群众中有威

---

①《国务院关于推广普通话的指示》，载现代汉语规范问题学术会议秘书处编《现代汉语规范问题学术会议文件汇编》，科学出版社，1956，第 249 页。

② 张志公：《普通话和语文教育》，载《张志公自选集》（下册），北京大学出版社，1998，第 707 页。

信的作家。"① 正如胡适所说"五四"白话文运动的成功多半是明清白话小说流行的缘故一样，尊崇汉语规范化的写作理念，是新中国广大作家助推普通话的重要途径。正如《人民日报》的社论所言："语言的规范必须寄托在有形的东西上。这首先是一切作品，特别重要的是文学作品，因为语言的规范主要是通过作品传播开来的。作家们和翻译工作者们重视或不重视语言的规范，影响所及是难以估计的，我们不能不对他们提出特别严格的要求。"② 闪亮的方案已经设计就绪，剩下的事情是马不停蹄地抓落实。这一方面需要文艺管理部门的引导、规定，另一方面需要广大作家自觉地配合并持之以恒努力实践。以"普通话"进行写作，进而推动普通话的发展，简而称之便是普通话写作已跃居正统地位，这是新的时代大势，也是普通话融入新社会与语言生态趋于一元化的必经之路。

以 1949 年新中国成立为分水岭，由国语而普通话，民族共同语已变换了名词。普通话写作逐渐成为主流之后，广大作家也逐步分流。比如，在现代汉语词典的编纂原则中，确立词条和语法标准的语料，当时最理想的方法是在毛泽东、鲁迅、赵树理和老舍的大量作品中来广泛遴选。后来有所扩大，叶圣陶、丁玲和周立波等一批作家的作品也被纳入进来。试以周立波为例，他的作品多半与普通话写作存在较远的距离，是丰富还是有损于普通话写作，都还存在争议。在直线与曲线之间，在建构与解构之间，周立波的文学创作成为一个悬而未决的有

---

① 老舍：《老舍全集》（第 15 卷），人民文学出版社，1999，第 755 页。

② 《为促进汉字改革、推广普通话、实现汉语规范化而努力》，《人民日报》1955 年 10 月 26 日第 1 版。

趣现象。

二、群众语言至上：周立波与时代主潮的疏离

在普通话写作的时代洪流中，大多数作家都披挂上阵，或尝试，或改道，在全国各级文联、作协为新中国的新文艺尽自己的一份力量。当然，也有个别作家情况比较复杂。在 20 世纪 50 年代知名的作家队伍中，湖南作家周立波算得上是主流作家，可是他却成为合理疏离普通话写作的一个代表性作家，有论者把他视为现代湘籍"泛方言写作"的个案[1]，也有论者视为有明显"方言情结"的作家[2]。令人意想不到的是，在 20 世纪 50 年代去方言化的思潮中，周立波在理论上有源自 20 世纪 40 年代独特理解群众语言的思想，有支持方言入文的大胆论述与思想建构，也有在创作实践领域包括《山乡巨变》在内的大量作品作为支撑。周立波为文坛提供了一个经典的作家个案。

周立波无畏地坚守方言化写作，自有十分稳靠的语言理论依据。作为一个在 1942 年 5 月亲历毛泽东在延安文艺座谈会上讲话（以下简称"讲话"）的解放区作家，作为一个毫不犹豫地走和工农兵相结合道路的作家，作为在纪念"讲话"的类似活动中总是有理论文章进行宣传的作家，周立波给自己的方言化创作找到了理论的渊源。对此周立波十分了然于胸，他自从参加延安文艺座谈会和整风运动后，差不多在一生中坚定不移

---

[1] 董正宇：《方言视域中的文学湘军：现代湘籍作家"泛方言写作"现象研究》，中国社会科学出版社，2008，第 171—202 页。

[2] 言岚：《周立波文学创作中的地域方言研究》，《社会科学辑刊》2011 年第 3 期。

地走向了工农兵，多次发表文章和谈话称赞毛泽东在延安文艺座谈会上的讲话这一划时代事件，并陈述它对自己的深远影响。如纪念"讲话"一年左右，作论文《后悔与前瞻》，刊于《解放日报》1943 年 4 月 3 日；纪念"讲话"发表 10 周年，作论文《谈思想感情的变化》，刊于《文艺报》1952 年 6 月 25 日；纪念"讲话"发表 15 周年，作论文《纪念、回顾和展望》，刊于《文艺报》1957 年 5 月 19 日；纪念"讲话"发表 20 周年，作论文《纪念一个伟大文献诞生的二十周年》，刊于《湖南文学》1962 年第 5 期；纪念"讲话"发表 35 周年，作散文《一个伟大文献的诞生》，刊于《人民文学》1977 年第 5 期；纪念"讲话"发表 36 周年，作论文《深入生活，繁荣创作》，刊于《红旗》1978 年第 5 期。

在周立波的纪念文章中，可见他对毛泽东文艺思想的多元性、人民性有自己的独特认识，不会从一个片面、单面的角度去加以理解。比如，作家需要与群众打成一片，自觉地深入体验生活，周立波知行合一，确实将毛泽东文艺思想融会于心了。在写作《山乡巨变》时有记者采访他在益阳农家的生活体会，他的经验是"要紧的是采取一个普通农民的姿态，扎扎实实和群众一道劳动，同吃、同住，当小学生，毫无架子，虚心、诚恳地向群众学习"[1]。周立波和当时文坛的重要领导周扬也有亲密良好的特殊关系，20 世纪 50 年代他几乎每写一个作品在发表前都给周扬审阅，这也使周立波当时有一定的底气。按今天

----

[1] 胡坚：《作家周立波在农村》，载李华盛、胡光凡编《周立波研究资料》，湖南人民出版社，1983，第 133 页。

的话来说，周立波是一位有背景、有资历和有个性的作家①。在文学创作中，作品题材的地位十分重要，往往在很多场合比语言形式更加重要。周立波在 20 世纪四五十年代的小说，主要题材是抗战、土改和乡土。特别是 20 世纪 50 年代的题材大多数属于乡土文学的范畴，有论者认为，周立波具有精英文化的意识，使得他与同时代许多作家区别开来。因为精英文化的意识，让周立波的小说没有失去"乡土文学的田园蕴味""保持了乡土文学应有的典雅性"②。因此，在汉语规范化、推广普通话写作的思潮中，文学语言不能覆盖全部，题材处于首位的文艺经验也有缓冲的作用。虽然从 20 世纪中国文学语言变迁史的角度进行考察的话，周立波无疑是最有个性、特色和追求的一位，这是不得不承认的。正如茅盾所言，周立波是"在追求民族形式的时候逐步地建立起他的个人风格"③。引文中的"民族形式""个人风格"，其实包括了语言形式以外的内容。虽然茅盾后来也用"滥用方言"委婉地批评过周立波在此方面的探索，但对方言情结甚深的周立波而言，实际影响并不明显。周立波的语言风格是非常鲜明的，也是持之以恒的，不为时代风潮所左右。

　　对于保留方言的群众语言的高度认可，周立波有一个曲折的认识过程。来自湘语区的周立波，20 世纪 40 年代在延安时曾有

① 徐庆全：《周扬与周立波："少年叔侄如兄弟"》，《湘潮》2008 年第 8 期。

② 贺绍俊：《周立波在乡土文学上的特殊意义》，《文艺报》2014 年 12 月 22 日第 5 版。

③ 茅盾：《反映社会主义跃进的时代，推动社会主义时代的跃进》，《人民文学》1960 年第 8 期。

一段时间在语言上存在障碍，经过一段磨合后改变了欧化、翻译腔的毛病，形成了夹杂西北方言的群众性的文学语言；他从描写农家母牛生产小牛场面的《牛》之后，渐渐摆脱掉了洋八股的习气。前期小说的欧化语言十分明显，但在创作生涯中也或显或隐地一直存在，"经历了一个由不自觉到自觉运用的过程"。①周立波 1948 年去黑龙江省尚志元宝地区开展土改工作，第一次踏上这片肥沃的土地，拼命学习东北农民语言仍是作家的首要任务，虽然他在创作中运用得还不地道，但化用东北话的速度是惊人的。"想用农民语言来写的，这在我是一种尝试，一个开始"②。运用东北话创作的长篇小说《暴风骤雨》，既是当时反映解放前夕土改题材的代表作，也是新中国成立后仅有的几部获斯大林文学奖的作品之一。其语言"比较单纯"，"吸收了不少群众的语汇和群众语言的长处"③而受到较多的赞誉。正是因为东北农民语言的运用，"比起他过去的作品来，是一个大大的进步"④。

《暴风骤雨》刚刚面世，得到的反馈是积极的，可是在 20 世纪 50 年代中后期却持续处于微妙的批评与责难的声浪中。虽然也有不少辩护的意见贯穿其中，但基本上属于防御战。换一个立场稍不坚定的作家早就改弦易辙了，但是周立波依然故我做了一个顽固派。后来他主动回到家乡湖南益阳，参加轰轰烈烈的农业

① 邹理：《周立波小说的欧化倾向》，《文学评论》2012 年第 1 期。

② 周立波：《〈暴风骤雨〉是怎样写的？》，《东北日报》1948 年 5 月 29 日。

③ 陈涌：《〈暴风骤雨〉》，《文艺报》1952 年 11、12 号合刊，1952 年 6 月 25 日。

④ 周立波：《〈暴风骤雨〉座谈会记录摘要》，载李华盛、胡光凡编《周立波研究资料》，湖南人民出版社，1983，第 292 页。

合作化，参加农业生产，吃穿住行保持一个农民的本色，可以说像毛泽东所要求的一样与农民群众真正打成了一片。周立波以湖南益阳方言为底色写成的《山乡巨变》上卷于 1957 年完稿，1958 年在《人民文学》1 至 6 期全文连载，同年由作家出版社出版单行本。这正是推广普通话的高峰期，一波未平一波又起，可想而知这次的负面评论比《暴风骤雨》更甚，虽然也有个别肯定的声音，但是被提倡普通话写作、反对方言化写作的声音所淹没。所幸的是作品在反映的题材上属于主旋律，即以湖南益阳清溪乡为背景，来反映 20 世纪 50 年代如火如荼的农业合作化运动在农村的历史进程，这为周立波挡住了不少明枪暗箭。题材方面从农村土改到农业合作化，是一次历史的轮回；语言方面从东北话到湖南话，也是一次自觉的母语回归。

整个《山乡巨变》，不论是叙述描写，还是人物对话，都呈现出尽量方言化的特征。周立波在创作自述中言及自己常常留意于一切人的说话，留意于人们唇舌上鲜活的语言，在他的心目中，方言是和生动活泼的语言对等的。在小说创作中，方言也大量加以运用，当然也会讲究方法："使用方言土语时，为了使读者能懂，我采用了三种办法：一是节约使用过于冷僻的字眼；二是必须估计读者不懂的字眼时，就加注解；三是反复运用，使得读者一回生，二回熟，见面几次，就理解了。方言土语是广泛流传于群众口头的活的语言，如果完全摈弃它不用，会使表现生活的文学作品受到蛮大的损失。"① 下面，我们不妨比较一下《暴风骤雨》和《山乡巨变》两部作品的开头，选择

---

① 周立波：《关于〈山乡巨变〉答读者问》，《人民文学》1958 年第 7 期。

一些方言语汇加以解释，这也是常态研究的一种模式：

> 七月里的一个清早，太阳刚出来。地里，苞米和高粱的确青的叶子上，抹上了金子的颜色。豆叶和西蔓谷上的露水，好像无数银珠似的晃眼睛。道旁屯落里，做早饭的淡青色的柴烟，正从土黄屋顶上高高地飘起。一群群牛马，从屯子里出来，往草甸子走去。一个戴尖顶草帽的牛倌，骑在一匹儿马的光背上，用鞭子吆喝牲口，不让它们走进庄稼地。这时候，从县城那面，来了一挂四轱辘大车。轱辘滚动的声音，杂着赶车人的吆喝，惊动了牛倌。他望着车上的人们，忘了自己的牲口。前边一头大牤子趁着这个空，在地边上吃起苞米棵来了。①

> 一九五五年初冬，一个风和日暖的下午，资江下游一座县城里，成千的男女，背着被包和雨伞，从中共县委会的大门口挤挤夹夹涌出来，散在麻石铺成的长街上。他们三三五五地走着，抽烟、谈讲和笑闹。到了十字街口上，大家用握手、点头、好心的祝福或含笑的咒骂来互相告别。分手以后，他们有的往北，有的奔南，要过资江，到南面的各个区乡去。

> 节令是冬天，资江水落了。平静的河水清得发绿，清得可爱。一只横河划子装满了乘客，艄公左手挽桨，右手用篙子在水肚里一点，把船撑开，掉转船身，往对岸荡去。②

　　这完全是小说开始客观、平静地进行叙述的语言，在叙述

---

① 周立波：《暴风骤雨》，载《周立波文集》第1卷，上海文艺出版社，1981年，第5页。
② 周立波：《山乡巨变》，载《周立波文集》第3卷，上海文艺出版社，1982年，第3页。

与描写语言层面做得怎样，更能体现出语言风格。因为作家在处理对话时，以个性语言为理由，标举口语化，也就意味着带有方言化特质，地域化特征是明显存在的。在叙述与描写上，绝大多数作家都避免口语化，但周立波的小说适当保留了。稍做比较不难发现，一个是北方的屯落，一个是南方的水乡，以写景来开头，可是其方言化、地域化特征也是较为显著的，如《山乡巨变》的开头，"挤挤夹夹""三三五五""谈讲""笑闹""水落""横河划子""水肚"之类的方言土语，本色自然。像"横河划子"这一湖南益阳乡间摆渡的船只，也是地域性的说法，我们都不难发现其差异之处。

在《山乡巨变》中，益阳方言土语大面积进入了文学语言之中，譬如名称风物："堂客"（妻子）、"开山子"（斧头）、"料"（棺材）、"牵子"（上眼皮上的疤痕）、"地生"（为死者选择墓地的风水先生），以及为了写湖南农村，用"扮桶""茶子""擦菜子"之类用普通话很难找到相应的说法的名物；又譬如习惯俗谚："吃松活饭"（做轻松事情）、"脚路"（有关系门路）、"咬筋"（不好商量）、"棉花耳朵"（耳根子软，立场不坚定）、"竹脑壳"（脑袋不开窍）……在这大量的方言土语中，也有一些是谐音的借词，如形容安静用"寂寂封音"。小说中一个主要人物"亭面糊"，不但其"面糊"一词来自土语，意指头脑大事不清醒，有点糊里糊涂，而且出自他口里的语言很多，更多的是土语和地方讲谈，可以说他称得上一部活字典。如果20世纪50年代大规模调查方言时选择益阳清溪，亭面糊肯定是最佳的人选。老农亭面糊是作品中最会说话的人，也是用语生动、风趣和地道的典型的农民形象。有学者认为："当代中国的普通话运动和汉语规范化运动，实际上是以批判方言文学作为起点的。但有意味的是，周立波在文章中仍旧坚持了'方言'的重要性，而完全否定了'方言文学'的存在。"[1] 这表面来看是矛盾的，但实际上反映了周立波迥异的立场，在强调普通话的支配性地位时，没有忘记方言是对于普通话这一民族共同语的丰富和补充；像英语研究者强调从"解放语言学的角度出发，采取有效的策略，打破标准英语的藩篱"[2] 一样，普通话写作并不是无源之水，与普通话写作并存的其他文学语言也不应该轻易否决。显然，周立波的这一认识是清醒的，也是独特而长远的。

三、时代旋涡中的沉默与审视

周立波让乡村发出贴近泥土的声音，虚构与呈现的是一个有声的世界。其乡土人物栩栩如生、活灵活现，一个特征之一便是都有各自的唇舌，发出独特而真实的声音，让乡土的书写者兴奋而满足。不过，以读者为名义的批评者，却时时发出不满的意见。这里将集中篇幅进行梳理与分析，试图勾勒批评视野下的周立波此类作品的命运，也凸显周立波作为缄默者和抗拒者的文学史形象。

说到文学批评，读者则是它自然而然的参与者，不同层次读者的阅读反应是重要的组成部分。20世纪50年代的文学读者与文学评价以及与作家写作之间的关系比较复杂，读者的意见对文学的生产会产生牵引、导向等作用。在当时的文学生产与消费

---

① 贺桂梅：《政治·生活·形式：周立波与〈山乡巨变〉》，《文艺争鸣》2017年第2期。

② 孟艳丽：《标准英语作为语言意识形态的传播问题及其批判》，《贵州师范大学学报（社会科学版）》2020年第1期。

中，除底层各行业的读者群之外，文艺界领导者、批评家等也会借读者的身份，有意识地影响作家的创作观念、趣味、风格。在鼓励读者发言的大环境中，社会也在塑造读者的地位、尊严，哪怕是盲目的；不论是文学界发生的重大事件与思潮争论，还是具体作家作品的评价与定位，总有标注某某地方的读者们，在合适的时间与地点来写读者来信、写批评文字，捆绑在主流意见中，从而构成文学规范力量的重要部分。在具体的操作过程中，有些读者是有名字的，也有一些是无名的，以一个群众读者群（尤其是工农兵读者群）来暗指事实上看不见但感觉得到的集体，也颇常见。1953 年 10 月 29 日巴金在朝鲜写给妻子萧珊的家信中，就对此现象有所表露："《黄文元》在志愿军中间，说它好的人也不少，但北京有一位青年工人来信说写得很坏……读者多，意见多。有时候一个人就把自己看作群众。"[1] 当然，其中也有捉刀代笔然后冠以读者来信来稿的名目进行批评的文章，这些文章或长或短，都表达出群众的眼睛是雪亮的这一目的。

读者的意见在推广普通话、进行普通话写作的提倡中，也被广泛运用。代表性的如《文艺报》的一篇综述文章："最近两个月，我们收到不少读者对文学作品的意见。从这些来件中可以看到广大读者对文学创作的关心和期待。这些意见虽然并不一定都很正确、中肯，但为了使文艺工作者能够了解读者的意见及要求，和吸引更多读者关心我们的文艺创作，我们把这些意见整理出来，以供参考。"[2] 有时刊物一旦发表一篇评论不规

---

① 李小林：《家书——巴金、萧珊书信集》，浙江文艺出版社，1994，第 150 页。

②《对一些文学作品的意见——读者来件综述》，《文艺报》1954 年17 号，1954 年 9 月 15 日。

范的词句的稿件，类似的读者稿件会蜂拥而至，刊物不得不进行归并综述，或者声明此类稿件过多不会刊出。譬如《语文学习》1957年4月号在封底的《编者的话》中有此说明"评论不规范的词句的稿件，我们原有积存，今年1月号刊出《不合事理及其他》后，这类稿件越来越多，有的很零碎，例子也不典型。"在比较专业的批评家与业余的群众两类读者时，在20世纪50年代特殊的时期，有时后者发挥的作用可能更大，对作家的影响也更深入持久。当时很多作家在前言与后记中说及遵照读者意见修改作品，成为一种习见性的时髦表述。

具体到周立波的乡土文学作品，这方面的资料相当零散，也相当驳杂。普通读者群与专业读者群意见互为交叉，但也有一些规则在里面。

首先，我们来梳理普通读者的批评声音。比如，20世纪40年代末，当《暴风骤雨》还在《东北日报》副刊连载时，便有一个署名"霜野"的读者来信，据他自己介绍，是"从来也没有写过什么东西，和批评过谁的东西"的读者。他的出发点往往是主观上的感觉和认识。他写这一批评倒是有些意思："因我看到副刊上关于《一个农民的真实故事》大家发表了不少意见，我才知道我们的党报，是谁有话都可以说的。所以我也就大胆地写了这些主观上的感觉和认识。"[1]读者的理由一是从别人身上受到鼓舞，二是来自党报"是谁有话都可以说的"。说的时候理直气壮，从侧面反映出一个时代的风气。从霜野的信的内容分析，他是一个生活在东北的本地人，他觉得《暴风骤雨》中有些说法不符合东

① 霜野：《霜野来信》，载李华盛、胡光凡编《周立波研究资料》，湖南人民出版社，1983，第279页。

北本土实际情况，认为要拿到群众中去审查。

1952年8月，《人民日报》上发表湖南华容县粮食局唐绍礼的来信，主要是批评周立波小说创作中的方言现象："很多新文艺作品都采用方言土语，并不止《暴风骤雨》一本书。也许作家们认为只有方言土语才是文学语言，用得越多，作品的艺术性越高。我认为这种意见是值得怀疑的。……可是如果按照普通话来写，不但本地人懂得，别的地方的人也都懂得。因此我认为除了对象是少数民族或只准备给某一特殊地区的人看的作品外，一般文艺作品要尽可能地用普通话来写作。"[1]发表读者唐绍礼的意见之后，《人民日报》还意犹未尽，以编者按的方式对读者来信观点进行肯定和发挥，编者按是这样说的："读者唐绍礼的意见是值得注意的。《暴风骤雨》在运用群众语言方面是有成绩的，但同时也有缺点，就是不必要地过多地采用了不易为广大群众所普遍理解的土语。这使一部优秀的文艺作品在普遍流传方面受到了一些限制。"明显的是，不论是普通读者，还是党报的编者，都持相近的反对方言化、力倡普通话的写作立场。群众的眼睛是雪亮的，也是可信赖的，于是便产生了这样的事情，在20世纪50年代以后这样的群众多起来了，《山乡巨变》发表后，这方面的批评也相当多，代表性的，如曹日升：《湖南人也不懂的益阳话》，《人民文学》1958年4月号；刘日之：《也谈周立波作品中的土语》，《人民文学》1958年6月号；秦文琴：《对周立波同志运用方言土语的意见》，《评〈山乡巨变〉》，作家出版社，1959年；艾彤：《〈山乡巨变〉的人物刻画和语言的运用》，《湖南文学》1959年2月号。在

171

---

① 唐绍礼：《读者来信：对文艺作品中采用难懂的方言的意见》，《人民日报》1952年8月5日第2版。

这些群众来信或短文中，群众也认为看不懂小说中的方言土语，周立波推崇群众语言，却没有了解群众的语言需要，两者不对接。显然，这给周立波的语言观念产生了冲击，也带来了压力。

其次，与普通读者批评相并行的，是一批专业的文学批评家，也在时代的旋涡中发出了相互矛盾的声音。作为专家的意见，当时虽然并不具有权威性，但也是一种意见，起到参考与弥补的作用，至于到底有多大作用，倒是没有多少人真正去估量。因为出于专业的眼光，所以这类文字往往是长篇大论，意见比较全面、深入。比如《暴风骤雨》上卷发表后，马上请了同行来审阅，1948 年 5 月，东北文协就召开了专门的作品座谈会，作家草明、舒群等人发言，对运用东北方言进行写作所评价的基调是正面肯定。对于 20 世纪 50 年代后期的《山乡巨变》，作家兼评论家王西彦是这样评价的："近来，常常有人拿推广普通话的理由，反对和非难作家的采用方言土语，却忽略了作家也有提炼群众语言来丰富普通话的责任。""在《山乡巨变》里，立波同志在方言土语的运用上，是相当成功的。尤其像我这样的读者，虽然不是湖南人，却在湖南农村里生活过，工作过，听得懂湖南话，读起来就感到很亲切。有些段落，我一面轻声诵读，一面点头微笑，觉得立波同志写得实在好，有味道。"[1] 王西彦当时在上海文化界做领导工作，他于 1938 年 10 月在长沙结识周立波，《山乡巨变》在《人民文学》连载后，他及时写出长篇评论文章，对周立波的这一小说进行充分肯定，包括其方言化的语言策略。也有时评认为《山乡巨变》在群众语言的运用上，比作者前两部小说《暴风骤雨》和《铁水奔流》"更成功些"，"群众的语言，多数

---

[1] 王西彦：《读〈山乡巨变〉》，《人民文学》1958 年 7 月号。

是通过方言和土语的形式表现出现的。在很多情况下，把方言和土语完全翻成普通话，就失去了色彩。小说并不是推广普通话的课本"。[1] 知名评论家朱寨在《文学评论》杂志 1959 年第 4 期发表长篇论文，对周立波的方言化倾向也从群众语言的角度持肯定的态度[2]。可以说，除了从事语言学的学者（这部分人的批评意见基本上是反对周立波进行方言化写作），不管是普通读者，还是专业读者，评论周立波小说创作所采取的方言化向度，是一种相互对立的论调。对周立波小说的主题、内容，大众化的文学语言取向，主流意识形态代言者和评论家给予了热情的肯定；另一方面，否定的声音也持续存在。

周立波面对这些读者意见和批评文字的心态如何，现在没有多少资料可以佐证，但可以肯定的一点是他当时保持了沉默，没有做出相应的辩驳。在时代的喧哗中，周立波选择做一个时代的缄默者，闭住了嘴巴而睁开眼睛对周围的人事进行个人的观察与省思。相比之下，对"讲话"熟悉得很的周立波对群众的意见还是比较关注的，事后进行了有限度的合理消化与吸纳。譬如《暴风骤雨》发表后，周立波就很感谢东北读者霜野关于东北话运用正确与否的批评，在作品后续出版中一一做了修改。没有调整的，也出于全国读者不明确的目的，对小说文本以加重注解比例的方法进行弥补。其次，在《山乡巨变》修订时，周立波在语言观念上也屡次强调对方言土语也是"有所删除，有所增益，换句

---

① 方明、杨昭敏：《山乡的巨变，人的巨变——读小说〈山乡巨变〉》，载《人民文学》编辑部编《评〈山乡巨变〉》，作家出版社，1959，第 34—35 页。

② 朱寨：《谈〈山乡巨变〉及其它》，《文学评论》1959 年第 4 期。

话说：都得要经过洗炼"。^①有坚守也有适当退却，周立波在时代的旋涡中，并没有偏执于一方，也没有无原则地妥协，而是在方言化写作与普通话写作中保持了某种平衡。正是因为这样，周立波才最终以作品说话，没有浪费时间去反复争辩，也没有陷入论争的迷魂阵里，而是无言地坚守住了自己的立场和原则。

四、结　语

在谈论 20 世纪 50—70 年代的中国当代文学时，知名学者洪子诚认为"一体化"这样的概念能予以有效归纳，即以 1949 年为界，这一阶段的文学是"一个文学'一体化'的时期"^②。诚然，这一特征反映在文学的演化过程中，也反映在文学组织形式、生产方式之上。在这样一个"一体化"的过程中，却有少数异类的独特存在，周立波便是这样的个案。湘籍作家周立波始终推崇群众语言，对方言化写作也有自己的独特认同，积累了自己丰富、具体而独特的文学语言经验，对丰富文学语言是有特殊意义和价值的。正是大量杂糅经过反复提炼、推敲的方言土语，才让其作品语言群众化、本土化，真正描绘了底层民众的生活图景，抵达了乡土文学的崭新高度。他不是只停留在口头上，而是深入民间、深入生活，做奋力打捞与打磨语言的践行者，侧重凸显笔下乡土人物的个性，周立波这一努力既值得关注又值得肯定。

① 周立波：《谈方言问题》，《文艺报》第 3 卷第 10 期，1951 年 3 月 10 日。

② 洪子诚：《问题与方法：中国当代文学史研究讲稿》，生活·读书·新知三联书店，2002，第 187 页。

第三辑

批评的进路：综合力量的呈现

文化生态洼地与新诗地理的精神瓶颈

——以贵州现代诗歌为中心

像精神高地与经济洼地是一对处于相生相克之中的矛盾体一样，文化生态的洼地与文学的精神高地也同样处于不断冲突变化之中。它们不是处于天平的两端，在高低之中呈悖反状态，相反的是两者大多处于同步化过程中。文化生态的洼地不太可能抬高精神力量以达到它应有的高度，文化生态不可能被政治、经济等因素同化——以至于有可能出现政治黑暗、经济落后却相反出现文学繁荣的局面。因此文学乃至文化的精神瓶颈，基本上由文化生态所决定。与文化生态洼地对应的是，文学与文化的精神维度是低级别的，乃至于被世人所歧视或忽略。

以中国大西南地域为例，在自然地理上，它是不断隆起的高原，其中高山、丘陵、盆地彼此交错，无疑具有站得高看得远的海拔。但是，在文学的精神领域，这一地域并不具有相对等的精神高度，也没有涌起成为领时代风骚的精神高地。具体以贵州文学与文化为例，在 20 世纪以来的一百多年中，它往往让人想起精神的洼地；被外界轻看的惯性力量，也加速着它文化生态的贫乏乃至恶化。"无可回避的事实是，在现代中国文化的总体结构中，贵州文化也是一种弱势文化，也就会面对'被描写'或者根本被忽视的问题。这正是许多贵州有识之士痛心疾首的：人们对贵州岂止是陌生，更有许多误会与成见，并形成了有形无形的心理压力；而黔人的'自我陌生'则造成了文化凝聚力的不足，更是贵州开发中必须解决的精神课题。"[1]这一感慨来自一个把贵州当作第二故乡的知名学者之口，是具有很强的代表性与说服力的。

站在新的时代面前，这一状态并没有发生质的改变。有感于此，本文试以贵州民国时期的现代诗歌为例，探讨贵州文化生态洼地与诗歌的精神瓶颈之关系，不论是回溯历史还是针砭现实，这一课题的展开与深入都有十分显著的参考价值。

一、被边缘化的贵州现代诗歌

贵州现代诗歌，大体上可以纳入到民国文学视野下的贵州地域文学来加以探讨。从现代诗歌扩大开去，譬如小说、戏剧、散文等文体，基本上也限定在地域文学的价值与意义之内。"中国文学史上，曾有不少虽不显赫但也并不默默无闻的地域文学，在今天习见的文学史著作中，仅仅是淡淡一笔，有时甚至连一笔也没有。"[2]对于贵州民国时期的地域文学，往往介于这两者之间，虽然说来令人沮丧，但却是无法改变的事实。不但研究

---

[1] 钱理群：《前言：认识我们脚下的土地》，载钱理群、戴明贤、封孝伦主编《贵州读本》，贵州教育出版社，2003，第1页。

[2] 何光渝：《20世纪贵州小说史》，贵州民族出版社，2000，第1页。

贵州地域文学的学者颇有同感，就是普通的读者，往往如上述所言，对这一"被描写"的处境，对它被轻描淡写一笔带过的史实也有较为深刻的共鸣。

如果稍微熟悉一下贵州现代文人在全国的位置，大概像谢六逸、蹇先艾、寿生等屈指可数的几位要相对靠前一些。谢六逸在新文学创作方面相对较少，后两位来自黔北，曾在20世纪二三十年代的文坛活跃过一阵：寿生受到胡适的赞赏，蹇先艾得到鲁迅的好评，但"很有趣的是，无论是寿生的《黑主宰》，还是蹇先艾的《水葬》，都是农村题材，都是揭露贫困山区的愚昧残忍。胡适和鲁迅两位新文化运动的领袖尽管在政治理想上不同，但是都憎恶封建专制，追求民主自由，都对中华民族的深重灾难表现出极度担忧，对爱国青年给予无比的关爱。平心而论，寿生和蹇先艾的小说，从艺术层面看，在当时都不是最上乘的，从胡适和鲁迅的评语中可以看出，他们推荐的着眼点在小说的题材特别、内容深沉。"①寿生写诗不多，蹇先艾则写过一段相当长时间的现代诗歌，转写小说后以乡土小说知名，他们尚且如此，其他的就更不用多说了。争执其价值，或放大其意义，都没有什么值得探讨的真义。值得追问的是，为什么会出现这样的结果呢？在我们看来，这自然离不开贵州处于低处的文化生态。贵州是中国政治、经济与文化的边缘与洼地，几乎从来没有进入文学的主流阵列，回到贵州的文化人，也可以说在从事文化工作，但基本上没有进步与突破。直到很长一段时间，贵州有些地方略微有所变革，但基本状况并没有发生

① 蓝东兴：《寿生的文学命运与贵州环境》，《贵州教育学院学报（社会科学版）》2006年第6期。

实质性改变。

从文化生态的洼地到文化生态的废墟，不过一步之遥，过度板结，抑或沙漠化的文化之地，注定长不成参天的精神大树。在民国纪年之初的十多年之中，贵州是地方军阀统治，不同派系与势力之间的烧杀抢掠、争权夺利成为习以为常的现象，文化人的生存与文化的积累，没有基本的生存基础，想依附也失去对象。此外，烟赌土匪之疯狂、基础教育之匮乏、民生赤贫之普遍，均触目惊心①。在抗战时期，国民党先后以空降形式委任吴鼎昌、杨森为贵州省主席，党化势力占据绝对统治地位，地方军政势力则消失殆尽，省会贵阳也不像广西的桂林、云南的昆明一样有颇为强势的地方军政势力适当予以保护，其地方自治的自足给文化多元带来了一定的发展空间，因此贵阳与后者不能相提并论。当全国绝大多数地区饱受战争创伤之时，贵州境内基本上风平浪静，偶有敌人空袭或短暂侵占边地，都规模甚少，损失并不突出。贵阳、遵义等地在当时可以说是一个个颇有地位的后方重镇，但均着眼于交通，在文化上却没有相应的成绩，以至于被后来的写史者轻视。譬如，大后方文学书系编者就直言："重庆是抗日战争时期大后方（区别于解放区、沦陷区）作家荟萃的一个中心，桂林、昆明、成都，沦陷前的上海、武汉、广州、孤悬东南的金华、永安等地，都曾形成一时的抗战文化中心，西安、兰州、迪化（今乌鲁木齐），还有香港延及海外，抗日的作家们足迹所至，都留下了作品。"②也许，

---

① 于曙峦：《贵阳社会的状况》，《东方杂志》第 21 卷 6 号，1924 年 3 月 25 日。

②《中国抗日战争时期大后方文学书系》，重庆出版社，1989，第 1 页。

抗战时期毗邻重庆的贵州省会贵阳，至多只算得上是一个略有规模的文化卫星城，可知当时抗战文化发展的滞后，文艺与文学事业形势的严峻。

贵州连绵起伏的山头，也许阻碍过生存于这里的人将目光投向外界，也阻隔了外界的人把目光投向这片山地。熟悉贵州20世纪文学的文化人，都会发现贵州现代诗歌发生、发展的过程甚为曲折，成绩不算理想。作为一个文化边缘的省份，贵州缺乏相应的文化土壤与氛围，自然贵州现代新诗也长期处于边缘化，收成甚少。比如贵州基本没有出版新文学的书局，20世纪三四十年代从省外迁来的一些书局，也是以销售外地图书为主。当地最负盛名的本土出版机构——文通书局，也就总共出版过王亚平、祝实明、荒牧等人的三四册现代诗集。不过话又说回来，在中心与边缘之间，作为新诗地理的一个疆域，贵州地域文化也有自己的一些特色，在不同的历史阶段散发出缕缕亮色；而且更为重要的是，地域文化在于众人拾柴火焰高般的长期积累，像重新清理五四文化圈一样①，适当的梳理与总结也还是有一定价值的。

二、不断会聚的诗人与诗群

贵州在20世纪90年代出版过一套《贵州新文学大系1919—1989》，其中诗歌编在《现代文学卷·下》中，由研究贵州现代文学的本地学者陈锐锋、何积全负责编辑，编者在《诗

---

① 李怡：《谁的五四？——论"五四文化圈"》，《中国现代文学研究丛刊》2009年第3期。

歌概述》中开篇这样写道，"在'五四'以后的贵州新文学中，诗歌起步是较晚的。'五四'时期贵州的报纸尚无新诗发表，只有少量的民歌体发表。这主要是贵州长期的文化积淀薄弱，以及远离新文学发源地的北京之故"，"贵州的新诗是在 30 年代开始发展起来的。"[①] 同是这一本书，编选者一共选入诗人 60 余人，其中选入诗歌三首以上的有黄齐生、蹇先艾、杨和均、卢葆华、仲常、荒牧、李麦宁、采风官等诗人，他们的名声都有限。

相比之下，贵州现代诗歌的发展比全国晚了十余年。晚几拍发展起来的贵州新诗，呈现出缺乏诗歌大家、缺少诗歌阵地、缺少诗歌社团的"三缺"局面。如果稍作梳理，以小说著称的遵义籍作家蹇先艾，在 20 世纪 20 年代，倒是贵州一手写小说，一手写新诗的第一人。蹇先艾童年时期在四川长大，七岁后随祖父回到贵州遵义老家，十四岁那年便远赴北平求学，直到抗日战争全面爆发的 1937 年才返回贵阳，后来长期居留于此，算得上是现代文学史上贵州本土作家的代表。蹇先艾年轻时在北平求学、生活，依靠家学渊源与个人的勤奋努力，进入了当时北平文艺的中心。蹇先艾中学期间便与同班同学李健吾、朱大楠等组织文学社团，出版刊物或借报纸办副刊；大学进的是北平大学法学院，仍然保持对文学的热爱，在当时北平著名的报纸《晨报副刊》《京报副刊》发表过作品，涉足文类为小说、新诗与散文等。蹇氏在写诗过程中得到了梁启超、王统照、朱自清、闻一多、徐志摩等人的指点。综观蹇先艾的创作，新诗创作主要限于 20 世纪 20 年代。蹇先艾曾发表新诗数

---

① 陈锐锋、何积全：《诗歌概述》，载尹伯生等总纂《贵州新文学大系 1919—1989·现代文学卷》（下），贵州人民出版社，1997，第 365 页。

十首，著有《孤独者之歌》一册，但遗憾的是由于自己缺乏信心而没有出版。在谈及自己的新诗时，诗人这样回忆道："我的那些诗歌习作，境界不高，思想贫乏，不是谈情说爱，就是留连景物，还常常怀念遥远的故乡。诗是语言的艺术，我的语言也不精炼。"[①] 这是诗人的自认，诗人杂糅着低沉而忧郁的情绪，大多直抒胸臆，或写景或抒怀，均显出一个知识青年的青春期写作之特点。诗人既有《夜深时》《寂寥》等抒发孤独、迷茫的作品，也有《骇人的恶梦》《哀故乡》等反抗反动当局的进步诗歌。《春晓》《雨后游龙潭》还被选入朱自清编的《中国新文学大系·诗集》。

在形式上，蹇氏最先创作的是自由诗体，后来受闻一多、徐志摩等诗人影响，有格律诗体的倾向，如《谢绝辞》《雪暮》便是典型的代表。另外，土白入诗作为新月诗派的一种口语写作尝试，在蹇先艾的诗作中也有较好的体现，其《回去！》便是用贵州遵义土白写的，刊于《晨报副刊·诗镌》第一号。后来蹇先艾很少用土白写诗，改成用土白写小说，与他的"乡土作家"之称有内在联系。

蹇先艾在北平求学、写诗，生活时间颇长，与贵州本地的诗坛是隔绝而陌生的。通过北平、上海等文化中心少数新文学报刊的西进与传播，贵州新诗从无到有，慢慢地生长出来。20世纪 30 年代的革命先驱，如黄齐生、王若飞、周逸群等人，在写旧体诗词之余，也有一些抒发革命意志、精神的口号式新诗。这些诗人诗作，大多内容积极向上，直抒胸臆居多；句式简短，

---

① 蹇先艾：《我与新诗》，载宋贤邦、王华介编《蹇先艾廖公弦研究合集》，贵州人民出版社，1985，第 99 页。

诗意明朗，不足之处是诗意淡薄，形象性不强。此外，较多的是一批业余写诗作者，偶有练笔之作问世，但在诗史上没有留下名字。"在省内报刊发表新诗最多的是青年学生。主要是抒发他们对'九一八'事件激起的爱国热情所爆发的诗情。他们的诗虽然写得较为粗疏，艺术上还不够成熟，但却是战斗的爱国主义诗歌，这在贵州新诗开创之初，有着这样健康的基调也是极为可贵的。另外，一些抒写人生感悟、苦闷彷徨的诗，也曲折地反映了一定的现实"①。

20 世纪 30 年代的贵州新诗界，女诗人卢葆华是有创作实绩的一位诗人。在 1932 年，她将新诗自印结集为《血泪》出版。卢葆华出身于遵义一个官宦之家，年轻时曾在遵义女子师范读书，因不堪包办婚姻之苦，毅然离异之后于 1929 年去上海求学。其新诗主要写于外地，表现了一个孤身女子反对封建礼教，追求个人自由的心路历程。正如《血泪·自序》所言："只是想把过去的血泪，将来的期望，现在的祈求，全盘说出，不管是痛哭和欢笑，更不管是血和泪。""悲哀，苦恼，呻吟……这就是我的人生，/像这样的人生，我真想早日把它结束。/……/啊，深渊；深渊，无底的深渊，/我的一生就被你沉困得无从救援！"（《苦痛的人生》），"我不怕用残废的形骸做了叛逆女性"（《我的心……》），"虽有美丽的色，只能夸耀一时，/虽有清新的香，也只能兴奋片刻"（《桃花》），便能略知一二。诗人或抒发人生痛苦多于欢乐的苦恼，或借桃花来隐

---

① 陈锐锋、何积全：《诗歌概述》，载尹伯生等总纂《贵州新文学大系 1919—1989·现代文学卷》（下），贵州人民出版社，1997，第 365—366 页。

喻社会，或通过心的不安静来写自己的不幸，都清新、自然，有内在的力量。另外，祖籍贵州的现代派诗人李白凤，写长诗《影》《祈祷》的李唯建，并没有像父辈一样在贵州真正生活过，很少被纳入贵州地域文学范围来论述，他们在 20 世纪 30 年代的现代诗坛上显得比较活跃，延后一段时间不难看到他们所取得的成绩。

抗日战争全面爆发后，战争与和平、启蒙与救亡、民主与自由既是社会历史的内容，也是地域文学艺术的母题。京、沪等文化发达之地的诗人们，在被驱赶中逃亡于不同地理位置上的中小城市以及乡村，其中便包括贵州等大西南一隅。譬如，现代贵州文坛的先驱谢六逸、蹇先艾等知名文化人士返回贵阳，或主持书局编务，或主编报纸副刊，促进了本地新文学的发展；一些流亡贵阳的文人先后创办了数十种报刊，为发表诗歌等作品提供了阵地。以文学团体而论，1940 年 2 月成立的"中华文艺界抗敌协会贵阳分会"带有标志性。分会成立时谢六逸、蹇先艾均是主角，他们编辑了《贵州日报》文艺副刊《革命军诗刊》，出版《抗建》等刊物，积极从事救亡宣传活动，对团结文艺界抗日，推动贵州本地文艺的发展发挥了积极作用。在贵阳落地开花的许多报刊中，较有影响的文艺报刊有《贵州晨报·每周文艺》《贵州日报·新垒》《大刚报·阵地》《文讯》《西南风》《抗建》《中国诗艺》《七月》等。一时之间，省会贵阳成为黔籍诗人与外地诗人的落脚地与精神栖居地，虽然时间有长有短，但毕竟给贵州新诗迎来了它的兴盛阶段，据不完全统计，有上百位在诗坛活跃的诗人将足迹留存在了贵州这片土地上。在外省籍诗人队伍中，郭沫若、臧克家、方敬、穆旦、杜运燮、冯至、林庚、汪铭竹、吕亮耕、孙望、吴奔星、南星、吕荧、彭燕郊、魏荒弩、以滔等一大批人皆有诗作在贵阳报刊发表，或大多途经贵阳转徙各地。有位研究明清之际历史的贵州学者曾下断语，"不敢说是一条规律，但事实确是如此：天下太平，贵州似乎不足为道，而在多事之秋，它的地位便被抬升起来。"① 从总的趋势来看，这一判断是准确的。在抗日战争爆发的新形势下，抗日主题成为诗歌的主旋律。以穆旦为例，他曾参加跨越湘黔滇三省的步行迁校，在湘黔滇旅行途中，以步行经历和黔地风情为背景，创作有《出发》《原野上走路》等诗，20世纪40年代在贵阳报纸上发表诗作有《在寒冷的腊月的夜里》《五月》《我向自己说》《潮汐》《伤害》《春》《黄昏》等力作；抗战胜利前夕，他来到贵阳在航空公司工作，与方敬等诗友过从甚密。又譬如蹇先艾也相当活跃，在主办的刊物报纸上，既向会集在大后方的全国知名诗人约稿，还积极培植本省文学青年，可圈可点之处较多。不过遗憾的是，本土诗坛既缺少像居留重庆的胡风那样有凝聚力的灵魂人物，也缺乏像《新诗》《中国诗坛》一样能持续数年的纯诗歌刊物。

试以1944年秋冬的湘桂黔逃亡为例，也可略知当时贵州诗坛。当时不少待在桂林的文化人经桂林、独山、都匀一带流亡、疏散到贵阳的达数百人，是抗战时期文化人居留贵州最多的一次。有不少文章记录了这一惨状，如家齐的《血腥的图画》，记录了日寇即将进攻贵州边境的惊恐、慌乱与失措；孟琦的《独山之夜》，除了记录人们的混乱，还揭露了国民党败兵的不检行为；冷影的《沉闷》、赵允恭的《从贵阳到独山》、辛榆的《最

---

① 史继忠：《安龙夕照》，载钱理群、戴明贤、封孝伦主编《贵州读本》，贵州教育出版社，2003，第302—303页。

艰苦的一程》、从荡平的《孩子的惊诧》写的都是当时的所见所闻。熊佛西的《贵阳三月》也追述了这一历史事件。由于流经贵阳逃亡的诗人数量不多，且居留时间甚短，诗歌相对而言较为薄弱。据本土青年诗人李麦宁回忆，黔南事变前后，逃难到故乡贵阳的他认识了同样逃难到贵阳的外地文化人，其中有《大刚报》副刊编辑姚散生、桂林科学书店编辑洪青白等，三人根据逃亡经历合写长诗《人流三千里》，后因没有通过审查，换人后才成功出版。同一时期，从桂林经独山、都匀等逃到贵阳短暂停留的还有广东籍诗人黄宁婴、黄药眠，他们分别以此题材写出了叙事长诗《溃退》与《桂林底撤退》，给诗坛留下了这一幅惨淡的历史图景。诗人方敬也是如此，在黔南事变之前，方敬一家数口刚刚从桂林疏散到了贵阳，任职于贵州大学。经历过流亡、逃难生活的方敬自然在诗歌中反映了这一情况，收入《受难者的短曲》诗集中的就有同年 12 月创作的《受难者之歌》《出桂林》《不安的夜》等诗作。这些诗作比较理智，没有大声呐喊，是内敛的诗。"我们被芒茨刺破得带血的双足／履历着小的村庄与大的都会，／曾许多次在风霜的深夜，／穿过凄凉的街头巷尾，／去哀求最后一家旅店的／紧闭的寒扉。／在地上杂乱的草堆里，／痛苦的呼吸起伏在一起。"（《受难者之歌》），"乱离、穷病、杀戮、死亡，／从道旁哀号着的／女孩的大黑眼睛里，／读出用血泪写的／中国的命运：／一粒麦子要入地灭亡，／生的灭亡，至上的灭亡。"（《出桂林》），"人抛锚在夜里，／零度以下的严寒／冻到了发上，凝结了／叹息，眼角的泪珠／也静止在恐怖里。"（《不安的夜》），这些诗作或以一个片段见长，或以抒情杂糅议论取胜，记录了战争下难民逃难中住宿与行路的不幸，以及亲人离散与夭亡的痛苦。

三、战后贵阳诗坛：沉寂后的生长

抗日战争胜利以后的几年时间里，随着外省诗人的回乡与撤离，贵阳作为大后方诗歌的一个重镇便如潮水般消失了。贵阳诗坛虽然也有揭露国民党当局黑暗统治、反映民生疾苦的诗作，如俞苍茫的《我们这里》、晓村的《上弦月》、墨它的《关金票》、毕彦的《贫穷者之歌》等，但又很快复归于零散的状态。比较普遍的现象是，随着一大批文化人陆续返乡，文化刊物、报纸等都陆续荒废了，诗坛一时杂草丛生，尽显疲软之态。这里可以以两个例子来予以佐证：一是文通书局编辑所到后来遭遇重重困境，不断在外省易地办公，给人喘息未定之感。二是蹇先艾主持的《贵州日报》文艺副刊《新垒》副刊，起讫于1945年3月6日至1948年5月31日，前后出刊近200期。这份副刊前期，茅盾、沈从文、巴金、李广田、臧克家、方敬、李健吾、彭燕郊等一大批名家均有作品刊登；而到了1945年底的第100期左右，名人稿件不再光顾，文章质量明显下降，前后之别相当分明。优秀自然来稿稀少，名家约稿渠道也不通畅，外地诗群的大面积离散，造成了贵州诗坛的迅速衰退。至于其他的文艺形式也同样如此，偏远的贵州一时又沉寂下来，文化卫星城随之消失。

经过抗战救亡的锻炼、培植与融合，贵州本地诗人也在缓慢成长。据《贵州新文学大系·现代文学卷》（下）所载，这一时期总共选了近20个诗人20余首诗，大多数没有诗名，主要是业余写作而已。譬如黑子主业是新闻工作；采风官、荒沙、李麦宁、荒牧等人身份是学生，或是中小学教员，到了20世

40 年代中后期，总算成长为一支较具影响力的文学队伍。

其中成绩较好的主要是荒牧与李麦宁，这两人均有诗集问世。荒牧著有《笑的行程》（1941 年）、《河》（1944 年），李麦宁著有《苦刑集》（1945 年）、《草原的恋人》（1948 年）。荒牧是 20 世纪 40 年代贵州诗人中颇为活跃、成绩甚佳的诗人，诗作大多以抒情见长，句式自由灵活，诗思跳跃轻快。李麦宁在抗战初期作为流亡学生曾受大哥李白凤的影响，战时在桂林、贵阳曾与一些文化名人有交往，成长较快，后来在贵阳从事新诗创作，直面战争的苦难与血泪，其诗中张扬复仇与战斗的精神成为他诗的母题。20 世纪 40 年代后期，李氏主办了一份纯文学刊物《离骚》，一共出版 12 期，为贵州诗歌尽了最大的气力。可惜的是，两位诗人都被诗坛遗忘了，比如荒牧差不多无人知晓，李麦宁直到年逾九旬才出版《麦宁集》。正如贵阳老报人刘学洙披阅此书所言："我读《麦宁文存》，是怀着激情读的，看作是在读百年中国一位有特点的知识分子生命史个案；是在读百年贵州新文化运动史的零章断片。李麦宁的《麦宁文存》，不是做出来的墨写文章，而是源自心灵的流淌。"[1]

总而言之，贵州诗坛在抗战时期，外地诗人的作品与本地诗人的诗作是诗艺的两重奏，到了 20 世纪 40 年代中后期则变成微弱的独奏。诗人们以手中的笔为武器，表现了战后文艺的主题，譬如爱国、自由、青春，也表现了追求光明、暴露黑暗的心声，均体现了鲜明的时代特色。许多诗作虽然在艺术上还比较幼稚，系一时感兴之作，大多直露无遗，缺乏诗味，但多

---

① 刘学洙：《老树著花偏有态》，载《旧月清辉》，贵州人民出版社，2010，第 182 页。

少留下了历史的旧迹。

四、结　语

不同文化生态的质地与特征，源自不同地域的历史积淀与传承，两者像物质基础与精神生成一样互为依存，不能孤立地加以对待。集中于民国时期这一历史时段进行宏观考察，我们不难发现贵州经济社会发展的客观实际，使地域文化难以真正突围并得以繁荣，长期不得不处于文化洼地状态，缺乏文化崛起的基础与动力，其文化发展的精神瓶颈显而易见。以 20 世纪上半叶贵州现代诗歌及其文化为例加以剖析，我们既可以看到其发展的迟滞与缓慢，也可以感受它发展的曲折与失衡。倚重外省诗人诗作与疏于本土诗歌的培育，也是贵州这一特定时期"文化候鸟型模式"的主要征候。一旦外省文化人大批撤离，他们离开文化洼地而重新去占领新的文化高地成为必然，但留下的文化洼地，仍然成为这片地域的历史包袱。

这一时期的诗歌如此，延伸到贵州现代小说、散文、戏剧、思潮等领域，也几乎具有类似的精神洼地性质。与京、沪等文化中心地带相比，不但民国时期的贵州如此，其他某些相对落后省份的地域文化也大体如此。文化洼地命运的改变，要等到新中国成立以后才逐步真正实现，不同地域的文化逐渐跟上全国文化发展与繁荣的脚步，文化洼地也就成了一种历史的陈迹。

大革命文学的"下半旗"

——茅盾《蚀》三部曲重读

社会阅历、时代气息、生命意识与作家写作题材的选择、主题的开掘、人物的刻画等均有密切的联系。作为一个由信奉文学自然主义转而投向现实主义怀抱的经典作家,茅盾在这一关键点上的转变尤其明显。以《幻灭》《动摇》《追求》为内容的《蚀》三部曲,既是民国文学时期茅盾现代中长篇小说创作的开始,也是国民革命时代"大革命文学"取得相应性书写的最初证明。

在对茅盾早期小说既有的研究与评判中,俯视民国时期20世纪二三十年代将近十年的文坛,可以发现茅盾从《蚀》到《子夜》的推进过程十分显豁,两者的文学史价值也旗鼓相当,奠定了茅盾的文学史地位。譬如在《子夜》出版的时评中,评论家朱自清就及时地将两者做过对比,相对于《子夜》"为了写而去经验人生"所不同的是,《蚀》则是"作者经验了人生而写的"[1]。坊间的文学史著述宣称茅盾是"彻底改变'五四'中

---

① 朱佩弦(朱自清):《子夜》,《文学季刊》第 2 期,1934 年 4 月 1 日。

长篇小说的幼稚状态，使之走向完善的最突出的小说家。他的中长篇小说从《幻灭》《动摇》《追求》(《蚀》三部曲)到《子夜》，标志着现代文学第二个十年长篇艺术所达到的高峰"①。值得追问的是，这一小说艺术的"高峰"，是如何"经验了人生而写"的呢？在我们看来，就是一位大革命亲历者见闻与视野的有限复活，当他把一只脚从政治实践中撤退出来后，便选择了以笔为武器，自然、真实、客观地加以追忆与记录。按茅盾的原话则是，"我只注意一点：不把个人的主观混进去"，"只是时代的描写，是自己想能够如何忠实便如何忠实的时代描写；说它们是革命小说，那我就觉得很惭愧，因为我不能积极地指引一些什么——姑且说是出路吧！"②这种贴近与忠实于社会现实的小说创作理念，有利于从特定角度艺术地反映客观现实，为特定革命时代的典型人物提供了活动与思考的典型环境。单以《蚀》三部曲而言，显然为后来者洞悉民国时期的大革命生活，提供了一个可以走得进去的历史情境。《蚀》三部曲仿佛是哀悼 20 世纪 20 年代中期的大革命而升起的"下半旗"。在大革命文学的精神建构中，"下半旗"是一种隐喻，它既是对国民革命历史微缩的致哀，也是布满弹孔的一角历史的遗痕。这面历久而弥新的风旗，时而舒卷，时而低垂，仍可窥见无数革命青年男女的血与泪、爱情与青春、抗争与幻灭……茅盾走上小说创作道路的初衷与选择，大革命文学特殊的时代氛围与艺术风格，时代小人物特别是女性们不同的命运驱使与时代改造，也仍然

---

① 钱理群等：《中国现代文学三十年》(修订版)，北京大学出版社，1998，第 223 页。

② 茅盾：《从牯岭到东京》，《小说月报》第 19 卷 10 期，1928 年 10 月 10 日。

昭示着直面历史的思考者。

一、北伐革命：小人物与大时代

"一个民族和国家的文学史叙述，所依赖的巨大背景肯定是种种具体的历史情态，包括国家政治的情状、社会体制的细则、生存方式的细节、精神活动的详情等。这种种细节的呈现，来自历史事实的'还原'而不是抽象的理论概括。国家是我们生存的政治构架，在中国式的生存中，政治构架往往起着至关重要的作用，影响及每个人最重要的生存环境和人生环节，也是文学存在的最坚实的背景；在国家政治的大框架中又形成了社会历史发展的种种具体情态。这是每个个体的具体生存环境，是文学关怀和观照的基本场景，也是作为精神现象的文学创作的基础和动力。"[1] "历史情态""政治构架"等因素既如此重要、不可缺少，又时时处处存在，成为民国文学研究的奠基石。具体到《蚀》三部曲，则不可回避的是，它是茅盾作为革命实践活动的革命经验的记录，详细记载着茅盾作为一个革命实践者的心路历程，亲历者的自述与反顾，大革命历史的浓缩与凸显，便显得十分自然而重要了。

在类似创作谈的《从牯岭到东京》一文中，茅盾曾坦承，"在过去的六七年中，人家看我自然是一个研究文学的人……但我真诚地告白：我对于文学并不是那样的忠心不贰。那时候，我的职业使我接近文学，而我的内心趣味和别的许多朋友——

---

[1] 李怡：《中国现代文学史的叙述范式》，《中国社会科学》2012年第2期。

祝福这些朋友的灵魂——则引我接近社会运动。我在两方面都没有专心；我在那时并没有想起要做小说，更其不曾想到要做文艺批评家。"[1] 引文所述的"社会运动"，显然包括茅盾所亲历的具有改朝换代性质的暴力革命，即北伐革命战争。对茅盾《蚀》三部曲的评价与定位，实际上是奠基于中国现代历史对这场战争的评价与定位。

1924 年间，在第一次国共合作的时代形势下，国共两党领导的革命力量发动了 1924 年到 1927 年的大革命运动。1926 年 7 月，国民革命军从广州出发进行北伐，剑指当时大大小小的北洋军阀，特别是直系、奉系军阀。在半年时间里打败了盘踞在两湖的直系军阀吴佩孚。1927 年春，国民革命军势力已抵达长江中下游地区，在势如破竹的不断进军中，沿途工人运动和农民运动如雨后春笋般开展起来。北伐战争一面是摧枯拉朽式的社会破坏，一面则是星星点点式的建构。从党派立场来看，随着北伐战争的胜利，国民党右派在帝国主义的支持下背叛了革命，发动"四一二"反革命政变，进而严酷镇压工农运动，大肆屠杀中共党员和进步青年，通过与中国共产党分道扬镳，以蒋介石为首的国民党右翼，最终在南京建立了新的国民政府。面对政治盟友的背叛与屠杀，处于弱势地位的中国共产党领导人右倾投降主义和妥协主张，于中国共产党而言，这一场轰轰烈烈的国民革命显然是以失败而告终。

在国民革命整个运动的酝酿与萌生、爆发与高涨、分裂与分化等具体过程之中，感同身受最显著的，最具有发言权的莫

---

[1] 茅盾：《从牯岭到东京》，《小说月报》第 19 卷 10 期，1928 年 10 月 10 日。

过于卷入其中、历经生死考验的幸存者，他们随着大革命潮流的冲撞而失散，然后在离散与等待中重新会聚。其中，当时革命热情异常高涨的茅盾目睹整个事件，差一点把生命也搭进去了。回顾茅盾的革命经历，我们不难发现，茅盾当时是置身于党派政治斗争的夹缝中。茅盾是中国共产党最早的一批党员，1922年一边编辑《小说月报》，一边从事党中央联络员工作，曾先后在中国共产党所办的平民女校、上海大学教书，因国共合作需要，他同时又以个人名义加入了国民党，曾奉命在上海组织了国民党左派的上海市党部，作为正式代表赴广州出席了国民党第二次全国代表大会。第一次国共合作期间，茅盾去广州担任国民党中央宣传部的秘书，亲自参加国民革命，与北伐之师同呼吸、共命运。1926年底茅盾去武汉，先任中央军事政治学校教官，不久又任《民国日报》的主笔。蒋介石、汪精卫等叛变革命后，茅盾离开武汉准备去江西参加南昌起义，因路途所阻没有实现。茅盾这一段时期所从事的实际革命活动，与他在"五四"时期的文人身份大为不同。那时他参与发起文学研究会，或是从事翻译，或是《小说月报》编务，或是从事文学批评，虽然都掺杂着一定的政治、社会活动诉求，但基本上是一个书斋中的笔耕者。茅盾在新文坛"为人生"的阵阵呐喊，并没有北伐时期隆隆的枪炮声那么响亮。相反，茅盾在国民革命的实践中，经历的是人生的生与死，强调的是生命个体的政治信仰，以及个体对集体与组织的皈依。比如在北伐革命战争中，自1927年下半年开始，茅盾既与中国共产党失去了组织联系，也被国民党当局所通缉，处于"两不搭界"的尴尬境地，由此产生对革命前途、道路，以及如何选择栖身之地的怀疑与彷徨，自然都是情理之中的大事。

　　"我是真实地去生活，经验了动乱中国的最复杂的人生的一幕，终于感得了幻灭的悲哀，人生的矛盾，在消沉的心情下，孤寂的生活中，而尚受生活执着的支配，想要以我生命力的余烬从别方面在这迷乱灰色的人生内发一星微光，于是我就开始创作了。"①悄然潜伏于上海的茅盾，在执笔之初设想是，"决定要写现代青年在革命壮潮中所经过的三个时期：（1）革命前夕的亢昂兴奋和革命既到面前时的幻灭；（2）革命斗争剧烈时的动摇；（3）幻灭动摇后不甘寂寞尚思作最后之追求。"②联系当时的社会历史情况以及茅盾的困难处境，这一精神自述是十分准确的，极容易引起读者的共鸣。据考查，《幻灭》写于1927年9月，迅速发表于同年9月至10月的《小说月报》；《动摇》写于1927年11月初到12月初，最初发表于翌年1月至3月的《小说月报》；《追求》写于1928年4月到6月，最初发表于同年6月至9月的《小说月报》。在失去与国共两党的组织关系之后，茅盾蜗居于上海，贫病交加，受老友叶圣陶鼓动，唯有小说写作是自己生命的再次燃烧。三篇小说写得相当顺手，发表也十分及时，茅盾北伐途中的革命青年之故事则一齐倾泻于笔下，自然引起国民革命的亲历者与向往者的亲近，一时洛阳纸贵，吻合着国民革命之后整个社会大多数进步青年的普遍心理与期待。

　　以上是创作背景的简要勾勒，下面再来讨论作家是如何运用三部曲这一革命题材小说的形式进行选材与构思的具体问题。

----

　　① 茅盾：《从牯岭到东京》，《小说月报》第19卷10期，1928年10月10日。

　　② 同上。

如果说国民革命是当时压倒一切的时政大事的话，那么反映国民革命的题材与主题，则无疑是博大宏阔、丰富多彩的。"在他三部曲以前，小说哪有写那样大场面的，镜头也很少对准他所涉及的那些境域"[1]。但是，当我们看完《蚀》三部曲后，其时代的内蕴与丰富却并不明显，感觉还存在不少差距。茅盾选择的，或是说感兴趣的只是革命时代的侧面而已，作家是用侧笔来铺陈国民革命的横截面，正面而集中的北伐战争描写并不鲜明。从小说标题与作家自述来看，指涉的是"人的精神状态"[2]，暗示一种追求进步、直线向前的革命观，但从小说内容来看并不如此。在三部曲中，三部作品的主要人物各不相同，情节也缺乏连贯性，表面来看似乎是螺旋式的上升，实质上却是一种循环，是一种从幻灭、动摇再次走向幻灭，并没有走向新的"追求"。

在《幻灭》与《追求》之间，作者插入了《动摇》。《动摇》这一作品中，投机主义者戴着革命面具蠢蠢欲动，长江边上小县城民众运动的深入，革命工作者的犹疑与软弱，差不多构成了作品思想的主体。与《幻灭》《追求》正面写小资产阶级知识分子不同，《动摇》以国民革命背景下湖北一个小县城的时局变动，来侧写国民革命的进展与影响，它是具体涉及大革命内容最多的一部作品，又处于三部曲中间，具有十分重要的意义。《动摇》还是一种延伸，与其说是通过一个小县城的政治风云变幻来侧写大革命的一角，还不如说是革命青年政治理想

① 叶圣陶：《略谈雁冰兄的文学工作》，载孙中田、查国华编《茅盾研究资料》（上），知识产权出版社，2010，第372页。

② 茅盾：《补充几句》，载《茅盾全集》（第1卷），人民文学出版社，1984，第429页。

的实践与操练。其中既有《幻灭》中出现的史俊、李克等作为特派员的不同指导，孙舞阳等人从事妇运工作的亲力亲为，还有方罗兰、方太太、张小姐等新式知识分子的小城故事。与他们对立的则是以胡国光为代表的土豪劣绅的丑恶嘴脸与灵魂。《蚀》三部曲中最后一部小说《追求》，则写得十分悲悼，没有多少亮色，章秋柳的堕落、王诗陶的卖身、史循的自杀，以及仲昭、曼青的幻灭，无一不是革命队伍中生命个体被亵渎、被抛弃的糟糕结局。在大城市读过新式学堂的小资产阶级知识分子，如果只是单纯地向往革命，并不真正知道革命的出路与前途在哪里，并不知道依靠民众的革命性力量，嘴里喊出的"革命"，也许在多数情况下只是一个发音符号罢了。

第一次国共合作的时代主题，农村包围城市等革命道路的延迟，使得《蚀》三部曲没有左翼文学所夸大的那样主题鲜明而整齐。比如《幻灭》中，通过静女士的嘴，我们不难得知，当时"国民党有救国的理想和政策，我的同学大半是国民党"。国民革命军在两湖地区，也能得到普通老百姓的襄助。又比如，工会、店员组织、农民运动，在《蚀》三部曲之中，也并不尽是高大光明的所指。劣绅胡国光的儿子胡炳，便混入工会或工人纠察队，暗示着在革命洪流中无数流氓地痞也自然而然地钻进了工会、农会等革命组织之中。在"革命"的名义下，茅盾演奏的不是革命的洪钟大吕，而是一些阴性低沉的音符。尽管不十分入调，但却是那么真实与自然，这无疑是忠实于现实生活体验的客观写照。

在此逻辑上，茅盾弱化了对革命本身高大上的书写，而对革命潮流中的"知识女性"十分青睐，并加以"时代女性"的包装，便显得意味深长了。正如茅盾自述所说，"我又打算忙里偷闲来试写小说了。这是因为有几个女性的思想意识引起了我的注意。那时正是'大革命'的'前夜'。小资产阶级出身的女学生或女性知识分子颇以为不进革命党便枉读了几句书。并且她们对于革命又抱着异常浓烈的幻想。是这幻想使她走进了革命，虽则不过在边缘上张望。也有在生活的另一方面碰了钉子，于是愤愤然要革命了，她对于革命就在幻想之外再加了一点怀疑的心情。……她们给我一个强烈的对照，我那试写小说的企图也就一天一天加强"[1]。在武汉这个革命大旋涡里，作者也像在上海一样，"眼见许多'时代女性'发狂颓废，悲观消沉"；在从武汉到牯岭的客船"襄阳丸"三等舱内，"又发现了在上海也在武汉见过的两位女性"[2]。由此可见，国民革命的解放、启蒙、民族独立、阶级冲突等宏大主题被巧妙地绕开了，作者转而将镜头集中于革命中的女性人物身上。

也许是国民革命过程与涉及面太过于复杂，不能让人全面把握，茅盾采取一种取巧而简洁的办法，即抓住国民革命所掀起的不同生活圈子的小人物，通过小人物的言行、态度与命运来暗写大革命的时代风云。革命青年也罢，时代女性也罢，底层妇女也罢，以及在革命中沉默的芸芸众生也罢，都是国民革命时代巨流中的一部分，其命运则是或者被送上船只，或者被波涛卷走，或是被泥沙无情地埋葬。

① 茅盾：《几句旧话》，载鲁迅等著：《创作的经验》，天马书店，1933，第50—51页。

② 同上书，第54页。

二、常识以上的人们：晃动着的女性身影

革命实践与体验中留下难忘印象的往往不是战争的严酷场面、战斗的曲折过程，而是无数个活跃在自己记忆深处的各色人物。当茅盾在病榻旁边一张很小的桌子上断断续续地写起这几部小说时，"凝神片刻，便觉得自身已经不在这个斗室，便看见无数人物扑面而来"[1]。大多数读者也充分认识了作品描绘的革命运动中知识分子阶层的人物群体之重要性。确实，在《蚀》三部曲中有名有姓的人物有数十人，其中有典型的主角，也有不少次要的配角，还有大量的召之即来，挥之即去的无名小人物。在《幻灭》中有这样的情节，在医院里李克对章静是这样劝说的："社会运动的力量，要到三年五年以后，才显出来，然而革命也不是一年半载打几个胜仗就可以成功的。所以我相信我们的做派不是胡闹。至于个人能力问题，我们大家不是顶天立地的英雄，改造社会亦不是一二英雄所能成功，英雄的时代已经过去了，现在是常识以上的人们合力来创造历史的时代。"

"常识以上的人们"合力创造历史，从小说本身人物塑造与艺术创新的角度来看，当然是若干"时代女性"占据了小说人物画廊的中心地带。《幻灭》《动摇》《追求》这三篇中的女子虽然很多，我所着力描写的，却只有二型：静女士，方太太，

[1] 茅盾：《写在〈蚀〉的新版的后面》，载《茅盾全集》（第1卷），人民文学出版社，1984，第425页。

属于同型；慧女士、孙舞阳、章秋柳，属于又一的同型。"① 在作者所描写的这两种类型的"时代女性"中，前者是比较传统的，或多愁善感，或贤惠温柔，大体给人一种可爱可亲的印象。比如《幻灭》中女主人公章静虽然也在省女校一度领导过学潮，但内心一直追求幸福而稳定的生活，去上海 S 大学读书，也是以读书为荣。《动摇》中方罗兰的妻子陆梅丽，大学毕业之后便结婚，婚后则一直在家相夫教子，总是感到外部世界变化太快太大，对陌生的外界采取拒绝的态度；她与丈夫方罗兰的误会与矛盾，对孙舞阳的嫉恨与吃醋也显得十分平常。其次，至于慧女士、孙舞阳、章秋柳等时代女性，则主要是反抗与叛逆类型，是中国现代化历史进程中雏形时期的另类女性。她们时而热情时而冷漠，时而狂欢时而收敛，时而放纵时而玲珑……可以说，在她们身上集中了女性美与丑、善与恶的诸多特点，具有双重人格，是当时上海这样的大都市所产生的"新女性"形象。具体到革命事业、爱情婚姻等诸方面，她们对此看得并不太重，其原因或是在恋爱过程中曾受过男性的伤害，转而采取游戏或报复的态度，无形中转嫁了这种创伤体验；她们或是巾帼不让须眉，从事具体革命工作，在众多男性之间周旋，养成了放荡、追求刺激等生活作风；或是接受了欧风美雨的熏陶，加上"五四"以后个性解放、性解放的多重影响，成为文学史上新出现的具有争议性的新人形象。

茅盾在《蚀》三部曲中，着力于慧女士、孙舞阳、章秋柳此类年轻女性知识分子形象的刻画，显然是带着无限爱怜的态

---

① 茅盾：《从牯岭到东京》，《小说月报》第 19 卷 10 期，1928 年 10 月 10 日。

度去精雕细刻的，挖掘了她们身上"可爱可同情"的一面。这与茅盾的社会阅历与性情相关，也与他当时对革命的理解相关。国民革命到底要起到什么样的作用呢？在20世纪20年代并没有统一的答案。青年男女天然对国民革命充满幻想与好奇，天然对父辈（妇辈们）既有的生活轨道并不完全认同。他们是新式教育最早的受教者，从各自的家乡来到都市，来到S大学，也就部分摆脱了几千年来封建社会道德与伦理的约束，否定了所谓的旧有的人伦与妇道，追求个性解放与人的自由，勇敢地跨出了新的人生步伐。茅盾敏锐地捕捉到了时代女性这种轻装上阵的脚步声，感受到她们拥抱革命时的青春与活力、梦想与追求，虽然没有理想的结局可以勾勒，但毕竟努力过，真实地活过一回。小说中时代女性的命运，都是特定时代的产物，不需要拔高，也无须诋毁。

大革命时代的知识青年，不论男女，不论婚否，都从新式学校走向了广阔社会，不论是躁动还是动摇，不论是追求还是幻灭，都经历了革命的种种洗礼。下面拟从两个角度略加阐释。

第一，生存在流言与疾病之间。《蚀》三部曲，主要写男女革命青年走向革命的各种方式与遭遇，在革命过程中多的是流言、谣传，也有疾病的困扰。首先，不能回避的是恋爱的流言，在《幻灭》中，在上海S大学，男女学生同班，一旦碰到异性待在一起，便有流言的传布，各种流言有好有坏，都一起推动情节叙事的进展。比如静女士与抱素，因来往较多，恋爱的流言便多起来，抱素还很会巧妙地利用流言，加强静女士对他的好感和依赖。一名上海本地的女学生，外号便是"包打听"，充任着流言的集散之地。抱素与慧女士的走近，经"包打听"一番骇人听闻的流言后，两人关系破裂，慧女士不辞而别。与流言相似的则是革命动乱时代的谣传，这一点在《动摇》中最为明显，或是关于革命女性的诋毁，或是反革命势力所施放的烟幕弹。一会儿是罢市，一会儿是敌人进城，一会儿是革命共妻的谣言，给人一种短兵相接式的紧迫之感。在恐怖的谣传氛围之中，一个名不见经传的小县城，掀起了一阵又一阵暴力革命的风雷。其次，从疾病叙事来看，它或指向身体不适，或指涉心理扭曲与异化，并逐渐汇聚在"医院"这一开放性空间里。在"医院"中，往往既是一个故事的结束，也是一段新生活的开始。在患病与康复之间，在病友与护理者之间，可以缠绕进去不同的人物和故事。在《幻灭》中，静女士正式进出于医院便有两次，第一次是为了逃避抱素，本来无病却躲在医院，在医院反而传染上了猩红热，住了一个多月。在住院期间，受关心时事的爱国论者黄医生影响，静女士也开始关心时局，并带着憧憬参加了北伐革命的后方工作。第二次是第六病院这一专门医治轻伤军官的小病院，静女士在换过两种革命工作后在此当上了看护妇，由此遇上了强连长，进而衍生出一段不计后果的革命恋爱。可以说，医院在《幻灭》中是人物思想转变的一个中转站，也是男女异性在战争缓冲地带的圣地。至于像静女士处于生病状态，没有去医院的描写也有不少，透露出她身体的虚弱与精神的委顿。《追求》中史循则是在医院里准备了一次自杀，没有成功，反而差一点拖累了医院的声誉。为了防止史循再次自杀，章秋柳决心用自己丰腴的肉体为药饵，医治史循这个怀疑主义者，这是疯狂的冒险之举，也是不甘平庸的最后救赎。虽然章秋柳在第一次裸体面对史循时吓跑了他，不过没有多久，史循便在肉欲的刺激中死去，医治者章秋柳反而担心传染上了梅毒——革命青年以这样极端的方式告别青春与理想，留下章秋柳仍然在医院中去医治不洁的身体，及其难以言说的心灵创伤。

第二，出入在虚无与颓废之间。理想主义与爱国论者的革命图景，往往具有不可靠、不可持久等特点。幻想的绝对完美，超越了现实而不可能实现，两者之间距离的拉大将导致虚无，甚至于滑入颓废的境地。在《蚀》三部曲中，议论与心理的描写常借作品人物之口来含蓄表达。没有意义，活得无聊，处于灰色地带，常常填塞着了虚无的人生。《幻灭》中的静女士、慧女士，《动摇》中的方罗兰、孙舞阳，《追求》中的王仲昭、章秋柳，其情感倾向与处世哲学的内核基本如此。他们曾经富于幻想、充满朝气，但从学校到社会的历程，却撕碎了内心原有的洁白与单纯。不论是碰壁与挫折、被欺与迫害，还是目睹社会的陈规与陋习，结局总是无限的感伤与悲凉，坠入自弃的牢笼。

《蚀》三部曲一个最大的贡献，便是生动、深刻、立体地塑造了革命青年的这种苦闷、烦扰与沉沦。比如《幻灭》中的静女士，漂亮、天真、单纯，有玫瑰色的理想和追求，在家乡女校风潮中也曾意气风发过，但革命之后的第二天，便和同伴一样陷入交际、恋爱的小圈子；她失望之余来到上海想埋头读书，但已经找不到一张平静的书桌了。面对留法归来的旧同学慧女士，她对受过伤害的同窗的偏见有所保留；静女士面对男同学抱素的追求，也保持一定的距离。最后，出于对抱素的同情，她没有拒绝抱素的求爱，一夜醒来后却无意中发现抱素是一个三心二意玩弄女性的高手，还是一个接受"帅座"津贴破坏革命的暗探。为了躲避现实，以及不愿与对方纠缠，也为了心灵的疗伤与自救，静女士躲进医院。她在医院中得到朋友的温暖，并受到北伐革命胜利的召唤，与朋友奔赴汉口，但革命后的武汉不尽如人意，静女士不断变更工作，仍然处于无望之中。尽管与受伤的强连长恋爱，给她的人生留下了一抹亮色，但梦醒后仍无路可走，强连长奉召归队，又只剩下静女士独自面对未知的人生之路。在小说中，强连长是作为一位艺术上的未来主义崇拜者来塑造的，在国民革命战争中，吸引他的是强烈的刺激，他与静女士的同居，则是一种强刺激的替代而已。相反，作为时代女性的新式代表，《动摇》中的孙舞阳、《追求》中的章秋柳则以女性的身份，重复了这一主题：她们为了寻求短暂而炫目的刺激，或与异性玩暧昧，或有随意的肌肤之亲，在革命生活中摆脱虚无又不断制造虚无。《追求》中的史循，人生经历异常丰富，他最终因虚无走向自杀，是一个十足的虚无主义者的代表。总之，这些人物的喜怒哀乐都十分真实，有孱弱的病态心理，走不出精神的苦闷，走不出虚无的窄门，甚至彷徨苦恼到无路可走。他们以不同的经历、性情、言行，反映了大革命前后中国小知识分子的命运与前途。

第三，从虚无走向颓废，则是自然而合理地发展。《追求》中的张曼青主张教育救国，但在现实面前碰得粉碎，信仰也随之倒塌；其恋爱对象先是章秋柳，但没有得到她，张曼青的结婚对象朱女士外表与章秋柳相似，但她们心灵实异，最终张曼青得手的不过是一个似是而非的假产品。至于小说中的像孙舞阳、慧女士之类的女性解放主义者，当理想、恋爱像肥皂泡一样破碎后，往往更容易走向颓废。在她们的日历中，没有过去，也没有未来，毫不掩饰本能与性欲的冲动。譬如恋爱报复型的慧女士，房间藏有避孕药的单身女子孙舞阳，不时将性解放的话随口说出，足见其放荡与颓废程度。章秋柳的人生哲学是："我是时时刻刻在追求着热烈的痛快的，到舞场，到电影院，到旅馆，到酒楼，甚至于想到地狱里，到血泊中！只有这样，我才感到一点生存的意义。"可问题是，这些场所提供的仅仅是感官的刺激，像肉欲的满足一样很容易消失。于是，不可避免的是颓废的大面积泛滥，人活着有何意义，革命后的明天到底是什么样子呢？是否像史循一样便只有死亡才是最好的归宿，才是颓废的最高形式呢？可见，茅盾在这些革命人物身上看到了青春的无力挣扎，浇注了自己的全部情感，再现了大革命时期小知识分子的情感世界。歇斯底里的自虐，反复无常的放纵，疟疾似的消极与萎靡，均掺杂在一起，极其复杂地形成了作品中主要人物的情绪基调。这是一种不可重复的革命生活体验，虽然有扭曲、有回避，但没有伪饰，成为时代病相中的特殊景观。

三、不同女性人物群像

《蚀》三部曲，虽然主要以 1925 年到 1927 年之间的国民革命战争为背景，描写了一部分青年知识分子的情感历程，但因为反映生活面广阔，结构上具有开放性，因此各个类型、阶层的人物都很多，人物层次丰富，普通小人物更繁杂。除了上面论述到的"常识以上的"人物活在各自的精彩与虚无之中外，大多数底层小人物，特别是普通妇女仍处在时代的沉默中。这与茅盾不重虚构，不重艺术技巧，追求一种"信笔所之，写完就算"的写作态度相关。

革命时代沉默的小人物，可能一辈子都待在固有的底层小圈子里打转，可能因革命暴力的碰撞而成了革命时代的陪祭品。

如以女性人物为例，除茅盾自述的着力塑造的"二型"之外，还有其他类型的女性人物。虽然她们不像静女士、慧女士、孙舞阳、章秋柳们一样，一会儿讨论无政府主义，一会儿讨论文学与恋爱，一会儿与男性革命青年周旋，不像她们或是在租界电影院、公园，或是在大学校园教室、租住房里，也不像她们或是经常做梦，或是处于家乡父母的催促与逼婚之中，但是毫无疑问，沉默而卑微的底层女性小人物，也真实而无助地生活在大革命的激流与号声之中。

茅盾的《蚀》三部曲对底层普通女性群体的塑造，一点儿也不亚于时代知识女性或其他男性人物形象。在《幻灭》中，就有静女士租住房的二房东家称之为新少奶奶的少妇，她在小说中亮相了几次，均是作为静女士的陪衬而出现。小说从静女士的视角来揣测少妇温柔、怯弱、幽悒的心理，给读者留下了较深的印象。到了《动摇》中，这一女性群体更为丰富起来。胡国光的小妾金凤姐，她在胡国光与其儿子胡炳之间不断寻找机会，因为革命的到来，她听到的谣传是父亲的妾要给儿子为妻，因此作为一个旧式女子，她对胡炳的胡闹半推半就，可见其命运是倚仗男性，在男人面前采取的是委曲求全的生存策略。最可悲的是小县城西直街上漂亮的小寡妇钱素贞。商民协会委员陆慕游见过一面之后对她垂涎三尺，在店员风潮问题之后，陆氏借核查商店歇业的权力，威逼、利诱将钱素贞这名申请歇业的小布店业主弄到手；此外钱素贞还受到胡国光的胁迫，成为他的姘妇。后来，钱素贞被胡国光、陆慕游推荐到解放妇女保管所当干事，一路走的是不断堕落下去的不归路，最后成为一名娼妓。有几分姿色的普通女子，只要自己意志不坚定，一旦受人胁迫便只有这一步棋可走，真是可悲！在不同男性之间求得生存的钱素贞，最终在骚动的群众大会上被人抓伤踩踏而不知生死，则是对新式弃妇主题的曲折表达。陆慕游的妹妹陆慕云，待字闺中，自身素质极佳，但由于不是新式学校出身的女学生，虽有一些不平常的见识，但也被禁锢得困苦不堪。县立女中的校长张小姐作为偏远小县城 24 岁的大龄剩女，却是新式学堂出身，但她比较保守，具体表现在她对孙舞阳的负面看法上。但因为其见识没有孙舞阳高，自以为攻入县城的叛军只对付剪发的女子，最后她受辱而死，暴尸东门。近郊南乡农民协会开会处理的 5 个普通女性，分别是一名土豪的小老婆、一名寡妇、一名婢女、两个尼姑，她们都无言地驯顺于协会抽签分妻的结果，可见，她们作为革命暴力风潮中的沉默者，独自承受着暴力革命与性压迫的凌辱。至于解放妇女保管所 20 多个沦为娼妓的年轻婢妾、孀妇、尼姑，革命动乱中遍地可见被强奸而死的底层女性都不能发出自己的声音，是革命风暴把她们逼到了人生的死角和不归路上。茅盾在小说中对面对革命暴力中无法逃离的普通女性，被侮辱与迫害的年轻女子寄予了全部同情与怜悯。在革命飘动的旗帜上，茅盾《蚀》三部曲触目惊心地留下了革命暴力的丑恶面，书中对女性无言的哀悼恐怕也是难以忘却的。

《蚀》三部曲中不时夹杂着对女性群体的情感和心理的细腻描写，凸显出普通女性身上脆弱、悲怯、无助的自身特征，显然是对革命的一种反思。在新中国成立后的时代语境下，茅盾有这样的自省："一个作家的思想情绪对于他从生活经验中选取怎样的题材和人物常常是有决定性的"，"当我写这三部小说的时候，我的思想情绪是悲观失望的。这是三部小说中没有出现肯定的正面人物的主要原因之一。""表现在《幻灭》和《动摇》里面的对于当时革命形势的观察和分析是有错误的，对于革命前途的估计是悲观的；表现在《追求》里面的大革命失败后的小资产阶级知识分子的思想动态，也是既不全面而且又错误地过分强调了悲观、怀疑、颓废的倾向，且不给以有力的批判。"[1] 20 世纪 80 年代茅盾又说："一九二七年大革命的失败只是暂时的，而革命的胜利是必然的，譬如日月之蚀，过后即见光明；同时也表示我个人的悲观消极也是暂时的。"[2] 茅盾的这种"补叙"是权宜之举，无非是对作品的思想内蕴进行某种矫正而已。对于处于底层地位的普通女性，置身大革命风雨中的飘摇、凋零、凄惨，仍然是掩蔽不了的。"《幻灭》勾画出来的仅是革命经历的轮廓。……在大动乱的形势中，个人的努力实在渺不足道"；"在中国现代的小说中，能真正反映出当代历史，洞察社会实况的，《蚀》可算是第一部。尤其难能可贵的是它超越了一般说教主义的陈腔滥调。在这本作品里，我们处处看到作者认识到人力无法胜天这回事。"[3] 由此可见，女性生命个体的轻微、渺小，在大革命时代不是十分普遍的吗？

创作完《蚀》三部曲之后，茅盾东渡日本，不久又创作并出版了这一时段的短篇小说集子《野蔷薇》，其中包括《创造》《自杀》《一个女性》《诗与散文》《昙》。这五篇里的主人公都是女性，"主人中间没有一个是值得崇拜的勇者，或是大彻大悟者"，"如果写一些'平凡'者的悲剧的或暗澹的结局，使大家

① 茅盾：《茅盾选集》，开明书店，1952，第 7—8 页。
② 茅盾：《补充几句》，载《茅盾全集》（第 1 卷），人民文学出版社，1984，第 428—429 页。
③ 夏志清：《中国现代小说史》，复旦大学出版社，2005，第 100 页，第 104 页。

猛醒，也不是无意义的"。① 可见，茅盾对特定时期女性的关注一以贯之，反映了作家一直站在性别的维度上，对普通女性的人性与命运的不懈思考。

四、结　语

《幻灭》《动摇》《追求》是茅盾早期小说的代表作，它们通过刻画大革命时代革命洪流中的人物经历和命运来祭奠作家所经历和反思的革命实践。其中，不论是叛逆的、革命的知识女性，还是被卷入的普通底层女性，都折射出了革命炮火与军事对抗下生命肉体的苦难与承担，前者的追求、动摇、幻灭，后者的无助、卑微、沉沦，都生动展现在革命风旗的背面。茅盾的《蚀》三部曲，作为大革命文学一面无形的旗帜，在升到旗杆的顶点后又降下来在半空中悬挂着，这种"下半旗"既是在宣示着大革命时代的丰功伟绩，也是在祭奠着不同个性与命运的女性群像。

《蚀》三部曲在茅盾眼里，虽然"惭愧"称它们为"革命小说"，它们也曾在毁誉参半之中一路走过，但它仍然是革命文学阵营中一个高高耸起的审美存在，一面历久弥新的风旗。在风旗的升降之间多少时代的炮声与喧嚣消隐了，多少女性人物的身影却越来越清晰！

---

① 茅盾：《写在〈野蔷薇〉的前面》，载孙中田、查国华编《茅盾研究资料》（上），知识产权出版社，2010，第411页。

法外权势的失落与村落秩序的重建

——以赵树理 40 年代小说为例

出身于晋东南底层贫苦农民兼手工业者家庭，20 世纪 40 年代在山西不同村落与农家辗转生活；既具有丰富的农副业生产经验，又对当地农民生活、习性、情趣、民俗抱有深刻了解之同情，这是农民作家赵树理固有的本色。对来自偏远村落的赵树理而言，在庞大而繁杂的现代作家群体中更类似于一个"土里土气"的"地道的老民"[①]。他的身份首先是一个平凡而又普通的基层农村工作者，长期在素以文化积淀深厚著称的上党地区做农村抗日组织与宣传等实际工作。由于偶然的机缘，他在从事群众文化工作时走上了化俗为雅的文学创作之路，像太行山区常见的山药蛋一样长出了自己的芽。按他自己的说法则是"转业"，是"配合当前政治宣传任务"[②]的分内工作，这个

---

① 陈艾：《关于赵树理》，载黄修己编《赵树理研究资料》，北岳文艺出版社，1985，第 14 页。

② 赵树理：《〈三里湾〉写作前后》，载董大中主编《赵树理全集》（第 4 卷），大众文艺出版社，2006，第 383 页。

"山药蛋派"的开创者像熟悉当地民众日常所食的山药蛋一样，对笔下那些旧人物"每个人的环境、思想和那思想所支配的生活方式、前途打算"，可谓"无所不晓"①。在谈到写作的经验时，他这样说："我的材料大部分是拾来的，而且往往是和材料走得碰了头，想不拾也躲不开。"②当然，赵树理是有目的性和选择性地"拾来"材料，敏感于独特的村落题材，弃文坛文学而奔"文摊"③文学，披荆斩棘地踏出了一条贴有个性化标签的坦途。

素以地大物博著称的中国，农村、农民与农业问题重复延续着，满足了赵树理心灵深处的创作诉求。作为一个千百年来始终保持着农耕文明社会形态的国家，中国直到20世纪上半叶的民国时期，农村人口仍占整个国家人口百分之九十左右的比例。亿万农民被束缚在不同地域的土地上，在千万个以自然村落为主的小天地里栖息、生存，铺展开各自的生活。基于正义、平等、公平的法治观念与民权思想极其淡薄，法治的缺失最为典型。在现代文学史习见的书写中，以农村阶级斗争主题来概括赵树理20世纪40年代的小说，是既定的答案。如从乡村法治的视角来看，赵树理小说中农民与地主斗争的复杂阶级关系，不但建立在畸形而复杂的经济基础之上，而且也建立在法治的缺失和失而复得之上，贯通着"冤有头债有主"般的复

---

① 赵树理：《决心到群众中去》，《人民日报》1952年5月22日第3版。

② 赵树理：《也算经验》，载董大中主编《赵树理全集》（第3卷），大众文艺出版社，2006，第349页。

③ 李普：《赵树理印象记》，载黄修己编《赵树理研究资料》，北岳文艺出版社，1985，第19页。

仇范式，"法律根植于复仇在一些法律原则和程序上留下了印记，也表现在类似于校正正义和罪罚相适应这些贯穿法律始终的原则上。即使在今天，复仇的感情仍然在法律的运作中扮演着重要角色"①。整体而言，赵树理 20 世纪 40 年代的小说，在以山西地区自然村落为描写对象的故事序列中，权势大于法律的现象十分突出，真实而深刻地记录了不同村落底层百姓卑贱屈辱的生活。另一方面，出于服务当时政治的需要，其小说结尾往往又扭转了这一局势，在复仇与申冤为旨归的叙事模式中，法外权势的衰败与失落成为必然，村落秩序的重建也在大团圆结局中悄然启动。

一、村落叙事与人的生存空间

整个 20 世纪 40 年代，赵树理创作小说 50 余篇。虽然在赵树理"暴得大名"的短篇小说《小二黑结婚》之前，还有《变了》《探女》《再生录》《吸烟执照》《照像》《匪在哪里？》《红绸裤》等 30 多篇小作品，但从小说文体、叙事艺术等角度看均属幼稚的练笔之作，大多数篇幅十分短小，人物较为模糊，艺术性明显不足，与他 20 世纪 30 年代屈指可数的几个小说习作相差无几。在山西左权县一桩迫害农村青年恋爱刑事案件为素材的《小二黑结婚》之后，并非专门从事小说创作的赵树理，逐渐从业余写手向专业作家过渡、"转业"。代表他艺术成就的小说清单中，便包括中短篇小说《李有才板话》《来来

---

① 理查德·A·波斯纳：《法律与文学》（增订版），李国庆译，中国政法大学出版社，2002，第 63 页。

往往》《孟祥英翻身》《地板》《催粮差》《福贵》《刘二和与王继圣》《小经理》《邪不压正》《传家宝》《田寡妇看瓜》等，中长篇则只有《李家庄的变迁》。小说作品数量不多，似乎与赵树理创作的初衷略有关联，其小说归属于"问题小说"，也源于作家几处自述的演绎。20世纪40年代末，赵树理针对作品主题曾说："我在作群众工作的过程中，遇到了非解决不可而又不是轻易能解决了的问题，往往就变成所要写的主题。"① 十年磨剑之后，跨入新时代的赵树理更加理直气壮了："我的作品，我自己常常叫它是'问题小说'。为什么叫这个名字，就是因为我写的小说，都是我下乡工作时在工作中所碰到的问题，感到那个问题不解决会妨碍我们工作的进展，应该把它提出来。"② 像20世纪50年代为配合《婚姻法》的颁布而写《登记》一样，赵树理创作小说讲究创作目的与政治时效，侧重"问题意识"：如因为热心的青年同事，不了解农村中的实际情况，易为表面的工作成绩所迷惑，便写了《李有才板话》；农村习惯上误以为出租土地也不纯是剥削，便写了《地板》；想写出当时当地土改全部过程中的各种经验教训，使土改中的干部和群众读了知所趋避，便写了《邪不压正》；为了配合上党战役写了《李家庄的变迁》；针对某些基层干部瞧不起一些过去在地主压迫下被逼做过下等事的农民问题，便写了《福贵》……作家的着眼点是"具体的实际的小问题"，"绝少对重大斗争、重大场面的描绘，并且也绝不直接关系到对重大理论

---

① 赵树理：《也算经验》，载董大中主编《赵树理全集》（第3卷），大众文艺出版社，2006，第350页。

② 赵树理：《当前创作中的几个问题》，载董大中主编《赵树理全集》（第5卷），大众文艺出版社，2006，第303页。

问题的探讨。"①于是"问题小说"成了赵树理小说的标志，也成了研究赵树理小说的一个切入口，有研究者还归纳过他的三大问题："改造家庭的问题、改造旧习惯势力的问题、解决革命胜利时的'翻得高'问题。"②表面来看，赵树理创作了很多"问题小说"，但对小说中包含的农村问题之归纳却较为简约。而在他的上述小说中，既有广义的延伸，也有狭义的阐释，与赵树理的自述出入甚大，文本中与此不甚相关的其他问题却恰恰被遮蔽了。"赵树理小说的缓释性特点，必然使作品与政治的联系显得松散而多向。因此，尽管我们承认赵树理小说的政治性内涵，却无法将作品中这一类大量的细节条分缕析地归入某一个明确的政治或政策的范畴。"③突破作家自述来反观赵树理 40 年代小说，我们便能"松散而多向"地打量赵树理小说独特而复杂的文本世界。

首先，赵树理这 30 余篇小说力作，几乎都是写农村自然村落的，即数十户人家、由某一姓为主，辅以少数杂姓或外来逃荒户组成的自然村落。晋东南以山区为主，村落都不算大，村落里以家族势力统治居多，譬如一般是二三百人，夹杂数户从河南等地逃荒过来的杂姓，称外来户为"草灰"的现象比较普遍。通往村外的空间，对绝大多数村民来说，都比较陌生；自然村落之间很少联系，因此显得偏僻而闭塞。在具体写法上，赵树理每一部小说差不多都只集中写一个自然村落，村

---

① 朱晓进：《"山药蛋派"与三晋文化》，湖南教育出版社，1995，第 260 页。

② 黄修己：《赵树理评传》，江苏人民出版社，1981，第 284 页。

③ 董之林：《关于"十七年"文学研究的历史反思——以赵树理小说为例》，《中国社会科学》2006 年第 4 期。

落本身又是自足的。马克思在论述法国以小农为主的波拿巴王朝时，认为"小农人数众多，他们的生活条件相同，但是彼此间并没有发生多式多样的关系。他们的生产方式不是使他们互相交往，而是使他们互相隔离"，"一批这样的单位就形成一个村子；一批这样的村子就形成一个省。这样，法国国民的广大群众，便是由一些同名数相加形成的，好像一袋马铃薯是由袋中的一个个马铃薯所集成的那样。"[1] 20 世纪 40 年代的中国农村，像马克思所说的 19 世纪的法国农村一样，不但农民的个体、家庭像一个个马铃薯一样，就是由这些家庭组成的自然村落也像一个个马铃薯一样，是孤立而隔离的。自晚清和民国初年以来，作为"新政"的一部分，国民政府在广大乡村设置村制行政机构，设立村长或村正一职予以管理，加强对村落的控制和统治。山西是较早推行村制的省份，1917 年 9 月，曾经留学日本学军事的阎锡山，仿效日本做法，在山西 105 个县的版图里推行阎锡山式的"村制"，作为垂直专制统治的末端。具体做法：设置编村，每一编村管 300 户，不足 300 户的联合设置编村（后来编村规模也有变动）。阎锡山确定村制是乡村政治的起点，"积户成闾，积闾成村，积村成区，区统于县，上下贯注，如身使臂，臂使指，一县之治，以此为基础"[2]。每一编村设村长或村副各一，二十五家为一闾，有闾长一人，五家为邻，设邻长一人，村副、闾邻长在村里代行警察、司法职权。阎锡山实行的"村本政治"，主要目的：一是利于政令畅通，二

① 马克思：《路易·波拿巴的雾月十八日》，载《马克思恩格斯全集》（第 8 卷），人民出版社，1961，第 217 页。

② 山西省政协文史资料研究委员会：《阎锡山统治山西史实》，山西人民出版社，1981，第 80—87 页。

是利于征税，将自然村落改造成适合于征税的单位，便于要粮、要款和要差。但从赵树理小说来看，虽有"编村"这一行政村的建制，但自然村落仍保持其独立性与完整性，除《李有才板话》涉及阎家山与柿子洼编村的现象外，其他各篇都是以自然村落作典型环境。延伸开来梳理一番，《小二黑结婚》写的是刘家峧，其中有前庄与后庄之别，村里的活动中心是三仙姑家，《地板》写的是王家庄，《催粮差》写的是南乡与红沙岭，《孟祥英翻身》写的是西峧口，《刘二和与王继圣》写的是黄沙沟村，《邪不压正》写的是下河村，《田寡妇看瓜》写的是南坡庄。《福贵》《小经理》《传家宝》中虽然没有具体的村名，但同样是写一个自然村落里的故事。《李家庄的变迁》顾名思义是以"李家庄"为背景，因作品篇幅与叙述时间较长，李家庄之外的空间相对开阔许多，诸如远到张铁锁去过的县城乃至省府太原，近至二妞、王安福等人因战乱而避难的岭后、一家庄等周边村庄。这虽然只是一个个自然村落的人事变迁与历史沧桑，却都像"李家庄的变迁"一样，"历史的波澜都激荡到一个小小的村庄"，"虽然是一个村庄的变迁为小说的背景，然而实际上却是一幅中国农村的缩影"①。周扬在 20 世纪 40 年代也敏锐地指出，《小二黑结婚》《李有才板话》《李家庄的变迁》是"三幅农村中发生的伟大变革的庄严美妙的图画"②。一村一幅画，有同也有异。

① 邵荃麟、葛琴：《〈李家庄的变迁〉》，载黄修己编《赵树理研究资料》，北岳文艺出版社，1985，第 204—205 页。

② 周扬：《论赵树理的创作》，载《周扬文集》（第 1 卷），人民文学出版社，1984，第 487 页。

其次，在以上大小不一的自然村落"图画"里，维系并决定人与人关系的是除物质实利之外的血缘、姻亲与家族，起支配作用的是除财富、人丁等之外的封建文化软实力。普通村民面对要粮要差的巧取豪夺，以及处理邻里日常纠纷的原则是懦弱、忍耐与退让，农民与农民之间的关系，更多的是涣散的"马铃薯"个体的总和，其中又以外来杂户所受的欺凌最重，逃荒户及其穷二代如张铁锁、李有才、孙甲午、王聚财、刘二和便是。赵树理这批小说或者以阶级对立的你死我活为主线，或者以剥削与反剥削、压迫与反压迫为题旨，或者以诉讼、官司为片段材料，村里诸多民事、刑事问题依然是根据传下来的规矩来应对。在李家庄这个村落里，几十年之中在老村长李如珍手下不论社会怎样变，只是"旧规添上新规"而已，而李如珍承其父亲村长一职，父子俩统治李家庄几乎长达半个世纪。阎家山，阎恒元退而不休，先后让侄子与干儿掌权，他在背后仍然发号施令。金旺父子之于刘家峧，王光祖之于黄沙沟村，也大体如此……我们在赵树理小说中不难发现主题的设置：贫富的分化，权力的转移，人物的命运都随着情节的推动而不断面临权势的盛衰、法律的有无等社会问题。村落里大小事务虽然不能用法律来权衡，但处处涉及法治难题。换言之，在每一个自然村落，在每一个问题的背后，其实都有法律问题存在。聚族而居、农耕为本的自然村落布局与农民自足性生存，没有建立起一套适用而公正的法律体系，法治的不足严重制约着乡村的秩序生成与运转。从法律分支而言，赵树理小说反映的民法事项则远远超过了刑法问题，"在传统中国社会，法律制度的概念基本上局限于刑事法律和行政法律；被现代学者通常视为民法的户婚田土律其实主要是作为行政法进入各代法典的，更多涉及官府对这类问题的管理和处置"①。比如与妇女问题相关的婚姻法律，与土地分配相关的土地法，都是解放区建立之后，随着边区政府的执政在广大村落陆续推进的。不过，这些看似是围绕民事的琐闻，也可能蜕变为刑事案件。比如妇女婚姻题材，大多数看似是婆媳关系处理不好，丈夫虐待妻子，妇女权益得不到保障等问题，但现实中并非如此：在赵树理写传记小说《孟祥英翻身》前后，1943 年 8 月 18 日，据《新华日报》（太行版）报道，左权县在两个月内连续发生了 6 起残害妇女案件；1945 年 10 月 15 日，在孟祥英的家乡涉县，虐杀妇女的案件一年中多达 16 起②。至于土地法中"边区政府"的"管理与处置"就带有法律源于行政的特征了。赵树理在创作此类主题的小说时，还在《新大众》报上发表了不少短论，譬如《我们执行土地法，不许地主富农管》《休想钻法令空子》《土地法的来路》《不要误解行政命令》《从寡妇改嫁说到扭正村风》等，都是为了宣扬行政执法而着笔。至于农家邻里纠纷，乡间偷盗之类的民事问题，虽然次要一些，但也十分常见。

民国法律在村落的存在形态如何，村民的法律观念怎样，赵树理借助小说艺术形式形象地演绎了一番，在这些小说中大体可归纳出两类范式。

第一，宪法、刑法、民法等国家基本法律的缺失十分显著，作品中呈现的往往是村落之中无"法"的无序状态。不可否认，清末民初开启了立宪、法治的现代化进程，法政专业人才的

---

① 朱苏力：《法律与文学：以中国传统戏剧为材料》，生活·读书·新知三联书店，2006，第 84 页。

② 戴光中：《赵树理传》，北京十月文艺出版社，1987，第 185—186 页。

培养与日俱增，与此前漫长的封建朝代相比，民国时期社会的法治意识有所好转。但相对于城镇而言，在广袤的农村里却很少能够分到那些熟悉法律的人才来服务一方，又很少有机会能把法律的条例、原则、精神在不同村落进行宣传与贯彻。在分散的村落里，识文断字的主要是占统治地位的地主富农及其子弟，这一群体无不承继父辈权势，横行乡里。在赵树理小说中他们一般读到中学阶段而且几乎以反面人物出现，如简易师范毕业的阎家祥，中学毕业的春喜、王继圣等便是。绝大多数农民生活处于赤贫状态，无缘于识字念书，自然是最为弱势的群体。因此普通民众一方面是继续处于麻木与愚昧之中，另一方面则是遵从现实的教训，尽量少惹事，缩起头来过日子。"惹不起""得罪不得""怕事"便是赵树理笔下农民面对邻里纠纷与村长闾长、地主军阀、散兵游勇的恶行时最普遍的心态；一旦不幸落在自己头上，小到被捆绑、被讹诈、被故意伤害，大到被强奸、被虐杀等人命关天的大事，农民都只能听天由命。从司法制度层面考虑，山西省有山西省高等法院，在太原、大同、临汾三地各有一个地方法院，每一个县设有司法科，并附设一个看守所。虽然名义上机构健全、司法独立，但实际运作中是官官相卫、贪赃枉法居多。司法机关不能秉公执法，司法警察又是崔九孩一类的人物，一有官司就需要搭进金钱与时间，法律近权贵而远穷汉便成为不争的事实。像小喜一样的李家庄浪子依附权贵，到处揽官司、"挑词讼"便是吃这碗松活饭的例子。——这点类似于当今法学界归纳出来的自然乡村普遍而常见的厌诉、厌讼现象，其背后是底层农民的权利因为法律缺失不能予以有力保护，法律是虚而空的。至于赵树理小说中剖析的"息讼会"现象，即将村落的司法问题在村落内部解决，无形中留下了诸多法律空隙。

第二，源自不同政体的法律依附于不同政权，政权是其合法性基础；边区政府以政令代替法律成为当时服务民众的常态。共产党政权颁布的政令慢慢在广大新旧解放区宣传与贯彻执行，偏远村落村民慢慢被唤醒，他们幼稚而笨拙地与法律打交道，用法律来维权，"犯不犯法"成为铁屋中最先醒来者的呐喊。20世纪40年代，中国共产党领导的武装以陕甘宁一带开辟的边区政府为中心，不断扩大解放区的疆域，包括赵树理笔下的太行山区。当时在晋东南一带的军事力量，既有共产党领导的八路军总部等机关，又有八路军一二九师，以及决死第三纵队等武装力量。这样的正义之师在直面日寇的侵袭与驻防之外，还要应对国民政府的中央军，阎锡山的地方武装。虽然他们或者鞭长莫及，或者退守晋西自顾不暇，但仍然构成犬牙交错的拉锯态势。这一切让普世意义上的法律得不到政权的保障，战乱下的法律更是首尾不能相顾。法随时势与时俱进，不能依附于原有主子的地主阶层，在村落里发现自己原有的合法性统治逐渐丧失，这自然在赵树理小说创作中有形象而集中的反映。与此主题密切相关的是边区政府的行政法规陆续出台，产生了法律效力：1942年1月，中共中央公布《关于抗日根据地土地政策的决定》，执行减租减息的新政，并辅以改制而成的"三三制"村政权相配合。同月，《晋冀鲁豫边区婚姻暂行条例》（共7章25条）颁行，此法系根据平等自愿一夫一妻制原则制定，就婚姻形式、条件、年龄、过程等作出明确规定。1943年1月，晋冀鲁豫边区政府配套颁布《妨害婚姻治罪法》。1945年冬，太行区开展反奸清算斗争，大部分地主土地被没收，收归农民再分配。1946年5月，中共中央发布《关于土地问题的指示》，改变抗战时期土地政策，规定没收地主土地分配给农民，从根本上消灭封建剥削，实现"耕者有其田"的政策。1947年，中共中央召开全国土地会议，制定《中国土地法大纲》。1948年，晋冀鲁豫边区政府制定出台《破坏土地改革治罪暂行条例》。之后土改工作在广大农村轰轰烈烈地开展起来。这一切，既源自抗日战争的胜利与后来的国共内战的爆发，又是推动武装斗争不断走向新的胜利的法宝。不论在老解放区还是新解放区，农村工作的主旋律就是通过这些基本政策、法规来推动划时代的变革，充分调动广大农民的热情与智慧。因此，宣传、解释、执行这些关于土地、婚姻的法律既是当时赵树理在地方工作的内容之一，也是他在工作总结中所遇到的诸多不得不硬碰的所谓"问题"。比如，《邪不压正》便"一方面是党在农村中的中农政策的反映，另一方面是党在农村中的婚姻政策的反映"①。《李家庄的变迁》则写出了边区政府颁布实施的新政令，在面对强势的封建地主与家族统治时，引起的利益冲突。赵树理小说的村落叙事虽然是正义必将战胜邪恶，类似于"压抑豪强"的公案模式，但违法与护法之间的曲折，追求正义所付出的血的代价却触目惊心。

以"问题小说"著称的赵树理，切切实实面对了那个时代的村落，反反复复面临着当时的法律瓶颈。虚化法律的条文而彰显法的平等、正义之精神，是赵树理的选择结果。在弱肉强食的生存法则中揭露乡村地主的残暴与丑陋面孔，张扬法律的公正本义与惩罚机制，反对压迫与歌颂抗争，便成

---

① 竹可羽：《评〈邪不压正〉和〈传家宝〉》，载黄修己编《赵树理研究资料》，北岳文艺出版社，1985，第215页。

为赵树理小说的共同特征。作家有时候执着于摆证据、重情理来铺陈燎原之势，有时候也对司法、审判的场面进行特写，绘声绘色地穿插在地主与农民的斗争故事中。比如，从对簿龙王庙公堂的民事官司开始，赵树理慢慢揭开了李家庄丑恶的一角，正如苏联学者所言，在小说开头"地主李如珍，他的食客和一群富农和高利贷者都坐在法官的位子审判着被告农民张铁锁"，[①]结尾则以公审李如珍这一相反方式而落幕。在《福贵》中，小说最后远走他乡的福贵临行前把村务会当成民事法庭，洗刷了自己的污点。在下河村的村支部会上，腐化的农会主席小昌遭到党纪的惩处，作恶善变的流氓小旦则被震慑，有成为被告之虞……

二、权势大于法：问题如何提出

村落中法律的缺失，差不多是赵树理提出"问题"的内核，也是造成村落各种悲剧的源头。值得追问的是，在村落之间人伦与社会的既有秩序系于何处？扼杀老百姓心中天理的又究竟是什么呢？事实上，统治阶层为统治之需所制定的律典不少，但是诉诸人间正义的法律却并不多见，特别在执行法律的过程中，它又往往被扭曲或架空。这一切可归结为"势"，即赵树理小说中屡次跃入读者眼球的"势力""势头"。什么是"势"？有地、有粮就是"势"，有"势"、有钱就是法。与其说问题的根

---

① 西维特洛夫、乌克伦节夫：《关于中国农村的小说》，金陵译，载荻野修二、马若芬等著《赵树理研究文集——外国学者论赵树理》（下卷），中国文联出版公司，1998，第228页。

源在阶级矛盾，不如说是在"势"的左右下脱离了法的轨道。

"谁给他住长工还讨得了他的便宜？反正账是由人家算啦！……说什么理？势力就是理！"《邪不压正》中借刘锡元家长工小昌之嘴，戳破了这层窗户纸。"事情实在多！三爷也是不想管，可是大家找得不行！凡是县政府管不了的事，差不多都找到三爷那里去了。"《李家庄的变迁》中借乡村地痞小喜夸耀三爷势力之口，揭开了地方权势者势压政府的内幕。以金钱、家族、土地、粮食为后盾，有"势"者当然会抢占村落里的行政权力，把持村长等位置，然后将势力嫁接在法律上。在赵树理20世纪40年代的这批小说中，几乎都涉及地主抓权、占位的现象，村级政权反正把握在自己或自己人手里，为树立权势与行政执法正名。村公所便是司法所，村落的大小事务，经过村公所的审理与裁定，并不停留在口头或案卷上，而是具有法律的强制性力量。为了一棵小桑树而两次输掉官司的张铁锁，承担巨额赔偿与诉讼费用，"不讨保"还出不了庙，将失去人身自由。保释的当然是自己的亲友，但必须具保执行村公所的裁决。

以"势"为基础的类似裁断在赵树理小说中比比皆是。在阎家山，年轻小伙取个官名被视为非法行径而遭划掉，评议村事的老汉被扫地出"村"，永远不许回来，否则以汉奸论处。更有甚者，外来户兼本地富户亲戚马凤鸣，砍了阎五坟地伸进自己地里的荆条，本是合情合法之举，结果除永远不准在地后砍伐荆条和酸枣树之外，还杀了一口猪给阎五祭祖，又出了二百斤面叫所有的阎家人大吃一顿，罚了五百块钱。又比如在《李家庄的变迁》里，张铁锁一家被李如珍、春喜叔侄肆无忌惮地讹诈后，亲友商量想倾尽身家去县里打官司，李如珍一方说不可叫张铁锁开这个端，旁人会说他们被一个林县草灰告过一状。第二天便设计叫"当人贩、卖寡妇、贩金丹、挑词讼"的侄子小喜装神弄鬼，以谋害村长的莫须有罪名逮捕铁锁夫妇等人，连村民受了冤枉去县上告状的路都被堵得严严实实。至于巧取豪夺、见势催粮的崔九孩（《催粮差》），陷入高利贷苦海、差点活埋福贵的族长王老万（《福贵》），随意毒打放牛娃、想捆人就捆人的王光祖（《刘二和与王继圣》），哪一个不像阎恒元一样"一手遮住天"呢？哪一个不是以法自居呢？这种自居于法的非法行为，是法外权势的恶性膨胀，是权势大于法的具体表现。

以上村落权势是否具有合法、正义的特点，权势大于法是否有益于村落秩序呢？答案是否定的，而造成这一现象的原因却相当复杂：首先，权势的基础是金钱，权势压人导致恶势力盘踞在村民头上无"法"无天。阎锡山统治山西时，就明文规定当村长、村副分别需有不动产一千银圆和五百银圆。村落里地主阶层依附县上或当地反动势力，用金钱、利害编织了一张关系势力网，犹如现实生活中以沁水端氏镇贾家为中心的地主统治网一样，密不透风。比如在阎家山，阎恒元在村里摆不平的事，便钱可通神，把钱使到旧衙门里去。在南乡，二先生凭借哥哥在县财政局任局长，可以儿戏拘票，包揽诉讼。在李家庄，春喜小喜抱住三爷、六太爷等人的粗腿，更是无人不怕。后来春喜小喜等频繁更换主子，或是中央军，或是晋绥军，或是日军，有奶就是娘，谁得势就投靠谁，直到小说最后仍然逍遥法外。其次，地主剥削阶层的利己性、食利性与精于权术融为一体，软硬兼施，处处维护并巩固自己的地位。掌握司法审判权的地主豪绅，擅长封建统治的权术，熟悉世代相传的统治经验，实行的是人治，人治的背后是礼治。"所谓人治和法治之别，不在人和法这两个字上，而是在维持秩序时所用的力量，和所根据的规范的性质。"[1] 在中国乡土社会，就是封建传统、礼教化为"势"潜在地起作用，让底层百姓被驯化。阎恒元在阎家山老槐树底下对村民以"小"字辈和"老"字辈进行编码；李如珍呵斥刚强的铁锁等外来户"来了两三辈了还是不服教化"，捏弄手码断案，均是如此。再次，地主乡绅在经济上精于算计，通过高利贷、租佃关系来束缚困境中的村民。村民一旦想起来维权，地主们来一个釜底抽薪，让经不起磕碰的人家活不下去。在黄沙沟村，放牛娃刘二和替村长王光祖放牛，吃的饭还没挨的打多，刘二和的爹老刘说："说什么理？咱没有找人家说理人家就找咱算账啦！有理没理且不论，这账怎么敢跟人家算呀？"比此更苛刻的还有《福贵》，福贵因为与童养媳圆房、母亲去世，万不得已借了族长王老万三十块钱，却抵给了他三间房、四亩地，还要给他做五年长工，最后仍没有抽出身来。最后，在村里最高权势者周围，往往聚集了一群帮闲者，比如在阎家山，奔走于阎家门下讨些剩菜残渣的张得贵，"跟着恒元舌头转"而乐此不疲；在李家庄，闾长小毛在李如珍家里讨些烟土、得些烙饼等小利，从而助纣为虐，村里人几乎没有谁没有挨过他的毒打。

乡土社会本来就十分缺乏法律，底层民众像大黑、二妞心中仅有杀人偿命的意识，不知法为何物。底层百姓都是按本分生存，小农耕作的自足性也在一定程度上满足了这一要求。因此，普通村民基本上不能通过法律手段来维护自身权益。"一

---

① 费孝通：《乡土中国·生育制度》，北京大学出版社，1998，第49页。

个文盲，在理解高深的事物方面固然有很大的限制，但文盲不一定是'理'盲、'事'盲，因而也不一定是'艺'盲[①]。乡村法治的滞后，让不能以法律为武器的百姓，却成为事实上的法律睁眼瞎，是"法盲"，虽然内心明白一些事理，但慑于权势不敢公然对抗，哪怕权势者失势也不敢向前，怕自己被秋后算账。如在刘家峧，村民对金旺兄弟"虽是恨得入骨，可是谁也不敢说半句话，都恐怕扳不倒他们，自己吃亏"；在阎家山，"老槐树底这些人，进了村公所，谁也不敢走到桌边"；在下河村，王聚财、安发他们的教训是"咱越怕得罪人，人家就越不怕得罪咱"。村落里的统治者确实知己知彼，懂得怎样让自己的指令变为直接而有效的法令。譬如，李如珍主事处理春喜与铁锁二家纠纷时，弃铁锁拿出的茅厕契约这一最佳物证于不顾，一开始就有偏向，参加调解的陪审团明知真相，可谁也不敢作人证，名为陪审实际是李如珍独揽司法权。于是乎，风随势走，久而久之便形成习惯，依次传递，形成惯性束缚村民的思维，变不合理为合理，变不合法为合法。"一般农民，对地主阶级的压迫、剥削尽管有极其浓厚的反抗思想，可是对久已形成的文化、制度、风俗、习惯，又多是习以为常的，有的甚而是拥护的。"[②] 被捆人就被捆了，被讹诈了就被讹诈了，有村户倾家荡产就倾家荡产了，甚至于村民被逼上吊、被无形虐杀都风平浪静，无损于权势者一毛。穷苦百姓幻想以法维权，改变此一格

① 赵树理：《供应群众更多、更好的文艺作品——在中国共产党第八次全国代表大会的发言》，载董大中主编《赵树理全集》（第 4 卷），大众文艺出版社，2006，第 483—484 页。

② 赵树理：《随〈下乡集〉寄给农村读者》，载董大中主编《赵树理全集》（第 6 卷），大众文艺出版社，2006，第 164 页。

局，便只剩下靠自己一途了。然而穷人队伍中偶尔冒出一个人物，但随时有可能被拉入权势者行列，蔚蓝天空的缺口马上就会闭合。这样，如果没有外来巨大力量的冲击，这一格局不会破局，也绝对不会变天。

三、村落的重生：可喜的新法律和新势力

权势大于法，成为当时大小村落的恶性肿瘤，吞噬着一个个灰暗的生命。但可喜的是，在赵树理每篇小说的后半部分，都终结了权势大于法的惯性运行，法外权势的衰落与去"势"成为一种理想蓝图。金旺兴旺兄弟在刘家峧"好像铁桶江山"，最后烟消云散了；在阎家山，当阎喜富的村长被撤差时，李有才喻之为"这饭碗是铁箍箍住了"的局面也破局了；在李家庄，恶人尽除，保卫胜利果实的行动风起云涌……既有格局的纷纷解体，说明法外权势开始土崩瓦解，走向衰亡。

在贯彻执行土地法的农村工作中，赵树理主张"谁也不能有法外的特别权利"[1]。只有剥离"法外"的特别权利，千百年来的旧有机制才会失灵，地主与村长合二为一的权势才可能真正终结。形象地说，也就是正面回答了张铁锁之问——张铁锁外出到太原做工碰到共产党员小常，是这样焦急地带出自己的疑惑。张铁锁问小常，"我有这么些事不明白：李如珍怎么能永远不倒？三爷那样胡行怎么不办罪还能做官？小喜春喜那些人怎么永远吃得开？别人卖料子要杀头，五爷公馆怎么没关系？

---

[1] 赵树理：《谁也不能有特权》，载董大中主编《赵树理全集》（第3卷），大众文艺出版社，2006，第245页。

土匪头子来了怎么也没人捉还要当上等客人看待？师长怎么能去拉土匪？……"回答并解决张铁锁这些看不透世界的问题，需要借助新的政治力量——边区政府——合法性地为民做主、替民申冤，无情打击着法外的权势，为重建公平、正义与和谐的村落新秩序而努力。

中国共产党领导的边区政府有力介入，打破了千百年来势大于法的局面。边区各级政府，以及驻村蹲点的外派干部，凭借人民政府的纯洁性和工作人员的党性原则，借助新的法律与人民法庭，为底层百姓撑腰打气，维护村民的利益和权利。在《抗日根据地的打官司》散文中，赵树理以王老汉的经历介绍了新旧政府的司法情形，不论是写状、出差、过堂、下判决、诉费分担等都判若云泥。在小说中，自然更加生动而丰富，比如《李有才板话》中，阎恒元逐渐玩不转了，尽管绞尽脑汁，但险象环生。关键的原因在于新政府不比旧衙门，有钱也使不进去，只能干着急。结果是"老恒元，泄了气，/退租退款又退地。/刘广聚，大舞弊，/犯了罪，没人替"。与阎家山相比，李家庄本来是一潭死水，但张铁锁被逼得走投无路时碰到了小常，遇到了主张抗日的牺盟会同志，有了新的信心与力量。尽管小常后来被活埋，但千万个小常已成长起来了。在小二黑家乡，区政府先扣押犯法的金旺兄弟，再派人到村调查其犯罪事实，最终判他们除赔偿经济损失外，又处十五年徒刑。小二黑和于小芹也喜结连理，他们"成了太行山农民反对封建思想，追求自由幸福婚姻的化身了"[1]。在下河村，当小旦、小昌胁迫逼婚

---

[1] 苗培时：《〈小二黑结婚〉在太行山》，《北京日报》1957 年 5 月 23 日。

软英之际，上级派来了工作团，调查村干部贪腐案件，村政所在地刘家前院成了村民真正说理的地方。

边区政府是行政机关，其颁布的政策便是法律，新政合法性压过了旧势，如婚姻条例，如土地法令，如减租清债指示，如反奸反霸政策都逐渐进入寻常百姓家，新的法治精神与气象开始在偏远闭塞的广大村落出现，村落里年轻的庄户人开始有了法的意识，尝试用法律为武器进行生死抗争。旁观的村民们有幸能听到成长的年轻农民、身边的小人物对"犯法与否"的直接表述。自己犯法与否，执政者犯法与否，成为一个十分尖锐对立的问题。小二黑与他的父辈相比，已不再会跪地磕头，竟能反问兴旺"无故捆人犯法不犯"的话来。当区上派来的助理员到刘家岭调查案情时，村民一共呈供出了五六十款违法事例。老杨同志领导群众斗争阎恒元时，向民众宣传"现在的政府可不像从前的衙门，不论他是多么厉害的人，犯了法都敢治他的罪！"阎家山村民一旦吃了这颗定心丸，也就不怕事了，声讨阎恒元的群众大会开了两天，阎恒元的违法证据堆积如山，足够做成铁案。乡村丫头软英"谁不怕得罪我，我就不怕得罪他"，当她明白男子要到十七岁才能订婚，将计就计化解小昌家的逼婚。此外如小顺、聚宝、冷元、孟祥英、福贵、刘二和、金桂等人，一旦掌握了法律，有法可依，也就无畏于各种旧势力了。

暴力叙事出现，最终让人民之法与旧有之势的冲突达到顶点，让村民所受冤屈的宣泄达到最高潮。消除势大于法的丑恶现象，不是挪动一张桌子那般容易，如以血腥情节而论，典型的是在下河村、刘家岭与李家庄，死的人越来越多。譬如李如珍折腾几年之后，李家庄剩下的村民都不到一半了，光是有证可查，死于其手的村民便达 42 人。当李家庄的村民再次翻身作主时，全村最大的一件事就是如何让李如珍服法，缉拿李如珍以及他的帮凶小毛后，县长把司法审判挪到现场办公："龙王庙的拜亭上设起了公堂，县长坐了正位，村里公举了十个代表陪审。公举了白狗和王安福老汉代表全村作控告人，村里的全体民众站在庙院里旁听。"当公审县长判定李如珍已够死罪时，村里人一拥而上，不一会儿已活活把他打死。随后，有这样几句话：

庙里又像才开审时候那个样子了。县长道："你们再不要亲自动手了！本来这两个人都够判死罪了，你们许他们悔过，才能叫他们悔；实在要要求枪毙，我也只好执行，大家千万不要亲自动手。现在的法律，再大的罪也只是个枪决；那样活活打死，就太，太不文明了。"王安福道："县长！他们当日在庙里杀人时候，比这残忍得多——有剜眼的，有剁手的，有剥皮的……我都差一点叫人家这样杀了！"县长道："那是他们，我们不学他们那样子！"

代表黑恶势力的村霸终结于村民之手，附带的民事赔偿又让村民在经济上翻了身，李家庄重见天日。李家庄的天是明朗的天，李家庄的人扬眉吐气，换来了崭新的村落面貌，后来屡经战乱、自然灾害，也再没有垮掉过。

四、结　语

伴随着法外权势的衰败与失落，新的村落秩序重建也悄然拉开序幕。建立一个什么样的村落新秩序，能否顺利建立起来，赵树理以一个农民作家的朴实与深刻，给出了自己的答案。

只有组织起来，才能建立一个新的村落世界。为了打倒一贯反动的地主，要组织起来；为了防止坏人钻空子，也要组织起来。组织是有力量的，阎家山一开始是在李有才的窑洞里自发组织起来，后来又是在老杨的帮助下自觉地组织农会，彻底改写了阎家山的历史。在太原，小常教给张铁锁的方法也是组织起来，这是年轻者的世界，也是抗争者的世界。组织起来力量才能大，最为直接而重要的当然是公正、合法的村政权之建立。但是，村政权要握在正直、吃苦人手上，这似乎要有两个必要条件，一要有头脑，二要有素质，按今天的话来说，便是德才兼备。"只有多数的正派人都被发动起来、组织起来，都有了民主权利，有了组织力量，那才能有效。"① 村落的新秩序才能有勃勃生机，新的村风村貌才会真正实现。

赵树理的小说结尾一般以大团圆式告终，贡献之一是新的合法的村政权出来了，导致法外权势的衰落，以及带来村落秩序的重建。但如何重建，重建得怎么样，赵树理的独特之处是对此仍在观望与犹豫，潜在写出了村落秩序重建的艰难与曲折。第一，基层政权不纯的问题，当时就被阶级斗争的主题所遮蔽了。周扬晚年承认了这一点："赵树理在作品中描绘了农村基层党组织的严重不纯，描绘了有些基层干部是混入党内的坏分子，是化装的地主恶霸。这是赵树理同志深入生活的发现，表现了一个作家的卓见和勇敢。而我的文章却没有着重指出这点，是

---

① 赵树理：《发动贫雇要靠民主》，载董大中主编《赵树理全集》（第3卷），大众文艺出版社，2006，第253页。

一个不足之处。"① 如从"小字辈"走出来的小元，没有花费几天工夫，一身制服一支水笔就被团弄住，"借着一点小势头就来压迫旧日的患难朋友"；反抗刘锡元的长工小昌，当农会主任后也不亚于刘锡元。小元有头脑、能干，但无德；小昌刚刚当上农会主任就私欲膨胀，其妻儿得势后在跟邻居安发一家争吵时也曾显出蛛丝马迹。可见，农民一旦掌权，能执行法律，就很容易沾染封建特权思想而腐化变质，换上自己当官做老爷。还好，让人放心的是，这批小说中政府派出的工作干部都没有大的问题，基本上定格于传统的清官形象，虽然个别干部有工作不深入之嫌。不过，我们不能把赵树理的乐观当成自己的乐观，新的村政权干部、各级地方政府工作人员假如也像赵树理笔下埋葬的反动人物一样，村落秩序的重建之路就会变得更加不可捉摸，具有不确定性。联系 20 世纪五六十年代赵树理执着于新的"问题"，像赵树理这样本色的农民作家，也许还刚刚感受到法律的温情，把一只脚伸进官场文学的大门。第二，传统的礼治糟粕，不可能一下子就剔除干净，社会仍长期处于过渡阶段之中。赵树理小说在中间部分一般会写到这一点，如黄沙沟翻身的老刘们也"只展了展腿"，如刘家峧、阎家山、李家庄的看客群体依然暮气沉沉，如瞧不起穷人的老驴、老秦们，仍然数量不少。

赵树理 20 世纪 40 年代末说到宣传工作时有一个估计："我们的宣传工作，从上下级的关系看来，好像一系列用沙土做成的水渠，越到下边水越细，中央的意图与村支部的了解对得上

① 周扬：《赵树理文集·序》，载工人出版社、山西大学合编《赵树理文集》，工人出版社，1980，第 2 页。

头的地方太细了……封建思想之海的农村，近十余年来只是冲淡了一点，尚须花很大气力才能使它根本变转了颜色。"① 是的，从宣传工作扩展开去，乡村法外权势的衰退与失落，并不能一劳永逸地予以解决，赵树理小说式的打黑除恶、重建法治之路和村落秩序的重建，仍然十分美好而艰难，光明而曲折。

---

① 赵树理：《致周扬》，载董大中主编《赵树理全集》（第 3 卷），大众文艺出版社，2006，第 327—328 页。

走出去与沉下来：黔籍作家的轨迹和沉浮

——以蹇先艾、寿生和石果为中心的考察

中国现代小说的历史毫无疑问是由各个地域的现代小说家共同创造与书写的，对于非文学中心的地域，因为政治、经济、历史、文化以及其他诸多方面的原因，新文学发展并不均衡，影响力也参差不齐。有些地域的现代小说创作实绩，往往并不被全国学界所关注，其文化传承、地方文脉并不显赫。当我们以贵州现代小说作为样本进行剖析时，不难发现这一现象是十分典型而特殊的。黔籍作家由于在特定的轨道上运行，在文坛上自有其不同寻常的进出路径与沉浮历史，值得作为参照系而细加考察。对新时期以前的贵州文坛而言，黔籍作家蹇先艾、寿生、石果等作家是具有影响力的重要代表，以此为对象进行综合考察，有其特定的价值和意义。

一、走出去：黔籍作家向全国文坛的进军之路

熟悉蹇先艾小说创作的研究者发现，蹇先艾的小说创作成

就与他从贵州遵义到文化中心北平有密切联系。蹇先艾籍贯是贵州遵义，他于 1906 年在四川越巂（今越西）县城出生，当时他的父亲任越巂知县，蹇先艾 6 岁之前都随着父亲在四川的任职之地涪陵、松潘、阆中等地方不断迁徙。辛亥革命的前夜，其父弃官回乡，定居于老家贵州遵义。蹇先艾也随父母回到家乡生活。从 6 岁到 13 岁，蹇先艾在遵义度过了美好而快乐的童年。五四运动爆发后，颇具远见的父亲携蹇先艾北上北平投靠其同父异母的二哥，从遵义到北平，蹇先艾被家人谋划出与故乡小城不同的将来，整个人生规划都算得上是颇具远见的选择。可惜的是，其父在从北平返乡的途中病逝，母亲也在一年之内去世。父母双亡、家道中落，人生的种种不幸由此发生。失去父母庇护的蹇先艾变得孤独、敏感、脆弱，经济状况也大为下滑。在此背景下，爱上文学，组织文学社团，参加文艺活动，成为蹇先艾居留北平时的人生新路。蹇先艾的文学创作，多半是以故乡的生活与回忆为素材，以乡土贵州为题材。蹇先艾的创作阶段性十分典型，单是在 20 世纪上半叶，大体可以分为三个阶段：第一个阶段是 1922 年到 1928 年，是他小说创作的早期。他这一阶段代表性作品莫过于 1927 年在北新书局出版的《朝雾》，这是一本短篇小说集，包括《水葬》《到家》在内。可喜的是，这一集子进入了鲁迅的视野，并被他加以褒扬。鲁迅将蹇先艾的短篇小说放置于乡土文学的概念之下定位，并将他与许钦文、王鲁彦、黎锦明、黄鹏基、尚钺、向培良并排放在一起论述，而且排在首位。"蹇先艾的作品是简朴的"，"虽然简朴，或者如作者所自谦的'幼稚'，但很少文饰，也足够写出他心曲的哀愁。他所描写的范围是狭小的，几个平常人，一些琐屑事，但如《水葬》，却向我们展示了'老远的贵州'的乡间习俗的冷酷，和出于这冷酷中的母性之爱的伟大，——贵州很远，但大家的情境是一样的"。[①] "老远的贵州"这一说法，是鲁迅借用蹇先艾在《朝雾》中《序》的自述。第二个阶段是从1928年到1937年，算得上是蹇先艾短篇小说创作的巅峰时期，数量多、质量好，成就最高。这一阶段以蹇先艾1928年7月返回遵义完婚为契机，往返两地的时间较长，沿途见闻丰富，让蹇先艾体验了川黔之地山区的劳苦民众生活。向下看的姿态无疑扩大了他的视野和见识，为返京后的小说创作打下了基础。这一阶段仍然以乡土贵州为题材，他一共出版了5部小说集，分别是《一位英雄》《还乡集》《酒家》《踌躇集》《乡间的悲剧》。其中能代表蹇先艾短篇小说水平的作品，如《在贵州道上》《到镇溪去》《盐巴客》《赶驮马的老人》《灯捐》《乡绅》《盐灾》等，都创作于此阶段。——从遵义到北平，蹇先艾走出了一条新路，走出了一片属于自己的崭新天地。

比蹇先艾小三岁的寿生，原名申尚贤，是贵州务川人。务川是川黔边界极为偏远闭塞的小县。在贵阳省立一中毕业后，20岁的申尚贤决定远赴北平寻找梦想，试图有一个不一样的前程，于是便与好友结伴到北平求学，先后在北平的中学读书、补习，偏爱文学与社会科学，数次报考北大均未成功，最终成了一位北大旁听生。比较而言，沈从文抱着对新文化的向往从湘西到北平，"在1920年代的中国，沈从文的选择并非孤立和偶然，而是凝聚了某种集体性的历史经验。"[②] 对于寿生而说差

① 鲁迅：《中国新文学大系·小说二集》，上海良友图书印刷公司，1935，第8页。

② 姜涛：《公寓里的塔：1920年代中国的文学与青年》，北京大学出版社，2015，第151页。

不多和沈从文都是同样的情形。作为北大旁听生的申尚贤，开始以寿生为笔名撰写时评和小说，开启自己的文学之路。从1929年到1937年，北漂的寿生成了一个声名鹊起的文坛新人，其文坛地位与胡适的赏识与提携密切相关。寿生小说发表的黄金时期是1934年到1936年之间，作品主要发表在胡适主持的《独立评论》上，有《新秀才》《乡民》《活信》《管束》《黑主宰》等短篇小说七八篇，时评若干篇。另外，寿生也在其他报刊零散地发表了几篇作品，作品数量并不太多。寿生的短篇小说写的全都是他家乡的乡土故事，以描写当地的黑暗、残忍与风土人情著称。一个闭塞偏远的小城，一段特殊的风土人情，以"濡城""濡凤"之类的地名留在了寿生的小说之中。居中国文坛重要地位的胡适，对于他的作品不但在主编的刊物上破例刊发，密集地推出，而且在"编辑后记"中也是加以点评，可以说对寿生的时评与小说赞誉有加。与此同时，寿生还顺利进入胡适文艺圈子的核心，譬如1936年5月恢复歌谣研究会，寿生第一时间加入，与当时加入的全国文人如顾颉刚、钱玄同、朱光潜、沈从文等处于同一阵营，时有往来。他在《歌谣周刊》上也发表了一些研究文章，以及回忆整理好的贵州民间故事、歌谣、山歌等。从寿生的创作经历来看，北平八年应该是他文艺上的高光时刻。从务川到北平，这一选择是正确的，可以说是一时风光无限。

与蹇先艾、寿生相比，1917年出生于贵州湄潭的石果是"十七年文学"时期有过重要声誉的小说家。他的小说创作是从1949年以后开始得到承认的，在将近十年不到的时间里得到了全面的爆发。其发表小说的情形如下：《喜期》发表于《西南文艺》1952年8月号，被推荐转载于《人民文学》1953年3月号，同时被《新华月报》1953年4月号转载。《石土地》发表于《人民文学》1953年2月号，《风波》发表于《人民文学》1953年9月号头条，《官福店》发表于《人民文学》1954年9月号小说头条。另外他在《西南文艺》《贵州文艺》等刊物也发表了多篇小说。在短短两年的时间里，石果连续四次得到《人民文学》的青睐，在当时的文学新人中实属罕见。在发表小说之外，有几件事情值得补述：一是他的小说得到了沙汀、蹇先艾、邵荃麟等前辈的赞赏，据蹇先艾回忆，沙汀当时任驻地为重庆的西南文联的副主任，大力培养新人，其中便包括石果。在读了石果在《西南文艺》刊载出来的《喜期》之后，沙汀给蹇先艾去信要他向省里领导反映，要求把他调到省文联从事专业写作。《喜期》被《人民文学》转载是沙汀推荐的结果，石果于1953年列席第二次全国文代会也是因为沙汀的推荐。蹇先艾当时在贵州省文艺界的地位很高，在各方面也给予石果方便与关照，多次让他作为作家代表去重庆参加西南文联的会议，还曾以陈艾新的笔名在《西南文艺》1953年8月号上发表《谈石果的小说》一文，此文应该是最早的一篇石果小说专论。《风波》发表以后，正值第二次全国文代会召开，石果与会期间，《人民文学》主编邵荃麟约他谈话，对他勉励有加，寄予厚望。二是《风波》《喜期》曾被英文版的《中国文学》译载，日本《读卖新闻》发表过对他小说的评论，另还有日本大阪大学香坂顺一教授高度认可，并一直关注石果的小说创作。三是《风波》发表后，上海电影制片厂将它改编成黑白电影《一场风波》，改编者是羽山，导演是林农、谢晋，主演为舒绣文，是新中国成立后贵州作家创作的小说第一次被搬上银幕。石果是1949年以后贵州最早在全国重要平台发表小说并迅速进入全国短篇小说家重要行列的作家之一。

蹇先艾、寿生和石果三位黔籍作家，虽然都是来自贵州偏远之地的小说家，但都具有全国影响。他们或是从黔北小城到北平，开始从事文艺创作，得到鲁迅、胡适等名家的赞赏，成为全国的知名作家；或者虽然身处贵州，但在《人民文学》这样的重要平台频发大作，得一时风气之先。他们在全国文坛站稳脚跟的共同的特征是从地方走出去到了文坛的中心，这种走出去是一种姿态，也是一条地方路径。

二、沉下来：不断退缩中的滑落与消失

尽管中心与地方是一个相对的概念，嵌套着一个空间感、话语权的问题，但是在中心与地方之间，或隐或显的鸿沟是显而易见的。在中心与地方的背后，是政治、经济、文化等综合因素的多重影响与覆盖。如果从中心之地退缩到地方之一隅，在沉潜中偏居一地，文人交往的圈子受到限制，作品写作的状态受到影响，相关资源受到制约，影响力也就如影随形般滑落或消失了。

在蹇先艾的创作历程中，他于1937年"七七事变"以后，离京返乡并一直定居下来直到贵州解放前夕，这是他在20世纪上半叶的第三个阶段。这一阶段是以他拖家带口从北平辗转多地回到贵州为分水岭。他在贵州定居和生活下来以后，虽然也沉潜于小说的创作，但毫无疑问已处于下滑的状态。抗日战争时期，蹇先艾在遵义、贵阳等地生活，在创作上并不以短篇小说为重点，而是抒情散文、回忆录、杂感、时评都有所涉及。他这一阶段出版的短篇小说集有《幸福》《四川绅士和湖南女伶》、中篇小说《古城儿女》等。明显的是小说创作在数量上大

为减少，在质量上也是不断下滑。在题材上，贵州本土的题材仍然占了相当高的比例。新中国成立以后，蹇先艾长期在省文联、作协以及省政协等部门担任领导职务，虽然也有一些小说和散文创作问世，但基本上没有再创作出产生全国影响的重要作品。

至于寿生，在"七七事变"后他自由写作的理想破灭，居留北平也成为一种遥不可及的奢望。北平沦陷后，寿生也是辗转多地回到家乡务川，曾有从事国文教员、隐居乡下、外出寻找职业等经历，文艺创作则束之高阁了。新中国成立后，他主要在当地政府工作，像普通人一样工作、生活，直到退休，直到1996年去世。在离开北平的漫长人生岁月中，回到务川的寿生尽管也私下写作了少量的诗文和一两部剧本，但始终没有再公开发表过自己的文艺作品。寿生这一名字在文坛彻底消失，成为文坛的一名失踪者。在寿生去世以后，贵州学界有人陆续进行历史还原，也相应产生了一些研究成果，但也基本局限于寿生以往集中在《独立评论》发表的作品而已。寿生从中心到地方，已走上了一条不断后退之路，最为决绝，最为彻底。贵州当地的小说史书写者，认为他发表在《独立评论》的小说都是十分优秀的："寿生的这些小说，已经毫不逊色于四川的沙汀、李劼人、周文，湖南的沈从文、黎锦明等人同时期的同类小说。"① 然而，"同时期"之后的不同时期，则完全另当别论。当原来在相同跑道线上的小说家不断有突破、精进的时候，寿生却恢复了申尚贤的原名，在贵州务川这一僻远之地过着风平浪静的普通生活。

与蹇先艾、寿生相比，1955年左右正值壮年的石果，因为

---

① 何光渝：《20世纪贵州小说史》，贵州民族出版社，2000，第126页。

历史原因以及被误判等，于 1955 年以后在全国文坛逐渐消失了。为什么石果没有在《人民文学》继续发表小说呢？也没有在全国其他报刊继续大放异彩呢？显然这是一个和寿生一样永远也无法说得清楚的谜语，笔者查遍目前的资料都没有找到有说服力的权威解释。当然，一些相关的说明与解释也能有所释疑：一是作者复出后出版小说集子的自述，说是遵命文学的写作理念束缚了作家的手脚，"老实说，我的这一些东西，差不多都是应时之作，即应当时的需要而作。这种作品，当然不是野草闲花；而是鲁迅说的遵命文学。""我的以后那些篇章，仍然在不少地方看得出那种赶中心、赶运动、图解政策、为事设人的痕迹。"还有一些复杂的因素，"不敢说，不敢写，不仅不敢写成作品，甚至在作为内部参考的东西上也不敢如实反映。"[①]当然这是一种自我辩解，可供参考。另一种解释是学者涂光群的说法，自从 1954 年在《人民文学》发表他的小说《官福店》之后，石果很快销声匿迹了。原因是陆续有人用信函或口头打招呼，以后不要再发表石果的小说。这不言自明，编辑部听到的传言是说发现了他政治历史上的"严重问题"，导致中国作家协会选编的小说选中没有石果的作品，文艺领导人的报告、讲话中也不提及石果其人其作[②]。哪些人写信或打招呼，出于什么有力证据，现在早已是一笔糊涂账，对涂光群的这一说法也没法进行核实与考证，但相信这不会是无缘无故的消息，结果却是足以在《人民文学》以及全国其他重要刊物上对他封杀，曾

---

① 石果：《喜风集·后记》，载《喜风集》，贵州人民出版社，1982，第 318—320 页。

② 涂光群：《石果的〈风波〉》，载《中国三代作家纪实》，中国文联出版公司，1995，第 514—517 页。

风光一时的石果终归于沉寂。事实证明，1955年以后石果再也没有在省外公开发表小说，有几部小说作品都是在贵州本土的《贵州文艺》，以及由《贵州文艺》改名的《山花》上刊载。而且，自小说《帮助》发表于1955年1月号的《贵州文艺》之后，石果随后的小说作品都署名"石梦天""余永和"等，可以推测这一阶段他基本上不能用"石果"的名字公开发表作品了；另外可以佐证的是，他写公社史、厂史的多个报告文学，也不能署名石果进行刊发与出版，甚至都没有署名权，仅仅作为辅导教员的身份而成为背后的无名英雄。

三位黔籍作家都有小说创作的过人天赋，也有过创作的高峰，因为各种复杂的原因，阴差阳错地走向创作的沉寂或下滑状态。从北平回到贵州，蹇先艾、寿生的创作分水岭出现了，从走出去到沉下来两者泾渭分明。石果也曾有120万字的长篇小说《沧桑曲》问世，但早已时过境迁，影响甚微。"文学的存在首先是一种个人路径，然后形成特定的地方路径，许许多多的'地方路径'，不断充实和调整着作为民族生存共同体的'中国经验'"①。从个人路径到地方路径，再到中国文学所依存的民族生存共同体的"中国经验"，或者反之，从"中国经验"再回到个人路径的个体经验，在往返与进退之间，历史的沉浮已显现。

三、地方与中心：黔籍作家文坛沉浮的启示

从蹇先艾、寿生到石果，这几个黔籍作家都是贵州20世纪

---

① 李怡：《"地方路径"如何通达"现代中国"——代主持人语》，《当代文坛》2020年第1期。

小说史上的重要人物，从他们人生的轨迹与沉浮来看都是比较典型的个案。蹇先艾和寿生，是20世纪二三十年代具有全国声誉的作家，他们从贵州到北京，在北京的生活圈子与文艺圈子里风生水起，发表的作品确实在艺术质量上属于一流水平。至于以小说作品走出去，多次刊发于《人民文学》的石果，其作品在今天来看也是上乘之作。综合起来考察，围绕地方与中心，地方作家的地方路径则具有繁复的内涵。

首先，一个作家的影响力，与题材实质上没有太多必然的关联。三位贵州作家都是擅长于贵州本土的乡土题材，巧合的是都属于黔北地区的乡土叙事。小说题材本身并不决定小说作品的艺术水平高低，但时代主潮、思想表达、叙事艺术则影响着作品的价值与地位。蹇先艾是贵州遵义人，写的多以遵义城乡以及川黔道上的底层社会故事为主。譬如小说《水葬》，描写了桐村青年农民骆毛因偷了大户人家的东西而被处以"沉潭"的惩罚。为了一睹水葬的野蛮盛况，村邻们麻木、兴奋、自私，乡间旧俗的冷酷由此可见一斑。《在贵州道上》则以抬"换加班"轿的加班匠赵洪顺为对象，涉及抽大烟、卖妻等叙事要素。至于在川黔山道之中依靠卖苦力为生的群体，如抬轿的、抬滑竿的、背盐的，加上逃兵、土匪等等构成了一幅底层社会的人生百态。在悬崖、绝壁、窄道遍布的川黔区域，环境的险恶更是扑面而来。《盐巴客》中被军士推下悬崖而致残的苦力，《濛渡》中被军阀拉丁后陷入绝境的农妇，《盐灾》中囤货抬价的盐商，被打击报复失踪的教员，诸如此类，都反映了黔北民众苦难重重的地狱般生活。在川黔山区，沿途客栈之乱象，茅草民居之简陋，都反映了这一角天地的生存艰难与无序状态。寿生的小说也基本上是以贵州题材为主，《黑主宰》《求生的协力》《乡民》《活信》等作品，着意描写军阀统治下的贵州山民在兵匪、烟毒中的惨烈生活。叔侄两位或死于兵祸，或毁于烟毒，"兵祸"与"烟毒"被形象地比喻成两个"黑主宰"，笼罩着贵州黔北民众的生与死（《黑主宰》）；捉拿乡民当成土匪并在"剿匪阵亡将士追悼大会"上被活祭的残酷故事，令人悲伤无言（《乡民》）……至于《怨声载道》《求生的协力》等小说中底层民众的愚昧、麻木、无助，更是力透纸背。石果的小说与蹇先艾、寿生的题材相似，但基调明显不同。《喜期》主要描写了黔北农村叶三娘一家的幸福生活。叶三娘一家在经过旧社会的悲惨生活后，在新中国突然迎来了一家团圆、喜事双至的时刻：女儿叶玉珍找到了称心的对象，被地主换去的儿子叶腊生也回到了身边；女儿婚庆喜期定于 1952 年国庆节那一天，则巧妙地将黔北普通农家小人物的情感与民族国家的宏大叙事与情感形态联结到一起。《石土地》写的是土改雇农石银章翻身的故事，是当时土改斗争中农民觉醒的共鸣书写。石土地是石银章的诨名，原本是一个不善言辞、思想木讷的雇农，他的身体极其有力强壮，一旦破除了愚昧、蒙蔽的思想，其爆发的革命性却是惊人的。石土地在肉体与精神上形成两个极端，放在全国同类土改短篇小说中都不容忽视。《风波》与《官福店》集中于描写农村中妇女的婚姻与命运，前者反封建、反压迫的思想在母女两人身上得到了鲜明的呈现，因为婚姻法的颁布，性格倔强、泼辣，敢于斗争的杨春梅挑战族祠里的"团族大会"，捍卫了自己的婚姻自由。《官福店》是写寡妇改嫁、婚姻自主的故事，故事背景放在十字坳山垭里经营客栈"官福店"的女老板身上，带有亦农亦商的双重气息。从思想主题来看，石果这一批作品确实带有新中国成立后浓郁而鲜明的时代气息，土改、反霸、锄奸、改嫁、婚姻自主等题材或叙事元素带有崭新的思想光泽。

其次，从文学场域来看，中心与地方有区别也有联系。相比之下，地方性刊物与登场的作家名录，影响了作品的地位与价值。到底在一个地方性文艺圈子还是在一个中心性文艺圈子中，会相应影响社会对作家及其作品的有效评价。换言之，作为地方作家不能只进出于地方性的文艺圈子，而是要涉足全国的重要文艺圈子，贴近当时的主要文学场域才能产生强大的磁场效应。在地方文艺领域待的时间太久，容易被同化与庸常化。地方上文艺信息较为闭塞，惰性很大，会限制作家的发展与努力方向。处于全国中心的文艺圈子则恰恰相反，鲁迅之于塞先艾，胡适之于寿生，都有类似的曲径通幽之处。作家或作品得到文坛领袖的认可，成为造就名篇的外部因素，在批评与研究的历史上也经常以此举证。譬如石果，在失去写作署名权利后，20世纪50年代中后期他想写一长篇小说，反映新中国成立前夕到建国十周年之间黔北社会的沧桑变迁，开头想的书名是《铁轮》，几年后正式定题为《沧桑曲》。当时石果原计划写500万字，后压缩改为300万字，分三部。上天不如人愿，一是时间被占用，二是被不断批斗，三是长篇的手稿被搜去作为黑材料。最终结果是等到20世纪80年代末，120万字的《沧桑曲》才完篇正式出版。但是这一长篇小说已失去出版良机，反映这一历史的现实主义文学也不再吃香，影响力自然不大①。

再次，地方作家站的位置、角度也比较重要。同样是处理

①杨本泉：《〈沧桑曲〉的出版沧桑》，载《沧桑曲》（下册），贵州人民出版社，2004，第1689—1695页。

贵州题材，如果不是站在全国的视野来审视往往会不着边际。久居一隅的惰性，重复老套的叙事，太贴近真实的距离，都会对小说艺术创作有所伤害。蹇先艾在新中国成立以后同样以颂歌方式处理贵州乡土题材，但比较表面化，与石果的同类小说相比处于劣势。相比之下，蹇先艾在20世纪30年代居留北平时期，基本上调用的是家乡的生活经验，却站在全国的高度来看贵州，从启蒙、乡土、人性的角度审视家乡的人与事，从而显示非凡的生命力，"老远的贵州"在当时确实新鲜而生动。寿生的小说揭示乡土贵州的黑暗与残忍，大胆、新鲜，人物形象栩栩如生，反映的主题如烟毒、兵乱、国民性格是全国性的，这是他创作的优势。不幸的是他创作时间太短暂了，作品又不多，回到务川后彻底告别文艺创作，被埋没或遮蔽也是十分自然。文学活动是一个长期的过程，不可能是一项短跑运动。不切实际，只会埋头苦干也会得不偿失，比如石果舍弃自己的长项——短篇小说创作，不切实际地追求超大规模的长篇小说，对时代政治动荡估计不足；与真实的时代与历史距离太近，准备也不充分，自然为日后的曲折和磨难埋下了诸多隐患。

四、结　语

走出去与沉下来，形象地说关系着地方作家的轨迹与沉浮，关联着地方作家文学创作的方向、圈子、路径。在蹇先艾、寿生、石果这三位黔籍作家身上，共同的地方路径值得我们关注与思考，三位作家小说创作集中于贵州乡土题材，形成了地域文学承传与流动的文脉。在乡土文学的概念之下，他们笔下以乡土贵州为题材的小说，多半对故乡风物加以描述，多半集中刻画乡间的小人物，呈现了贵州山区乡村或破败或兴盛的社会百态，呈现了新旧社会的对照与变迁。但因为中心与地方的空间差异与话语比重不同，走出去与沉下来的结局大相径庭，这是不可回避的规律，也是不得不理性对待的文学现象。

　　一个区域内作家的轨迹与浮沉，与外界客观因素有关联，与各自的追求与努力有关联，也与偶然因素的潜在制约有关联。文学与时代、政治、历史、文化的关系紧密，从主题、素材到艺术手法都体现出强烈的时代感和地域性，处于西南偏远地区的黔籍作家同样摆脱不了这些因素的制约，蹇先艾、寿生、石果的更替出现和接力，在中心与地方、异乡与故乡、走出去与沉下来等对峙中留下了深刻的痕迹，成为不可多得的文学现象，启发我们进一步思考与感悟。

"纪事"与"报告"：脱贫攻坚主题书写的时代史诗

——论欧阳黔森报告文学集《江山如此多娇》

　　报告文学素有文艺轻骑兵的美誉，兼顾新闻与文学之长，新闻性与文学性并重，能及时全面反映社会重大历史事件。党的十八大以来，报告文学作家们充分发挥报告文学"杂体互文"[①]的文体优势，在文坛占据了十分醒目的位置；他们是新时代文艺书写的主力军，他们的大量作品折射出广阔复杂的现实生活，承载着新时代文艺的浪起潮涌。脱贫攻坚主题的报告文学，"是中国现实故事的真实记录，也是读懂中国的厚重书写"[②]，也是"国家大事的时代表达"，"注重讲好中国制度故事，塑造新时代新人，描绘农村变革的现实图景，为当代文学注入了新鲜的内容"[③]。聚

----

　　① 丁晓原：《报告文学的体和变体》，广东高等教育出版社，2020，第33页。

　　② 李炳银：《读懂中国的厚重书写》，《中国艺术报》2021年1月1日第3版。

　　③ 李朝全：《脱贫攻坚主题文学：国家大事的时代表达》，《中国文艺评论》2020年第9期。

焦于脱贫攻坚这一新时代重大主题，以非虚构性文体进行全方位纪事、报告，记录全国各地脱贫实践中涌现出来的新鲜事物，塑造新时代脱贫攻坚一线的基层干部和劳动者形象，已是报告文学的崭新使命。相比于全国，地处西南腹地的贵州，因为脱贫攻坚战役的特殊性和发展的不平衡性，成为全国脱贫攻坚的主战场，成为同类主题报告文学的主战场和竞技场，以及新时代文艺的精神高地。换言之，反映贵州脱贫攻坚的报告文学，既是贵州的也是全国的，后者的意义更为重要。脱贫攻坚的贵州题材，跨越了地域的局囿而代表了全国报告文学在这一领域的水平与风向标！

如何全方位呈现脱贫攻坚主战场的实践，如何总结脱贫攻坚的贵州经验，作家们可谓"八仙过海，各显神通"。贵州地处西南腹地，地势险峻、山高谷深，这片苏醒的土地沧桑巨变，早已吸引国内一流的报告文学作家先后前来调研采风。何建明、蒋巍是从事报告文学创作的老将，李春雷、王宏甲等人也占据着重要位置。他们多次深入黔地调研采访，并分别有《山神》《时代大决战》《这里没有地平线》《主战场：中国大扶贫》《绿水青山就是金山银山》《塘约道路》等专门以贵州脱贫攻坚为题材的著作问世。同时也有部分省外作家的报告文学内容涉及贵州脱贫攻坚的题材或对象，如纪红建的《乡村国是》、蒋巍的《国家温度》便是。与省外作家相比，贵州本土的不少作家同样在努力耕耘，其中一部分作品足以比肩省外作家的同类优秀作品。贵州作家在此领域所涉及的题材，磨炼的历程以及取得的成绩，既是贵州的也是全国的，不论从影响力还是从艺术高度而言均是如此。其中，最为出色的当推欧阳黔森，他以小说、影视剧等形式艺术性地反映贵州脱贫攻坚主题，近几年又以报告文学的方式进行创作，记录了他长期深入黔地村寨耳闻目睹的事迹和人物。2018年他的3篇报告文学刊载于《人民文学》，时隔两年他又在《人民文学》发表《江山如此多娇》，在《中国作家》《人民日报》等上也有类似作品发表。同名的《江山如此多娇》一书则收录了作家代表性的报告文学单篇，于2021年3月由百花文艺出版社出版。欧阳黔森关于脱贫攻坚题材的报告文学全部是贵州题材、贵州故事，其立意高远、内容厚实、个案典型、个性鲜明，影响深远，在国内同类报告文学创作中成了一座高峰。同时期，王华的《海雀，海雀》《在路上》，戴时昌的《让石头开花的追梦人》《倒在脱贫攻坚路上的县委书记——姜仕坤》，肖勤的《迎香记》，张兴的《大扶贫：一线手记》，林吟的《绣娘》，张国华、黄志才的《一个也不落下——贵州易地扶贫搬迁纪实》，姜东霞的《相约2020——丹寨县脱贫攻坚实录》，彭芳蓉的《新黔边行》等一批报告文学作品，虽然角度不同，关注点不同，事件与人物也不同，但相同的则是立足黔地，是脱贫攻坚的贵州题材，在全国亦有影响。王洒的《扶贫日记》，吴付刚的《南天北门》，李祖杰的《第一书记——贵州脱贫攻坚战线上的追梦人》等书也以自己独特的方式记录了众多在贵州扶贫实践中的奋斗者形象，以及这片土地摆脱贫困的历史变迁。除了以上单独成书出版的报告文学，贵州省内一些单位组织、策划，并以集体方式呈现的作品，比如贵州省作家协会组织撰写的《第一书记：贵州决胜脱贫攻坚先进群像》，全书一共10篇，收录了王华、肖勤、林吟、徐必常、王剑平等作家写的10个驻村"第一书记"；中共贵州省委宣传部编的《2018年贵州脱贫攻坚群英谱》；贵州省作协、遵义市人民政协编的《攻坚路上——遵义政协委员作家踏访扶贫一线走笔》，以及其他相关单位或个人编选的纪实性文字也不在少数，有些作品文学色彩强烈，有些则是社会调研报告，它们在材料整理、事迹记录、人物刻画上也有可圈可点之处，这里就不一一罗列了。"考察脱贫主题文艺出版的生产机理，不难发现脱贫主题出版呈现一种自上而下的集体组织、集体生产的建构特征，表现为一种高度自觉、反应迅速的整体化文艺出版实践行为"①。脱贫攻坚主题文艺生产的方式与途径，决定了这一主题文学的规模与影响。

相较之下，以小说、影视剧创作等著称的欧阳黔森，在报告文学创作领域也开花结果，成绩斐然。欧阳黔森的报告文学集《江山如此多娇》，立足黔地山区，聚焦脱贫攻坚，借助新闻纪实之长进行纪事与报告，充分调遣文学艺术手法进行时代表达，堪称一个经典与个性并重的典型个案。欧阳黔森创作的报告文学，在新时代脱贫攻坚主题报告文学的发展历史上占据了第一方阵的前沿位置，是为人民写作的时代史诗。正如有论者所言："文艺过去、现在和将来都是时代前进的号角。"②报告文学作为"时代前进"中的特殊号角，以洪钟大吕之声向世界"报告"，继续鼓舞中国人民走在从脱贫攻坚到乡村振兴的康庄大道上。

一、从单篇到单行本：成书过程的历史考察

欧阳黔森的报告文学集《江山如此多娇》，由百花文艺出版

① 施学云：《近年来脱贫主题文艺出版物生产刍论》，《出版科学》2021 年第 1 期。

② 李敬泽：《"两个重要"：文艺地位和作用的再认识》，《人民日报》2015 年 3 月 20 日第 24 版。

社于 2021 年出版。本书入选中宣部"2020 年主题出版重点出版物"、"向人民报告——中国脱贫攻坚报告文学丛书"、中国作家协会"脱贫攻坚题材报告文学创作工程"。由此可见,欧阳黔森的《江山如此多娇》一书无疑已迈入了全国优秀报告文学的第一方阵。

其中,"向人民报告"是丛书的名称。如何报告,向谁报告,以什么方式、声音报告,自然是值得挖掘和深思的时代主题。欧阳黔森在《江山如此多娇》中以独特的声音向祖国和人民报告,自然同样如此。从向祖国和人民报告的内容、方式、策略、影响等诸多方面来看,这一报告文学集都有不同寻常之处。从出书来看,此书是中国脱贫攻坚报告文学丛书中的一种,有面向全国,也有面向全省的双重姿态。包括《江山如此多娇》在内的入选作品都以特殊选题的方式进行写作与推介,是在特殊年份、特殊阶段的文学生产,即在 2020 年脱贫攻坚的决胜之年,以及我国全面脱贫、全面建成小康社会决胜阶段之际,文艺部门重点进行部署的重大出版工程,具有多重历史意义与现实价值。从丛书来看,作为全国各地脱贫攻坚的纪实,这些作品几乎是以点带面呈现出这一时代画卷的。欧阳黔森的《江山如此多娇》集中书写了贵州脱贫攻坚主战场的时代风云和历史变革,以文学的方式形象、生动地向祖国报告,向人民报告,让祖国与人民听到脱贫攻坚主战场捷报频传的消息,听到凯旋曲一路高歌的消息。歌声中饱含千百万劳动者付出的艰辛努力和获得的欣喜回报,是贵州人民在新时代用无数心血换来的幸福蝶变之音!

从单篇到单行本的问世,《江山如此多娇》的刊发轨迹十分清晰。

第一,报告文学集《江山如此多娇》一共由 5 章组成,分别是《报得三春晖》《花繁叶茂》《看万山红遍》《悠然见南山》《江山如此多娇》。这 5 章都是原先在全国重要刊物发表的 5 篇单篇报告文学，多数题目也没有改动。长期深入黔地村寨的欧阳黔森，在 2018 年《人民文学》杂志上的 3 篇文章都是头条推出，都是报告文学，都是贵州题材，即《花繁叶茂，倾听花开的声音》（第 1 期）、《报得三春晖》（第 3 期）和《看万山红遍》（第 9 期）。《江山如此多娇》发表于《人民文学》2020 年第 10 期，《悠然见南山》发表于《中国作家》（纪实版）2021 年第 1 期。其中，发表在《人民文学》的 4 篇报告文学，全部刊发在"新时代纪事"栏目，《悠然见南山》发表于《中国作家》时，则刊发在"新时代报告"栏目。"新时代纪事""新时代报告"这样的栏目，字面上凸显新时代"纪事"与"报告"的指向性，扣准以人民为中心的新时代文艺的主旨，所刊作品的思想内容与艺术风格大体可见端倪。而且，不能忽视的是，欧阳黔森一系列报告文学集中而高频率地在全国重要文学刊物重要位置推出时，杂志编辑在卷首都有专门的推荐和介绍："2018 年开始了，文化自信表现于中国文学方面的形态将是什么样子的？在美好的憧憬中，在我们以信念和热情自愿自觉深入生活、扎根人民的实际努力下，新时代现实题材创作的丰收年，必将是 2018 年的文化标识。《花繁叶茂，倾听花开的声音》讲的是贵州老区花茂村的脱贫故事。这个对中国革命史有着特殊意义的小山村，红色根基与绿色发展相统一，在新时代成为受到总书记指引和关怀、得到全国关注的革命老区实现精准脱贫的典范。"（见《人民文学》2018 年第 1 期卷首）"《报得三春晖》记述家园大地，经历过艰苦奋斗、努力生存的不平凡岁月，在脱贫攻坚的最后决胜阶段，老百姓'不忘本来'、最懂得深怀真切铭感的淳古之风，带给毕节这块热土的恰是我们新时代的新士气、新地气、新风气"（见《人民文学》2018 年第 3 期卷首）。"本期'新时代纪事'发出《看万山红遍》，作家以老地质队员的细心勘察和饱满的写作激情，记述了位于贵州铜仁的著名汞都万山，从资源枯竭的典型转变为绿色发展样板的历史巨变过程，从中可以真切感受新时代中国的治理智慧和新时代人民的精神风貌"（见《人民文学》2018 年第 9 期卷首）。"《江山如此多娇》，记录着长期曾处在贫困状态的贵州红色老区在新时代全面振兴的风貌，这最大的仁政，带来了经济、社会、文化、生态的统筹发展，激发了劳动和创造热情，也给普通百姓带来了实实在在的满足感、获得感和幸福感"（见《人民文学》2020 年第 10 期卷首）。这几部报告文学在单篇刊发之时，竟然不约而同地受到杂志编辑的重点推介，显然不是偶然的现象，背后肯定有刊物本身对当下文艺反映脱贫攻坚主题的考虑，有呼应社会，直面人民对幸福生活向往的需要，有引导全国报告文学作家如何创作的思考。

第二，5 部报告文学的单篇，在刊发之后或者获奖，或者被改编成影视剧，及时得到了文坛的跟进追踪或跨界传播，并且二度改编与传播的影响力并不局限于文学领域。《报得三春晖》发表后，获得了"弄潮杯"2018 年度人民文学奖，其授奖词是这样写的："'攻坚脱贫'是人类历史上的伟大创举。欧阳黔森深入到乌蒙山区，通过深入细致的田野调查，目睹了'精准扶贫'带给山乡的巨大变化，深切体味出广大民众的百感交集，下笔滔滔汩汩，情思饱满，于是有大气磅礴、掷地有声的《报得三春晖》。该作讴歌新时代，赞美新农村，充满正能量，写作手法娴熟，既扎实又跳脱，深富感染力，引起良好的社会反响，是一篇难得的非虚构力作。"《花繁叶茂，倾听花开的声音》发表后，欧阳黔森以此为蓝本，并糅合了他的中篇小说《村长唐三草》等作品，经艺术整合与加工后改编成总共 34 集的农村题材电视剧《花繁叶茂》，此剧以精准扶贫为主题，于 2020 年 5 月 11 日在中央电视台第一频道播出，后来又在搜视网、爱奇艺等平台播出，受众广泛。电视剧《花繁叶茂》以贵州革命老区黔北的花茂村为背景，剧名与村庄名称有同构与隐喻关系，本剧围绕精准扶贫而徐徐展开，剧情的核心内容则是新时代的"山乡巨变"。一时间，以农村本真为题材的电视剧《花繁叶茂》成为全国观众饭余茶后的热门话题，成为农村题材剧中的热播剧，成为新时代影视剧的主旋律，确实跨越了界限而成为一种文艺的潮流。《花繁叶茂》播出后还荣获第 16 届中美电视节"中华文化传播力奖"，影响力走出了国门。以报告文学《悠然见南山》同名改编的电影《云上南山》，2022 年上映。以报告文学《看万山红遍》为基础，欧阳黔森又将它改编成 30 集的同名电视剧，目前已完成拍摄工作，正在后期制作中。

二、脱贫攻坚：新时代文艺的重大题材和审美风尚

从出身与成长经历来说，欧阳黔森站在城市与乡村的交叉地带，乡村叙事是颇为鲜明的，黔东的三个鸡村、梨花村常在他的小说中出现，乌蒙山区腹地的盘江村也有长篇小说和电视剧相对应。在这些作品中，记录贫困、反映贫困颇为普遍，有内在的一贯性。从新变来看，欧阳黔森敏锐地捕捉到社会的重大题材，从旧式扶贫、脱贫到精准扶贫、脱贫，这一时代主题的演变和衍生，成为他文艺创作的主流。其中杂糅了他深入生

活从事文艺创作的经历。比如，在他的小说和影视剧作品中，反映武陵山区与乌蒙山区的题材就十分典型，其中中篇小说《八棵苞谷》《村长唐三草》，长篇小说和同名电视剧《绝地逢生》是代表性作品。总体而言，不论是各类小说创作，还是影视剧编创，欧阳黔森的书写题材，都是以贵州人民脱贫致富奔小康的贵州故事为主题。比如，2004年发表的中篇小说《八棵苞谷》，以苗岭山区白鹰村为背景，围绕大龄青年三崽的婚姻大事而展开情节，突出乡间百姓对摆脱贫困的渴求可谓深入骨髓。2012年发表的中篇小说《村长唐三草》，以黔地贫困村庄的基层干部为主角，涉及驻村干部、产业调整、生态保护等情节。2016年发表的短篇小说《武陵山人杨七郎》，以武陵山区乡间人物为主角，涉及农家乐、家禽养殖等情节。2008年拍摄的扶贫题材电视剧《绝地逢生》，集中书写乌蒙山区的盘江村，依靠党和政府逐步摆脱贫困的历史进程，人物众多，情节也更为复杂……在图生存、谋发展的格局中，摆脱贫困、走向富裕是欧阳黔森文艺创作稳定的主题。到了报告文学领域，脱贫攻坚的主题书写已十分显豁而集中，尽管欧阳黔森创作的报告文学数量上并不太多，但凭借作品的质量和影响力，他已进入了该领域的全国第一方阵。其中作家的有利条件：一是欧阳黔森来自贵州脱贫攻坚主战场，在体验生活与当下报告文学创作热中保持了与全国的同步性。二是欧阳黔森有充分的前期准备，对国家和地方的扶贫政策、法律法规、举措方案、意识形态要求十分了解。三是欧阳黔森反复强调社会实践，坚持下乡调研、眼见为实的原则，既要耳闻目睹，又要现场采访，多次重复，不断深入。报告文学中的人与事、数据与资料都是通过实地采访、调研得来，真实、客观，笔下的作品有强烈的现场感与历史感。

近几年中，欧阳黔森创作的报告文学作品在每年的年度文学综述文章中都有评述，足见其在国内的影响。

众所周知，作为全国脱贫攻坚主战场，贵州举全省之力向绝对贫困发起总攻，66个贫困县摘帽，923万贫困人口全部脱贫，减贫人数、易地扶贫搬迁人数均为全国之最[①]。全省脱贫攻坚一役，处处都是战场，时时都有战机，整个工作千头万绪，信息千变万化，面对这一百年未有之大变局，欧阳黔森没有面面俱到，也没有平均使用笔墨，而是精选典型、区域、人物和事件。《江山如此多娇》全书一共5章，每一章都选择一种类型或一个点切入，层层扩展，开掘集中，不断呈现纵深跃进的姿态。这5章的内容，分别对应毕节赫章的海雀村、遵义播州的花茂村、铜仁万山的朱砂古镇、安顺紫云的沙坎村和遵义正安的红岩村等，作者以这5个典型村镇为中心，又进行了大开大合的扩展，即从村到镇、县，乃至市和省，在时空上俯瞰了贵州全省的城市与乡村、过去与现在，点面结合凸显了贵州在新时代的山乡巨变，精心勾勒并呈现了脱贫攻坚的贵州模式和贵州样板。比如《报得三春晖》以海雀村为原点，覆盖毕节试验区；《悠然见南山》旁及高田村、猫营镇，以及整体涉及处于深度贫困的紫云县；《江山如此多娇》以红岩村为中心，多次涉及正安县、桴焉镇，并对黔北地区脱贫攻坚进行了宏观把握。这些区域处于乌蒙山区、武陵山区、大娄山脉以及苗岭的崇山峻岭之间，属于国家级的连片特困地区。欧阳黔森聚焦当地政府和民众如何直面精准扶贫的时代大考，以此为重要抓手，从地

---

① 谌贻琴：《在全省脱贫攻坚总结表彰大会上的讲话》，《贵州日报》2021年4月24日第2版。

域、经济、产业、观念、人心等方面多角度深入剖析，立体而形象地描绘了贵州脱贫攻坚的火热场景和感人故事。作品或者讴歌奋战在脱贫攻坚一线的广大干部、群众，或者剖析贫困生活的历史演变和复杂原因，或者不断串联民众生活场景与细节，构成脱贫攻坚主战场中的生存实景。文艺与时代的关系是一个常说常新的话题，报告文学如何拥抱脱贫攻坚这一重大主题也是一个富有吸引力的命题。深入基层、扎根人民，就要以人民为中心进行创作，这是新时代文艺的要求，它对作家提出了新的希望，其成为考验作家良知与责任的试金石。以此为题材的报告文学，以新时代纪事与报告的方式发出独特的声音。欧阳黔森目光敏锐，发挥了报告文学这一文艺轻骑兵的优势，在脱贫攻坚的主战场横刀立马，冲锋陷阵，终于交出了一份满意的答卷。在内容与思想上，《江山如此多娇》一书有以下几个鲜明的特色：

第一，及时敏锐地捕捉时代脉搏，正面回应脱贫攻坚的时代大考。具体表现在以下几个方面：首先，《江山如此多娇》是书写当下精准扶贫主题的有力表达，在时间跨度上以党的十八大以来的事件为主，有些章节向前有所延伸，主要是为了对比、衬托。从2012年至今，我国的扶贫思想、方式发生了历史改变，扶贫目标、时段、效果也今非昔比。比如《报得三春晖》立足新时代的精准扶贫，叙事从1985年新华社记者刘子富对海雀村的报道开始，全书整体展示了毕节的时代变革；《看万山红遍》回顾历史的时间更长，包括万山汞矿的生产历史，2001年万山汞矿破产关闭，2008年习近平总书记慰问万山凝冻灾害受灾群众，以及最近10年中的飞速发展，其间有曲折反复，也有对于改革阵痛的不适和坚定前行。在资源枯竭型城市的现代转型中，精准扶贫在城市同样大有作为。全书 5 章虽然选取的典型只有 5 个，但在内容上包含了贵州改革开放以来扶贫工作的经验、教训，阐释了党的十八大以来精准扶贫的伟大实践。其次，全书的主旨是正面书写精准扶贫，坚决打赢脱贫攻坚这场硬仗。全书 5 章相同之处都是瞄准最为典型、最为贫穷的村庄和乡镇。比如第 5 章，集中书写川黔交界之地的深度贫困县——正安县如期脱贫出列，重点则放在这个县的深度贫困村和村民组，最偏、最远、最难走，被视为脱贫攻坚的最后堡垒，也是检验精准扶贫的最佳战略要地。第 1 章海雀村的精准扶贫，虽然往前追溯到了改革开放之初，包括毕节试验区的建立，不同阶段扶贫方式的历史演变，但落脚点却在当下，形象地阐释了绿水青山就是金山银山的新时代扶贫思想。再次，如何精准扶贫，如何抓住精准扶贫的牛鼻子，全书的答案是人定胜天，集中而形象地书写脱贫攻坚第一线的广大共产党员和基层干部，依靠这一群体体现了党和政府的力量、作为与事功。从各级党组织到各级干部、驻村书记、志愿者，他们下沉到最基层一线，将脱贫攻坚的任务具体化、细化、个人化，每人肩上扛着应尽的那份责任，哪怕是泰山压顶，也要风雨前行永不停步。比如第 1 章海雀村的老支书文朝荣，第 2 章枫香镇党委书记帅波、花茂村第一书记周成军、潘克刚，第 3 章万山区区委书记田玉军、中华山村村主任毛照新，第 4 章沙坎村扶贫作战队队长吴平、高田村村支书朱高学，第 5 章县委书记邓兆桃、镇党委书记骆国勇以及数位驻村第一书记等，全书塑造了一批特定的人物群像。他们作为精准扶贫的主力军，在脱贫攻坚战中冲锋陷阵的形象已定格下来。党和政府执政为民的初心，就是为人民谋幸福，这是作者追根溯源、探究脱贫攻坚取得胜利的缘由和经验，生动诠释了"辛苦了共产党，幸福了老百姓"（见《花繁叶茂》）这一真理。

第二，个案性地呈现贵州脱贫攻坚的扶贫实践，充分关注脚下土地上的历史变迁，凸显贵州在新时代的山乡巨变，属于"新时代中华民族史志的书写"。[①]作者长年累月在贵州大地行走，耳闻目睹，抓住党的十八大以来的时代变革，抓住脱贫攻坚所带来的历史性变迁，写变化、道变化，在变化中看到物质环境的日新月异，看到黔地民众的起伏，感受到千千万万民众的拥护。贵州是一片特殊的土地，是一方能创造奇迹的土地。"伟大的转折"讲述的是贵州给中国革命带来的历史转折，当下脱贫之战中贵州也是转折之地、历史见证之地。习近平总书记在贵州考察指出，贵州取得的成绩，是党的十八大以来党和国家事业大踏步前进的一个缩影。从历史来看，明朝初年贵州就被称为"天下第一贫瘠之地"，到清朝乾隆年间仍然是"岁赋所入不敌内地一大县"，民国时期，全省广大农村人口几乎都处于绝对贫困状态。新中国成立后，贵州一直是贫困落后的面貌。在全国脱贫攻坚历史上，贵州就是短板，如果贵州不脱贫，全国的全面小康就是一句空话。正因如此，在全国脱贫攻坚的伟大战役中，将这一短板补齐补足便具有决定性的价值和地位。贵州这一革命老区在新时代焕然一新，重新振兴起来，便是搭乘这一新时代东风的结果。贵州全省之境，整体历史风貌已大为改观，小到一户村民、一个村组、一个村庄，大到一个县市、一个地区。如《江山如此多娇》立足于遵义正安这一深度贫困

---

① 丁晓原：《新时代的中华民族史志——论脱贫攻坚题材报告文学》，《中国当代文学研究》2020 年第 5 期。

县的嬗变，从县到村，从村到村民组，都以最后的贫困堡垒而称之，无不体现脱贫攻坚的"攻坚"之大义。《报得三春晖》以海雀村为主体，从苦甲天下到整体摆脱贫困，作者像解剖一只麻雀一样，书写的内容既有村级领头人文朝荣的先进事迹，也有不同村民的苦干与变化，更有县、市、省的扶持帮助。《花繁叶茂》以习近平总书记视察花茂村前后进行对比，涉及基层干部的帮扶，全村"三改"工程的推进，农产品的电商销售，乡村旅游的兴起，诸如此类黔北乡间的许多新鲜事物，都一一呈现出来。这些文字最核心的是反映贵州脱贫实践的历史变迁，重新激发这片土地的勃勃生机，特别是看得见、摸得着的物质层面的变化，涉及地区生产总值，涉及民众的收入，涉及易地搬迁、交通、产业、物流、金融、教育等诸多方面。譬如易地扶贫搬迁，全省便达 192 万之众，《江山如此多娇》有多处关于易地扶贫的记录。譬如交通，贵州因为没有平原支撑，是典型的山区，喀斯特地貌。从交通环境来看，"地无三尺平"一句俗语概括了以前的交通状况。要想富，先修路，交通的变化得到了关注，如《江山如此多娇》开头写到娄山关隘口，"凡是驱车走过这里的人都体验过，要翻越这座大山，这一上一下，即便小汽车也需要一个多小时。现在，这种情形不复存在，早已天堑变通途，一条高速公路如巨龙般从山体腹部贯通，通过仅需十余分钟。更令人震撼的是，这片地处乌蒙山区和武陵山区交会点的磅礴群山中，如今条条道路呈网状般连通，实现了村村通、组组通。"又比如产业变革，《看万山红遍》涉及最多，在万山特区汞矿破产之后，当地政府痛定思痛，决定走绿色转型发展之路，第一、二、三产业齐头并进、遍地开花。这包括引进九丰高科技农业博览园，上马新能源汽车项目，重新规划朱砂古镇等，都是贵州故事的精彩表达。一言以蔽之，《江山如此多娇》一书写出了黔地的真正觉醒与山乡巨变，正如作者在采访黔北千年组中老农所说的"花天"一样，"花天""开天"一说也即是"换新天"之意，用一句诗来表达，则是"敢教日月换新天"。

第三，立足黔地日常生活，书写贵州民众脱贫致富的幸福感与获得感。脱贫攻坚既是时代的宏大叙事，同时也是关涉百姓的日常叙事。人心的变化，人的精神面貌的变化，内在呼应着物质层面的变化。经济、社会、文化、生态的长足发展，激发了全省劳动人民的劳动和创造热情，物质的丰富和发展带来精神的满足与自信。抓住老百姓脱贫后的表情、细节，以日常化的视角切入，是欧阳黔森娴熟运用的方法。作家善于抓住人物一瞬间的言行、表情来透露内心的隐秘世界，将贵州脱贫故事具体化、个性化。不论是《花繁叶茂》《报得三春晖》，还是《悠然见南山》《看万山红遍》各章，都可以听到老百姓爽朗、自豪、愉悦的笑声，印证了习近平总书记考察花茂村的一句名言："党中央制定的政策好不好，要看乡亲们是哭还是笑。"新生的贵州，脱胎换骨的贵州，最美的表情是摆脱贫困之后的笑容！譬如在花茂村，母先才老人说"活了这么久，我终于重要了一回"的自豪之情溢于言表；在万山特区，余秀英老人吃穿不愁后用旧调填新词的自编自唱，笑容常挂在脸上；在沙坎村，大伙聚在致富能手高友学家院子里，村邻们闲聊的灿烂笑容，都体现了这一点。作者的独创性在于借助老百姓的时代表情，象征这片被唤醒的土地的新气象，以小见大地呈现出时代的大变局。不论是普通村民吃穿不愁后的新生活，还是脱贫致富领头人如郑传玖兄弟、"南山婆"传承人包爱明，以及王治强、高友学等一批农村能人的创业幸福感，都在作品中得到了传神、生动的审美反映。

三、艺术精湛：与思想精深并行的追求

欧阳黔森在写作《江山如此多娇》一书时，化零为整，思想与艺术的有机结合更为紧密。在笔者的追踪式阅读印象中，阅读原来发表的单篇时，这些单篇一直给人情思饱满之感，集中起来反复阅读则更加明显。在如何"纪事"与"报告"的同时，作家对文学性的思考也显得酣畅淋漓，归纳起来，全书在艺术手法与表达上，具有以下几个特点。

首先，充分调遣报告文学文体中新闻性要素，坚持真实至上的原则，具有非虚构性文体的纪实性强烈、本真性显著等特征。一方面，作者始终贯彻"眼见为实"的采访路线，不道听途说，谨慎对待二手材料。在走村过寨过程中，随时随地找到合适的采访对象，将采访经历、过程、事件凸显出来。采访中强调真实性，做到客观、实在，是真故事、真扶贫，真正在脱贫攻坚历史现场。另一方面，坚持用数据说话，用事实作证。在宏观层面，作者讲述黔地不同地方的脱贫故事，涉及国家脱贫攻坚的总体战略，涉及贵州省的整体规划，涉及国家力量支配下的人力、物力和财力，涉及公司、企业、个人；微观层面，有名字的村庄、乡镇、县区都是真实的，有名有姓的扶贫干部、致富带头人、脱贫户，都是真实的。作者在枯燥单调的统计数据中，去芜存精，变废为宝，让人看到了变革的先机，嗅到了春天的气息。特别是不同阶段的数据并列与对比，胜过无数的语言，最具说服力。这些案例、材料、数据等信息实实在在，

剔除了呆板、生硬、拼凑的缺陷，通过取舍、剪裁、润滑，用活变活了。另外，作者坚持运用典型人物与事件来说话，具有说服力，典型性强，起到了率先示范的作用。正安县"吉他兄弟"的创业历程，凸显从广东沿海到贵州内陆的产业转移，中途少不了坎坷曲折的遭遇，但为了家乡正安县的发展，兄弟俩冒着诸多风险，将吉他生产线转移到桑梓故园，带动当地百姓脱贫致富，可谓大爱无声。花茂村土陶烧制作坊，因为产品销路不好，经营方式陈旧，本来处于可有可无的状态，作坊母先才老人却在脱贫攻坚政策的激励下，改进经营方式，使之重新焕发生机。类似的典型事例很多，像珍珠一样穿插在报告文学作品中，可触可感，给人以厚实温暖之感。

其次，作者长于谋篇布局，巧妙穿插，使作品的结构呈现精巧、自然、适度的特性，有浑然一体的特点。欧阳黔森最先以短篇小说创作而著称，他认为短篇小说最适合自己，因为在面对这一文体时，在兴奋点还没有消失的时候就已经完成，是一种快乐的形式。"短篇小说不仅是一口气写完的，它还必须能够让读者一口气读完。"[1] 在短篇小说、作者与读者之间，前者能让作者一口气写完，也能让读者一口气读完。在报告文学创作中，同样如此。全书五章，每一章篇幅长的三万多字，短的也有一万多字，但并不冗长、单调，作者的诀窍便是整体结构设计巧妙，整体与部分相互成就。作者在叙述中设计了悬念，结构上总是起变化，有波澜。在特定的时空中，情节、故事环环相扣，一张一弛，缓解了穿插时政报道、新闻纪实、统计数据的板滞，具有引导性、可读性，形成一气呵成的内在气韵。

265

第三辑　批评的进路：综合力量的呈现

---

① 欧阳黔森：《味道》，中国文联出版社，2003，第 179—180 页。

在结构布局上，作者还最善于运用对比法，《江山如此多娇》善于运用历史与现实、省内与省外、不同地域之间的广泛对比。在写花茂时，他先指出了遵义枫香镇花茂村原名荒茅田，从荒茅田到花茂村，中间经过了改环境、改厨房、改厕所等"三改"措施；经过了农家乐、农业现代化之变。这样由穷而富，村名之变，正是水到渠成。铜仁市万山区原是特区，曾盛产汞矿，以前富裕，但因资源枯竭而衰落。经过资源枯竭型城市转型之路，弃旧路、走新路，农、文、旅一体化发展，农业博览园、合作社养殖种植、旅游开发，整个城市面貌焕然一新。类似这样的对比法呈现多重格局，或是全章主体骨架如此，或是行文中细小的生活细节也如此，见出作者谋篇布局、吐故纳新的匠心，形象鲜明地反映了贵州脱贫攻坚的蝶变之路。

再次，把人物写活，写成立体的大写的有血有肉的人物，对典型人物精雕细刻，在手法上求变求新。欧阳黔森总结影视剧编创经验时，是这样自道的："我的主旋律创作力求从大写的人的角度来写故事，写好了鲜活的人物，才能赢得观众。"[1] 报告文学集《江山如此多娇》又何尝不是如此？脱贫攻坚主题的作品，最能反映题材的人物有两类：一类是基层干部，一类是普通农民或创业能手。这两类人物几乎都在乡间小径、田间地头上，抓个性，抓现场感，营造亲临其境的氛围，在这一报告文学集子中颇为普遍。不管是一个村庄还是一个城镇，不管是涉及市县或乡镇一级的干部，还是村委的基层党员，田间劳作的普通百姓，这些人物是现实中的人物，如果不抓住他们言行举止和性情经历的独

---

[1] 沈士楚：《欧阳黔森：执著于黔地乡土的"歌者"》，《当代贵州》2011 年第 30 期。

特之处，很难让他们在笔下成为一个个站立起来的人物。在塑造作品中的人物时，作者多半回避肖像描写，侧重人物的对话、行为，拈举特殊的事件、经历，将人物写得活灵活现。譬如《看万山红遍》一章中，出场的人物达数十人之多，各级领导干部有陈昌旭、田玉军、张吉刚、田茂文、毛照新等一大批采访对象，普通百姓或创业能手则有杨通宝、李来娣、唐绍维、余秀英、冯忠情、张小进、刘永奇等一批人……作家不是以写人为主，是为了带出这些人的故事而为之，虽然寥寥几笔，却让人身临其境。譬如汞矿职工李来娣，在2008年万山受到重大雪凝灾害时，因为习近平同志到她家中慰问过，两人见面有过交流，李来娣深受鼓舞，后来自强、奋斗，并在政府帮扶下生活大为改善。为了感恩和念想，在十九大期间，她去北京看望习近平总书记，虽然不能亲自与之相见，是在北京居留期间通过电视上看到他的，但是说这样看习近平总书记更近一些。这是一个失业矿工脱贫之后的情感表达，纯朴、真实、感人，勾勒出了万山汞矿职工的形象，写出了百姓与领袖的阶级感情。比如《报得三春晖》一章，作者花了很大的篇幅来描绘安大娘这一形象，最先是"我"在朱大庚陪同下去安大娘家采访，未进屋先喊人，见面后坐下采访却发现安大娘耳背，"我"与朱大庚对话时发现安大娘突然说"习书记好！大恩人。""我"以为是说习近平总书记，但安大娘不断重复，未搭理自己，并朝堂屋走，然后伸出手指指着堂屋上的挂像。写时未见其人，却如闻其声，通过细腻地还原采访现场，抓住安大娘的言行、经历来交代故事的来龙去脉，谜底则是挂像为习仲勋书记，由此接续新华社记者刘子富1985年对海雀村极贫状态的报道，引发习仲勋书记的批示，并揭开了毕节地区扶贫的序幕。其中安大娘家挂着习仲勋书记的画像，一辈子念叨新华社记者刘子富这个名字，都感人至深。这些事迹本身具有传奇、新颖的特征，虽然文字并不多，但经过作者艺术的剪裁，几笔便将人物写活了。

最后，注重纯文学性要素的融合、搭配，充分调动艺术的审美力量。表现最为突出的，是作者发挥他作为小说家会讲故事的长处，叙述精练、对话简洁、人物个性化；注重抒情、叙事、议论相结合，充分调动语言的表达能力，增强作品的艺术感染力。比如开篇第一章描述贵州的美丽与贫穷："这风这雨，千万年的溶蚀和浸染，剥落出你的瘦骨嶙峋；这天这地，亿万年的隆起与沉陷，构筑了你的万峰成林。"作者以诗性的笔触来画龙点睛，总是在关键处提升作品的诗情画意。比如第一章结尾，则是如此借景抒怀："旭日从气势磅礴的乌蒙山升起来的时候，我举头凝望东方。东方正红，阳光温暖。我默诵起阳明先生的话'此心光明，亦复何言'，默念着孟郊千古流芳的诗句'谁言寸草心，报得三春晖'。"这样的表达，言短意长，很有诗性语言的艺术回味。另外，适当借助地方性知识和经验也很典型，《江山如此多娇》一书运用许多贵州山歌、民谣和口语，使贵州故事的底蕴更加厚实。比如，引用"晴天出门一身灰，雨天出门一身泥，吃饭靠天落雨，用钱靠外打工"来描述黔地农村以前的生活；"纳威赫去不得，务正道吓一跳"这句谚语，则道出了黔边数个县市的贫穷景象。这些地方山歌谣谚，在脱贫攻坚的大潮中，已被冲刷得七零八落，再也不会像石头一样压在贵州人民的头上了。

四、结　语

《江山如此多娇》以宏阔的历史视野，以点带面书写贵州精准扶贫的新时代历史事件，采取正面书写、正能量表达的方式，整个作品立意高远、结构精巧、情思饱满，是贵州作家欧阳黔森为全面反映贵州脱贫攻坚工程的立传之作。《江山如此多娇》思想性与艺术性结合紧密，贯通了作者以人民为中心、为人民写作的信念。作者在全书中遵循眼见为实、真实至上的创作理念，以纪事与报告见长，在新旧、今昔的反复对比中展开贵州脱贫攻坚主战场的时代画卷。"为有牺牲多壮志，敢教日月换新天"，可谓壮志不已、新天已换。总而言之，《江山如此多娇》以新闻与文学交错的方式，向祖国和人民报告，是脱贫攻坚题材报告文学的典范性作品。

当代小说村落叙事的贵州景观

——肖江虹《蛊镇》《悬棺》《傩面》合论

在中国新文学历史上，自鲁迅标举乡土文学的旗帜以来，乡土题材一直成为广大从乡镇出发，走向大中城市并不断回望乡村的作家的首选。在作家笔下，乡土题材的呈现或是聚焦于乡土的田园牧歌格调，或是在乡村与城市的双重变奏中进退，或是从地域特色与民俗传奇中反复着色，都代代有传人，前浪接后浪般形成一条既有主潮也有变异的文学书写链条，构成新文学传统的一支重要支流。

对于贵州而言，乡土题材也一直大体如此。蹇先艾笔下闭塞而愚昧的黔北乡土世界，石果小说中与新中国同步新生的川黔边地，何士光新时期以来黔北乡间的许多乡场，欧阳黔森笔下黔东三个鸡村等武陵故事发生地，都是书写贵州地域的典型村落叙事。肖江虹的小说，大多以毗邻省城贵阳的修文猫跳河两岸的村落为叙事对象，有名有姓，有真实的地理标志，也有虚构时的云遮雾掩。作为 70 后代表性的当代小说家，肖江虹写作的方式比较稳定，民俗、地域、城乡、人的困境等构成了他精神后花园的创作版图。《蛊镇》(《人民文学》2013 年第 6 期)、《悬棺》(《人民文学》2014 年第 9 期)、《傩面》(《人民文学》2016 年第 9 期)①分别以蛊镇、燕子峡和傩村三个沿猫跳河的村落展开。可以说猫跳河流域黔中村落沿途的秘密,不但会依次敞开巫术、攀崖、傩戏等贵州乡土的特异底色,而且会有传统民俗文化在城市化进程中的当代遭遇。"正是在 1930—1940 年代之交的'民族形式'论争之后,'村庄'这一乡土中国社会的最小单位才得以成为中国当代文学书写的重要对象。某种程度上甚至可以说,在 1940—1970 年代的当代文学中,存在着某种以'村庄'为主体的文学叙事范式。"②以"村庄"为主体,以"村庄"为论域,也就是笔者所言的村落叙事③,其实一直延续至今,在全国不同地域进行本土化书写的当代作家笔下栩栩如生,常写常新!这一模式实乃当代小说家创作的常态,数量最多,成就也最为显著。

在贵州乡村社会,哪怕是乡村小人物,也都具有底层社会精英人物的全部特质。民俗艺人的死亡书写,城乡碰撞冲突后的人性变迁,以及对乡村走向衰败的忧虑,在《蛊镇》《悬棺》《傩面》"民俗三部曲"中都有所体现。

---

① 三个小说都陆续发表在全国重要刊物《人民文学》上,并分别被作者收入不同的册子出版,第一次以三个小说合成一书的是《傩面》,顺序是《蛊镇》《傩面》《悬棺》。因此,仅以《傩面》为题,有两种含义:一是指单篇《傩面》,一是指三个小说合成的《傩面》。

② 贺桂梅:《赵树理文学与乡土中国现代性》,北岳文艺出版社,2016,第 153 页。

③ 颜同林:《法外权势的失落与村落秩序的重建——以赵树理四十年代小说为例》,《文学评论》2012 年第 6 期。

一、贵州地域：从蛊镇到傩村

贵州地域及本土题材，在贵州作家的笔下书写相对比较集中。来自贵州修文的青年作家肖江虹，也难逃此律。《蛊镇》《悬棺》《傩面》"民俗三部曲"故事的发生地是贵州修文，是沿着猫跳河从上游到下游所流经的三个村落。不论是傩戏、悬棺，还是制蛊、民俗，三个村落都有共同之处，只是在作品中所占份额略有差异而已。三个村寨，似乎都居住着外来移民的后代，他们或是躲避战乱而背井离乡，或是与外族争斗失利后不断败退，村寨的先人们选择了这片地势险峻、土地贫瘠、物产不丰的偏僻之地作为族群的栖居之地而世世代代繁衍起来。

首先，以地理位置而言，小说中如此交代：《蛊镇》所在地四面环山，进出就是一个豁口，叫作一线天。因为村里人不断外出不归后，进村的路都狭窄得很，甚至到找不出路的地步。周围则是高山密林，层层叠叠的岩壁、峡谷，峡谷腰际一条土黄色的带子便是附近十多个村寨通往乡上的独路。《悬棺》所在地燕子峡，表面是鹰燕的家，实际寓意着像鹰燕一样的当地百姓。在村落的核心地段燕王宫崖下，左面是天梯道，右面是悬棺崖，燕子峡的男人14岁开始都因为要掏燕粪作为庄稼的肥料而代代甘做攀岩人，稍一不慎便会像断线的风筝一样摔死，归宿地便是悬棺崖的悬棺之中，人的一辈子便宣告结束。山高岩陡，山崖如刀锋直立，沿着河岸的河滩，差不多每年颗粒无收，但乡民每年种植玉米，希望偶尔有特定年份有所收成，谁怪燕子峡中泥土是稀罕物呢？《傩面》小说一开头便是"蛊镇往西二十里是条古驿道，明朝奢香夫人所建，是由黔入渝的必经之道。""驿道穿过半山，山高风急，路就被撩成了一条折叠的飘带。弯弯绕绕无数回，折过一堆零碎的乱石，就能看到傩村了。"[①]"县城在黔中和黔西交界处，最早是个驿站，唤作龙场驿，一直都没什么名声。到了明朝，一个叫王阳明的大官被贬谪过来，据说在这里悟了道。地因人贵，渐渐就有些声名了。……县城不大，被一条河连串起来，河流最早叫沙溪河，后来改成了阳明河。阳明河一路下行，流过蛊镇，经越山峦，摔落进猫跳河后，顺着燕子峡汇入了乌江。"[②]综合以上描述，不难发现从蛊镇到傩村，几乎都是苦寒之地，不太适合人类居住，但先人们数百年来自然而然地直面生死，在这片土地上刨食安身，也就心安理得地认定一方水土养一方人的朴素道理，不做其他生存之外的多余幻想。

其次，猫跳河流域的几个村落，都盛行巫傩之术，有独特的风土民俗。《蛊镇》《悬棺》《傩面》都有原始歌谣般的咒词，咒词背后则是野性的生存实感。乡民死了要引路灵童带故去的人寻找新的地方，"其实不光傩村，猫跳河上游的蛊镇、下游的燕子峡都有这个讲究。临死之人，啥都可以没有，引路灵童是万万不能少的。"[③]《蛊镇》中涉及蜈蚣蛊、情蛊、幻蛊等。在《蛊镇》一开头便是蛊师王昌林揭开瓦罐后，对于蜈蚣药引的咒词念诵，基本意思是让蛊神保佑蛊镇平安。蛊师念诵咒词通常都为六遍，"六"在蛊镇是个好得要命的数字。除此之外，话蛇，蛊蹈节，世俗日常生活中的焚香念咒，都随处可见。蛊镇

---

① 肖江虹：《傩面》，安徽文艺出版社，2018，第 89 页。

② 同上书，第 117 页。

③ 同上书，第 109 页。

早些年也时兴悬棺，王昌林的师傅就葬在银盘山的岩缝里，后来有力气的年轻人进了城，导致的严重后果是棺材吊不上岩壁了，不得不改为土葬罢了。细崽脸上的红斑，两岁开始长得占据了整张脸，据邻寨巫医所言是守寨军士惨死后的投胎，平静的叙述中弥漫一股挥之不去的血腥之气。《悬棺》开头接棺的描述也无比地动人心魄：只要年满14岁的男丁，便在燕子峡有自己的棺材，艰辛生活已提前落在少年稚嫩的肩上。山高谷深，运输极为不便，从蛊镇打制的棺材都是扔入猫跳河顺水而下，燕子峡的人则在水流湍急的河流两岸设拦棺绳加以拦截，十多个壮汉在水中接棺材时，往往以命相搏。有了棺材，便是当地男丁的成人礼，从此他们将命中注定定格于斯，和父辈祖辈们一样，悲壮的人生便在燕王宫那面高耸入云的岩壁上不断上上下下，终此一生。半年在水雾中的傩村，以流行唱傩戏著称，《傩面》中的傩戏面具有龙王、虾匠、判官、土地、灵童、山王、度关王母、减灾和尚，还有谷神、傩神（伏羲氏）、灵官等。就唱戏而言，有归乡傩、延寿傩、离别傩、扫秽傩、解结傩、过关傩、平安傩。试以延寿傩为例，先得有解结傩，即写出解结牒，在伏羲氏傩神附身之后，傩师召唤翻冤童子、延寿仙姑，让两童子捧起解结牒径直出门而去，三天之后才见回音。逢上乡邻去世，则有法事，主事者为傩师，法事一般有开路、奈何桥、告罪、破地狱、望乡台等。巫傩之术的种种仪式已深入人心。至于傩师秦安顺，做事、吃饭、杀生，都有一套仪式。譬如，独自一人吃饭也要在桌子四方各放置一个小碗，先烧纸焚香，敬请四方傩神先用膳，再轮到自己。赤脚医生杨三婶，绝招是摸子，即在孕妇身上摸索一番，便知肚中娃娃发育、胎位、脐带等是否正常。民情风俗，如此不同一般，也必定会有传奇性故事的不经意地发生！

再次，《蛊镇》《悬棺》《傩面》中的三个村落，强调农耕文化的传统人伦，在人与土地的关系中，封建的或家族的诸多伦理与人的生存信仰融为一体。典型特征之一是强调辈分。在《蛊镇》中强调辈分时，哪怕是六岁的细崽，就因为是八旬老人王昌林的爷辈，王昌林自始至终都得按规矩毕恭毕敬待之。《傩面》中的陈二婆与秦安顺，尽管陈二婆年纪小一些，但辈分比七旬老人秦安顺高，陈二婆在秦安顺面前处处摆出一副长辈面孔，秦安顺出口说话都得守规矩，该喊啥还是啥，该孝敬仍得孝敬。比如陈二婆让秦安顺编竹筛，开口便是"安顺啊！老娘筛子连黄豆都兜不住了，你狗日的反正闲得卵蛋疼，给我编一个噻！"秦安顺慌忙笑着答应。"二婆就笑着夸他：小狗日的还算孝道。"[①]孝道在这里以这样的方式出现，实在令人啼笑皆非。典型特征之二是强调故土。小说通过作品人物之口，泄露了一个秘密。为什么有悬棺，真实原因是祖先和别的族群打输了不得不迁居于此，哪怕死后也不能入土为安，等有朝一日有机会再打回故乡时，便要将祖辈悬放的棺材抬回故土。尽管故土在哪里不得而知，但作为精神的寄托，仍然有叶落归根、魂归故里的深刻寓意。

最后，在巫傩之风的背后，无一不是现实生存的艰难画面，无一不是乡民直面生死而爆发强悍、斗狠的原始生命之力。这几个村寨，差不多都是先人们遭遇失败被迫迁徙而来，居留后又不得不防御外族的入侵，不时有惨烈的护村护寨的生死争夺。比如《蛊镇》在"蛊镇志"的书写中，从七百年前成寨开始一直到王昌林这一辈，便是在生与死的边缘挣扎着过来的。小说通过老人

---

① 肖江虹：《傩面》，安徽文艺出版社，2018，第152—153页。

王昌林之口，演绎蛊镇志所说的惨痛一幕，即"红毛贼"打劫村寨时，乡民死伤很大。前后经六七次你死我活的争夺，才度过一劫。另有一次是经过瘟疫的侵袭，几个月不到村民便死去一半，寨老们不得不选30个年轻男女外出逃避瘟疫，而留下的村民全死绝了，后来外逃者返乡后再度繁衍生息，村寨才重新开始生机勃勃、人丁兴旺。《悬棺》中，在"我"探险祖祠崖中，才知道先辈在武力争夺中让妇孺孩童先撤，让青壮年男丁断后护卫的悲壮之举，这样才留下后代，不至于绝种。燕子峡、曲家寨本是一家，为什么要另立一姓，另辟一地呢？原来是先辈出于对血亲不至于绝种的现实考虑。民风之强悍、生存之险恶，弥漫在字里行间，像山火一样燃烧着。由此出发，三个小说中都不缺少乡民火力全开式的无情咒骂，譬如爱开黄腔、骂娘日妈，但都慢慢在领悟中释怀了。在《悬棺》开头，接棺的族叔来向南在跃入猫跳河的急流中横渡到对岸，在绑牢绳子下水之前跺跺脚，对着急流对面的陡峭山壁大喊一声"日绝娘哟！"燕子峡男人们在接到棺材时发现被河神收走几个，上岸后依旧要跪拜，"但没有人哭，也不会有人哭。我们燕子峡的男人天生就不会哭，生离死别，火烧房塌，饥寒浸体，顶天了，也就猛一跺脚，大吼一声：日绝娘哦！"[1] 类似的细节描写，无一不是生命原始强力的外露，无一不是血肉之躯声嘶力竭的呐喊。

二、乡村人物：死亡书写的常与变

在贵州作家中，肖江虹比较注重在作品中书写人物的死亡，

---

[1] 肖江虹：《傩面》，安徽文艺出版社，2018，第189页。

通过人物的生与死凸显出人物的性格与命运。进一步看，死亡书写在肖江虹的小说中往往有特殊的意味，写实之外或隐喻，或象征，呈现出繁复的生命景观。《蛊镇》《悬棺》《傩面》"民俗三部曲"以贵州猫跳河流域三个村落为背景，每部小说讲述一个故事，在对衰老、死亡现象的书写中有同有异。较为主要的策略是设计两组人物：《蛊镇》的王昌林与细崽，《悬棺》的来辛苦与来高粱，《傩面》的秦安顺与颜素容。与人物命运相关的，还有一批外围者挪动在乡土叙事的周边，如《蛊镇》中一群即将进入暮年的老者，行将就木的老鼠，以及枯死的紫荆树等，混在一起，流露出即将衰老、消亡、逝去的气息，塑造一种让人窒息的典型环境。同样是以死亡书写为轴，肖江虹表达方式多样化，或是隐晦表达，或是以"老去"直言其事，或是其他侧写进行交代。比如，《蛊镇》中细崽的离世与村落的衰落有同一寓意；《悬棺》中来高粱的乘风而去，一是进入悬棺姿态的诗意书写，二是隐含着燕子峡在水库水位上涨中的永久消逝；《傩面》中秦安顺的逝世，则暗指傩戏的彻底毁弃。死亡书写变得丰富而多样，包含着多样化的特殊含义，三部作品都有独具匠心之处。

第一，《蛊镇》中的死亡书写让人耳目一新。《蛊镇》地处僻壤之地，周围村寨以制蛊、用蛊为传统。强调辈分，强调人伦，是寨子的旧制。比如年近八旬的老人王昌林，是寨子里最后一位蛊师，六岁的细崽突然在两岁时脸上有红斑，巫师却说他前世是个英勇的战士，因为守护村寨而死去，身上沾染血气太重而无法化去。细崽的父亲外出务工时带他到城里生活却被视为怪物，遭受城里小孩的辱骂和殴打，不得不送回蛊镇，意外的是红斑渐渐淡去直到消失。细崽满脸的红斑的消失，一是代表村落地图的消失，二是他走向死亡的预兆。王昌林是村里最后一个蛊师，作为古老的巫术传承人，却面临后继无人的窘境。因为从《蛊镇志》中看到村落地图和细崽脸上红斑图案相似，自以为天机不可泄露，老人坚定地将细崽视为理想的蛊师传人。但是，年轻人离开蛊镇去城里谋生，细崽在红斑消失后突然死亡，王昌林尚存最后一口气，离死亡一步之遥，这一切宣告蛊镇即将消失，蛊术也即将消散。"掏空"了的村落死一般寂静。小说结尾，虽然没有明确王昌林的老去，但他在生命的弥留之际，幻想与一帮死去的亲邻相见，这样冲破了生死的界限，在魔幻中进入生命的沉睡状态，不会留下一丝生的念想。

第二，《悬棺》中的死亡书写也很特别。《悬棺》中的重要人物之一是失去一条腿的残疾人——来高粱。来高粱是燕子峡中技艺高超且勇气过人的攀崖人，正当他22岁青年之时，在燕王宫里掏了一昼夜的燕粪，因头晕目眩而摔下崖壁，后虽然捡回一条小命，却永久失去了一条腿，残喘至今，已是一位七旬老人。因此变故，按族规所定，祖祠崖上的悬棺在其死后不会接受他，极其无助的来高粱每日对族人乡邻咒骂不休。来高粱不能进入悬棺而终了，但没有阻止他千方百计达到目标，比如诱骗"我"带他上悬棺崖，比如琢磨制作假腿、设计翅膀，虽不可行但毫不气馁。最终，因为燕子峡变成水库后水位上涨，他因祸得福在燕子峡被淹时借助于自制的翅膀进入了他的棺材，最后一个进入悬棺的攀崖人，寻找到了最理想的归宿。在燕子峡上，鹰燕可以殉崖，他也像鹰燕一样给燕子峡殉葬。燕王宫遭到致命破坏，悬棺已随洪水远去。世世代代靠悬崖上的鹰燕粪便而滋养着的这方土地不复存在；靠互换引路师傅来训练一代又一代攀崖人，也随着雨打风吹而去成为历史的旧迹。

第三，《傩面》中的死亡书写也自然是独具一格。秦安顺，傩村唯一一个能在鬼神交织的精神世界中往返的傩面师，因为儿子们进城了，他成为傩村的一位留守老者。生活的孤独、无趣，现实的衰败、凋落，让他在傩面具的世界中进入一种出入历史的美好回忆之中。对逝去的人声鼎沸生活的怀念，对乡村精神傩面具的痴迷，秦安顺的去世干干净净地带走了傩面、傩戏，也带走了一个村落的文化之根、精神之魂。尽管从纸醉金迷的大城市返乡的绝症患者颜素容，一心求死而未得，在秦安顺们面前，按通例她得到了包容与宽恕。秦安顺的两个儿子，在傩村最后一个傩面师去世后，则烧掉了所有傩面，剩下的路仍然是进城、进城，他们和傩村再也没有牵挂，年轻一代还记得傩面吗？答案是否定的，故土的面貌也将不可逆转地越来越淡薄！

总之，三部小说异曲同工，可谓殊途同归。蛊术的后继无人，悬棺被淹和消失，傩面诸神的毁弃，都一一指向贵州传统村落特色民俗文化的命运，在昨天与今天之间，已站在不断告别的位置上。传统民俗不合时宜，失传、退隐乃至绝终成为一种不可逃避的宿命。

三、进出之间：城乡之间的冲突与和解

"肖江虹的《傩面》丰厚饱满，深怀乡愁。在归来的游子和最后的傩面师之间，展开'变'与'不变'的对话，表达着对生命安居的诗意想象。'返乡'这一空间性的时代主题由此获得了永恒往复的时间维度。"[1]这是《傩面》获得第七届鲁迅文

---

①《第七届鲁迅文学奖授奖辞及获奖感言》，载《文艺报》2018年9月19日第2版。

学奖时的授奖辞。在我看来，由一个中篇小说扩大开来，实际也可视为肖江虹《蛊镇》《悬棺》《傩面》"民俗三部曲"的一种进入门径。"乡愁"的承载，进城与返乡的进出，都有迹可循。无疑，这一切的形成，离不开改革开放以来城乡经济结构出现的根本性变革。城乡对峙的书写模式，成为新时期以来四十年间中国乡土题材文学叙事的结构。乡村宁静祥和，但日益衰败；城市人心不古，但日新月异。中国经济结构的突变，导致广大乡村难以吸引乡民固守乡间，田间劳作、田园乐趣，不再成为眼前之景。到城里去，成为几代农民的呼声。城市的快速发展，以乡村的不断衰败为代价，乡村的空心化现象成为普遍的存在。

城市扩张与繁荣，乡村退缩与萎败，前者吸引了大量年轻劳动力进入城市去打拼，数千年来乡村小农经济的自足与平衡被打破，土地闲置、抛荒，农舍衰败、倒塌，维系乡土社会的传统伦理、民风习俗、精神生活，全面临着不断消逝的危机。置身于这种特定的时代背景下，曾有乡村生活经历的肖江虹，巩固着自己的判断和识见、忧虑与反思，在其作品中营造的乡村世界，早已是风雨飘摇、不可复加。在"民俗三部曲"中，肖江虹深刻地触及到了城镇化对传统乡村的致命一击。

首先，不得不面对的是人去"村"空的社会现实。在肖江虹的作品中，城乡对抗思维差不多一直存在，时强时弱地成为一个连续、永恒的主题。比如《百鸟朝凤》，以吹唢呐为业的乡村乐师，就被颠覆了，主人公游天鸣的遭遇便是明证，传统民俗唢呐行业陷入了丢魂落魄的地步。《当大事》中松柏爹丧葬仪式，也是让人感慨不已，老人故去后无人埋葬的悲剧，是乡村老者惨遭无情抛弃的事实。同样，到了"民俗三部曲"里也是一以贯之。《蛊镇》中王昌林年近80，四个儿子扛着蛇皮袋子进城后，他一下子老了。村中的年轻人都进城了之后，"人都跑光了"，面临"不找个人传下去，你这手艺就断种了"的地步。为了让细崽成为接任者，王昌林不得不处处违背蛊师的规矩，比如受人所制，制作情蛊；比如屈就细崽，一副一再迁就的孙子模样。寨子里教书先生柳七爷讲古，也没有以前的好记性，故事经常讲错，原因是没有几个观众，以前在寨子晒谷场上人群密密匝匝的时候，他何曾讲错过？蛊镇一个老者死去一个星期，才发现早已亡故于家中，尸体都变臭了。小说以王昌林、细崽的交叉叙述视角，叙述他们在乡路上见到邻村溪水镇的几个人，也知周围其他村镇也同样是人去"村"空，庄稼没人种，土地抛了荒。赵锦绣要丈夫回家，不得不撒谎说公公老迈快不行了，才骗得丈夫匆匆回家一次，但丈夫待一天又毫不回头地进城了。邻村来鹤村死了一位老蛊师，他原是王昌林的同行，所处村寨原来是个大寨子，王昌林去吊唁发现村寨里都差不多没人了，全寨还剩零星的几户支撑着，老者家中丧事之冷清，已溢出纸面。小说最后，蛊神祠翻新，进城的村人没有一个愿意回来，十多个老者最终尽力翻修完毕，但村落残破之景，已从开头一直弥漫到结尾而挥之不去。《悬棺》中的年轻男丁，本是14岁后有一口悬棺置放在燕王宫，但以来辛苦和曲从水为代表的燕子峡和曲家寨人，不得不被作为旅游项目奇幻漂流的徒手攀崖人而存在，后来因为要赤身裸体去表演而和旅游经理发生暴力冲突，最后水库的修建导致村落被淹，数百年之久的悬棺也全部被大水冲走。来辛苦、曲从水等人对故土和祖宗的守候，尽管强悍无比，终究无法抵挡时代的大潮。最终，燕子峡成为一片汪洋，祖祠崖沉入水下，装着祖先遗骸的悬棺在水中漂泊远去，不知所终。《傩面》中的傩师秦安顺，本有三个儿子，除一个儿子 15 岁时夭折外，两个儿子没有干过扬麦等农活，扛着行李进城，除最后秦安顺去世外，始终没见兄弟俩中途回来。至于傩戏本身，不但村女如颜素容、在城里做生意的村主任儿子等不屑一顾，而且连秦安顺的儿子也都是外出务工，没有哪个愿意传承，愿意正眼相看，连以前夭折的三儿子生前更不愿意听父亲的傩戏。整个傩村因为秦安顺的去世，众多的傩面具在其葬礼后付之一炬。试问，没有傩面师、没有傩面具的村庄，还能叫"傩村"吗？蛊术、悬棺、傩戏，涉及猫跳河流域乡村农人的生存、精神，都像弃子一样被丢弃了。

其次，城乡对峙之后，作为总处于弱势而无奈的一方，乡村世界不论是现实的、物质的，还是精神的、审美的，都不断陷入空心化的深渊。越来越多农村的青壮年进城，乡村被掏空，孤寡老人和留守妇女儿童留在乡村，既有的生活轨迹被破坏了。离开乡村，进城的乡下人也没有做好准备，没有自然、顺利地融入日新月异的城市。比如《蛊镇》的离开者——细崽的父亲王四维，为了糊口和生存，进城的王四维从事建筑从业，一方面是抛下了老父、幼崽和妻子，一方面又因为寂寞和空虚，和外面的女人出轨，最后因为精力不集中或是小说所描写的因情蛊所致而失足从十几层楼高的脚手架上掉下而惨死。在金钱的诱惑下，《悬棺》中的来向南，不顾祖先的规矩，偷盗燕王宫的燕窝去贩卖得利，置燕子峡和曲家寨乡邻于绝境。《傩面》中的颜素容，身患绝症之后只能回到故土，她在城里干的是"脏活"，虽然没有明说具体所指，但也是违背了原来纯朴的生活理念，无路可走时只得回到家乡，给父母邻居添堵。蛊镇村主任的儿子梁兴富，在县城开店做傩面具等生意，眼中已只有金钱了，开光与否，有灵与否，都无足轻重。不难发现，从乡村走向城市，进城的农民并没有如鱼得水，而是在城乡冲突中不断被挤兑，被异化，最终走上了不归路，腐蚀了各自的内心。

进城的诱惑永远敞开，进城的理由千变万化。从蛊镇到傩村，为什么成为时代的弃子值得追问，这表面是一个个名字、符号的消失，实际上是村落中成长起来的一代新人不再需要它。在城与乡之间，双方的博弈虽然有一个过程，但胜败优劣不言自明。进城也罢，留守也罢，一切都在时代的渡口面前，处于两头得不到好处的境地，这可能是城镇化战略的设想者所预想不到的吧！

四、朝何处去：人的困境与乡村的路

"当代小说作为最切近现实生活的一种虚构叙事文体，所描摹的是一个现代化后发民族国家在由传统向现代转化过程中的社会生活和人性表现。"[①]由"传统"向"现代"转型，可谓长途漫漫，尚处在未完成时之中。"十七年"小说，新时期小说，新世纪小说都是如此。新世纪的乡土小说，像肖江虹的作品一样描述的是常人的困境，乡民被围困的苦况作为时代的母题来处理。在此大背景下，甘于平淡、苦中作乐的是一种怀旧情怀，一种对理想乡间生活的向往。

乡土小说，一般以村落叙事为特征，以地域性的村落为个案，虚构审美、温情的世界。审美、虚构的村落承载了作家的生存观念，也是其情感书写的外化之地。"民俗三部曲"中蛊

---

① 董之林：《旧梦新知："十七年"小说论稿》，广西师范大学出版社，2004，第5页。

镇、燕子峡、傩村三个猫跳河沿途的村寨作为思想的载体，表达了作家对于当下乡村的特殊观念。具体表现有以下几点：

第一，坚守作为最后的姿态，仍然是肖江虹的一抹亮色。因为中国是一个古老的农耕社会，在乡村世界里，纯朴、温情、厚道仍然是一个不变的主题，也是乡村人性中深藏不变的特征。在贵州山峰连绵起伏下的小小村寨，温情四处散漫，宁静、祥和的乡土观念仍然强劲有力。《蛊镇》中的年轻人背井离乡而去，留守村寨的老弱妇孺，依旧温情绵绵，充满祥和气息。为了防止老人突然去世而无人知晓，细恩每天坚守职责去挨家挨户查探老人们的情况；没有娶上媳妇的王木匠，帮衬村人不计报酬，一旦邻人需要都是挺身而出。王四维的妻子赵锦绣，对于丈夫的不忠，也仍然经受住了诱惑，在王木匠的攻势下守住了自己，在家中尽了自己的心力。《蛊镇》中还有一个温暖人心的细节：蛊师王昌林，结婚后第四个儿子出生后不久，其妻便死去了。后来他单身一人拉扯大四个儿子，儿子们进城后，在孤苦中的他，发现房子中一只年岁甚大的老鼠，老人没有踩死它反而养起年老力衰的老鼠来，给它做饭，说是"多张嘴吃起来香"。与老鼠做伴，排遣晚年的孤苦，看似荒诞不经，但异常真实，类似于余华小说《活着》中福贵在亲人们一一去世后，最后与行将就木的老牛为伴，以度余生。又比如，《悬棺》中村人几十年如一日对因公致残的来高粱无私供养；来辛苦和曲从水因为到底是哪个村落坚决不搬走这一小事而起冲突，两人干架的场面也是光明磊落，来辛苦不论输赢如何也不要儿子从一边帮忙。哪怕是来向南偷盗燕窝，村寨乡邻也原谅了他，最后来向南远走高飞，无脸再回故地。在《傩面》中，秦安顺以及四婆等人对颜素容的纵情和宽恕，颜素容父母对"性情大变"的女儿，仍然关爱有加。值得追问的是，为什么传统乡村会有如此向善向美的人性画面呢？这一人性画面的存在既历久弥坚，又让人内心向往，原因不外乎以下层面：一是乡村是传统农耕的地盘，坚守乡土及其所蕴含的伦理，成为不可分割的一部分。在人烟逐渐稀少、土地日渐荒芜的广大村寨，人与土地的关系发生全新的改变。比如，与玉米、洋芋等需要农人全天候伺候的庄稼不同，有名或无名的野草都在土地上长得极其茂盛，哪怕是贫瘠的砂砾之上。为了一方水土的物产能养活一方人口，割除杂草以生庄稼，满足基本生存的口粮需求永远处于第一位。"谁知盘中餐，粒粒皆辛苦"，"种豆南山下，草盛豆苗稀"便是这一现象的诗意呈现。与土地打交道，与庄稼打交道，下种、除草、施肥，可以看出农事具有简单、纯朴、直接的特点，只要付出汗水，多花工夫，庄稼自然会长好，自然会有沉甸甸的粮食作为回报。在付出与回报之间，是如此直接而明了，乡村世界的人们自然也养成了看待他们与土地的这种关联。二是因为长期与庄稼打交道，农人们在性情、禀赋，以及人与人处世原则与方式上，也保持了纯朴、单一的特点，人与人之间的关系源自人与土地的关系。这样，坚守人性的真、美与善便自然而然成为一种与土地相并存的现象。乡村的世界比起城市的世界更加纯朴、温情，其根源在于此。广大村寨的乡民们，充溢着人性的温暖和温情，他们心中都珍藏一个向善、向美的念想，也就成为显著的一种现象。而且，一旦周边的邻居减少，人与人之间的关联变得更加密切，在一个熟人社会空间中，人与人相互帮助、体贴也更加明显。在坚守中等待，在等待中坚守，其结果可能是叶落归根的安详，也可能是平淡岁月的悠然，就让日子像溪水一样静静地流逝。

第二，被围困的乡村：人与自然、乡土的最终和解。在城镇化的时代河流中，进城去的人流是挡不住的激流。原来自足的乡村，或被遗弃，或被改造，都改变了原先的模样。乡土世界的人们也逐渐变了模样，不过显得模糊、显得难以归类。肖江虹在"民俗三部曲"中并没有全部进行呈现，侧重点是对乡民内心的挖掘，向人性的深度致敬。乡村宁静、祥和而无言。比如《傩面》中，颜素容得了绝症回到故里，家中老人、亲友的祥和和自得，贫穷、疾病、天灾人祸、生离死别，都不能阻止他们忘却生活的艰难。日复一日，年复一年，都是在平静、知命之中度过。作者采用魔幻现实主义的方法，在现在与过去之间往返，跨越了物理的时空，建构了一种精神审美境界。《蛊镇》中的蛊师王昌林，回忆乡村的过去，在回忆中寄予了希望。小说中有一个细节，王昌林变着法子要求幺公细崽陪他爬山采蛊物，是想感受往昔赶集路上人多势众的热闹和喧哗，哪怕是和陌生人粗俗地对骂几声，都能感受到活着的乐趣，感受到一种生命之力的存在。想和生人说说话，以骂娘为外在形式，多么荒诞而诡异。《悬棺》中燕子峡和曲家寨因地势险峻，不适宜于人生存，村民经过反复的抗争，最后仍然是听从政府的号召，离开家乡整体外迁，都是为了生存，为了活下去。《傩面》中傩面师秦安顺，人生得意之处在套上傩面之后，是人也是神，他有时借傩戏之机，真真假假劝谕世人向善向美，这难道不是人心向善尚古的结果？至于秦安顺在临死之前，将自家的石磨送给陈二婆，把犁铧送给颜东生，将有用的东西在死前都移送给邻居，足以表达世风日下中的人性之光。善待日常生活，在邻居、亲人的网格中寻找了一份生存的真实。超脱生死，也看淡死亡的威胁与恐慌，最终的目的是人与乡土的和解。每当年轻气壮的年轻人离开亲人和故土进城，乡村不为所动，仍是永恒的大地存在之物。外出的游子返乡，或是在外站不住脚，或是因伤残等原因，母性的乡村也敞开宽阔的胸怀予以容纳。乡村尽管在不断衰退，尽管失去了勃勃生机与活力，但仍然成为乡民肉体与灵魂最后的栖息地。这是《傩面》等小说中在思想内核上的深刻之处，是作家创作中有个人特色的地方，同时也是作家难以直面现实与时代的地方，略具异化色彩，其优劣得失均系于此。换言之，与当下小说家书写脱贫攻坚，书写乡村振兴不同，肖江虹一方面与时代、乡土保持着距离，寄托自己不肯粉饰现实的独特思想，另一方面则徘徊乡村挽歌的边缘，很难看到乡土的前途与新路。

"孤独是肖江虹的小说人物最大的生存困境。但由于肖江虹善于运用反讽的修辞技巧，将工笔与白描、抒情与写实、庄重与诙谐并置，又多用凝练而活泼的方言俗语，在人物的对话和行动中刻画人物心理，在很大程度上淡化了小说中人物的精神疾苦。"① 确实，如何理解《傩面》等小说中的时代"孤独"，成为进入作家心灵深处的小径。"孤独"既是人去村空的寂寥，也是止步不前的隐喻。面对这一时代的病症，每个作家描绘的病症不一，开出的药方也不一，肖江虹是独特的这一个。肖江虹小说中人物的孤独，是具体的，也是抽象的，是个体的，也是普遍的。在这个意义上，在肖江虹笔下，乡村的新路是一条逆向的往回走的路，反思城镇化的思想支撑了作家的这一选择。但也并非完全如此，因为回到过去并不现实。不管是逆向回走，

---

① 李海音：《被抛弃者和被侮辱者——肖江虹小说论》，《当代作家评论》2014 年第 2 期。

还是摸索着不断前行，都说明乡村振兴、乡村重建之路十分漫长，也十分让人焦灼。这一切都会让人停下来慢慢思考，不是无谓的等待，也不是汇入盲流。

五、结　语

《蛊镇》《悬棺》《傩面》"民俗三部曲"通过描写最后一位蛊师、最后一位悬棺人以及最后一个傩面师的故事，异曲同工地表达了贵州乡间传统民俗被消解的感伤。在生存与死亡之间，在坚守与出走之间，善良的、新生的力量仍在。这三部中篇小说都以民俗为炫目的外衣，书写城市化进程中乡村的衰败；魔幻现实主义的手法，则使《蛊镇》《悬棺》和《傩面》沾上了魔幻的外部魅力，但其实质是在亦真亦幻之间，将城市化进程中乡村的何去何从进行了诗意的裁决。怀抱忧患之心，将内心的呐喊化为无声的春雷，足以惊醒佯装沉睡中的世人！

第四辑

影像：在画面与声音之间

无形的门第与婚姻的距离

——论小说《门第》及其同名电视剧

连谏，是青岛女作家连淑香的笔名。她擅长虚构跌宕起伏的都市情感小说，其代表性小说《门第》①讲述了高层白领罗织锦（同名电视剧中改名为罗小贝）与市井平民何春生被门第观念所束缚的婚姻关系，随着罗、何及其家庭双方的不断碰撞与互不妥协，最终导致婚姻破裂的悲剧故事。小说在报纸连载时就引起读者的热烈反响，2013 年根据该小说改编的同名电视剧《门第》一经上映就引发了轰动效应，成为广大观众茶余饭后的热门话题。

小说《门第》最初在《青岛早报》连载，由于其讨论的婚姻生活中的门第观念触及了社会中一种普遍现象，引起了纸媒读者的共鸣。但传统纸质媒介的结构比较封闭，是平面性的，所以其传播性比较差，受众仅局限于看《青岛早报》的读者，且大体局限于青岛地区，而电视等大众文化载体则具有巨大的

---

① 连谏：《门第》，江苏文艺出版社，2009。

传播空间和更多的受众群体。与报刊连载的小说相比较，大众媒介如影视等既有图有声，还可提供下载，便于快捷传播与保存。所以，"对文学作品的改编，在当今文学面临边缘化的时代，无疑对其有扩大影响的宣传作用，从某种程度上，可以说是对陷入泥淖的当代文学的一种救赎方式"[1]。作品可以通过影视剧的改编迅速得到集中的关注，以前甚少有人知晓的作品在经过改编后可能名声大噪，同时还能给作家带来不同寻常的利益回报。如早前的一部电视剧《潜伏》就让不知名作家龙一名声大振一样，《门第》相当高的影视收视率也使小说作者连谏迅速蹿红，蹿红后的版权费今非昔比。——这不仅离不开电视剧对原作精髓的丰富呈现，也离不开大众文化背景下编导与演员对小说原作的二度创作。

一、从主题与人物：门第的敞开

如果说一部文学作品就如同一道精致可口的美食，那么故事主题和叙事语言就是它浓郁的香气，人物谱系关系构成它艳丽的色泽，情节和环境则是它纯美的味道。若要毁香气、伤色泽、动味道，那么美食将不复存在，美食不在就更谈不上端上桌面以飨美食家们了。同样，电视剧改编者也在寻找适合当下观众的小说原作，经典的电视剧不能脱离小说原作的基础架构。皮之不存，毛将焉附？只有以原作为蓝本，才能使电视剧承袭小说的"口感"，从而对广大观众产生巨大的审美诱惑力。《门

---

[1] 王林刚：《论电影对文学作品的改编及其利弊》，《唐山师范学院学报》2009年第6期。

第》从小说到同名电视剧，是从一种精神食粮到另一种精神食粮，同样精彩、同样绚丽。对照小说与电视剧，我们发现《门第》之所以能够打动人心，与观众产生强烈共鸣，与电视剧努力原汁原味地呈现原作是分不开的。对小说精髓的丰富保留与浓缩，在不同的艺术形式中"发现"相同，同名电视剧《门第》在此一方面做足了工夫。

首先，电视剧对主题——婚姻关系中的"门第"观念再度进行夯实。连谏在小说中以现代化的通俗语言，通过不动声色地讲述罗小贝与何春生的"次品婚姻"，罗锦程（在剧中名为罗胜利）与柳如意的"中品婚姻"以及何顺生（在剧中名为何秋生）与李翠红的"上品婚姻"来透视门第观念，展示出门第造成人与人的不同并不在于拥有金钱的多与寡，而在于对生活的态度的不同、思维模式的不同，以及对尊严要求的尺度的不同；思想主题和幸福不是想象中绚烂而激越的样子，而是和谐共处的平静[①]。电视剧从塑造人物入手，通过大量复现原作通俗易懂的个性化语言、借助演员生动形象的表演和提升故事情节的结构，使全剧都浸泡在"门第"的文化中，潜移默化地将婚姻中普遍存在的"门第"观念从观众的头脑中唤醒并凸显出来，引导观众从各自的角度重审"门第现象"。

其次，还原小说中的人物谱系，故事线索分明、条理清晰。原作《门第》作为一部描写婚姻生活的长篇小说，虽然将刻画重点集中在罗、何两家上，但作品中涉及的人物众多，人物关系复杂。电视剧忠实原作的表层结构，保留了故事的人物谱系关系，重要的人物无一漏缺，其中既有信守诺言的罗、何家两

---

① 连谏：《门第》，江苏文艺出版社，2009，第 1 页。

家长辈，也有娇生惯养的罗小贝、纨绔子弟罗胜利，还有市井小民何春生、何秋生、李翠红、柳如意等。小说与同名电视剧，通过何春生和罗小贝的婚姻串起来不同的家庭，如何父和罗父的特殊关系，如丁小曼和男友大周，金子与其丈夫等，向观众呈现出一幅人际关系广阔的生活画卷。其中大周和金子的丈夫这一辅线的保留看似影视效果很小，但作用却是大的。小说中正是大周的"捉奸"使得罗、何婚姻破裂，剧中也是他才导致罗、何婚姻亮起红灯；而不论小说还是电视剧，正是金子丈夫的出现才将罗胜利从纨绔子弟推回到普通人的生活轨道上。从这些复杂的人物关系中过滤出一条条清晰的情感脉络，既能够保留故事的原有框架，又符合电视剧的特点和观众的欣赏习惯，可谓一箭双雕。

再次，以环境的差异隐喻男女主角的差距。小说《门第》将男主人公的故事背景选在青岛老城区中山路的劈柴院和四方路，女主人公则选在美丽的海边、旅游胜地——太平角。就像劈柴院由于经济的衰落已与新兴商业区拉开距离一样，何春生衰败的家庭与罗小贝的美丽人生也拉开了难以逾越的鸿沟，他变得世俗化了。这符合小说《门第》要讲述的故事，也有助于塑造男、女主人公的形象。

影片的拍摄地点和环境选择遵从了原作发生在青岛这一故事设置，通过对小说描写环境的直观营造，加深了文字给读者留下的印象，使整部电视剧有一种生活的真实感。由于具体场景调度合理，选景经得起观众推敲。如拍摄何母卖包子的四方市场之嘈杂混乱，劈柴院逼窄、败落的居住环境，何家所住的简陋房屋与罗家奢华豪宅等，都给观众鲜明而直观的声画印象，不曾到过青岛的读者在阅读小说时很难想象烟火缭绕、世俗气息浓厚的劈柴院与将军府邸的差异，看电视剧时就一目了然了，这为小贝和春生生活观念的不同做出了更能让观众认同的直观影像化的解释。小说中还提到了青岛有女婿给岳母送鲅鱼的传统习俗，以及夏季入夜后路边生意火爆的啤酒烧烤摊，电视剧也给予了丰富的呈现，使整部电视剧都沉浸在青岛这个红瓦白墙的现代化的美丽海滨都市中，最大程度上保持了连谏小说中的青岛本土特色。

最后一点是加强刻画人物心理、强固戏剧冲突的情节。原作中故事情节繁多，故事性特别强，严格来说这并不是一部一流的小说，却具有绝对一流的情节，适合于改编为长篇连续剧。如该剧对丁小曼和罗小贝在超市吃饭时所起争执这一情节的保留，这是丁、罗的第一次正面冲突，冲突中丁、罗的表现准确地勾勒出了二人的性格特点。如果说之前只是通过丁小曼的眼神、动作向观众传达她对何春生的爱慕的话，那么这次争执就是第一次用话语向何春生和观众正面明确其情感，成为统领罗、何婚变的转折点。编导对小说中何春生的敏感、自卑，对罗小贝的白领生活与情趣也留足了相当多的篇幅，比如何春生与卖海鲜的小贩进行激烈打斗一情节，场面真实，演员表演自然，连周围的群众形象都是那么逼真，何春生躺在地下一动不动的压抑、绝望以及无奈的情绪，完全能够通过他过激的行为和满头满脸的泥灰流露出来。至于罗小贝与同事的聚餐，在小洋楼的生活画面，也无不凸显出她的高傲与偏见。

二、从小说到电视剧：有同有异

《门第》从小说到同名电视剧，有同也有异。文学文本是一种话语符号，而影视作品则是声画符号，它们作为两种不同的传播媒介有不同的特点。虽然原作被接受的程度较高，情节复杂、人物形象鲜明等特点都有利于电视剧的改编，但考虑到电视剧与小说的不同特点和面向更广泛的大众接受群体，决定了它不可能完全照搬文学文本，我们可以从以下四个方面来看电视剧《门第》对原作的改编，不难发现改编者高超的二次创作艺术水平，为电视剧的走红打下了厚实的基础。

人物命名和关系的适当改写，是改编艺术异动的第一个层面。小说《门第》将罗家两兄妹的名字一个定为"织锦"，一个定为"锦程"，与何家"春生""顺生""翠红"相比，增添了不少文化气息，从细枝末节处透露出罗、何两家的家境和文化悬殊。但罗家兄妹名字过于拗口和书面化，不利于电视剧的大众传播。为了遵从电视剧改编"化繁为简"的原则，编剧将罗家兄妹名字分别改为"小贝""胜利"，为了与"何春生"相对应，何顺生改为"何秋生"，这样不仅增添了生活气息，也便于观众记忆，还在无形中拉近了两家的距离。拉近距离后的小贝和春生也不再是那么蔑视、抵触，而是从小青梅竹马、渴望自由。与罗小贝恋爱过的马小龙，则似乎成了一个无关紧要的角色，剧中罗胜利对罗小贝说，"其实你心里一直有春生，现在马小龙走了，他就又从你心里冒出来了"。可见，小贝与春生在结婚前有充分的感情基础。

叙述方式的调整与叙述视角的变更，是不同之处的第二点。首先，小说具有虚构性，无须让读者看到具体的物象，所以连谏在原著的前两章中人物与事件在不同时空间任意来去，好似漫不经心、洋洋洒洒地向读者交代出何、罗两家之间，以及何家、罗家各自内部的恩恩怨怨，将整个故事框架和主要人物完整地呈现于读者面前。作者以"让我们暂且把时光退回到 28 年前的一个冬天"① 即把读者带领到当年，以"爸爸还是抢救过来了"② 又使读者回到目前的故事中来。这种叙事方式是影视作品所不具备的。即便剧中大量出现蒙太奇的影视手法，但由于电视剧每集的时间有限，演员声音与拍摄画面要比单纯文本阅读花费更多的时间，绝不可能将所有剧情都以蒙太奇手法复现，否则将造成观众对剧情理解的断裂。于是电视剧《门第》的开始是一片茫茫雪原，老罗与老何在冰面上钓鱼并发生了意外。随着何父的死，小贝与春生的生长环境逐渐不同，接触的人事及生活习惯也发生了变化，故事的事件和情节都是按照自然时间的先后有规律地进行，当然中间也有镜头的回放，也有倒叙与插叙。其次，就叙述视角而言，小说以第三人称全知全能的叙事视角出发，而电视剧以第一人称的叙事视角出发。小说在描写故事、场景，塑造人物形象时不自觉地加入了自己的主观评论，使读者一开始就笼罩在冷漠、压抑的悲剧气氛中。除非加入画外音，否则电视剧无法表达这种情绪，但如果过多地使用画外音则会变成主要人物的心理独白甚至成为"读故事"。为了使观众感受到小说作者的评论，编剧必须以演员的复杂的肢体语言、生动的眼神动作拉开叙事者的声音与观众之间的距离并达到消解的作用。如小说中在表现罗胜利对柳如意的厌倦时这样写道："他觉得这场爱情就像身体上一个携带了多年的囊肿，他既做不到承认她已是身体的一部分，又碍于父母挡在面

① 连谏:《门第》，江苏文艺出版社，2009，第 9 页。
② 同上书，第 27 页。

前，下不了彻底切除的决心。"① 这些是全知的叙述人透露给读者的，电视剧中当柳如意提出与罗胜利离婚时，他表现出如释重负的感觉并当众向柳深深地鞠了一躬，感谢其提出离婚，用演员的表演将罗胜利对柳如意的厌倦表现得淋漓尽致。

　　具体情节的增减，也是比较明显的不同之处。由于电视剧面向的受众更加广泛，小说中露骨的描述和过激的言语都不宜表现，删去的小说情节就要求编剧增加新枝叶。正如胡经之所论述的：接受理论强调"文学本文的接受是一种阐释活动"；伊塞尔认为，意义不确定性与意义空白就成了本文的基础结构或审美对象的基础结构——召唤结构。② 小说《门第》天然带有的和删除情节所导致的召唤结构使编导在电视剧中加入大量情节以填补男女主人公的爱情经历。原作对男女主人公的婚恋描写较为单一，突出婚前和婚后罗小贝对何春生的不屑和何春生对小贝感情的改变。电视剧为了增加戏剧冲突，使罗、何感情更加跌宕起伏，对情节的改编主要体现在以下几个方面：

　　电视剧中，增添了罗小贝在大学期间读书的恋爱经历，丰富了何春生、罗小贝与马小龙这一三角关系的情节与戏份儿。小说中，春生迷恋上第三者小丁，并与小丁在外租房，最后抛弃妻小，与亲人反目；电视剧则删去这一部分，改为何春生对小贝一往情深，而且一直默默地付出不求回报，并大量增加了何春生对罗小贝大胆追求及从未背叛过小贝的情节。为了使观众增加对何春生的认同感，还将其在外面喝酒不回家、与小丁鬼混美化为找朋友帮忙记录城中有名小吃的做法，为了将来开

① 连谏：《门第》，江苏文艺出版社，2009，第 7 页。

② 胡经之：《文艺美学》，北京大学出版社，1989，第 356—357 页。

一家自己的饭店使小贝看得起他；另外，对于丁小曼这一条线，则凸显了不顾一切照顾小丁而美化春生义气的性格。同样为了改变何春生形象，电视剧着力增加了原作中着墨不多的丁小曼的"插足"戏份儿，讲述了前期丁小曼与何春生的一段缘分，还在后期浓墨重彩地渲染她对何春生疯狂地追求。增加了"戚阿妹"这一形象，为了自己在单位的地位不仅处处"抹黑"何春生，拿着所谓"证据"挑拨小贝夫妇感情，并处处制造机会增加罗小贝与马小龙的独处时间，这样利用种种"巧合"构成误会，各种阻力使何春生与罗小贝的情感经历一波三折，扣人心弦。

最后，特别重要的一点是，电视剧通过改变人物性格、化悲剧人物为喜剧人物，颠覆了小说的思想内涵。读过小说的观众都会注意到，剧中何春生、罗小贝的性格与原作中相去甚远，导演丁黑称剧中的何春生为"阳光励志好青年"，就足以见得对男主人公的性格变动之大。男主人公何春生由小说中的十分自卑、粗鲁野蛮、敏感变为剧中的理智、宽容、开朗和积极向上。他对小贝积极追求，婚后还主动承担了许多家庭杂务，在工作上认真，失业后积极寻找新工作。在罗家败落之后，何春生又想出开餐馆一招，在关键时候拯救了罗家，并让罗胜利彻底走出了致残后的生活阴影。

对女主角罗小贝的改编原则也与此相同。譬如罗小贝在公司不愿同流合污，曾受到被开除的厄运，但最后以军人后代的品质，以正义之举反击了腐败。原作中的罗小贝从心底里瞧不起何春生，觉得她的婚姻是"林黛玉嫁给了焦大"。电视剧中的罗小贝不仅善良大度、能力过硬而且她对与春生结婚一事的态度完全颠覆了原著，剧中两人是由青梅竹马的情而萌发相互爱意而完婚，并非为了履行父亲的承诺。对人物性格的改变必然会影响故事结局甚至思想内涵。编剧将原作中罗、何婚姻破裂的结尾改编为中国传统的"大团圆"结局，原作中压抑、沉闷的气氛在电视剧中也不复存在，使原作中的悲剧为主的基调转为喜剧为主的基调，大大解构了原作对"门第观念"的审视态度和文化批判意味，使电视剧成为一个通俗易懂、皆大欢喜的现代都市剧。

三、经济因素与《门第》改编的得失

电视剧《门第》改变小说故事原有内容与主题，虽然曾引来了一大片的质疑声，但恰恰相反的是，电视剧拥有了更多的粉丝，这一点从它相当高的收视率上即可见一斑。为什么电视剧与原作的主旨内涵大相径庭还能受到热烈的追捧呢？其原因之一便是两者都直面了经济因素之于文学与现实生活的关系，不论是小说作品与银屏中的人物，还是现实生活中的观众，都反观到了各自人生的侧面。

说到文学带来的经济利益就不得不简单分析一下文学与经济的关系。自从原始人类开始了商品交换，人们就一直生活在"经济社会"中。现实社会经济活动包罗万象，在习见的政治经济学、社会文化史理论视野下，经济往往与政治、军事、科技、教育、文化等宏大话题相并列[1]。文学研究的是现实生活中人性的问题，根据马克思曾经的论断，"物质世界的一切事物

---

[1] 颜同林：《经济叙事与现代左翼小说的偏至》，《社会科学研究》2012 年第 5 期。

都是在不断运动变化的"，那么人性也是在不同的历史时期发生着深刻变化的，由于人们处于现实存在的物质世界，所以推动人性发生变化的根本因素将是物质社会的经济条件，即"生产力决定生产关系"。既然经济条件的变化能推动人性的改变，为什么小说讨论一个旧社会的话题"门第"仍然能够引起轰动呢？这还要从"门第"的久远历史与中国人保守的市民趣味入手。

"门第"一词由来已久，早在《魏书·帝纪第八·世宗纪》中就有记载，旧时指家庭的社会地位及家庭成员的文化程度等，表现在婚姻生活中就是我们常说的"门当户对"。随着商品经济的发展，目击当下现代化大都市中，人们对这一观念的提起频率逐渐降低，但是仍然不自觉地将婚恋对象的家庭出身、文化程度、工作情况等现实经济条件与自身的逐一比对，没有跳出"门第"的怪圈。从本质上来说，"门第"就是一种经济同化下的产物，小说正是揭穿了几千年来在这样一种经济差异条件下所造成的中国社会的人性扭曲，才深深刺痛了处于这种反常意识里而不自知的观众，从而引起了强烈反响。反观电视剧，则能看到大量出现的经济叙事的手法。故事发生在现代化都市、中国著名的港口城市——青岛，从柳如意对榨汁后对果屑的节约，到何春生一家对买房付钱的艰难举动，再到罗家兄妹二人的挥金如土，时时刻刻都有"金钱"的身影，连看不到的"门第"都散发着一股强烈的经济生活气息。对比之鲜明、贫富之悬殊，都让观众深刻理解了不同家庭人物的性格、言行。情节的推演、人物形象的塑造，也植根于此之上。

可惜的是，由于过分追求与市民审美趣味的契合，电视剧抛弃了小说对门第的怀疑、反思，更多地注重教化功能。虽然中国自古就有"始于悲者终于欢，始于离者终于合，始于困者终于亨，非是而欲餍阅者之心，难矣"①的文化传统，电视剧也向观众提出了"婚姻中的门第观念是可以磨合的，这就需要两个人相互欣赏"这一促进婚姻生活和谐的解决办法，但是这一改编却将原作的精神风貌颠覆了。比如，何春生为了表现自己的朋友义气居然不顾妻子的感情，坚决要去照顾小丁；小贝给第三者小丁捐肾等情节不仅对于事件发生没有进行足够铺垫、发生太过突然，也使剧情失真，使得观众难以接受。

由小说《门第》到同名电视剧，其不足之处仍值得深思。《门第》作为一部女性文学作品，虽然主旨是对门第观念的批评，但对女主人公的批评色彩远远不如对男主人公的多，完全暴露了男性在婚姻家庭中怯懦、敏感、自私、虚荣的形象。编导则从自己的男性视角出发，美化何春生这一人物，努力将他塑造为负责、上进的形象。这一美化行为平衡了小说中"男赚少女赚多"的错位关系，树立了男性"好儿子、好丈夫、好父亲"的高大形象和威严，在潜意识里符合了观众在父权制下将男人看做家庭的顶梁柱的传统观念。如果观众不自觉地对"何春生"这个角色产生更多好感，那么把两个仍然忠于婚姻的人放在一起也就理所当然了。其次，电视剧作为大众传媒的一种主要消费形式，必须遵循大众传媒的运作方式。现代大众传媒已经明显地商业化了，它与广告商有着密切的合作关系，电视剧收视率的高低将决定广告商对其的赞助力度。为了获取巨大经济利益，电视剧不可避免地要迎合大众的审美趣味，依据大众文化对文学作品进行改编。在热衷于对那些可供大众消费的

① 王国维：《〈红楼梦〉评论》，上海书店出版社，1983，第213页。

卖点进行挖掘和炒作时，作品的精神价值由此也被电视剧的商品价值遮蔽了。①

四、结　语

总而言之，小说《门第》与电视剧《门第》，后者源自前者绝大部分的情节设计、人物塑造与环境安排，也有根据电视剧这一大众文化所做的各方面调整与修改。在相同与差异之间，反映出了两种艺术形式的特征与优劣。与小说相比，电视剧《门第》是二度创作，赋予了原小说新的内涵和对现实世界新的理性思考，为提高收视率这一业绩埋下了伏笔。古已有之的"门第"观念，既是经济因素这一无形之手在发挥作用，也是携带了不同家庭文化的婚姻之痛的根源。读完小说，或是关上电视机，抬头一看市井人生，留给读者或观众的思考似乎也才刚刚开始！

---

① 唐宏：《大众文化语境下文学经典作品的电视剧改编——以〈倾城之恋〉〈金锁记〉为例分析》，《电影文学》2011 年第 15 期。

二十四道拐及其抗战文学想象

——由电视剧《二十四道拐》说起

历时数年、精心打造的大型抗日电视剧《二十四道拐》2015 年在中央电视台第八套频道播出，与此同时在互联网平台同步推出。由于等待已久，笔者正好抽出时间集中收看，有些情节则是在电脑上反复观看。从弥漫的抗战硝烟之中回过头来，晃过眼前的已不单纯是八十多年前在贵州晴隆二十四道拐这个特殊地方发生的故事，而是一段抗日战争中不可磨灭的历史记忆，一段与地域、民族、文化紧密相关的不朽传奇。寻找贵州与抗日战争的种种关联，虽然说是一种亡羊补牢式的历史补课，但此类不算迟到的历史沉思，已不言自明地具有丰富的思想内涵。

电视剧《二十四道拐》以抗日战争时期大后方一段交通线的历史史实为依托，发挥文学纪实与虚构共存的功能，讲述了贵州黔西南州晴隆县境内二十四道拐所发生的抗日故事。从剧情演绎来看，时间主要在太平洋战争爆发为标志的 20 世纪 40 年代前后。电视剧聚焦于二十四道拐这条极其重要的交通要道，以中日双方的"护路""毁路"矛盾冲突为主线，展开了国共两党、援华美军、侵华日军不同政治势力此消彼长的斗争。在这种宏大叙事背景下，剧情的铺展与延伸饶有新意：中国军人梅松与日本间谍王雅琴代表着正反双方，援华美军则构成三角形的第三边，其间不断斗智斗勇，由此塑造了一群性格鲜明的人物形象，推动并主导着剧情的发展；传统家族叙事的元素则依附于当地梅、刘两大家族的明争暗斗之中，由此也把回到家乡的特派员同时还是中共地下党员的梅松这一角色分量大大加强了；当地土匪何麻子、黑三等家仇国恨的情节穿插，以及不同人物身份的多重性，亲情、爱情的纠葛，使得此剧所讲述的故事十分好看、耐看，具有情节离奇、环境典型等传奇色彩。让人难以置信，居然在贵州晴隆二十四道拐这个名不见经传的地方，在八十多年前曾有这样壮志凌云而又曲折动人的故事发生。老城墙上"晴隆"两个清晰的大字、以铁索连接的盘江大桥、身着布依族等民族服饰的当地民众和二十四道拐一样经常出现或挂在人物嘴上，特定地域的彰显十分鲜明、扎眼，这难道不是贵州抗战历史钩沉中沉甸甸的阶段性收获吗？

毫无疑问，答案是肯定的！一条公路，一座大桥，一群中国军人，由此永远定格于抗日战争的硝烟之中，沉淀进中国人民的历史记忆之中。《二十四道拐》综合了当下抗战电视剧的长处，突破了地域的局限，建构出了抗战电视剧的新形态。当然，它留给时代和历史的思考也是多元并存的。

首先，二十四道拐对于中国抗战历史而言，它是不可或缺的历史记忆。正如习近平主席《在纪念中国人民抗日战争暨世界反法西斯战争胜利 70 周年大会上的讲话》所言："中国人民抗日战争和世界反法西斯战争，是正义和邪恶、光明和黑暗、进步和反动的大决战。在那场惨烈的战争中，中国人民抗日战争开始时间最早、持续时间最长。面对侵略者，中华儿女不屈不挠、浴血奋战，彻底打败了日本军国主义侵略者，捍卫了中华民族5000多年发展的文明成果，捍卫了人类和平事业，铸就了战争史上的奇观、中华民族的壮举。""战争是一面镜子，能够让人更好认识和平的珍贵。今天，和平与发展已经成为时代主题，但世界仍不太平，战争的达摩克利斯之剑依然悬在人类头上。我们要以史为鉴，坚定维护和平的决心。"围绕二十四道拐这个特殊地点所发生的"正义和邪恶、光明和黑暗、进步和反动"的故事，不但是中国人民抗日战争的有机部分，也是世界反法西斯战争的组成部分。不同皮肤、操不同语言的外国军人频繁出现在剧中，与中国军民并肩作战，担重要角色，便是尊重历史记忆的表现。它对于战争与和平的启示是弥足珍贵的。

其次，二十四道拐具体到对于贵州抗战历史而言，它把贵州融入第二次世界大战所波及的世界版图中，具有多重性，其意义更是十分深远。电视剧《二十四道拐》让人不自觉地想起救亡语境下的地域历史记忆。贵州地处西南内陆腹地，是典型的山区，各方面都不尽如人意，经常被外界所忽视。比如，二十四道拐就曾经被尘封了数十年，相当长的一段时间里人们都不知道它身处贵州境内。晴隆、二十四道拐、盘江大桥等都没有进入历史的记忆之册。"七七事变"以后由于日军的大举侵略，占据了中国的半壁江山，沿海以及大城市都处于日寇的铁蹄之下。在抗战最为艰难的时刻，太平洋战争的爆发给中国抗日战争带来了转机，中、美、英、法等国家携手合作，共同抵抗法西斯国家的非正义战争。正是在这样恢宏的历史背景下，二十四道拐这条交通大动脉节点，才成为世人关注的焦点。于是囤积于印度、缅甸等的援华物资，途经滇缅公路运抵昆明，然后通过滇黔公路不断运往前线和陪都重庆；于是美国的飞机、军人，甚至是盟军的其他外籍军人出现在贵州晴隆各族人民的日常生活之中；于是日本的间谍潜伏到了二十四道拐，日军飞机携带着无情的炸弹无数次投向了这里……历史改变了二十四道拐，也改变了这个地域上的历史记忆。二十四道拐修建于20世纪30年代，是贵阳以西黔滇公路最为险要的咽喉要道，但都因为平凡而被世人淡忘。后来因为反法西斯战争的需要，二十四道拐的地位大大提升了，因为中国抗日战争，因为世界反法西斯战争，二十四道拐成为世界格局变动中的一颗棋子。比如1942年，美国公路工程部队1880工兵营进驻贵州晴隆，用外国技术、工艺、材料加固滇黔公路，对二十四道拐进行大规模维修；又比如1945年，首批由美军驾驶的运输车队通过中印公路，经过二十四道拐，一路抵达陪都重庆，蒋介石在重庆发表了《中印公路接通的意义》，将滇黔公路命名为"史迪威公路"。[①]因为这是中美共同抗日的历史见证。由此看来，二十四道拐是抗战历史中一条十分清晰的血肉之路，一条用中美军人七尺之躯共同筑成的英雄之路，一条不断延伸不会止步的生命之路。

再次，二十四道拐除了与中国抗战、贵州抗战等历史事件相关，我想它与抗战文学、文化的建构也是值得大书特书的。"在抗日战争中，没有哪一条公路像滇缅公路这样举世瞩

① 韩继伟：《"史迪威公路"的形象标识：晴隆"二十四道拐"的形成及作用》，《党史研究与教学》2013年第6期。

目。"血脉一般的滇缅公路，在抗战文学中留下了壮丽的篇章。"① 作为滇缅公路、中印公路的延伸线，二十四道拐也是这条"史迪威公路"上的一部分，它应该与滇缅公路一样共荣耀，盘旋于质朴与绚丽交织的文学画卷之中，留存在中华民族的文化长廊之中。在较长一段历史时期内，关于贵州抗战文学、文化的相关研究都较为滞后，尽管贵州曾经发生过硝烟弥漫的抗日战争，有很多文人留下了零散的材料，但没有多少人切实重视并加以搜集整理。众所周知，抗日战争为贵州赢来了历史的发展机遇，中国现代历史上的不幸反倒促成了贵州社会、文学、文化的发展。可惜的是，贵州抗战文学与文化却被长期遮蔽起来，在外省学者眼中的抗战文学与文化版图中，一般只述说上海、武汉、广州、香港、桂林、昆明、重庆等地，几乎不会涉及贵州。对此，我曾做过一些补课式的还原研究工作②，其中还关注过这样一件事：前几年，贵阳市档案馆编著的《抗战期间贵阳文学作品选》出版，一定程度上给了学术界一次重新认识贵州的机会。全书内容共分小说戏剧选、散文杂文选、蹇先艾文选、诗歌选、抗战征文选和抗战山歌鼓词选等六个部分，巴金、茅盾、沈从文、穆旦等一大批文人的名字，和贵州本土文化人蹇先艾、谢六逸一起，以左翼、右翼或自由派作家的身份一起出现。这些作品完全选自贵阳市档案馆馆藏民国时期报刊，

---

① 张中良：《抗战文学与正面战场》，社会科学文献出版社，2014，第 157—158 页。

② 参见颜同林：《抗战时期贵州历史事件与文学书写》，《前沿》2012年第 24 期；《文化生态洼地与新诗地理的精神瓶颈——以贵州现代诗歌为例》，《文学评论丛刊》2013 年第 1 期；《大后方文化卫星城与贵阳抗战诗歌的兴衰》，《南京政治学院学报》2014 年第 2 期。

而且只是汪洋大海中的一粟。本土著名作家李宽定在序中说："这一大串响亮的名字，哪一个不是中国现代文化史上的精英？若不是因为那场战争，他们能从古老的北平和繁华的大上海跑到我们这山沟沟里来？抗战胜利后，他们中又有几人重返过这片他们当年曾经避过难的土地？再翻翻当时的《贵州日报》，从抗战胜利算起，几十年间什么时候有幸刊载过如此众多名人大家的作品？那场灾难深重的战争，让这一大批文化精英把北平、上海等地的文化种子带到我们这穷山沟里来。种子是最大的财富，种子入土，哪怕再贫瘠的土地，也总会生根、发芽、开花、结果。我在想：20 世纪 80 年代贵州文学再度在国内文坛上崛起，是不是与此有些关系呢？"[1] 这是一个当下作家单纯站在本土文学角度的思考。但在我看来，贵州抗战文学与文化荒芜不堪的印象，以及只有抗战口号的贫瘠之感，无形中有所改变。同时我还坚信，这仅只是一个晚来的开始，还会有更多史实陆续浮出历史的地表。

同样道理，以贵州本土力量牵头创作的《二十四道拐》，不但印证了我的估计，还有力地扶正了贵州在抗战时期的历史形象，可谓在贵州抗战文学与文化的园子里移植了一棵参天大树。贵州虽然在当时是大后方，但从 1938 年开始，便频繁遭受日机的轰炸，并不是世外桃源；贵阳城区，曾被日机轰炸得面目全非；在抗战后期，在独山等地发生的"黔南事变"，也弄得全省人心思危。抗战文学与文化和贵州的关联，不应该被长期遮蔽，《二十四道拐》便是响亮的回答。进一步看，这是一个常写

---

① 李宽定：《序》，载贵阳市档案馆编《抗战期间贵阳文学作品选》，贵州人民出版社，2007，第 1—2 页。

常新的大题目，值得有识之士不断提笔书写。著名学者钱理群先生，对贵州这片土地一直怀有深情，对此有一个评价，认为贵州抗战文化是"贵州文化与五四新文化的历史性相遇"。[①]此言不虚。比如，抗日战争时期，贵州以高山峻岭为特征的地理优势，形成大西南交通的枢纽和屏障。1938年国民政府南迁重庆，贵州更是陪都的南大门。又比如，沦陷区的国民政府各级机构、工矿企业、高等院校与文化单位，纷纷内迁贵州，随之带来一大批全国一流的文化名人，"五四"以来的新文化迅速在贵州高原传播开来，形成一时之盛。在这样的时代潮流与背景下，贵州难道不是抗战文学纪实与虚构的富矿？

抗日战争的历史事件，战争年代的文学与文化，在贵州这个大西南的山区省份像《二十四道拐》一样向前延伸，没有止步，它是抗战文学与文化想象的硕果。对于具有类似意义的贵阳轰炸、黔南事变之类，哪一个不是等待着我们重新去认识、想象和还原呢？我们这样期待着。

---

① 钱理群：《抗战时期贵州文化与五四新文化的历史性相遇——在西南大后方文学活动与文化建设学术讨论会上的发言》，《贵州师范大学学报（社会科学版）》2006年第2期。

《绝地逢生》：脱贫攻坚的
文学书写与时代影像

乡土书写在当代文学创作史上的普遍模式是以村落叙事为代表，将时代变革、社会风貌、特色主题、人物刻画安置在具体村落里面，以小见大地呈现出时代变迁中的人性侧面和人物命运。这实在是屡见不鲜的文艺现象。不论是南方还是北方，不论是自然村寨还是多民族杂居村庄，村落多数是依赖血缘、婚姻、家族等聚居而成，熟人社会、乡村伦理制约着乡间人物的言行举止与思想性格，也是顺当得很的事情。不论是衣食住行、婚丧嫁娶，还是兴衰荣辱、人伦纲常，就像不同地域空间中土地上的庄稼，在四季面前变换着颜色与品种。人与自然、人与人之间的关系便成了窥视村落叙事的窗口，这一基本范式的形成与演变，可以说是久经历史风雨的冲刷而屹立不倒。

在贵州新文学史上流光溢彩的知名小说家中，大凡有乡土小说创作热情的作家，都对村落叙事的坚守与思考一以贯之。蹇先艾的黔北乡村，何士光的黔北青羊场、梨花屯，欧阳黔森的三个鸡村、梨花村；以及70后代表性作家肖江虹的猫跳河沿途燕傩村等村寨，曹永的迎春社、野马冲等，都是黔地小说中具有独特民俗与风情的村落。作为当下贵州文坛的领军人物，欧阳黔森在小说创作的背景与素材方面，一以贯之都是置放在贵州背景里面，不论是短篇小说，还是中篇和长篇小说。以雷达、董之林、孟繁华、陈晓明、周新民、李遇春、杜国景、谢廷秋、颜水生等为代表的评论家在评论欧阳黔森小说创作时，也很看重贵州题材对于欧阳黔森的重要意义。——相对于三个鸡村、梨花村这样的黔东村落叙事而言，乌蒙山区腹地的盘江村（先是盘江大队，后改为盘江村），成了欧阳黔森小说创作地域背景中的又一个典型村庄。盘江村被赋予了新的时代意义，成为乡村脱贫攻坚的一个响亮音符。极度贫瘠、"石漠化"地貌典型的乌蒙山区腹地村庄——盘江村，曾是一片被联合国教科文组织列为不适合人类居住的地方，是一个人类生存的"绝地"，但是它却开启了乡村振兴最先行动的时代大幕。早在 2008 年全国两会期间同名电视剧《绝地逢生》在中央电视台第一套黄金时段播出之际，它便引发了全国文艺界的轰动效应。"盘江村"成为全国最先进行生态扶贫、科学发展、同步奔小康的村落代表，它既作为贵州乡村的现实符号而存在，也作为一个文学书写的象征符号而存在。站在今天精准扶贫的高度来审视，这一先行的作品恰恰具有象征的意味，无疑具有多重启示特征。

以长篇小说《绝地逢生》[①]为中心，结合同名电视剧来探讨

① 除电视剧《绝地逢生》先后获中宣部、贵州省"五个一工程"奖及全国少数民族题材电视剧优秀作品一等奖、中国电视剧"飞天奖"、中国电视金鹰奖之外，长篇小说《绝地逢生》还获得贵州省"五个一工程"奖、贵州省政府文艺奖及中国作协、中国国土资源作协"中华宝石文学奖"。

小说的主题思想、人物形象、艺术内蕴；并在时间维度上将欧阳黔森在此前后不同阶段的创作进行整体观照，以及将同时代作家反映贵州脱贫攻坚主战场的同母题创作进行多维对比，目前还缺乏相关的跟踪式研究。基于此，本文先行一步，试图进行溯源式考察，在深入文本的基础上进行综合研究。长篇小说《绝地逢生》是以乌蒙山区一个布依族、苗族、汉族等多民族杂居的村落为背景，讲述村支书蒙幺爸带领全村人进行脱贫致富奔小康的乡土中国故事，形象地反映了我国内地农村改革开放以来四十多年的发展历程。《绝地逢生》既是进入新世纪以来文艺创作在村落叙事上的典型个案，也是"具有寓言意味的当代世俗传奇"[①]的生动呈现，显然具有特别而重要的参照价值。

一、从《八棵苞谷》到《绝地逢生》：主题的承续与衍变

在接受文学媒体采访时，欧阳黔森简要回顾了自己几部代表性长篇小说与同名电视剧的先后关系。"《奢香夫人》是小说在前，是出版社为了等央视一套黄金时间播出时，同时推小说市场会好些。《绝地逢生》其实最早来自我发于《十月》的中篇小说《八棵苞谷》。后拓展为 20 集电视剧剧本《绝地逢生》，再后是出版社需要改成长篇小说《绝地逢生》。有小说在前当然文学性更强一些。但小说与影视是不同的艺术形式，一种是语言的艺术，一种是视觉视听艺术，两者不好类比。不过，我还是

---

① 颜水生：《传奇叙事与形式的辩证法——欧阳黔森小说论》，《贵州师范大学学报（社会科学版）》2019 年第 2 期。

赞同小说改编为影视，影视改编为小说是不恰当的。"①从接触电视剧剧本的先后顺序来看，欧阳黔森在《雄关漫道》一炮打响后，接着写了一部农村题材剧，剧本名称是《布依人家》，定位是轻喜剧风格的民俗风情片，故事跨度则为 2000 年到 2007年。据欧阳黔森自述，就在 2008 年全国两会期间，他与中央电视台影视部副主任傅思讨论《布依人家》时，后者建议他改为《绝地逢生》，时间跨度则从 1978 年写到 2005 年，拉长现实物理时间跨度，覆盖改革开放以来西南农村至今翻天覆地的深刻变革。显然，欧阳黔森听从了这个建设性意见，对《布依人家》进行了根本性的改写，主题、结构、人物各方面都有大河改道式的调整改变，在台词方面则全部推翻重来。

这是一种艺术样式全方位的改变和刷新，既涉及内容、主题、结构，也涉及时间、人物、语言等方面。从中篇到长篇、从剧本到小说，其中的承接和延续是有据可依的，两者的区别也显而易见，自然而然地提供了某种追溯、复原与寻找的理由。《绝地逢生》脱胎于中篇小说，又是在电视剧剧本的基础上进行修改，其痕迹十分醒目，优劣自现也在情理之中。翻查一下原始资料，作品的前因后果是这样的：《八棵苞谷》发表于《十月》2004 年第 5 期，《绝地逢生》刊发于《十月》2009 年长篇版，《绝地逢生》在杂志发表之前还由贵州人民出版社于 2008 年年底出版过单行本。比较《八棵苞谷》与《绝地逢生》，其意义也在这样的链条中得以彰显。正因如此，借助结构主义的文学批评方法，自然较容易窥其内在奥秘。结构主义认为"事物的真正本质

---

① 舒晋瑜：《欧阳黔森：创新与突破，必须置身于自己的沃土》，《中华读书报》2014 年 7 月 30 日第 3 版。

不在于事物本身，而在于我们在各种事物之间构造，然后又在它们之间感觉到的那种关系"①。在《八棵苞谷》与《绝地逢生》之间的"构造"与"关系"中，两者相互参照，其意义不言自明。

中篇小说《八棵苞谷》的地域背景是苗岭腹地，出现的地名是苗岭镇、太阳乡、白鹰村。此小说讲述的是偏远、贫穷、落后的白鹰村老歌王龙起民和儿子三崽的日常生活，围绕三崽的婚姻大事而展开惨淡的人生。村寨地处石漠化山区，山峰林立、沟壑纵横，属于典型的地少人多山区，困居此地的山民代代陷入赤贫之境，常常滑入饥饿至死的边缘。老歌王因为儿子三崽讨不到老婆而只能用女儿去邻村换亲，但女儿又不同意，引发了一系列的矛盾。结局是地质队在离白鹰村十多里地的五里坡发现了乱石层下有黏土层，开发后可让村民获得足够的生存用地，从而进行易地搬迁，易地扶贫搬迁之后，白鹰村也经过了从赤贫村到小康村的大转变，改变了山里人的生存环境，也一举解决了三崽的婚姻大事。小说的基调是沉重、苍凉的，作者采用现实主义的手法进行勾勒与聚焦，内容集中单一，主题则较为狭窄。小说人物除了三崽父子，还有三崽18岁的大妹，以及田家湾田茂华一家。原本龙家准备将大妹许给田茂华家四崽，田家二妹嫁给三崽，但因为龙家大妹喜欢村里杨家二崽，在三崽爹差一点跪地求情之际才勉强答应换亲之事。小说到后面也发生了些许变故，龙家大妹赌气要晚两年嫁过去，可三崽已经26岁了，很难再等下去，又引起了新的矛盾。这是小说中经典换亲情节的人物与细节补充。除此之外，其他人物召

---

① 霍克斯：《结构主义和符号学》，瞿铁鹏译，上海译文出版社，1987，第8页。

之即来，挥之即去，且多半由土地矛盾引发，如三崽舅舅带来杨乡长口信，要龙起民带着大妹去五里坡为搞土地开发的地质专家们唱山歌，龙起民断然拒绝，原因是杨乡长以前在白鹰村当村长时少分了土地给他，还把龙起民开荒刨出的一分地算成生产队的地，两人由此结怨甚深。当然，这两人之间的怨气和过节随着地质专家们在五里坡的石层下发现了黏土层，全村部分民众移民过去后每人可分到一亩地而消解，最终心情无比舒畅的老歌王一展歌喉，唱起了扬眉吐气的山歌。田茂华一家也因此没有强求换亲行为需同时进行，三崽娶了田家二妹，开始了新的山区农家生活。

《绝地逢生》的地域背景是乌蒙山区腹地，村庄之名移到了人多地少、极度贫困的盘江村。这里石漠化极为严重，简直是人类生存的一方绝地。虽然党和政府长期进行扶贫和救济，村支书蒙幺爸带领村民为解决吃饭问题也进行了艰苦卓绝的生死抗争，譬如节衣缩食、冒险开荒地、修水库，但都收效甚微。后来在省委领导、地方政府的重新规划之下，盘江村走上了"扶贫开发、生态建设、人口控制"的乡村发展新路。蒙幺爸带领村民们因地制宜引种果木、花椒，修水窖、公路，搞乡村旅游、农家乐，以及创办村级企业进行花椒深加工，为大型水库修引水渠道，走上了人与自然和谐发展的生态致富之路。小说中主要以四五户人家为重点：一是蒙幺爸一家，讲述他和三个儿子的人生奋斗历程，掺杂着全家四个男人的婚恋故事；其他如副队长布依族歌王韦嘎公一家，劳动模范黄大有一家，王结巴一家。另有村会计李贵民、村民吴阿满等家庭作为辅助。小说以两千多号人的盘江村为主线，也涉及邻近南关村、水田村等，往上一级则是盘江镇、乌蒙县城，具有宽广的空间纵深。

以上是粗线条的故事复述、勾勒，以下则是异同之点的细化，主要从以下几个方面进行论述。两部小说的相同之处较多：第一，都以贵州穷乡僻壤作为背景，落实在特定的极度贫困的村寨叙事之上。图生存、谋发展是小说共同的主题。白鹰村是苗岭镇最僻远、最贫穷的，盘江村则是盘江镇最僻远、最贫穷的，村寨的基本原貌是地少人多，村民对土地的依赖极其严重，土地石漠化，天灾频发，农业产出越来越低。小说中很多人物之间的矛盾、冲突，人物性格的塑造都是在这一历史背景下展开的。人与自然的矛盾、脱贫发展是故事的主线，走出人多地少的怪圈、合理利用土地适度控制人口、走出一条人与自然协调发展的新路则是曲径通幽的共同主题。第二，民以食为天，吃饭问题成为压倒一切的大事。因为饥饿致死的惨痛经历，村民一睁开眼便将解决吃食视为要务。吃不饱、吃不好是十分普遍的现象，有时连苞谷饭、野菜饭也难以吃上，更不用说吃肉食了。譬如村里常饿死人，龙起民的两个姐姐是饿死的，盘江村蒙幺爸的妻子、王结巴的妻子都是饿死的，由此可见一斑。对粮食的珍惜、热爱，对饥饿的恐惧，都已经深入村民的骨髓了。第三，贫穷落后而导致的社会问题十分严重。比如多数小孩不读书，缺少读书的环境，文盲太多。因为贫穷落后，村寨小伙子找不到对象，村寨中光棍太多已成为突出的社会现象。比如白鹰村光棍多，外村女子不愿意嫁过来，出不起彩礼只是表象，实际是生存困难，看不到希望的曙光；盘江村先前在当地则有"光棍大队"之声名，村支书蒙幺爸一家也不例外。第四，在生活物质极度供应不足的情况下，唱山歌、喝酒、穷开心则是村民生活的另一面。龙起民是白鹰村的老歌王，其女儿也善于唱歌，"四月八歌舞节"成为方圆数十里村民的重要节日，大小公开场合有唱歌解忧、喝酒喜庆的传统；盘江村韦嘎公以及他的女儿韦号丽也是以唱歌著称，收养的牛娃后来成为新的歌王，布依族"六月六"民族风情节是当地文娱活动的重要节日，后来民族歌舞成为发展乡村旅游的招牌和助力。

总结起来，从结构主义的叙事功能来看，两者之间类同的叙事要素有以下方面：1. 地少人多的黔地村寨；2. 极度贫困的村民；3. 土地石漠化；4. 政府发救济粮；5. 村民饥饿致死；6. 山区儿童失学；7. 重男轻女现象；8. 光棍成灾；9. 换亲；10. 父亲下跪求女儿答应换亲；11. 严重缺水；12. 远途挑水；13. 歌王唱山歌；14. 节日狂欢；15. 民众喜欢喝酒；16. 易地搬迁；17. 用罐子埋藏苞谷以防灾年。这些叙事要素，统一指向黔地极度落后村寨的生存困境，人物的活动、性格、思想也与此密切相关。

《八棵苞谷》与《绝地逢生》的不同之处也是十分显豁的，主要体现在以下方面：第一，主题的深化、拓展与衍变。首先，在时间上，《绝地逢生》显然比《八棵苞谷》更有纵深感，作为长篇与中篇的区别，这一点颇为明显。科学发展、因地制宜、乡村经济、农家乐等新式概念在长篇小说中扎根，得以深入村民之心。《八棵苞谷》叙事时间只有一年，主要反映地少人多的毛病，缺乏更高层次的思想引领，格局较小。其次，在主题、空间方面，《绝地逢生》站位高远，形象地展现了乡村振兴的各个层面，如劳动、生育、婚姻、诚信、办厂，还包括村干部与镇干部、县里干部之间的密切互动，时代格局恢宏。《八棵苞谷》虽然也是从村寨出发，但人物活动空间较小，两者之间有着明显的本质区别。再次，在结构上，以家庭作为人物活动的单元。《绝地逢生》主要以四五家为代表，串起了一个村庄两千多号人。《八棵苞谷》中的白鹰村只有 52 户人，生活在不同的山脚旮旯，以龙家和田家为主，单线条发展，在复杂性上明显逊色于《绝地逢生》。

第二，人物性格的塑造。首先，主要体现在人物的刻画上。《绝地逢生》大大小小的人物数十人，有主有次，人物性格鲜明、英雄气质十分突出。蒙幺爸是盘江村的老党员、老支书，韦号丽是后起之秀，中途担任村主任并在最后接替蒙幺爸的村支书一职，这两人是小说着力塑造的乡间英雄人物。蒙幺爸性格刚强、从不服输，他公而忘私、大爱无声，是一名伤痕累累的英雄。韦号丽还没有出嫁之前，便主动抚养村民王结巴服刑后扔下的孩子牛娃，带领村民广种花椒，开办工厂，从团支书到村主任再到村支书，前前后后为盘江村做了不少实事，是盘江村基层村干部的理想接班人和勇挑重担者。其次，《绝地逢生》的人物塑造是以事业、爱情、婚姻为纽带，从而串起这些人物的诸多行动。其主要人物是蒙幺爸一家，一家四口都是男丁，三个儿子蒙大棍、二棍、三棍，加上有老棍之称的蒙幺爸，是盘江大队在外界盛传为"棍子大队"的一种譬喻。蒙大棍与黄大有之女黄九妹自由恋爱，因家里拿不出彩礼而失之交臂，他失恋后在恶狼谷种桃树，后因为考虑经济价值而改种花椒树，最终和死了丈夫之后迁回娘家的黄九妹结婚成家，是乡村版的"破镜重圆"叙事。蒙二棍虽然读书不多，但头脑灵活、能说会道，他不愿像父辈一样死守故土，于是到县城做杂工、开土鸡店、做花椒生意，与村邻韦嘎公之女韦号丽结婚成家；后来他为村里做了不少实事，可惜的是给村里送抗洪物资时在返村途中死于泥石流。蒙三棍农校毕业后在区里任职，后当区委副书记，再到县里当农办主任，他与青梅竹马的禄玉竹经历了马拉松式的恋爱，最后修成正果；这一人物原型落脚于乡村与城镇之间，是城乡交叉地带的典型。蒙幺爸自妻子去世后一直是个光棍，虽然喜欢镇上开小酒馆的老板娘，但一直羞于说出口，最后执着于此也成功了。这是盘江村"棍子大队"四个光棍先后成家立业的故事，同时也因为蒙幺爸一家的大儿子、二儿子的婚姻，分别与同村韦嘎公一家、黄大有一家发生种种关联。《绝地逢生》中这些人物的塑造立体化、有个性，包裹在诸多情节之中，是《八棵苞谷》所不及的。

第三，作品思想内涵的表现。《绝地逢生》张扬的是贵州乡土脱贫书写，思想内涵里既有陈旧的习见的内容，也注入了新的时代元素。在乡土书写中，科学发展、脱贫攻坚、精准扶贫、生态保护等，都是这一主题的不断生发与演变。可以说，《绝地逢生》作为一个历史阶段中有地域性标志的文艺作品，是当下农村变革的艺术呈现。它塑造了新型的基层干部，塑造了新的年轻农民形象，加上改革开放以来风云变幻的历史纵深，村寨、乡镇与区县的多重空间布局，注定会在反映现实生活的广度、深度上向前推进一步。这也是《八棵苞谷》所不及的。

二、从电视剧到长篇小说：新的形式与副产品

上述部分已有说明，《绝地逢生》是先有电视剧而后有长篇小说，小说是电视剧《绝地逢生》的副产品。从电视剧的20集剧情来看，其基本上与长篇小说的20章内容相对应。虽然人物的言行、事件，以及人物出现的场合、人物的台词都有不少变动，但主要结构、事件、意义单元都是基本相同的。

因为电视剧和小说的艺术形式不同，导致长篇小说《绝地逢生》在文本形态上留有较多剧本的痕迹。这一写法十分独特。多线同进、分镜头并存、叙述情节交叉错综发展的方式，有其

固有的长处，也有其先天不足之处。譬如影视文学的分镜头写法，使叙述上的分裂、情节的不连贯显而易见。为了弥补这一缺陷，欧阳黔森采取以事件、情节交错展开的方式，多线索推进，重人物言行，轻人物心理刻画。作者的叙述视点是全知全能式的，像摄像机一样俯视人物的活动与言行，一定程度上抵消了叙事艺术上的不足。至于主题的理想化、人物的英雄色彩、矛盾的多元冲突等方面，则是其鲜明的风格之所在。从小说结构来看，多线索、多维度、多平面地并置或推进，弱化人物心理描写，相应强化了故事的画面感、现实性。经过作者的还原与拼合，大体可以放置于一个村落叙事的框架之中，还是连续不断和可以接受的。这是作家化不利为有利的一种艺术心理补偿，也是一种巧妙的叙事穿插。以下便是这几个方面的实际情形的理论归纳和提炼。

第一，二元对立的张力结构始终贯穿小说的首尾。首先，这是"以粮为纲"与产业调整的矛盾与冲突。整个长篇小说，前半部分主要是用"以粮为纲"来统领。蒙幺爸为了村民的口粮，以村民的温饱为着眼点，也限于时代，不得不毁林开荒，蛮干修水库等。镇里的干部，如后来当上盘江镇镇长的马晓华，很多时候围绕"以粮为纲"做文章，在违背自然规律的情况下作了一些得不偿失之事。韦嘎公、黄大有等农民更是认为农民天生是种地的，种出粮食是天经地义之事，如何增加粮食产量、如何增加人均田土面积、如何向贫瘠的土地索取，是祖祖辈辈传下来的根深蒂固之观念。小说后半部分，即在各区镇开展"建、并、撤"工作，盘江区变成盘江镇、盘江大队变成盘江村的历史背景下，党和政府调整"三农"政策，村里也进行了党政分开，韦号丽等新一代农民走上前台，农村慢慢改变了"以粮为纲"的观念。譬如，即使是有闯劲、有干劲、有韧劲的蒙幺爸，在儿媳韦号丽当上村主任之后想大面积改种花椒，提出将以前开荒出来的300亩坡地全部种上花椒，也一时难以接受，后来经过反复的考验最终转变了观念，成为改革的推动者。从计划经济到土地承包、农村劳动力转移，从单纯种粮到搞养猪专业户、种植以花椒为代表的经济作物，得到实惠的农民才逐渐转变观念，这是一个漫长而痛苦的历史过程。"以粮为纲"在盘江村逐渐褪去它的华丽外衣，中间是一代人的距离。又比如小说中的先行者蒙大棍，最先种桃树、种花椒，是由于失恋，由于兄弟二棍在县城开麻辣土鸡店之便利，或是阴差阳错，或是无心插柳。跟在蒙大棍身后觉醒的盘江村人，对农村产业调整的接受、执行，既是受到眼前利益的诱惑，也是顺势而为的新时代的新行为。其次，这是科学发展与愚昧守旧的矛盾与冲突。盘江村贫穷落后，主要是政策沿袭、失误和村民观念较为愚昧、落后等造成的。蒙幺爸带领村民开荒种粮，这是恶化生态之举。过度开发，过度向土地索取，自然会受到大自然的有力惩罚。相反，在科学发展、尊重自然的生态建设理念下，种果木、栽花椒的好处便是能有效防止水土流失，变荒山野岭为青山绿水，又能产生显著的经济回报。在小说的第14章，作者设计了一个重要情节，江老板千方百计想在盘江村开办大理石厂，因为能为镇里创造每年80万的税收而得到镇长马晓华的默许与力推，但正如蒙幺爸所言，怎么可以用80万就把盘江村卖了呢？吃过不少苦头的盘江村人醒悟过来了，坚定地将得不偿失的这笔外来投资拒之门外，便是因为有血淋淋的现实教训。据后来的情节发展，邻近的乌江镇小屯村引进了这家大理石厂，最后却叫苦不迭，小屯村村主任最后来盘江村取经便有力地印证了这一点。至于小说后半部分，办厂深加工还是销售原材料也是一对矛盾，外来厂长与本土村民的冲突同样如此，这样的二元对立结构在小说中处处可见。

第二，在人物活动上有出走与返乡的经典化构思。逃离故土（盘江村）与返乡创业的思路贯彻在小说的不同人物身上，成为乡村振兴的一个重要隐喻。人是第一生产力，人员的流动、走向与会聚，可以看成经济荣衰的征候。因为穷山恶水，贫困之地维持不了人的基本生活，逃离故土成为一种潜在的可能。王结巴妻子生小孩时因饥饿乏力而死，王结巴咒天骂地之间，幻想下辈子出生在一个有白米吃的地方。蒙幺爸树立的劳模黄大有想偷偷到外地去做木工活，黄九妹父母因为看重外村相对较好的条件，也为了儿子的亲事，硬着心肠将女儿外嫁他村。蒙二棍溜出盘江村到县城打杂工，开店，经商。吴阿满等村民因为火石坝可以提供每人一亩地而执意集体搬迁。蒙二棍想在城里买房、扎根，千方百计想把妻子韦号丽也带离村庄，到县城去发展……逃离苦地、绝地成为先觉者一种悲壮的不二选择。故土难离这个道理大家都懂，但为什么还是要硬着心肠逃离故土家园呢？毫无悬念，是因为这块土地不能养人，不能给人以希望。在结构上与此相对应，返乡也是小说中典型的情节。外出的村民最终都陆续回来了，比如王结巴在外面打拼十多年，还是回乡创业，重整旗鼓。黄九妹因为丈夫去世，土地被公婆收回而回到娘家，盘江村重新接纳了这位遭受家庭变故的受害者，黄九妹最终找到了新的归宿。黄大有经受住了考验，在村里成为能人，日子越过越红火。蒙二棍回乡和妻子办厂、创业，最终魂归故土。除了这些，那些没有条件外出的村里人则在蒙幺爸的带领下，一步一步向前迈进，向命运发起一轮又一轮地主动搏击。小说中有这样的细节，蒙幺爸是爱面子的人，既要自己的脸面，也重视盘江村的脸面，视乡土的脸面比自家性命还更重要，他为这片绝地上村民们的吃穿住行而苦恼，为村民外迁他地而痛苦。韦号丽在去城与留守之间，韦号丽选择了在村里发展，勇挑村里领头人的重担，矢志不移地带领村民们把盘江村建设得美如画卷。正如小说中南关村张支书与盘江村蒙幺爸吵嘴时所说的"石头开花"的故事一样，盘江村不缺石头，全村有的是石头，喀斯特地貌的石头上能开出花，既是指遍布石头的山上重新种上果木、重新恢复植被，也是暗指"绿水青山就是金山银山"的朴素真理。石头开花自然能重新汇聚人心，走上小康的生活新路，这也是乡村振兴的康庄大道。

第三，如何扶贫脱贫，如何发展自立，是中国乡土世界现代转型的重要命题，也是中国广大农民走向新生活的重要命题。贵州曾以贫穷、落后著称，在当下则是全国脱贫攻坚的主战场。在这个意义上，《绝地逢生》预见性地提供了生动的案例。改革开放之初，政府给盘江大队这一贫困村寨发粮食、衣服、种子、化肥，到后来输血式扶贫，如发猪崽，这些扶贫工程当然有其意义，但没有从根本上让乡村脱贫。究其原因：一方面是援助有限，一方面是贫困村民接受这些施舍时没有脸面、没有尊严。为了脱贫致富，还是要因地制宜，进行产业调整，村民要自己富起来才会挺得起腰杆。盘江村经历了救济式扶贫、输血式扶贫、造血式扶贫，都没有根本解决问题。相反，发展本土经济，重视乡土重建，种植适宜山区生长的经济林木，经济上实现多倍的回报，村民的尊严才会找回来，盘江村人的精神面貌才能得到真正的解放。在小说第8章，盘江大队修路工程如火如荼地开展起来，工地一片繁忙景象。蒙二棍受张麻子之托要带年人进城搞工程，这是农村劳动力转移，说白了还是逃出乡土的一种方式。农村劳动力外出打工，在南方农村极为普遍。但这仍然是一种短视的行为，真正的乡村振兴是农村产业调整、升级，农村产业符合当地实际，实现更高层次的自足，从而把城里人、外地人吸引过来，形成一种逆向式的回流。山区村寨也不只是种粮而已。在小说第 12 章，记者来采访蒙大棍，受此启发的村民们逐渐不再看重粮食，而是重视经济作物、农村副业。这一现象说到底是科学发展的胜利，是实事求是、因地制宜的胜利。种果树、种花椒，开办企业让村民变成工人，留住人从而彻底改变了村寨面貌。试以蒙大棍为例，因为种桃树的经济效益不如种花椒，他就改种花椒；后来听了二棍的建议，最先在村里开办农家乐搞旅游。又比如村里大面积种植花椒，打破了单一的农耕时代看天吃饭的风习；村民种花椒一多，慢慢积压，不得不寻找突破口，不得不开办深加工企业。这是一个逐渐由穷而富的过程，人心的变迁、民风的转变便在其中。脱离贫困、解决温饱、走向小康和共同富裕是小说情节的主线，贯穿下来之后的这种结构性力量，让长篇小说的情节发展、演变慢慢成为背后重要的推手。人物的思想、言行也系于这结构之内，成为一种挥之不去的审美存在。

第四，山区人物的性格及其转变，两代人之间的交叉，城乡之间的对峙，经纬交错地织成一幅新的黔地刺绣。《绝地逢生》的可贵之处是，没有以旁观者的态度或高高在上的姿态来观察和描写农民，而是密切关注中国社会深刻变化的事件或运动，关注乡村的日常生活、社会风习。在小说《绝地逢生》中，作家将一个村庄的人物错落有致地呈现出来，刻画了人物的言行与思想，强调了人物行动的意义。在小说中，两代人的故事交叉进行，选择了代表性人物进行叙说。首先，老一辈的盘江人，以蒙幺爸、韦嘎公、黄大有等人为代表。比如蒙幺爸这个人物是立体的，是一位大写的农民英雄。在艺术表达上，或者通过他在盘江村的事业来凸显，或者通过南关村村支书与他作为对比而存在，他一辈子不服输的精神、实干的精神，无疑是最值得佩服的。其次，小说还写到一代新人的成长。蒙幺爸的三个儿子，以及韦号丽、李亚军等便是其中的佼佼者。再次，《绝地逢生》还写到基层县、乡镇领导的担当、作为，如县委张书记、禄玉竹副县长、盘江镇党委王书记等。在这三类人物中，作家关注农村最为根本的现代性变革力量，是它促使乡村走向共同富裕的新生之路。正如研究者所言，《绝地逢生》讲述了贫困山区农民生存与发展的故事，"故事里的盘江村，就是当代中国的缩影；故事里盘江村在过去几十年的发展变迁，就是当代中国发展变迁的缩影；剧中人物蒙幺爸、韦号丽、蒙大棍、蒙二棍、王金发等人物的命运，就是当代中国农民及至全体中国人民的共同命运的缩影。"[1] 这一"缩影"不只属于特定的时代和地域，而是改革开放以来乡土中国走向复兴的崭新征程。

三、从写实到象征：乡土贵州的新审美符号

长篇小说《绝地逢生》通过描写贵州偏远山区多民族聚居地盘江村脱贫致富的艰难历程，历史性地记录了西南山区农村改革开放以来的历史轨迹，阐释了因地制宜、科学发展、生态

---

[1] 明振江：《科学发展的艺术呈现——评电视连续剧〈绝地逢生〉》，《人民日报》2009 年 3 月 14 日第 8 版。

平衡、产业兴旺的新农村建设的典型意义。这部长篇小说是书写乡土贵州的，越到后来，审美的、精神的、文化的贵州形象在小说中得以形成。换言之，在乡土贵州与多彩贵州之间，后者的形象慢慢得以凸显。

首先，审美的、精神的、文化的贵州形象的精华在于自然，在于山水，在于人居环境。小说一开头便在作者手记中这样描写盘江村——"美丽，但却极度贫瘠"。盘江村的居住环境：在层层拔地而起的大小山头之间，大榕树遮天蔽日，树下是全村人的公共活动中心；周围的山头则多数长满了低矮的灌木、荆棘，或是光秃秃的岩石。但这片贫瘠之地并不一直是这样无情与荒芜。20 世纪 50 年代末在大炼钢铁时，盲目砍伐森林之风蔓延到这里，山上的原始林木遭到严重砍伐和破坏。蒙幺爸在回忆年轻时候的这一"壮举"时，心中甚是后悔。小说第 7 章叙述刚竣工的小水库留不住水，给全村造成很大打击之后，地质专家来考察盘江村，赞许村里自然风景甚好，只是破坏严重。后来植被恢复，到处果木飘香之时，外地游客来到盘江村参观考察，对当地风光啧啧称赞。这从某些侧面反映出盘江村的自然风光本身是有价值与潜力的，只不过被人为破坏，造成了暂时的荒凉与凋敝；一旦重视科学发展、生态平衡，村居环境逐渐得到改善，没有污染的空气、水、环境是人诗意栖居的宝贵资源，"绿树村边合，青山郭外斜"的村庄仍是适宜人类居住的乐园。审美的、精神的、文化的贵州形象中，贵州百姓生活并不只会满足于温饱层面，从温饱走向小康、再走向共同富裕是当下乡村振兴的大旗所指向的诗意和远方。

其次，审美的、文化的贵州形象，其核心反映在人的精神面貌方面。盘江人敢作敢为、一心一意奔小康、追求富裕生活的时代身影，是人性天平中特别有分量的筹码。这表现在以下几个方面：第一，自强不息、绝地求生的精神。以蒙幺爸、韦嘎公、黄大有等几户盘江村人为代表，表现出吃苦耐劳，肯干、实干和苦干的精神。最先是蛮干、苦干，后来是巧干、实干。不论是开荒种地、兴修水库，还是改变交通、人畜饮水等大事，都是一件接着一件干。这一过程有始有终，成为叙事展开的侧重点。"绝地"如何求生，从赤贫之境如何走向富裕之路，没有这种开拓、韧性、不服输的精神是断然不可的。作为主旋律长篇小说，所塑造的基层干部的公义之心也清晰可见。当代小说中不乏形形色色的基层干部形象，但像蒙幺爸这样有血有肉、有大爱公心的村支书还是比较鲜见。差不多全村上下都团结在村支委周围。为什么能团结在一起呢？这是一种信任，是一种"跟着我上"的信任，是村民们从内心深处激发出来的阶级情感。第二，山里人肯吃苦，有担当，有尊严。小说写出了贵州山区几代盘江人的精气神。原名"蒙大胆"的蒙幺爸担负着领头人的角色，当了村干部也是穷得叮当响。作为全村的顶梁柱，他身上最主要的是一种什么样的精神与意志呢？是两千多号盘江人自强不息、互助互爱、自力更生的精神，是维护脸面、爱护村寨信誉的精神。譬如，在蒙幺爸看来，多年来棍子队去镇里挑救济粮，一直是让村民丢脸的事；村民把政府发的小猪崽杀了吃，也是丢脸之事；村民在旱季为了抢水而打架，还是丢脸之事。第三，做人有良心，人性本善良。第10章，在二棍出钱替家里和岳父家修小型水窖解决家庭日常用水问题后，蒙幺爸要儿子永远记住他从小是吃百家饭长大的，动员二棍把新买的运输车卖了，把准备结婚的钱拿出来买水泥等材料，给村里家家户户修水窖。在解决了大家长途挑水的难题后，盘江人感恩图报，自发组织热热闹闹的迎亲队伍，为二棍、韦号丽举办朴素而隆重的婚礼。小说第 11 章，盘江村通电之后，二棍率先买回来一部电视机，刚一开始放映，蒙幺爸就将电视机搬到村委会，让村民都能看上电视。这些细节呈现的是博大的村邻之爱、乡土之谊。这样的场面与细节很多，类似的人物言行也不少。比如王结巴为了赎罪也为了报答乡邻的善良，在外出开餐馆、做生意赚钱后，便匿名送回家乡一车大米，后来陆续注资入股花椒厂，为花椒销售、花椒加工厂出谋划策。他顾及儿子的养母韦号丽一家的感情而没有马上认领儿子，这也是做人有良心、有品格的体现。这种贵州山区乡间的传统伦理、人性之光，还在小说其他地方鲜活地表现出来。"虽然《绝地逢生》明显强化了'发展'理论在剧情内容中的统领作用，但是它并非将科学发展观作为一种空洞的说教和乏味的图解，而是让这种'生'的哲理'从情节中自然地流露出来'。更高明的是，此剧并非只是从'人与自然'和谐的一极来诠释农民的智慧、政府的决策，而是从更高层即'人与人'和谐的一极来展开故事，显然后者比前者更为重要。"[1] 人与人之间的和谐、友善、关爱，正是小说人物群像中最为核心的性格特征。

再次，多民族歌舞、新农家模式是乡村振兴的文化根须。乡土振兴的要义是什么，便是每一片乡土都成为百姓的乐土，成为人们安居乐业的诗意栖息之地。生态是基础，产业调整、优化是根本，乡村文化是生命活力的源泉。乡土经济的振兴是一个过程，在农林畜牧水产之外，旅游业的蓬勃发展正吸引城市居民、外地民众涌入乡村，乡土的魅力正一步步发挥出来，

① 仲呈祥、张金尧：《为何而"绝"因何而"生"——评电视连续剧〈绝地逢生〉》，《求是》2009 年第 10 期。

无声的乡土世界姹紫嫣红、面貌一新。《绝地逢生》中的桃花谷农家乐，满足了人们对于乡村世界的期待。它既有自然的美丽，也有人工的智慧创造。盘江村作为典型的喀斯特地貌村寨，交通、建筑、卫生一步一步得到质的改变，拳头产品花椒油作为旅游产品被推介，以及"六月六"民族风情节等原生态文化，都转化为乡村经济的要素。保护生态、留住乡愁、绿色发展，留下了村寨的文化根须，留下了乡土的魂。盘江人所创造的经济、文化发展模式，是贵州山水、自然、村寨良性互动与结合的结晶，它既是写实的，也是象征的。

以此延伸开来，在写实与象征之间，欧阳黔森一直在脱贫攻坚的文艺母题上发力，结出了丰硕的成果。譬如中篇小说《村长唐三草》《武陵山人杨七郎》，报告文学"脱贫三部曲"《花繁叶茂，倾听花开的声音》《报得三春晖》《看万山红遍》（均发表在2018年的《人民文学》）。与《绝地逢生》相类似的是，分别以《花繁叶茂，倾听花开的声音》和《看万山红遍》为蓝本改编的《花繁叶茂》和《看万山红遍》等影视作品，都呈现出多文体融合的特征。同时值得一提的是，在反映民生、反映乡土这一现实主义文艺思潮的影响下，以欧阳黔森为代表的贵州文艺工作者，以脱贫攻坚为题材，陆续有不少优秀作品问世。比如电影《天渠》《文朝荣》《出山记》《三变》，电视剧《云上绣娘》，广播剧《春天的号角》以及黔剧《天渠》，花灯剧《一路芬芳》等便是其中的佼佼者。至于艺术影响力比上述作品略为逊色一些的脱贫攻坚主题的小说、诗歌、散文、报告文学、影视作品，在近十年贵州的文艺界，最为普遍，也最为常见。立足于现实，以写实为旨归，又超越现实，并达到象征的艺术世界，这是脱贫攻坚书写在文艺上的新追求与新境界！

四、结　语

　　乡村脱贫攻坚是历史进行时，中国广大乡村必将步入"后扶贫"时代，必将步入乡村振兴、乡村新生的历史新阶段。2017年党的十九大报告提出"乡村振兴战略"，至今已在全国各地乡村全面铺开。站在文艺的角度来看，乡村振兴中的"美丽乡村、产业兴旺、生态宜居、乡风文明、治理有效、生活富裕"，不是一个个动听的口号，也不是空洞的概念，而是看得见、摸得着的，会呼吸、有活力的村庄。乡村振兴需要数以百万计的乡村作为有力证明，它不只是一个短暂的阶段性的奋斗目标，而是一棒接一棒的接力赛。在这个意义上，《绝地逢生》以黔地今非昔比的盘江村为故事发生地，预见性地提供了这样的美丽乡村标本，其意义在时代的浪潮中自然非比寻常。

　　作为一部距今十余年的农村题材长篇小说，《绝地逢生》在很多地方还可以看出20世纪50年代农村题材代表小说的影子。以周立波的《山乡巨变》、柳青的《创业史》和赵树理的《三里湾》为代表的一批小说反映了新中国成立之后中国农村的中心事件，作家们与农民在立场、观点、情感上十分吻合、一致。譬如柳青，重视农村中先进人物的塑造，富于浪漫理想色彩，具有概括时代精神和历史本质的雄心；关注农村现代化的变革，关注新人的出现和成长，以及农村中人与人之间伦理关系的调整和位置①。在这条流动的乡村书写的链条上，欧阳黔森等书写

---

　　① 洪子诚：《中国当代文学史》（修订版），北京大学出版社，2007，第82—93页。

改革开放以来的农村变化，塑造理想丰满的基层干部，刻画一代新人形象的农村脱贫题材小说，可以视为对这一农村题材与传统的继承和发展。虽然小说文本《绝地逢生》中有些部分还不太成熟，但从小说到影视，其艺术视野下乡土世界中英雄人物的塑造、理想社会的蓝图勾勒、乡村治理与乡土伦理的规范，毫无疑问都相当具有典型性！

曾有研究者认为《绝地逢生》与《创业史》之间有很多的艺术渊源，在宏大叙事、理想人物塑造，中心人物结构上均有相同之处[①]。也有学者认为英雄叙事是理解欧阳黔森全部作品的一把钥匙，《绝地逢生》中充满一种悲壮的理想主义的英雄情怀，"英雄情结或英雄主义的激情、豪情，在欧阳黔森的作品里既是价值取向，也是他的写作姿态和立场"[②]。这些都从不同侧面印证了《绝地逢生》与新中国农村题材小说的内在联系。时代环境的鲜明铺垫与创制，跨时代结构的衔接与传承，乡村人物性格的丰富与细腻，自力更生精神的张扬与挺拔，都让《绝地逢生》在脱贫攻坚主题的书写上具有先行者的独特视野和气魄。

---

① 李遇春：《博物、传奇与黔地方志小说谱系——论欧阳黔森的小说创作》，《中国现代文学研究丛刊》2018 年第 7 期。

② 杜国景：《欧阳黔森的英雄叙事及其当代价值》，《当代作家评论》2016 年第 2 期。

《花繁叶茂》：新时代农村精准扶贫的历史影像

以精准扶贫为主题的农村题材电视剧《花繁叶茂》，于 2020 年 5 月在中央电视台第一频道黄金档热播以来，收视率位居全国卫视同时段第一。此剧同步在腾讯视频、优酷等平台播放，在以年轻受众为主的豆瓣评分是 7.4 分，哔哩哔哩（简称 B 站）观众打分为 9.5 分，即在某种意义上说，全国"90 后""00 后"等年轻观众群体也出人意料地高度认可该剧。正值 2020 年全国两会召开之际，中央电视台第一频道白天重播的是红军长征题材电视剧《伟大的转折》，晚上首次播放的是《花繁叶茂》，巧合的是，两部电视剧的总制片人、编剧都是贵州省文联主席、贵州省作协主席欧阳黔森。欧阳黔森是全国人大代表，这两部电视剧可以说是他履职全国人大代表所交出的圆满答卷。

一、《花繁叶茂》：从文学到影视

《花繁叶茂》以贵州革命老区黔北农村为背景，围绕精准扶贫去反映新时代的"山乡巨变"，为什么能成为全国人民茶余饭后热衷谈论的话题呢？主旋律、农村题材剧等关键词似乎离热播剧有一些距离，但为什么跨越了界限反而成为一种文艺的热潮呢？显然这是一个引人深思的文艺话题。

《花繁叶茂》讲述了枫香镇花茂村、纸房村和大地方村等几个典型村寨的发展历史，聚焦于它们在党的十八大以后从贫困村到小康村再到富裕村的种种变革。在精准扶贫思想的指引下，这些村庄虽然原来都很贫穷落后，客观情况不一，但在脱贫攻坚的道路上进行了精准施策，共同走上了"百姓富、生态美"的道路。广大农村脱贫致富既有物质层面的改变，也有心灵的蝶变，换言之，这个黔北农村新生的历程就是一部中国农民的心灵史诗。在《花繁叶茂》中，似乎一切都可以找到答案。《花繁叶茂》一看剧名便令人心旷神怡，并非凭空虚构，而是源自村寨的名字花茂村。此村原名"荒茅田"，意指贫困荒芜，新中国成立后改名"花茂"，含有花繁叶茂的寓意，可真正做到名副其实的花繁叶茂，却是在党的十八大以来逐步实现的。2015 年 6 月，习近平总书记来到花茂村调研，很是感慨地说在花茂村找到乡愁了。"望得见山、看得见水、记得住乡愁"成了花茂的代名词。电视剧《花繁叶茂》将现实中的花茂村搬上了银屏，进一步扩大了它在全国的影响力，可谓是新时代农村脱贫攻坚的样板。

从剧本来看，这一热播剧的写作与改编是报告文学、小说与影视艺术的深度融合。该剧总制片人、编剧欧阳黔森长期从事文艺创作，题材多以贵州为主。习近平总书记对文艺工作曾指出："文艺创作方法有一百条、一千条，但最根本、最关键、最牢靠的办法是扎根人民、扎根生活。"① 作者在贵州便是如此，长期深入基层，扎根人民，坚持文艺为人民服务，因此创作出来的作品常常都是"沾泥土、冒热气、带露珠"。比如，欧阳黔森常年在贵州不同地区走村串寨，他为了写好此剧曾长期深入花茂村体验生活，有时一住就是数月。从创作思想、素材提炼、人物设计、情节推演、剧情发展等综合观察，显然是作者在脱贫攻坚领域长期累积、糅合精华的最佳结果。电视剧《花繁叶茂》编创与欧阳黔森的报告文学、小说创作有密切关联，其报告文学《花繁叶茂，倾听花开的声音》与小说《村长唐三草》则是该剧思想与艺术的双核。其他相关的同类题材作品，也从人物、情节、故事等诸多方面贡献了艺术元素。

二、作为基石的同名报告文学

从同名报告文学出发进行对比与思考，是了解和把握电视剧《花繁叶茂》的一把钥匙。花茂村是贵州作为脱贫攻坚全国主战场取得的重要成果之一，欧阳黔森在花茂村体验生活多次，最先创作了反映花茂村脱贫攻坚的报告文学《花繁叶茂，倾听花开的声音》，刊于《人民文学》2018 年第 1 期，是其"新时代纪事"栏目的重头戏。电视剧《花繁叶茂》在剧集开头有"根据欧阳黔森同名报告文学改编"字样，指的就是这一报告文学。略为补充的是，欧阳黔森最近数年创作的关于贵州精准扶贫题材的三个报告文学，均在 2018 年《人

---

① 习近平：《坚持以人民为中心的创作导向》，载《习近平谈治国理政》（第二卷），外文出版社，2017，第 319 页。

民文学》不同刊期集中发表，另外两个分别是《报得三春晖》和《看万山红遍》。欧阳黔森这三个报告文学均生动体现了习近平关于精准扶贫工作的重要论述，主题类似而丰富，艺术鲜明而醒目，各自独立又互相连接。电视剧《花繁叶茂》在主题、情节、片段上对此多有借鉴，有所融通也是十分正常的现象。

336

报告文学《花繁叶茂，倾听花开的声音》讲述的是贵州革命老区遵义花茂村的真实脱贫故事。花茂村与苟坝村毗邻，同处大娄山山脉腹地，它们是对中国革命史有着特殊意义的小山村。除花茂村之外，报告文学还涉及纸房村、保海村等自然条件更差的一些村庄。花茂村本身在脱贫奔小康的道路上已经取得了可喜的成绩，特别是习近平总书记亲自来村里考察，指出进一步发展的道路与方向，更使其远近闻名。报告文学《花繁叶茂，倾听花开的声音》集中农村"三改"、"四在农家"创建、高效农业特产品的产销、乡村旅游的产业调整等乡村新事物。围绕这些新事物，作者采访了枫香镇党委书记帅波，花茂村第一书记周成军、潘克刚，以及村里脱贫致富能手母先才、王治强等人，将他们感人的言行、事迹一一记录下来，采取的是完全真实、可信、客观的方式。借助报告文学这一载体，欧阳黔森一方面将上至党中央、国务院，下至贵州省、市各级政府的精准扶贫政策一一梳理、落地，另一方面将扶贫政策的执行者——乡镇和"村支两委"的基层干部进行群像式书写。党的十八大报告明确提出，要在 2020 年全面建成小康社会。这是中国社会的千年之变，这是中国共产党对人民的庄严承诺。毫无疑问，在脱贫攻坚第一线，基层干部的作用十分重要，广大村民奔向幸福生活的奋斗与努力，也如车之两轨一样不可缺少，生于斯长于斯的乡村能人们在这片祖祖辈辈耕耘的土地上，也迎来了历史的机遇。除此之外，村容村貌的勾勒，统计数据的跃动，无一不是精准扶贫原则、政策、举措的鲜活记载。比如，在花茂村除了通水通电通电话通广播电视，水泥路呈网状连通着每家每户以及每一块农田之外，还通网络、通天然气，有污水处理管网、电商、互联网＋中心、物流集散点。显然这些乡村现代化生活的设施和条件，正改变着贫穷落后的农村面貌，也改变着普通百姓的精神风貌。"冰冻三尺非一日之寒"，在这一切发生巨变的背后，无不体现了党和政府的治国理政能力，无不体现了基层干部群众创造历史的力量，无不体现了普通百姓追求美好生活的朴素愿望。

三、脱贫题材小说与《花繁叶茂》

隐藏在视野之外的小说《村长唐三草》，也是探讨电视剧《花繁叶茂》的另一把钥匙。欧阳黔森的短篇小说《村长唐三草》发表在《山花》2012 年 11 期，后被《作品与争鸣》《小说选刊》《新华文摘》全文转摘，反响很大。小说主人公是外号叫"唐三草"的村长，他是一个十分真实、生动的基层村干部能人形象。他能说会道、点子多、头脑灵活，有丰富的基层工作经验，他所在的桃花村也由贫困村变成了小康村。在小说中，桃花村地处乌蒙山山脉腹地，在摘掉贫困村的帽子过程中，村长唐三草、村支书以及大学生村官是领头羊。桃花村原来穷山恶水，有 380 多户，2000 多村民，村中青壮年都外出打工了，村委会主任的职务是个烫手的山芋没人愿意接。后来本名唐万财的唐三草放弃工资多出数倍的民办教师岗位，经选举全票当选担任村委会主任。从贫困村到非贫困村，再到小康村，唐三草等村干部在生态发展、果木种植、乡村旅游道路上苦干实干，化解矛盾，终于梦想成真。除了唐三草，小说中大学生村官这一角色也塑造得十分成功。村官被村支书、唐三草比作"军师"，大事小事都要找来商量。村官有文化，见识广，点子多，他从城市来到穷乡僻壤之地驻村三年，帮助村民脱贫致富。小说的主要情节中有三次以大学生村官和唐三草约定喝酒庆祝的细节：第一次是桃花村恢复小学，村官和唐三草喝酒庆祝；第二次是唐三草受委屈辞去村主任，乡里同意他辞职，两人喝酒解闷；第三次是青壮年大多回村发展，两人喝酒庆祝阶段性胜利。在这三次喝酒中，作品重点穿插了村民罗小贵违法修建猪圈而无理闹事，吴老三生了三个女娃后引起的纠纷及其化解等情节，都凸显了唐三草敢闯敢干、能力突出而又不失灵活、诙谐等个性特征。唐三草、村官等这些基层村干部形象和个性特征，在电视剧《花繁叶茂》中或利用，或改装，或借鉴，很多艺术元素得到了充分的汲取。

立足同名报告文学和小说《村长唐三草》，充分调动在脱贫攻坚第一线的丰富素材，重新分解、整合、融通，在深度糅合交汇上做大文章，是欧阳黔森创作并改编电视剧《花繁叶茂》得以成功的保证。具体体现在以下方面：首先，报告文学和小说的内容对象、思想主题、事件性质等核心要素没有改变，但因为报告文学本身情节、故事较少，该剧对小说的融入较多，对欧阳黔森本人其他作品的融入也较普遍。在剧作中，人物身份、个性、衍生故事上有较大改变与包装，整体上对镜头、画面、声音等视听元素进行了提升。比如《村长唐三草》

中，唐三草的故事、来历、性格特征基本保留，大学生村官以第一书记的身份有更多的戏份。在性别叙事方面，电视剧《花繁叶茂》中花茂村的第一书记改为女性角色欧阳采薇，而王隆学、赵子奇两位男性第一书记则到了纸房村和大地方村，起到了映衬、对比、丰富的作用。在花茂村，第一书记和村长的互补式搭配成为亮点：一是村长唐三草有丰富的基层经验，鬼点子多，能说会道，但眼界不高，见识浅；而第一书记欧阳采薇是农委驻村干部，见多识广，视野开阔，不是来镀金的而是想干一番事业，在性别、学识、年龄等诸多方面，两人形成最佳搭档，成为花茂村"村支两委"合作向前的内驱力量。其次，电视剧《花繁叶茂》的人物形象、故事情节、细节片段等并不全是报告文学和短篇小说的原有内容，而是有机地糅入了其他内容，呈现出开放、综合、补缀的特征。电视剧《花繁叶茂》在主题上是全新的，在脱贫攻坚的过程中，矛盾重重、困难重重，但剧中没有回避这一嬗变过程中的种种矛盾和困难，涉及了当前农村贫困与民生等重大问题，比如外出打工、农村空壳化、"三改"、土地流转、产业调整、移民搬迁、乡村旅游等，这都是一场接一场的硬仗。正是这些农村脱贫攻坚当中的大事，引发了农村在自然风貌、生活习俗、贫富形态、人心思想上的巨变，各种矛盾也由此产生。编剧为达到这一目标，成功塑造了几类人物形象：一是对有血有肉的年轻扶贫干部的塑造，各级政府从县到乡镇到村组，基层干部都在精准扶贫中不断锻炼和成长，如石晓峰、高立伟、欧阳采薇、唐三草、赵子奇、王隆学等人便是。特别是三个村的驻村第一书记和村长，性格、经历和才能各不相同，典型性十分明显。乡镇及村一级干部在脱贫攻坚第一线，他们身上那种直面困难、勇于担当、忠诚人民的可贵品质得到了淋漓尽致的展现，从中可以体现出贵州决战脱贫攻坚、决胜全面小康中干部群众的精神面貌，也可视之为全国夺取脱贫攻坚最终胜利的一个时代缩影。二是对农村农民的塑造，新农村建设面临着产业变革的阵痛，农民多半都有些缺点，如开农家乐的潘琴，以及孙大嫂、小翠等。除了这些基本的元素，全剧在塑造农民人物上也注重典型性，比如大地方村老支书身上就有类似于黄大发开渠的一些事迹，编剧在这里进行了灵活、机动的调配。

电视剧《花繁叶茂》是精准扶贫主题的集中与形象化展现。全剧以枫香镇的三个村为对象，涉及的扶贫思路、方式各不相同，但与习近平总书记"党把人民利益放在第一位"的理念是相同的。譬如，同步奔小康的目标一致，从输血式扶贫到精准扶贫，对贫困户建档、立卡，进行产业支撑也是一致的。每一个村都有第一书记和村长，不脱贫不离手，自然形成多维对比，覆盖了不同类型的村庄。这样就回避了直奔主题或机械解读相关政策的弊端，体现了精准扶贫的精神。在结构上，全剧是多条线索同时并进，不同画面切换自如。因为在三个村庄进行故事推进，时空上相互缠绕，使多线索并进有了现实的土壤，自然构成了一幅历史的全景图，这是中国农村在精准扶贫历史化过程中的影像资料。在整体风格上，全剧采取了轻喜剧风格，亲切、诙谐，亲和力强，起到了轻松、愉悦而又不失教育的审美功效。

总而言之，电视剧《花繁叶茂》不论是思想主题，还是艺术手法，都是近年来反映农村精准扶贫题材的重要收获。电视剧《花繁叶茂》坚持了思想精深、艺术精湛、制作精良相统一的原则，以人民为中心，以喜闻乐见的方式反映人民生活，整部作品无处不散发乡愁、泥土的芬芳。2020 年是全国脱贫攻坚的决胜之年，在这最为关键的历史时刻，电视剧《花繁叶茂》的播出和传播，必将成为这一历史事件的重要见证者，也是保存、记录这一历史事件的重要历史影像。

重大题材影视文艺开始与结尾的艺术

——从电视剧《伟大的转折》说起

　　红军长征题材的影视剧，时至今日，已有不少积累。早在纪念红军长征胜利 70 周年之际，颇具代表性的影视剧，在数量上便有数十部之多①。但站在历史的新起点上，如何向历史的原生形态拓进、向历史的纵深处拓进，并寻求长征与观众的多层次接续，仍然是影视长征创作在当下不能回避的课题②。基于此，2019 年 8 月在中央电视台第一频道首次开播的同类题材电视剧《伟大的转折》，成为一部收视率高、社会影响大、文艺水平高的热播剧。这部有标志性意义的史诗性大剧，能作为新中国成立 70 周年的献礼大片和全国观众见面，这既是新时代现实生活的需要，也是以史为鉴的需要。

----

　　① 周星、李艳：《红军长征题材影视创作历史状况与现实思考》，《当代电视》2006 年第 11 期。

　　② 边国立：《影视长征，何以魅力永存》，《中国文艺评论》2016 年第 5 期。

一、如何开始：新时代长征题材的新考验

《伟大的转折》是由中共贵州省委宣传部出品的重大革命历史题材电视剧，由贵州省文联主席、贵州省作协主席欧阳黔森担任总制片人和编剧，总导演是国内实力派导演李伟。这是一部多方合作的红色题材的集体之作，也是一部关于贵州本土题材，并动用了大量本土力量拍摄而成的精品之作。2019 年 8 月 26 日晚 8 点在中央电视台第一频道首次开播，首播当日播出第一集和第二集。

本剧讲述的是 1934 年底到 1935 年之间，中共中央率领的中央红军在第五次反"围剿"失利的情况下，被迫进行战略转移，为避敌包围和保存实力，经湖南等地转战贵州。在贵州这片中国革命的福地，逐渐消除了党内和军队中存在的"左"倾教条主义思想，逐渐形成以毛泽东为核心的党中央，并在新的党中央的正确领导下迎来了革命事业的伟大转折。中央红军在贵州这片土地上，取得了革命事业的新突破，在战略上打开了新局面，从而从失败中重新站了起来。贵州与中国革命的关系，从文艺角度看，俨然是一座红色文化的富矿，《伟大的转折》形象地说明了这一切。

作为多重含义的"伟大的转折"，如何开头呢？显然全剧的切入点是虚写了湘江战役的悲壮场面，在士气低落、彷徨徘徊的湖南通道这一特定时空中，中国共产党人在重新思考革命的前途与道路。当时在战斗减员过半的情况下，到底是去湘西与贺龙等率领的红二、六军团会合，还是改变既定计划，不受共产国际的错误指挥，便是全剧开端要面对的重大问题。在这严

峻的现实面前，曾经被压制的毛泽东等人，根据实际情况改变了这一局面。"变则通，通则久"，就是这一朴素真理的形象说明。在军事上没有话语权的毛泽东通过与周恩来、朱德、张闻天及王稼祥等人的沟通，初步有效地阻止了李德、博古等人的错误指挥，无疑这是一个崭新的开始。湖南通道，"通"往何处去，"道"在哪里，象征的含义也是一目了然。经过毛泽东等人据理力争，打了败仗、损失惨重的中央红军经过短暂休整，没有固执地去硬碰硬，而是选择从黎平、锦屏兵分两路进军贵州。中央红军进军贵州的过程看似简单，其实足够让人惊心动魄：一方面，国民党蒋介石集团已携湘江战役之威，正在加紧布防，不惜调遣数倍的重兵前追后堵，妄图置中央红军于绝地；另一方面，李德、博古等人依然执迷不悟，仍要机械、固执地去执行湘西会师的老计划。可以说，敌我双方的博弈和队伍内部的分歧，迫使中国革命的前途与命运到了十字路口。此时此刻到何处去？不只是几个人在思考，而且在红军广大指挥员、士兵中蔓延开来。正在这一背景下，经过毛泽东的谋略、才干，通过抗争、通过召开党内与军队内部会议的讨论，局面有了改变的气象，尽管还不彻底，并且危机四伏。之后红军转战到贵州境内的黎平，得到了休整、补充，终于可以喘上一口气。这是一个伟大的开端，是伟大转折的前夜，尽管处于黎明前的黑夜，但让我们看到了革命的希望！

《伟大的转折》第一集、第二集基本上摆出了各自的阵营：一是中共领导人、军事指挥员依次出场，二是国民党蒋介石集团的军政大员也有名有姓出现了。他们在中国近代史上扮演着举足轻重的角色，剧本的言行举止都符合历史细节。譬如国民党蒋介石阵营中的川黔粤军阀头面人物，他们的心胸、识见都很吻合其身份。《伟大的转折》的开端，还暗示了党和红军在贵州创建革命根据地、就近开展革命的可能。自从进军黎平之后，贵州各族群众支持红军，拥护红军，军民鱼水一家亲的场面，久违地出现了。至于本剧中大量出现的贵州城镇地名、建筑、山川，以及相关重要的战略要点，也会随着贵州的风土人情一起出现在荧屏之上，这将是让外界更多地了解贵州的另一个开始吧！

从编剧、导演表现的革命历史史实与风格来看，以前只是重视遵义会议等历史节点的倾向将在本剧中得到有力扭转。像通道会议、黎平会议，到后来的猴场会议、苟坝会议等诸多会议场景，以及强渡乌江、四渡赤水、娄山关大捷等历史事件，在本剧中都大放异彩。毛泽东、周恩来、朱德等中共领导人，以及彭德怀、林彪、耿飚等一大批军事指挥员也有更多的戏份儿。在中国革命历史上，不断改正错误，努力寻找中国革命的正确道路，努力让马克思主义中国化，中国共产党在这一进程上显然是付出了沉重的代价，交过了不菲的学费。李德、博古等人作出重大决策的方式让人叹息，也让我们明白以毛泽东为代表的中共领导核心，最高决策方式是民主而科学的，行动指南是实事求是立足于现实而作出的。新的领导集体，在面对中国革命的重大抉择时，集思广益、讨论、商量，甚至是争执，都是不可缺少的。

二、如何结尾：《伟大的转折》留下的新思考

总共 38 集的《伟大的转折》自 2019 年 8 月 26 日在中央电视台一套首播以来，至 9 月 20 日全部播完。这部以反映长征的

红色题材热播剧虽然在不到一个月之内播完了，但一路追剧下来，留在我心中的长征故事与人物群像却在脑海中不断回放。作为一部精心制作的电视剧，《伟大的转折》在当下电视连续剧竞争激烈的背景下，收视率、影响面、教育意义等方面都比同类剧作高出一截。显而易见，这是颇不容易的骄人战绩。从全剧来看，《伟大的转折》思想内容上别出心裁，以军政会议、战争故事为主线，在战争场面与战后生活上张弛有度，人物鲜活而个性化。在艺术上，本剧剧情跌宕起伏，扣人心弦，结构悬念丛生，精彩看点不断涌现。

在结尾上的巧妙构思，让此剧加分不少。《伟大的转折》从第34集开始，便有意预示朱毛率领的中央红军将从贵州进入云南，打开新的局面，甩开数十万前堵后追的敌人。随后几集，便是毛泽东为核心的党中央运筹帷幄，占领战场主动权，率领中央红军借道北盘江从贵州进入云南境内，借机逼迫滇军回防，并在佯攻昆明的策略下，顺利到达金沙江南岸，为进入川西创造了有利条件。中央红军兵分三路，分别占领金沙江边的龙街渡口、洪门渡口和皎平渡口。但由于船只缺乏，最后全部从皎平渡渡过金沙江，占领当时西康省的通安镇，剑指会理县城，建立了稳固的桥头堡据点，为中央红军顺利挥师入川以及与红四方面军会师打下了坚实的基础。全剧在途经通安，在会理城外以林彪给中央领导人洛甫的信为契机召开会理会议，到此全剧剧终。全剧干脆利落，并有余音绕梁之效。站在结尾的艺术这一高度，全剧有以下几个鲜明的特征：

第一，在内容上全部贯通、有始有终，做到了有机统一。如果说《伟大的转折》在开头，面临5万多中央红军将士血染湘江何去何从的严峻考验，通道会议起了缓冲、转兵的作用，那么会理会议将起到总结过去、统一思想、继续革命的作用。全剧结尾围绕林彪的信而展开，亦是对遵义会议进行总结，也为本剧画上了一个圆满的句号。根据剧情发展，林彪的信中有对遵义会议部分的否定与质疑，有对毛泽东、周恩来、王稼祥新"三人团"的一些质疑，因此毛泽东在最后一集中长时段进行演讲，便成了一次举重若轻的思想洗礼。毛泽东的演讲主旨有三：一是关于遵义会议后在军事斗争中走回头路，走弯路与险路，走弓背路的辩护；二是新"三人团"行不行，是否需要换将的问题；三是会理会议后怎么办，革命往哪里去的问题。这三个问题最为核心，毛泽东代表新"三人团"的演讲有理有据，给参会的中革军委领导们一种巨大的力量。其中对过去的总结，虽然也有土城之战、鲁班场之战的失利，有是否要打打鼓新场的争议，但全部说明了走过的回头路、弯路、险路、弓背路，都是避敌主力、在运动战中消灭敌人的必经阶段，是逃出前堵后追的唯一正确道路。在我党和红军数次生死抉择的关键时刻，两三万人的队伍到哪里去，如何保存革命的火种，前路何在，诸如此类，都是十分重大而需要正确抉择的大事。历史证明，以毛泽东为核心的党中央领导集体，把握了正确的航向，实现了挽救党、挽救红军、挽救中国革命的伟大转折，再次鲜明而坚定地点明题旨，给观众留下了深刻的印象。正是在这个意义上，作为结尾的部分起到了复述、总结、提升的作用。本剧对相关军政会议的筹划、铺垫、召开十分在意，在遵义会议之前，比如通道会议、黎平会议、猴场会议等都有生动的表现；在遵义会议之后，也有扎西会议、苟坝会议、会理会议之类。至于战争，则有通道转兵、强渡乌江、血战娄山关、四渡赤水、两进遵义等壮举。在敌我力量悬殊的较量中，毛泽东等党中央领导集体，充分发挥游击战、运动战的优势，对抗数倍之国民党中央军和云贵川军阀，最终摆脱了蒋介石反动集团的反复"围剿"，胜利地渡过金沙江，到达川西新的敌后地区进行休整。中央红军在半年不到的时间内，把革命的火种燃烧在黔山秀水之中，燃烧在广大底层人民群众的心中。这时的中央红军与第五次反"围剿"和湘江战役的惨状相比已脱胎换骨，中国共产党领导的革命队伍已经成为一支打不垮、击不败的英雄队伍。在不同阶段的红军长征历史上，确实是在贵州赢来了新的机遇和转机。

第二，作为一个历史性的阶段，《伟大的转折》的结尾部分在起承转合中，将"合"发挥到了极致，收束有力、及时。首先，在全剧中，第一军团军团长林彪，对毛泽东等新"三人团"领导的战争有自己的看法，对急行军、夜行军、走弓背路等颇有微词。在第35集中，他写给洛甫的信中，阐述了自己的看法。这为最后会理会议的议题埋下了伏笔，但一直没有揭开这个悬念，写了什么，为什么要写，所写内容是否影响林彪在第一军团发挥军事长官的领导力，都不得而知。在本剧中，林彪的形象相对比较暗淡，对中革军委的命令、主张也有所怨言，由他作为异议者挑开了党内与军内一少部分人对遵义会议的评判，对毛泽东等人军事路线的评判。前面有伏笔，结尾部分在经过起、承、转之后，合起来进行处理，统一了思想，提高了政治意识和站位。其次，全剧中推动情节发展、凸显历史事件的中心是历史人物。剧中人物除了中国共产党及中央红军中主要人物毛泽东、周恩来、朱德、刘伯承、博古、彭德怀、林彪等人形象丰满厚重之外，国民党及地方军阀如蒋介石、陈诚、薛岳、刘湘、王家烈、龙云等人物也表现得十分生动，不呆板也不公式化。围绕国内战争这一母题，融入了两种对立的命运与前途，多线发展。在人物的性格与命运方面，结尾部分也作了及时的交代与说明。在最后一集的开头，通过画面和文字的方式交代了黔北游击队李晓霞等人的处境与归宿，贵州省工委林青等人牺牲的情况，以及贵州省工委领导的地下党员牺牲 70 余人的惨烈情形，这些都反映了本剧不留尾巴的特点，在"合"上用心精细，没有留下遗憾！

第三，强化历史的真实与细节，配合了剧情的发展。《伟大的转折》在历史真实、细节上考虑充足，能感动读者和观众。尽管此剧是战争剧，相关会议、生活场景是文戏，恢宏、惨烈的战争场面是武戏，两者相互配合成为国共两党两军之间重要的博弈场所，关系到战争的胜负，关系到民族、国家的未来与发展。比如，蒋介石一行抵达昆明督战，龙云夫妇与蒋介石夫妇见面时，龙云送薛福成的书给蒋介石，就颇有深意，反映了龙云的胸襟与气度。与王家烈相比，龙云显然更高一筹，反映了他对云南这片土地的情感，反映了他治理地方的能力和魄力。在会理城外简陋的屋宇中召开的军政会议，中革军委成员对遵义会议的总结，会前会后都有大量的、扣人心弦的细节，比如会上人物的对话、斗争；博古发自内心、没有成见的发言；凯丰对遵义会议上保留意见的撤回，都是有血有肉的细节。这些历史真实的细节表现力强，能深入人心。

总而言之，电视剧《伟大的转折》在结尾部分，不断回溯，将全剧首尾贯通，在结构的"合"与"闭"上下功夫，做到自然收束、浑然一体。同时注重历史细节的真实，将"转折"的过程、意义与当下价值做了引申、提升。

三、结　语

讲述红军长征故事，塑造历史英雄人物，《伟大的转折》后来居上，成为红军长征题材电视剧的佼佼者。此剧开头以湘江战役背景切入，在通道会议上进行转变，结尾时又以会理会议作为总结，显得高屋建瓴，要而不繁。《伟大的转折》呈现中国革命转折的历史重任，伟大而曲折，令人热血沸腾，也让人远望凝思。《伟大的转折》不只是忠实还原历史、演绎故事、讲述情义，更重要的是凸显伟大的长征精神。正可谓"红军不怕远征难，万水千山只等闲。"

第五辑

文学现场：作家访谈及其他

百川到海始见真

访谈对象： 郑欣，长篇小说《百川东到海》作者，女，文学博士，贵州省文化和旅游厅副厅长（今贵州文化演艺集团党委书记、董事长）。

访谈者： 颜同林，贵州师范大学文学院教授，博士生导师。

颜同林： 郑欣老师，您好！很高兴与您访谈。首先，祝贺您的长篇小说《百川东到海》发表在《十月·长篇小说》2021年双月号–2上，并被《小说选刊》2021年第6期选载，2021年5月由贵州人民出版社出版发行。请介绍一下创作这部小说之前，你文艺创作的相关经历。

郑欣： 文学是语言表达的一种方式，有美感，有力量。阅读一直是我最大的爱好，从童年起伴随至今。我的母校是北京外国语大学，在学校读研究生时期，在导师同时也是作家沈大力先生的指导下，我的专业从翻译学转为文学，开始尝试翻译法国作家莫泊桑的部分中篇小说，比如《那一缕头发》《幸福》等。这些经典作品的语言和结构，有一种强烈的艺术魅力，不知不觉影响到我对文字的理解和运用。从阅读到翻译，从翻译到创作，是个很自然的内化过程。在后来的工作、生活中，我一直坚持了阅读和写作的习惯。我的工作经历中，异地任职时间比较长，所以我相对有较多的时间学习和写作。尤其是不同的城市给人感触很多，在此期间，我写了不少散文、随笔。在写作过程中，我渐渐学会了深入观察社会、尽情解放心灵，开始创作小说和剧本，除部分仍在打磨修改之外，已有一部分作品陆续公开发表在一些报纸杂志上。其中自己比较喜欢的作品是一部中篇小说《就日瞻云》，是以家乡山东聊城的风土故事为原型创作的。

颜同林：《百川东到海》是你创作的首部长篇小说，为了这部小说的问世，你做了哪些准备？创作的背景、过程分别是怎样的？

郑欣：讲故事的缘起，大都是因为听故事。《百川东到海》这部作品我构思了很长时间，起源于童年时期和青少年时期读过的一些书，认识的一些人，听说的一些故事。记得小时候听老人们讲故事，那些故事的讲述者或者事件的亲历者们，他们平淡的神色与波澜壮阔的故事形成了巨大的反差，也引起了我很多好奇与幻想。后来，随着年龄的增长，在学习了党史、革命史和中国近代史之后，那些曾经听到的支离破碎的故事不但没有忘却，反而越来越在历史资料中明晰和鲜活起来。因为工作需要的原因，以及少年时代种下的好奇心，督促着我翻看了不少相关的历史资料。资料文本佐证了一个历史时代的背景，故事却在背景中更加凸显其神秘的色彩。将这些记忆和想象动笔写下来的想法油然而生。这种想法断断续续持续了很多年，我却一直没有动笔，认为自己没有力量把各种相关或者不相关的人物和情节驾驭在同一个篇章里面。万事开头难。有一天，当我真的动笔写下了第一章，后面很多故事就会像泉涌一样，从心底涌到笔端了。

颜同林：《百川东到海》的叙事时长有 30 年，以 1919 年至 1949 年为限，小说中描写或涉及的历史大事很多，比如新文化运动兴起、北伐战争、济南惨案、中原大战、青岛纱厂工人运动、七七事变、国共合作、抗日战争、鲁西北保卫战、抗日远征军缅甸战役、抗日战争胜利、国共内战、天津战役、北平和平解放等，给人一种现代历史的全局观念。这些历史大事为什么都会集中处理到小说中，对塑造人物、提炼主题有什么内在作用？

郑欣：从 1919 年到 1949 年，在这 30 年的时间中，中国共产党领导中国人民经过 28 年的浴血奋战和顽强奋斗，推翻了帝国主义、封建主义、官僚资本主义的统治，终于迎来了新中国的成立。这段时间凝聚着中华民族伟大复兴的不竭动力，是华夏大地五千年文明中的璀璨华章，更是文艺作品取之不尽的创作源泉。人是故事里的人，创作人物可以千变万化，讲故事可以春秋笔法，但是故事总是发生在特定的历史中，其内容的可信度、力量感，只有历史的深沉厚重才能赋予。写作《百川东到海》，我构思了很长时间，真正的写作则花费了三年多时间。在此期间，书里构思的人物、地点、脉络也几经变化，最终成了目前这个版本。很多情节和历史背景都是在创作某一个人物的时候，去翻阅相关的资料，感觉他或者她在那一年那一个城市，应该或者必须经历某一个历史事件，才能让这个人物更加具有真实性和历史感。

颜同林：在我接触到的相关资料中，都认为《百川东到海》是庆祝建党百年的一部重要作品，为党写史、为民族铸魂、为人民立传，主要体现在一批共产党员、一批革命者人物身上，谈谈你对笔下这一类人物的看法？

郑欣：《百川东到海》写起来颇具挑战性，体现在人物众多、时空跨度大等方面。对我而言，创作这一长篇小说的过程更是一次重要的学习过程，我花了大量的时间去广泛阅读和深入调研。三年多的写作过程是一次深入学习的过程，是一种输出型的学习与实践，这让我后期的创作更加聚焦，更有针对性，我也从中得到了多方面的教益。写作中，为了让书中的人物更加饱满，我结合了不少现代革命史上真实历史人物的经历。那些仁人志士，前仆后继，为了革命理想不惜抛头颅洒热血，令我的写作时常处于一种荡气回肠、感动至深的状态。尤其是在补充还原一些细节的时候，不可避免地设想在那样血雨腥风的环境下，革命者是以一种什么样的心态面对社会、面对生活、面对生死。这些历史的想象令人肃然起敬，升华了认识，涤荡了灵魂，使我更加深刻地认识到中国共产党建党一百年所走过的光辉历程，是中国人民群众的必然选择，是中国现代历史发展的必然规律。

颜同林：在我的阅读印象中，小说的前半部分有"鸳鸯蝴蝶派"、张恨水通俗小说的格调，越到后来，这一格调慢慢变淡，现实主义的底色慢慢凸显出来了，你的阅读史中是否喜欢翻阅我所说的那一类通俗小说，它们对你有多大影响？

郑欣：是的。少年时代我读过不少张恨水及其他鸳鸯蝴蝶派作家的作品，他们的文字功底扎实，叙事绵密温和，具有那个时代文人的一种特色。这次我的小说以民国时期为宏大的时代背景，再加上叙事基本上是女性视角，或多或少会呈现出这样一种风格。

颜同林：当现代中国革命历史的画卷徐徐展开时，你笔下有名有姓的人物估计有百个以上，在处理人物的主次上，你是如何考虑和取舍的？

郑欣：处理人物和笔墨的分布，这个问题主要是服从于故事的合理性，以及人物性格发展的自然性。这就是作家的自由和不自由的对立统一，比如说，有些支线是我很喜欢的，很想展开多写写，但是为了虚构、编织故事的平衡性，也不得不惜墨如金，无法充分展开。

颜同林：小说中有几组人物是十分典型的，也颇耐人寻味：一是唐淳佑、唐淳佐兄弟，一是孟敏之、顾惠茗这一对表姐妹，人物性情不同，人生道路不同，结局也不同，这组人物的设计张力很大、内涵丰厚，为什么会这样构思？

郑欣：真实的人生总是耐人寻味，而人生最耐人寻味的不是每天的循环往复，而是一些关键时刻的瞬间选择。有时候看似偶然的选择，其实都是人内心深处自知或者不自知的愿望，会让人生进入到完全不同的境遇。没有什么比同一个家庭中的兄弟姐妹们大相径庭的人生道路更会引发读者的思考的了，这也是很多作家偏爱的题材和方式。在这个方面，我只是使用了惯常的一种手法，把矛盾情节集中起来，增加了戏剧冲突性。

颜同林：小说中的主要人物有没有原型，或者是不是多个原型的综合？

郑欣：有些人物没有原型，纯属虚构，也有些人物是多个原型的综合。

颜同林：小说中的革命者肖禾这一人物，据作品情节所知，他来自贵州，在日本留学，后来在青岛、济南、聊城从事工人运动或革命活动，最后在聊城保卫战中壮烈牺牲。贵州当地文艺界说肖禾是历任青岛市、山东省党组织主要负责人的贵州无产阶级革命家、中国共产党创始人之一的邓恩铭。我查了一下资料，相关经历出入很大，你如何看待这一评价？

郑欣：肖禾这个人物是由多位历史人物综合而成的：包括邓恩铭、祖茂林、刘谦初、张郁光等多位革命志士和先烈。他们都是党在山东地区早期创始人和革命先驱，他们的故事集中到一个人物身上，会更加具有冲击力和影响力。来自贵州荔波的邓恩铭，年少时期便来到山东求学，接触到了马克思主义思想，从而义无反顾地走上了革命道路，成为中共一大的代表之一，他辗转山东青岛、济南及山东其他地方，和其他同志一起领导工人运动。因叛徒告密，省委机关遭到破坏，邓恩铭被敌人抓捕，被捕后他在法庭上和监狱里同敌人作了英勇的斗争，并组织领导了越狱斗争。1931 年，他被国民党山东当局枪杀于济南纬八路刑场。他短暂而壮烈的一生深深地打动了我，在创作的时候，邓恩铭成为我头脑中想象的革命人物形象的重要原型。

颜同林：百川归海是小说的主题，涉及时代、革命与个人的关系，个体如何选择时代、成就自己，都是富有启示的命题。你通过这一作品，想传递怎样的思想？

郑欣：《百川东到海》讲述的是北洋军阀覆灭的大背景下，第一批共产主义研究小组的年轻人后来的革命道路选择和人生爱恨情仇，我想通过这样一个家族的兴衰起落，折射一个大时代，诠释历史和人民选择中国共产党的必然性，彰显历史发展的客观性和规律性：巨浪淘沙后，大家都在时代的浪潮里明确了自己的命运，不管愿意不愿意，都只能百川归海，在泥沙俱下的滔天巨浪中找到自己人生的坐标。在一个大时代中，每一个生命个体都承受了命运艰巨的考验，从而完成了自己幸与不幸的人生。

颜同林：你是山东聊城人，你的这部小说多次写到聊城，有些地方篇幅还很长。比如孟家的丫头王桃叶在第十二章回到家乡聊城生活，结婚成家扎根下来，后续章节中桃叶一家人和唐氏家族又有多重关联；又比如小说中详细书写了聊城保卫战的历史，小说最后则写到唐淳佑、孟敏之一家归根聊城。从中不难看出，你对于家乡历史、地理、风俗等很熟稔，也富有情感。除了故乡因素，你在小说中为什么将聊城作为小说的重要背景之一，如何看待聊城与小说人物命运的这种联系？

郑欣：我从小生活在鲁西北漫无边际的平原上，平静的湖水围着古色古香的小城聊城，光岳楼在夕阳照耀下白底黑字的牌匾是记忆里很难更改的底色。在这部小说里，我用了很长的篇幅，试图将聊城这个地点描绘成诸多人物的人生交织点和命运的关键点，让它作为很多事情的起点和终点，这是一种对于故土的情结，也是对人生很多偶然因素的必然性的理解。有时候你以为平平无奇的人生一站，却很可能峰回路转，回望长久的一生，才发现它扮演着重要的角色。作品也好，人物也好，人生也好，都需要峰回路转的一站，如果必须写这样一站，那么对于作者最驾轻就熟的落笔选择，可能就是故土吧。

颜同林：聊城保卫战的前后章节，在我看来是小说中最为精彩的章节之一，你是如何做到还原历史的？

郑欣：统一战线、武装斗争、党的建设，这是中国共产党取得革命胜利的三大法宝。翻开中国共产党的统一战线历史，1937 年至 1938 年，国共第二次合作期间，毛泽东、周恩来亲自组织开展与山东六区保安司令范筑先将军的统战工作，引领范筑先积极主动与共产党精诚合作，共筑抗日长城，有效保护和发展了共产党在鲁西北根据地的生存发展。毛泽东、周恩来对范筑先开展统战工作，堪称中共统战史上的典范篇章。

身为聊城人，深知这段荡气回肠的历史是家乡人世代传颂的凯歌。我的长篇小说《百川东到海》以这一历史事件为重要情节，题材的选择是很自然的过程。至于将历史事件还原，讲故事尽量讲得生动鲜活，必须依靠阅读，大量地阅读。我找到了自己能够找到的聊城保卫战的所有资料，有相关报道、回忆录、纪录片、视频、影视剧，包括20世纪80年代出版的旧书，还是要感谢我家乡的聊城老乡们，在搜索资料的时候，他们给了足够的耐心和无私的帮助。我始终认为，写作就是阅读与想象之间的一座桥梁：带着想象去阅读，在阅读中充分展开想象力。当掌握了相当的资料，厘清时间和事件的脉络，才能自然地把人物的命运走向置入其中，让虚构的小说人物和真实的革命历史融合在一起，从而展现别具一格的感染力。

颜同林：小说作品的时间跨度大，地域跨度也很大，北平、天津、洛阳、济南、青岛、聊城、南京、遵义、重庆等等便是，驾驭这一空间地域的写作难度很大，你是如何克服并处理的？

郑欣：这些地方，大部分都是我学习工作经历中熟悉的城市，我对这些城市充满了情感，描写它们的时候，好像怀念一个个老朋友，很有亲切感。同时，这些地方都是小说里面人物"应该"直接或间接生活过的地方。城市，不仅是人物性格命运发展的客观背景，同时也是他们性格命运之所以成形的重要因素之一。人与地理是互相作用的，这就是俗语讲的"行万里路、破万卷书"的道理。地点的选择和详略，主要是依据故事的结构需要和人物性格发展的需要。

颜同林：这部小说发表后有何反响？作为作者，以后有机会再版还会对作品进行修改吗？主要是针对哪些方面？

郑欣：有些读者问我有没有续集，很想知道小说主人公敏之他们后来的生活。说实话没有想过这个问题。作品一旦公开发表，某种意义上，它就不再属于作者了。

新时代"山乡巨变"的文学书写

——颜同林对谈欧阳黔森

访谈对象： 欧阳黔森，《江山如此多娇》作者，贵州省文联主席，贵州省作家协会主席。

访谈者： 颜同林，贵州师范大学文学院教授，博士生导师。

颜同林： 正如图书的封面所见，《江山如此多娇》既属于中宣部 2020 年主题出版重点出版物、"向人民报告——中国脱贫攻坚报告文学丛书"，也是中国作家协会"脱贫攻坚题材报告文学创作工程"作品之一，这三条信息某种意义上代表了全国同类报告文学的水平和风向。作品入选这三个方阵，从不同层面也涉及您的创作背景、初衷与缘起，请您讲述一下从创作到出版的背后故事。

欧阳黔森： 贵州是我国脱贫攻坚的主战场，乌蒙山区、武陵山区都在国家 14 个集中连片特困地区内。从国家实施精准扶贫政策以来，贵州省 900 多万贫困人口全部脱贫，192 万群众如期完成易地搬迁任务，减贫人数、易地扶贫搬迁人数，可以说均为全国之最。

在这场人类反贫困史上的伟大实践中，作家绝对不能失声、缺席。这几年，我走遍了贵州的山山水水，与老百姓促膝谈心，感受到了他们的幸福感、获得感、满足感，从他们一张张的笑脸中，真切感受到了党中央的政策和精准扶贫思想深入人心。

创作这部报告文学，我用了四年时间，严格遵循"眼见为实"的创作原则，绝不在海量的资料当中摘录、编撰，可以说，我作品中的每一个人物、每一个细节、每一个数字，都是眼见为实的。这是一个英雄辈出的时代，这些英雄就是那些千百万奋斗在脱贫攻坚一线的党员干部。我长年在脱贫攻坚一线采访，常常在感动和震撼中度过。我看见，哪里有贫困，哪里就有党旗在飘扬；我听见贫困户由衷地说，辛苦了共产党，幸福了老百姓；我见证了扶贫干部的誓言：我们的辛苦指数，就是老百姓的幸福指数。

颜同林：党的十八大以来，作家充分发挥报告文学的文体优势，在文坛占据了十分醒目的位置。他们的脱贫攻坚报告文学能真实、广阔、多维地反映现实生活，在讲好中国脱贫故事，塑造时代新人，描绘农村变革等领域大展身手。您原来主要是写小说、散文、诗歌，并从事影视剧创作，是什么原因，运用什么方法让您跨越到这一领域并成为同时期报告文学作家中的佼佼者？您如何驾驭报告文学这一文体，并在脱贫攻坚主题方面有了突破？

欧阳黔森：报告文学这一文学表达样式，在反映现实生活方面，有着它独特的优势。它的特点是非虚构，强调真实性、现实性、当代性、文学性。前些年，我大多从事虚构类文艺创作，像小说、诗歌、散文、影视剧本。我本人也喜欢这样的创作方式，因为它不必顾忌什么，可以任意展示编故事的能力，塑造人物的能力。对于非虚构作品的创作，我是非常谨慎的，不敢轻易入手。这几年，开始创作非虚构作品，我主要目睹了在这场如火如荼的脱贫攻坚战中，那些奋斗在脱贫攻坚一线的党员干部，他们有血有肉、可歌可泣的故事，始终感动着我，可以说，每一次采访，就是接受了一次灵魂的洗礼。总之，要写好一篇报告文学，我的感受是，必须用心、用情、用功。我认为，如果一个作家，不深入生活，不扎根人民，不到田间地头，不到脱贫攻坚第一线，那么你就不要指望他能创作出一部好的报告文学。换一句话来说，你不到一线去，怎么能感受到一线那些动人的故事？一个作家，你自己都不感动，你的作品如何能感动人？那些在别人提供的素材中编撰的故事，不要说感动人了，一定是苍白、无力的。

颜同林：作为脱贫攻坚主战场，贵州举全省之力向绝对贫困发起总攻并取得伟大胜利。面对这一复杂局面，您没有面面俱到，也没有平均使用笔墨，而是精选典型、区域、人物和事件。譬如，毕节赫章的海雀村、遵义播州的花茂村、铜仁万山的朱砂古镇、安顺紫云的沙坎村和遵义正安的红岩村等很典型，在此基础上进行了适度的扩展。全书在空间上俯瞰了贵州的城与乡、过去与现在，凸显了贵州脱贫攻坚战法的贵州模式和贵州样板，面对贵州全省这一"山乡巨变"，哪些方面是您感触最深的？

欧阳黔森：就这个问题，我想借用北大陈晓明教授对《江山如此多娇》这部作品的看法来回答。他归纳了几个特点：一是"大题小做"，他说，我们经常讲写论文要"小题大做"才是好文章，"小题大做"很难，实际上"大题小做"在某种意义上来说更难，脱贫攻坚是一个"大题"，这是一个时代的大题，甚至是全世界的大题，联合国教科文组织是要以中国为范例，这是一个对世界脱贫减贫的巨大贡献。这个大题怎么做？有很多作品都在做，但是欧阳黔森的"大题小做"写了贵州五个村庄，从小处落墨，这是国画的技法。他把这个大主题把握得非常好，大题小做，做得非常精致，非常精细，精耕细作，每一个村庄里里外外、从上到下都写得非常透彻。二是大道至简。这部作品写得非常平易、平实。习近平总书记说："党中央制定的政策好不好，要看乡亲们是哭还是笑。"这是很简单的道理，一看就明白。这句点题的话虽然在文中出现过两三次，但它恰恰是大道至简。脱贫攻坚这么大的难题怎么去做？欧阳黔森是双脚去走，然后把走过的脚印写下来，他能把那些道理刻写于贵州的千山万水，刻写在老百姓的家门前、场地上。三是大局有序。每篇都写得错落有致，叙述上，突出一个叙述人的在场。这个叙述人的声音能融入人民的声音，能够融入党的政策的声音。我们过去读报告文学是比较外在的，那也是一种叙述，那种客观化的报道，也是一种叙述。在欧阳黔森的叙述中，他的声音和老百姓的声音是融为一体的，没有隔阂，非常自然，而且叙述的语调饱含深情。 四是大情显实，大的情感里边能够显示出很实的东西，这是大的情怀了。把我们党与人民的关系，江山是人民的江山，共产党始终为人民谋幸福的大情怀，落到了脱贫攻坚的实处。欧阳黔森的《江山如此多娇》是一部优秀作品，它优秀在什么地方，跟其他作品确实有一些不大一样的地方，它的某些优势发挥得比较好，过去我们知道欧阳黔森主要是做虚构作品比较多，他在虚构艺术方面的建树比较突出，纪实类的东西写得也比较少，但是这部作品拿出来以后不一样，一个做虚构文学的作家来做脱贫攻坚，这个题材是纪实文学，不能是虚构，我们感觉到他那种虚构文学的优势在这个纪实文学中表现得非常突出。

我感觉，陈晓明教授比我的水平高，感受更深。

颜同林：了解您创作背景、经历的人都知道，您经常深入贵州基层走村串寨，广泛开展调研、访谈，作品中也反复强调眼见为实的真实性原则，给读者强烈的现场感与历史感。调研采访中强调真实性，做到客观、实在，是真故事、真扶贫，真正在脱贫攻坚历史现场。同时，坚持用数据说话，用事实做证，特别在不同阶段的数据并列比较中，真正看出差距和变化。您在具体案例、数据统计、人物塑造等方面如何构思并一一呈现。

欧阳黔森：报告文学作家一般不愿意运用数据，大家普遍认为，数据用多了，就会显得枯燥乏味，对文学性来说是一个挑战。如果一个作家，是从一堆资料中去摘取这些数据，那么数据的枯燥无味肯定会影响读者的阅读。是的，数据是枯燥无味的，但数据也是最具说服力的，关键在于你如何运用。解决这个问题，我的办法是，在第一线海量地采访人物、采访事件，并考问一个问题，或数个问题的存在，然后在如何解决这些问题的举措当中，用数据说话。数据的堆积，显然是创作者不亲临一线，在资料当中摘取，这样的摘取，这样的数据，是不可能鲜活起来的。为解决这个问题，我的办法是，绝不用别人提供的资料和数据，我必须眼见为实。在这个眼见为实中，会增加现场感、真实感，那么在提出问题、解决问题中，这些眼见为实的数据，支撑了解决问题的可靠性。这样运用数据，读者就不会感到苍白无力。

根据报告文学《花繁叶茂，倾听花开的声音》改编的 34 集电视剧《花繁叶茂》在 2020 年两会期间在央视第一频道黄金时间播出，在同时段收视率第一，而在年轻人为主的在线视频网站"B 站"上，评分也有 9.5 分。可以说，一部脱贫攻坚的作品，获得这样的收视率和高评分，无疑是这些鲜活动人的真实故事，感染了观众。在第十六届中美电影节暨电视节上，该剧获得了"中华文化传播力奖"，尽管剧中大量地运用了脱贫攻坚的数据，却并不显得枯燥乏味。

颜同林：《江山如此多娇》分别由《报得三春晖》《花繁叶茂》《看万山红遍》《悠然见南山》《江山如此多娇》五章组成，原先以五个单篇分别在重要刊物重要位置刊发，其中《人民文学》头条刊发的有四篇，《中国作家》（纪实版）刊发的有一篇，所刊栏目分别是"新时代纪事""新时代报告"，这样的栏目，不论是字面上，还是编辑策略上，都扣准新时代文艺的主旨。归根到一句话，就是践行以人民为中心的新时代文艺这一历史使命，作为作家如何充分理解这一历史使命。

欧阳黔森：新时代文艺要坚持以人民为中心的创作导向，这是每一个作家必须遵循的准则。文艺事业，就是一个培根铸魂的事业，所以德艺双馨就是每一个文艺工作者修身养性的准绳。习近平总书记说过，文运同国运相牵，文脉同国脉相连。我们五千年的文明一脉相承，这需要多么伟大才能做到？在中华民族绵延不断的长河中，那些无数的伟大名字，依然在历史星空中闪耀着光芒。这是我们文化自信的根本所在。一个文艺工作者，必须践行"深入生活、扎根人民"，讲好中国故事，书写时代精神，创作出人民喜闻乐见的优秀作品，才能无愧于这个伟大的时代。这是文艺工作者的历史使命和历史担当。

多棱镜下的文艺之光

访谈对象：欧阳黔森，贵州省文联主席，贵州省作家协会主席。

访谈者：颜同林，贵州师范大学文学院教授，博士生导师。

一、文学创作的起点、文体与意义

颜同林：熟悉您创作经历和道路的读者都知道，您在创作起步阶段便尝试从各种文体开始练习，最早的作品集是 1994 年的《有目光看久》，此书由贵州民族出版社正式出版。我没记错的话，书的封面以蓝色为基调，由贵州文坛前辈蹇先艾先生题签。内容收录了散文、小说、诗歌等大量作品，这种多样化、多文类的文学创作实践，对您此后的创作有何深远影响？

欧阳黔森：《有目光看久》这本集子，是我的第一本小书，收录的是我早年间创作的一些散文、诗歌、小说，都是 20 世纪八九十年代在省内外各报纸杂志刊登过的文艺作品。这本册子现在市面上已很难找到，我有时间偶尔还从书柜里找出来翻一翻，就像见到久别重逢的故人一样，回忆涌上心头。当时收录的都是短文章，以短小、精悍为原则，五千字以上的文章都没有选录进去。这本书呈现的是我早期写作时期的样子。我在文学道路上蹒跚学步的时候，就开始了各种文体尝试，诗歌也好，散文也好，小说也好，都斗胆地写一写，没有多少顾忌。那时年轻，有梦想，胆子也很大，自以为文学创作很简单，都想露几手。慢慢也开始写长一些的文章，好玩、冒险，以为随便一写就会发表，如果出名了还会改变生活。尽管初生牛犊不怕虎，但还是碰了不少壁，桌子上曾经堆了不少退稿信，但是我不怕失败，往往是推倒重来，直到能不断发表，路子更顺利了。现在回忆起写作之路，确实有一种美丽的冲动的感觉，有苦有乐。还有一些作品是在地质工作之余突然有了灵感，忙拿笔记下来的文字，那时的想法是总想多写多练，总想闯出一条自己的路来。看着陆续发表的大小文章，内心的那种愉悦感、成就感溢于言表，现在回想起来都会发出会心一笑。

很多作家都回忆过自己的早期创作，都很兴奋、难忘。一个作家早期的文学写作，是一种难得的经历，不可重复的经历，具有尝试、练笔、探索的性质。记得那个时候我的文学创作题材主要有以下几类：一类是咏叹青春、爱情的，抒发人生梦想的，真是豪情满怀；一类是写贵州独特的风景、风光以及周围人情风俗的，有人有故事，多半都是真实的；还有一类是记录贵州地质工作生活的，我对地质工作非常熟悉。那时写得很苦很多，也很快乐，立足的是身边的生活，也一直没有离开贵州地域来写。

颜同林：您的早期创作确实很特别、重要。记得在一些创作札记之类的文章中，发现您对诗歌创作情有独钟，最近几年还频频看到您在《诗刊》《星星》《边疆文学》等杂志上发表诗作。您如何看待诗歌的大众化与小众化特点？您觉得诗歌创作对您的精神视野意味着什么？同时，我还发现，在您的小说创作中也常杂糅进自己创作的诗歌，形成某种互文性特征，您是如何看待这一现象的？

欧阳黔森： 诗歌是大众的还是小众的，一直以来都是一个备受争议的问题，比如"平民化"和"贵族化"的对立，比如"民间写作"和"知识分子写作"的论争，等等。在我看来，诗歌是心灵的回声，首先是写给自己的。诗歌表达自己瞬时的微妙思绪，或者伤春悲秋，或者哲学思辨，带有"私人化"的味道，它传播范围有限，不必苛求大众的理解。但小众化的诗歌会走进艰涩难懂、自我陶醉的死胡同，也可能远离时代、脱离人民生活。我个人倾向于大众化的诗歌，如果要问我的诗歌观，那就是主题鲜明，立意独特，想象力强。这样便于广泛地反映现实生活，背后有生活的坚实基础。诗歌只有走向人民大众才有生命力，只有反映时代精神才有震撼力，像我写的《那是中国神奇的版图》《贵州精神》《民族的记忆》等，都尝试这样去写。

我最初发表诗作是在20世纪80年代中期，以前写得多，写得疯狂，后来写得少了，但一直都不曾真正放下过。诗歌是一种特殊的文学体裁，关乎心灵，关乎个体，也关乎社会，是对社会生活最集中的反映。写好诗不容易，读到一首好诗真是一种美好的精神享受。诗歌创作拓展了我的精神世界，提升了我的审美品位，是我兴之所至时刻的一种情绪释放。

我有一些小说糅进了自己的诗歌，是出于两方面的考虑：一是以前读章回体小说，都有以诗为证的内容，有诗歌作为小说的补充，现代小说家如沈从文等的小说中，也有一些作品插入了山歌等内容，无形中受到影响，自己试着去写，为小说的叙事平添了几分诗意，多了诗性的品质；二是借助诗歌，使得小说主题得以凸显，甚至升华，传达出某种情感倾向，因为小说的内容和诗歌的内容，有相同的方面，可以合拍。这是一种尝试，使得小说叙事具有两个声部，共同完成主题表达的意图，算是一种文体形式上的探索吧。

颜同林：您的《十八块地》发表在《当代》1999年第6期，被评论界视为走上专业创作的一个标志。《十八块地》包括《卢竹儿》《鲁娟娟》《萧家兄妹》在内，在您的作品结集中，有时出现在散文集中，有时出现在小说集中，在文体上有某种模糊性，您如何看待这种模糊化现象？作为您转型时期带有突破性的代表性作品，这一作品的内容与您早期的农场知青经历相关，您如何看待这段经历的重要性？

欧阳黔森：《十八块地》是我对地质农场知青经历的回忆，是写实的，里面写的都是曾经发生的故事，人物也是以我熟悉的朋友为原型的。一开始是想把它当成回忆性散文来写的，但写出来一看，却有故事、有情节，人物形象也立得起来，称它是小说也没什么过不去的。在《当代》发表作品之前，我也发表了很多文字，但这是我第一次在全国重要的文学期刊上发表作品，带有创作起点、发轫之作的意思。小说和散文这两种体裁有一些模糊性、交叉性，不好严格地区分，记得其他一些作家的创作也有这种现象，在小说理论上还有诗化小说、散文化小说的各种说法呢！

我时常说，每一个作家都活在自己的时代里，都生活在特定的地域背景中。我出生在贵州铜仁一个地质工人家庭，青年时代又在地质队自办的农场里待了几年，这段经历、这块地方对于我来说是有重要意义的，养成了我直言、乐观、吃苦的性子。地质农场的生活虽然艰辛，物质条件也很简陋，但我们彼此之间互相帮助、扶持，发生了许多有意思的事情，所以我并没有觉得有多苦。现在回想起来，那段记忆多是美好和欢乐的，感情也是真挚又纯粹的。我用笔写下自己的青春，写下那段艰难却美好的岁月，不只是《十八块地》，在我的长篇小说《非爱时间》里也有关于农场生活的描写，毕竟对于我来说，那是一种别样的财富。

二、从小说到影视：沉甸甸的收获

颜同林：据我的阅读所及，您有 20 多个短篇小说发表在《人民文学》《中国作家》《当代》《十月》等许多刊物上，虽然从数量上看并不是太多，但每一个都写得很有个性，属于少而精的类型。著名批评家孟繁华主编了"短篇王文丛"，有您的短篇小说集《味道》，也是一个有力的说明。按您自己的说法，您最为看重的是短篇小说，在短篇小说创作方面有何经验？近几年您的短篇小说创作发表很少，今后在这一方面有什么新的设想？如何看待短篇小说作为自己创作的标志这一问题？

欧阳黔森：在我的经验中，短篇小说可称得上是一种快乐的形式。有几个原因：一是短篇小说本身篇幅短小，或是生活的一个片段，或是一个小故事，就构成了它的主体。也不需要耗费太多体力，构思好了一挥而就，往往在兴奋点还没消失的时候就已经完成了。二是短篇小说是自由的，没有太多限制，题材灵活、精要，一刹那的想法都可以变成现实。作家只需要抓住故事的爆发点，靠"片段"或者说"爆点"取胜，炫目得很。三是写好短篇小说，在文坛能站得住脚。中国文坛也好，世界文坛也罢，就有一些作家靠短篇小说成为大师。比如法国的莫泊桑、俄国的契诃夫、中国的蒲松龄就是。鲁迅在小说上也只有《呐喊》《彷徨》《故事新编》三部短篇小说集，但谁也不能否认鲁迅在小说史上的地位。四是贵州文学史上，短篇小说一直是长项，比如蹇先艾、何士光，都是靠短篇小说牢牢地站稳在文学史上，谁也否认不了。

短篇小说虽然篇幅很短，但内容也可以多、可以杂，也很集中。现在大家的阅读时间都越来越少，短篇的优势就很突出。它就像浓缩液一样，提供的营养是一样的。我经常和文友们聊天，对于作者来说，短篇是一口气写完的；对于读者来说，它还必须能够让读者一口气读完。

像我的《断河》《敲狗》《有人醒在我梦中》等短篇小说，经常得到读者的好评，能让读者记住你的一些作品，很不容易了。我很看重我的这些文字，以后愿意继续把短篇小说写得更好一些、更精一些。

颜同林：与短篇小说相比，您还有近十个中篇小说，譬如《白多黑少》《水晶山谷》《八棵苞谷》《村长唐三草》《武陵山人杨七郎》等，都是十分耐读的作品。对这些作品，哪些是您最为满意的，为什么？您认为写作中篇小说的难度在哪里？

欧阳黔森：我比较满意的都是那些地域性强的作品。众所周知，越是民族的就越是世界的。同样，越是地域的就越是不可重复的。我的中篇小说，数量上也同样不多，但每一篇的内容不同，写法上也不相同，相同的则多半是以贵州题材见长，承载着独特的地域文化。贵州地域文化具有自己的特点和鲜明个性，对文学创作带来的影响是巨大的，这是我们宝贵的精神财富。贵州作家蹇先艾、何士光的许多小说都是反映黔北的生活，像蹇先艾的《水葬》《在贵州道上》，何士光的《乡场上》《种包谷的老人》等，就是非常典型的代表。在我的中篇小说中，比如以武陵山脉为背景的《村长唐三草》《武陵山人杨七郎》，以苗岭喀斯特地貌为故事生发地的《八棵苞谷》，都融入了贵州地域文化，山区生活典型，人物真实可信，也是我比较满意的。

中篇小说是一种比较适中的文体，长短适中、节奏适中，自有一份优雅和从容在里面。一方面，它能够张弛有度、收放自如；另一方面，也有较高的艺术自由度，有较大的发挥空间。同时也有约束性，让作家既不拘谨，又不肆意。小说的长短，不仅是以字数的多少来区分，而是应该从完整性角度来划分。中篇小说是为讲述一个完整的故事而存在。中篇小说写作有难度，轻易写不好，因为一个好的完整的故事，需要起伏的情节，需要典型的细节，也需要丰满的人物。

颜同林：与中、短篇小说相比，您在长篇小说创作上已经有多部作品问世，从《非爱时间》到《雄关漫道》，从《绝地逢生》到《奢香夫人》等。每一部长篇小说的题材都不雷同，有都市题材、革命历史题材、少数民族题材等。整个长篇小说创作，您觉得与短篇小说相比，有什么文体的优势？以后还会写什么题材的长篇小说？目前做了哪些积累？

欧阳黔森：很多优秀的作家写作都不是一上来就可以驾驭长篇小说的，都需要经过短篇、中篇的磨炼、积累，一步步过渡到长篇。这个过渡的阶段比较漫长，但这是一种飞跃，一种实质性的由蛹到蝶的飞跃。我个人的创作经历是从诗歌、散文开始，慢慢到短、中、长篇小说创作的，遵循着由短到长的写作过程，所以深知这个过程的重要性。

长篇小说有历史叙事的时间长度，有社会历史的空间纵深，讲究故事结构、人物关联，体量很大，也最能体现一个作家的实力。与中、短篇小说相比，长篇小说可以"藏拙"，考量的因素很多，综合性最强。比如写长篇小说，语言欠功夫，故事可以讲好一点，故事不好，人物可以塑造好一点，总之可以弥补，并不会集中到一点上去。

以后有机会我还会继续写长篇小说，继续走现实主义的创作道路，以贵州本土题材为主，比如乡村振兴之类的题材。贵州文艺工作者必须深入生活、扎根人民，讲好贵州故事。

颜同林：从小说家身份到编剧身份需要有一个过程，有些作家很顺利，有些相反，您属于前者。自从 2006 年推出 20 集电视剧《雄关漫道》以来，您一头扎进影视剧创作，编剧、导演、制片人各种身份都身体力行，参与编剧或制片的影视剧在全国影响力很大。您是如何看待这种转型的，其中又经历了哪些最为艰难的过程？

欧阳黔森：十几年来，我参与编剧的影视剧很多，经历十分丰富，还有好事者赐我"金牌编剧"的头衔。但是，我更喜欢小说家的身份，中国当代作家多数都不太愿意介绍自己是编剧。这是一个奇怪的现象，值得思考。我从事编剧工作是偶然的，记得第一部影视剧是《雄关漫道》，是贵州省委宣传部委派给我的重要创作任务，后来像《绝地逢生》《奢香夫人》《二十四道拐》等电视剧也都同样如此。所以在一些场合，我总说自己是一名文化战士，有义务接受省里安排的创作任务，时刻像一名战士一样，在等待号角吹响，一旦听令便跃出战壕冲锋陷阵，攻无不克，战无不胜。作为一名文艺界的士兵，除了有态度，还要有情怀、有担当、有使命感。

颇为艰难的编剧经历，要算我接受编剧《雄关漫道》任务的那一回。2006年是长征胜利70周年，省里决定将我与陶纯的革命历史小说《雄关漫道》改编成同名电视剧，向长征胜利70周年献礼。没有退路可走了，压力可想而知。我是初次踏入影视圈，没有经验，时间也十分紧迫，我与陶纯写了又改，改了再重写，几番下来，拍摄和剧本修改几乎同步进行。开机后我就待在剧组，从小说到剧本，一共经历了两个多月极其紧张的编剧生活，自己各方面发挥到了极限。那些日子我瘦了15斤，大家开玩笑说我减肥成功。值得欣慰的是结果很好，《雄关漫道》于2006年10月在中央电视台第一频道黄金时间播出后，引发了社会的轰动效应。被誉为史诗片《长征》的姊妹片，填补了工农红军第二方面军这一影视题材的空白。后来，《雄关漫道》获得了全国"五个一工程"奖，中国电视剧"飞天奖"、中国电视金鹰奖等大奖，至今想起都很提气。从这之后，我编剧多了，获奖也多了，为贵州打造出《绝地逢生》《奢香夫人》《二十四道拐》《伟大的转折》《花繁叶茂》等15部影视作品。当然，在编剧、导演、制片人的工作中，经历的人与事十分丰富，酸甜苦辣都有，三天三夜都说不完的。

写小说和写剧本差异很大，需要不断变换创作思维。从作家到编剧的身份转变，最艰难的应该是对文学作品的改编。如何保留原著的精神、意图，不走样，不变形，最为关键。

颜同林：电视剧和电影是两种不同的文艺形式，不管是电视剧还是电影，您都有不少力作出现。譬如电视剧有《绝地逢生》《奢香夫人》《伟大的转折》《花繁叶茂》等，电影有《旷继勋蓬遂起义》《云下的日子》《幸存日》《极度危机》等，您在题材上是如何做到出彩的？其中多半都是贵州题材，具体原因又是什么？

欧阳黔森：我觉得这些影视剧的题材之所以出彩，首先要艺术感觉敏锐，时代感鲜明。重要的一点是要创新，有现实生活的深入体验，揣摩广大观众的心灵需求。一个成功的编剧，首先应该具备敏锐的洞察力和穿透力。我曾有一个归纳，就是影视剧不能缺乏深度、缺乏广度、缺乏温度，如果缺乏这三样，作品就没有灵魂了，不可能引起广大观众的共鸣。

选择贵州题材，直接的原因是我长年累月在贵州生活，经常深入生活，扎根贵州乡间，对贵州的历史文化、地域背景、现实状况了如指掌。贵州拥有丰富多彩的历史文化、红色文化和民族文化，对之进行挖掘、整理和创新，就能源源不断得到资源和力量。像《奢香夫人》《伟大的转折》《花繁叶茂》等剧就是这样。

三、奏响文艺主旋律：为人民写作仍在路上

颜同林：最近几年，在脱贫攻坚报告文学领域，您也有不少作品问世，在《人民文学》头条就发表了四篇，产生了积极重要的影响。《江山如此多娇》是 2021 年由百花文艺出版社出版的，我十分偏爱这本报告文学集，预测今后会有持续性的影响。在此图书的封面，印有三行字：2020 年主题出版重点出版物；向人民报告——中国脱贫攻坚报告文学丛书；中国作家协会脱贫攻坚题材报告文学创作工程。学界对这部集子有哪些评价，在全国同类报告文学中有什么特色、价值与地位？这一题

材与习近平总书记关于文艺工作的重要论述有何时代关联？有哪些创作时经历中的故事印象特别深刻？

欧阳黔森：《江山如此多娇》这本书，是我最近几年花大力气用心创作的，读者反响很好，我也很高兴。2021年6月，中国作家协会创研部、贵州省作家协会、天津出版传媒集团联合在北京开了一次研讨会。一批著名评论家、出版家齐聚一堂，给我很多鼓励，至今回忆起来仍十分温暖。这里，我想借用两位评论家的话来回答。一是北京大学陈晓明教授，他用"大题小做、大道至简、大局有序、大情显实"四句话来评价。二是《文艺报》原总编辑范咏戈的看法，说《江山如此多娇》是一部脱贫攻坚的进阶之作，是一部聚点成面的贵州扶贫图鉴，是能够留下来的，也是不可替代的一个珍贵的文本。谢谢评论家们的肯定与鼓励，也谢谢读者的肯定与认可。

党的十八大以来，中国作家们认真贯彻落实习近平总书记关于文艺工作的重要论述，充分发挥报告文学作为文艺轻骑兵的文体优势，真实、广阔、多维地反映现实生活，真正在讲好中国脱贫故事、塑造时代新人、描绘农村变革等方面大展身手。记得在2019年，中国作协开展"脱贫攻坚题材报告文学创作工程"，在全国遴选组织了25位优秀作家参与这一工程。很幸运，我就是这些作家中的一位。这几年，我大部分时间深入脱贫攻坚第一线，跟老百姓在一起，脚上沾满泥土，作品散发出泥土的芬芳。

记得在毕节海雀村采访，有这样一个故事，有一个扶贫干部去贫困户家，反反复复去了15趟，但老大娘还是不认识他，因为老大娘96岁，老糊涂了。我就问他，我说你去了15趟，老人家都记不得你。这名干部说了一句话，他说她不知道我是谁没关系，因为我知道她是谁。这句话非常感人，反映了扶贫干部的工作状态，是奉献、是无私。我觉得扶贫干部真的不容易，他们也是上有父母、拖儿带女，但是在脱贫攻坚一线，他们处处为老百姓谋福利，是新时代最可爱的人。这样感人的人和事多得很，数不过来啊。

颜同林：党的十八大以来，贵州处于全国脱贫攻坚的主战场。来自省内外的作家以此为题材，创作了大量的脱贫攻坚题材报告文学，真实、广阔、多层面地反映了贵州脱贫实践。在这一主战场，您不但有重要的报告文学问世，而且还有特别的一点，就是将报告文学改编成了同一题材的影视剧，也产生了轰动效应。您在报告文学与影视剧两者之间如何取舍、结合？在驾驭脱贫攻坚报告文学和同题材的影视剧方面，积累了哪些经验？

欧阳黔森：在将报告文学改编成影视剧方面，已播映的是《花繁叶茂》，在央视播出后赢得了全国观众的喜爱，题材聚焦于遵义花茂村的脱贫致富。我觉得在改编过程中要做到思想性与艺术性充分融合，制作要精良，电视剧在承载社会主义核心价值观的同时，宣传教育与大众娱乐并重，在两者之间寻求到一种新的平衡。

影视剧是视觉艺术，报告文学是语言艺术。报告文学的特点是非虚构，强调真实性、现实性、当下性。它是生活化的，可以通过画面、声音再度艺术化。这几年我在报告文学的创作过程中，目睹了在这场如火如荼的脱贫攻坚战中，那些奋斗在一线的党员干部、致富带头人等典型人物有血有肉、可歌可泣的故事，以及普通百姓的获得感、幸福感，这些人与事，以及脱贫攻坚的精神始终感动着我。将他们搬上银幕，让更多人知道，就是接受了一次次灵魂的洗礼。

颜同林：在您的文艺创作领域，贵州题材、贵州元素是最为典型的。一有机会，您更愿意走村过寨，深入乡村、厂矿，用双脚丈量贵州这片神奇的土地。您在调研采访中，是如何做到将其与文艺创作结合起来的？在我看来，这是一种以人民为中心，又十分接地气的创作路子，您乐在其中，忙在其中，其有什么鲜明的时代特征？

欧阳黔森：作为一名新时代的文艺工作者，进行文艺创作时要时刻谨记自己的历史责任。文艺工作者要紧贴时代脉搏，深入生活，到群众中去，将双脚踩在大地上，才能出精品力作。在贵州文艺界，我们积极推动文艺"沉下去"，组织文艺工作者投身"深入生活、扎根人民"也是这个目的。作为管理者与服务者，我也是尽量身体力行，接地气，靠作品说话，带动文艺风气走到良性轨道上来。讲好贵州故事，也是讲好中国故事的一部分。这样才能创作出人民喜闻乐见的优秀作品，才能无愧于这个伟大的时代。

颜同林：及时敏锐地捕捉时代脉搏，正面回应社会的重大关切，在您的文艺创作中比较突出，您认为作为一名文艺工作者，应该怎样创作主旋律文艺作品？有什么样的经验和教训值得与大家分享？

欧阳黔森：主旋律文艺涉及文艺工作的立场、价值，也涉及文艺工作者的历史观、人生观等重要问题。什么是主旋律文艺呢？就是符合中华民族优秀文化传统的，符合社会主义核心价值观的文艺作品。有历史责任感的作家，就是要理直气壮地将社会主义核心价值观作为文艺作品的内核，作为生命个体的精神支点。归根结底就一句话："我是谁？为了谁？"文艺工作者要牢牢记住这一点。

从创造机制审视中国文学传统

访谈对象：颜同林，贵州师范大学文学院教授，博士生导师。

访谈者：姚源清，《当代贵州》记者。

一、传统并非一成不变

姚源清："传统"作为文学研究乃至文化研究的关键性概念，如何界定其内涵，有何特点？

颜同林：限定"传统"一词的内涵，首先需要从求得共识出发。作为在"传统"问题上颇具权威性的论著，美国希尔斯的《论传统》一书是整个西方世界第一部全面、系统地探讨传统的力作。依据希尔斯的见解，"传统"最基本的含义是从过去延传到现在的事物，择其大略有以下两个方面：一是延传三代以上的、被人类赋予价值和意义的事物。譬如物质产品、观念思想，对人物、事件、习俗和体制的认识等；二是传统的特殊内涵指的是一条世代相传的事物之变体链。在历史时间中延传的事物，不管是宗教信仰、哲学思想，还是艺术风格、社会制度，只要在延传过程中有相似之处，仿佛有相同的连锁联结着似的，均可纳入传统范畴加以界定。

希尔斯的传统观念是大文化层面上的，立足点是时间意识与变体链，与英国社会学家 E. 霍布斯鲍姆所主张的"传统的发明"的观点相比，希尔斯的观点还是比较温和而客观的。"传统的发明"这一说法就认为，传统不是古代流传下来的不变的历史陈迹，而是当代人活生生的创造；那些影响到我们日常生活的、表面上久远的传统，其实只有很短暂的历史；我们一直处于而且不得不处于"发明"传统的状态中，只不过在现代，这种发明、创造变得更加快速而已。

从以上论述可知，传统是一种多元化、多层化的复杂审美存在，它不是一成不变的，相反，流动不居、变化万端才是它的常态。另一方面，传统的存在很大程度上依赖于当下的激活与创新。

姚源清：当下对传统的认识与继承面临哪些问题？

颜同林：首先，像物种一代接一代地自然繁衍一样，文学、文化等精神产品因人类的世代相传而薪火相传。这无疑带来一种表面的印象，似乎两者具有同构性，存在机械式传递、继承的可能。于是，传承传统、继承传统成为耳熟能详的常识，甚至成了某种习惯性的、断章取义式的表述。

其次，传统不但是向前流动、永无止境的，而且也是异质与多元并存、精华与糟粕共存的。人们通常比较容易将传统视为所有过去的总和，视为包罗万象、僵化不变的事物的代名词，从而忽略了传统芜杂、多元的本来面目。传统是一个极其庞杂的系统，由许多文化形态与亚文化形态所构成，这些传统的支系错综复杂，各有特质。比如，唐诗宋词是传统，民间文学也是传统；古典文言作品构成系统，白话文学也自成一体。

再次，我们还不能否认不同传统之间有强弱之分。有些传统的地盘辽阔，既容易阻碍对其他传统侧面的认识，也容易被当下生活所感受和接纳；有些传统不容易被激活，则慢慢失传了，成为历史的陈迹。而这一切，恰恰是机械继承传统论者所关注不到的。

二、创造传统而非简单继承传统

姚源清：既然多元并存的传统不能完全依赖继承而得到，那么造成传统在事实上绵延不断的原因是什么？

颜同林：虽然在传统延续的外在特征上，承接这一现象较为醒目，但仔细分析仍然让人困惑。问题的关键就在于，对传统的继承与创造，到底是哪一方面占主导性？

在我看来，传统作为一种多元化、多层化的存在，它的生命力就在于它自古以来的不断流变，因为有流变才有延传中的变异，才有不同分支在传统内部的生长共存。因此，与其说"继承"传统，不如说是"创造"了传统。正如艾略特在《传统与个人才能》中表述的那样，"传统是具有广泛得多的意义的东西。它不是继承得到的，你如要得到它，你必须用很大的劳力。"可以说，创造之于传统具有十分重要的意义，是第一位的。创造之于传统，就好比地心引力之于河流，河流的形态全凭地貌与河水的流动，但地心的引力在背后推动它前行。

文学艺术的金科玉律是求新，并且总是走在由旧向新、由新向更新的路上。如果某种刺激一再重复，陈陈相因，其审美兴奋就会疲软、衰减。这一点稍微翻阅古代作家关于创作经验的文字表述，即可看出其普遍性。同时，单纯说创造还不够，还要寻找其背后的规律，也就是基于个体创造之上的、潜在而又持续地发生作用的"创造机制"。作为一种心理、情感的桥梁，它在"常"中往往朝"变"的方向拉伸；这一不息的内化的创造机制，是文学传统得以流动、承袭的幕后推手，是推动古典文学推陈出新的真正第一推力。

姚源清：作为革新改良的文化视角，"反传统"同样强调创新、创造的重要性，如何看待反传统与传统之间的关系？

颜同林：从创造本身来看，创新的方向既可以选择在前人的基础上继续推进，也可以选择前人的薄弱处加以突破，还可以从相反的方向进行突围，这方面典型的是文学传统的有机部分——"反传统"。出于卫道的目的，有人视"反传统"为洪水猛兽，是冲击、断裂传统的罪魁祸首，其实这是皮相之见。"反传统"既是传统的常态，也是传统被创造的重要途径之一。

"反传统"最大的动机与策略是反对当前的文坛僵化，寻找一个更古的对象为师法对象，通过时间的落差来达到创新的目的。譬如初唐陈子昂反对初唐诗坛的齐梁诗风；中唐古文运动提倡师法先秦散文，反对流行的骈文；北宋诗文革新运动，反对当下的西昆诗风；明前后七子，提出"文必秦汉，诗必盛唐"等主张。即使拿新文化运动来说，当时新文学发难者表面似乎是对古典文学在内的传统文化进行激烈的否定，但实际上其批判的矛头不是指向中国古典文学，而是"五四"时期模仿古人的作者们，他们在语言上则大力提倡白话，把白话文学视为文学之正宗。因此"五四"先驱通过"反传统"达到激活、更新传统的目的是不可否认的，也是最主要的。

"反传统"不是反对传统，它仍然是在传统的内部寻找突破，只是传统是多方向与多维度的，对接的具体侧面不同而已。而如何承接、激活哪一部分传统，则有不同的途径。

三、创造机制推动现代转型

姚源清：在创造机制语境下，如何实现对传统的应用？

颜同林：创造机制之所以能成为文学传统变迁的动力，与"创造机制"的三个主要模式不无关系，即大传统的沿袭、刷新与完善，"反传统"的调用，以及在传统的边缘或空隙之处突破。关于"反传统"的创造模式，前面已经涉及，这里不再赘述。

大传统是借用西方人类学家雷德斐关于传统的分化与分层所提出的概念，在这里泛指精英文化。以文学最经典的体裁诗歌为例，对大传统的沿袭、刷新与完善主要体现在以下三个方面：一是对古老源泉的激活与寻找，如诗经、楚辞、盛唐诗歌，或是诗坛大家如李白、杜甫、白居易等人的诗歌资源；二是在诗歌传统内部的语言锤炼、推敲、提升。如北宋黄庭坚主张"无一字无来处"的诗学思想，化用古人诗句求奇、求新；三是新的比兴对象的捕捉、凝定，如蟋蟀入诗最早是在《诗经》，到唐宋，蟋蟀逐渐成为诗人的吟咏对象，主题指向悲秋。再到新诗作品，邵燕祥《愤怒的蟋蟀》、余光中《蟋蟀吟》、洛夫《蟋蟀之歌》则表达个体的抗争、两岸乡愁等主题，使得蟋蟀题材的诗歌原型内涵得以沿袭与扩张，很有创新之处。

另外，在传统的边缘或空隙之处突破的模式也很重要。纵观诗歌史不难发现，大传统之外，民间与地域诗学资源是历代诗歌大路中的小径，如外国诗歌与民间歌谣。应该说，中国现代诗在这方面进行了较为丰富的探索，如从晚清的"诗界革命"和"五四"的白话诗尝试，20世纪30年代的歌谣体，20世纪40年代解放区的民歌体诗歌，以及1958年前后毛泽东提倡的"民歌＋古典"的新民歌运动中，都可见一斑。值得一提的是，进入新时期以来，以取境西方或中西交融的写作方式，也逐渐受到了诗界的重视。

姚源清：创造机制对当下中国实现传统资源的现代转型有何启示？

颜同林：人的不朽创造力，是推动传统前行、变化的第一动因，中国传统文化的内涵博杂、繁复，其激活离不开创造机制的作用，离不开当下人们的人生体验。在我看来，"现代转型"只是一种形象的说法，它是一个漫长的过程。而"一直在转型之路"上的中国新文学，抱残守缺是没有出路的，唯有不息的创造——不管是逆向的开掘，还是顺向的展开，才能让传统得到延续；也唯有不息的创造机制，中国文学才能不断耸起艺术的高峰。

当然，不可否认的是，一个时代有一个时代的文学、文化主流，随着社会知识的冗余，改革的迟滞，创新的压力、难度也都在增大。因此，既有的传统给后来者是一种压力，更是一种挑战和动力。

诗歌探索的理解、宽容，永远在路上

访谈对象： 颜同林，贵州师范大学文学院教授，博士生导师。

访谈者： 吴茹烈，《贵州民族报》记者。

吴茹烈： 您是西南师范大学（今西南大学）中国新诗研究所硕士生，之后又在四川大学攻读博士学位，再到北京师范大学从事博士后研究。你说过："阅读的力量不仅是催人奋发，更在于持续提供动力。"能给我们分享一下您的阅读体会吗？

颜同林： 由硕士而博士，由博士而博士后，这一段读书经历在我的人生履历中十分重要。由于所学专业是中国现当代文学，个人性、独特性的阅读与思考便是求学经历的重心之所在。最初主要是一个文学爱好者的阅读经历，和多数普通读者没有多大区别，后来因为术业有专攻之故，专业性阅读便占了上风。

回顾阅读历史，我首先想到的是阅读的兴趣问题。从新诗创作转向新诗研究，后来又进入现代小说、思潮等领域，持续保持对阅读的浓厚兴趣我始终没有改变，只是视野更开阔、思考更深邃一些罢了。我的导师吕进、李怡、陈平原等诸位先生，都是全身心沉浸在书海之中的著名学者，在他们身上可以看出读书写作的无限乐趣，可谓乐在其中，足慰平生。"心中别有欢喜事，向上应无快活人"，就是他们的形象展示了。

由阅读兴趣再转到阅读视野、阅读路径等层面，便是自然的过渡。有目的的阅读，侧重在专、精与深上下功夫；阅读的视野大体与知识渊博、知识结构优化相关。当然，阅读总得有一条主线才行。于我而言，文史哲的书籍都会涉猎，更多的是专业领域的书籍。中国现当代文学的作品与理论，说句实话，是海量存在，范围很广，对象很杂，须有所挑剔、不断取舍。

吴茹烈： 您是研究新诗的。作为一位诗评家，您认为诗歌能给人们的生活带来什么？

颜同林： 诗歌给人带来的很多东西是独特的，偏于空灵，主要是真善美的内涵和品质。优秀的诗歌能给读者心灵予以特殊的温暖与温情，能启发读者的心智，提升读者的精神品位。

以多年从事诗评的经历来看，诗歌是诗意人生的泉源。和不同性格、才情的诗人打交道，阅读各种诗人的作品、年谱、传记，自然其人生轨迹、处世态度、人生智慧也就潜移默化于内心，知行而合一。譬如，在诗歌评论工作中，我发现人的创造力是推动传统前行、变化的动因，中国诗歌的内涵博杂、繁复，其激活离不开创造机制的作用，离不开当下人们的人生体验。我十分欣赏创新性的事物，对很多似是而非的现象、看法都有自己的评判，可能是受到从事诗论的影响。同时，在现实中也有比较超脱的一面，看淡一些世俗层面的东西，也就不足为奇了。

另外，我的身份是一名大学老师，在教学方面往往喜欢采取开放、启发式的教学，和社会需求、人格培养、能力提升相结合，是我努力践行教书育人的一种特殊形式。诗歌是年轻人的世界，以诗歌为桥梁，和年轻的学子们交流、互动，则有许多共同的语言和心声。诗歌是语言的艺术，对于语言敏锐度的把握也是助益多多。

吴茹烈：有评论家认为，贵州诗歌存在着五个方面的不足：一是个人化的小情调较多，缺少大气和风骨；二是疏离社会生活，缺少强烈的现实关注、生存思考与人文关怀；三是题材陈旧、写作雷同，缺少艺术探索和创新；四是受平面写作、随意写作的误导，缺少深度体验和思想；五是存在零散写作和隐态写作，忽略交流和地域文化的挖掘与整合。你对贵州诗歌的发展有何见解，或者说建议。

颜同林：以上归纳的五个方面的不足，几乎也是中国当下诗歌存在的问题。只是贵州诗歌的发展在某些方面更突出一些而已。

贵州诗歌在中国新诗发展史上，相当一段历史时期带有滞后性，这是不容否定的。在新诗发生、演变的过程中，贵州是全国起步较晚的一个区域之一。差不多在 20 世纪上半叶，除了抗战诗歌外，几乎没有特别着笔之处。新中国成立后，贵州诗歌大体在全国诗坛的后面尾随着。稍微让人腰背挺拔的是，在 20 世纪六七十年代的朦胧诗的缘起上，贵州的启蒙主义诗派也曾经最先高举火把！进入新时期以后，特别是最近十多年来，贵州诗歌与全国诗坛的距离大大缩短了。诗人队伍快速壮大，诗歌活动此起彼伏，诗歌作品水平大有提升。在这个过程中，我也有所参与。譬如，开展了相关诗事组织与诗评工作；合作主编具有连续性的《21 世纪贵州诗歌档案》系列丛书，力推贵州诗人诗作，为贵州诗歌的良性发展尽了自己的一份力量。我主持了几个省厅级课题，积极参与贵州文坛评论，对贵州 20 世纪的现代诗歌曾有系统的研究，涉及的诗人有 20 多位。比如 20 世纪上半叶的蹇先艾、卢葆华、荒牧、李麦宁等，新中国成立后的潘俊龄、廖公弦、罗绍书、张克、徐成淼、李发模、唐亚平、喻子涵、姚辉、李寂荡、赵卫峰、杨杰等一大批诗人个案研究或综合研究，也比较有特色。

记得在"改革开放 40 周年贵州文学发展研讨会"上，我提出过三点意见：一是真正在诗坛唱得响、传得开、有持续影响力的诗歌力作还比较少见。二是诗歌生态也还有加强的空间。诗歌生态的养成、维护，对诗歌探索的理解、宽容，永远在路上。三是贵州诗人在面向现实、面向世界与面向传统的姿态值得重视。黔地生存、当下贵州全境所发生的历史性变革，需要诗人们进行诗意的审视和再把握。回过头来看，这几点仍然是有针对性的，贵州诗人们应不断加强自身的诗歌素质，厚积薄发，走属于自己的艺术之路。我们提倡历史长时段的甚至是终身的诗歌写作，而不只是满足于点缀式的、功利性的、阶段性的写作。

吴茹烈：贵州是一个多民族聚居的地方，有着特殊的地理条件和丰富多彩的民族民间文化，你认为贵州的少数民族诗歌创作从全国来看，还存在哪些瓶颈？

颜同林：在研究贵州诗歌的过程中，贵州少数民族诗人群体特别引人注目。有标志性诗人，而且整体实力突出的，则以苗族、布依族、彝族、侗族、白族、土家族诗人为主，其他少数民族诗人相对较少。从获奖来看，获全国少数民族文学创作奖即"骏马奖"的贵州诗人有潘俊龄、罗汜河、石尚竹、张顺琼、禄琴、罗莲、喻子涵等。此外，还有一大批少数民族诗人也以实力著称：苗族诗人如西楚、末未、吴治由；布依族诗人如牧之、王家鸿、杨启刚；彝族诗人如鲁弘阿立、阿诺阿布；侗族诗人如谭良洲、姚瑶；土家族诗人如徐必常；白族诗人如空空、赵卫峰等。自新中国成立以后，贵州少数民族诗人不断推出新人，老中青相结合，相互竞争，形成了百花齐放、推陈出新的优良传统。

贵州众多的少数民族诗人，因为民族、身份的潜在优势，往往代表了全国同一民族的水平和高度。这是他们的起点，也是他们独特地位的支点。除了保持和领先这一优势时，我认为还要清醒地认识到，贵州少数民族诗人中的佼佼者仍然要和汉族诗人置身于同一个平台上竞技，取长补短，真正成为国内第一线的诗人。

贵州少数民族诗人，时刻要关注地域的生活，创作之根必须扎在现实的特定土壤里。贵州地域文化底子是作为世居之地的多民族文化。贵州由于建省时间相对较短，历来被视为一个较为典型的移民省份，受周边滇文化、巴蜀文化、湖湘文化、越文化的影响，呈现并存共生的地域文化。这一现状一方面说明贵州地域文化并不具有鲜明的主体性和稳定性，有诸多不足之处；另一方面则有兼容并蓄、流动性大与容易嫁接等特征。因为没有沉重的历史包袱，审美心态上可以负轻，文化上容易移植。地域文化具有特殊的活力、质地，也有地域性、边缘性的局限。这一点值得贵州少数民族诗人们格外重视。

吴茹烈：有人说贵州不缺少优秀的作家、诗人，而是缺少更多的评论家去"推波逐浪"。据说贵州省作家协会正准备筹办一个文学评论刊物，你有何期待和展望？

颜同林：贵州因地域、文化、经济各方面的影响，新文学的起步、发展，在很多阶段都是慢一拍，发展与演变也自然缓慢一些。现代小说与诗歌创作是贵州文学的重要成就领域。以小说创作而言，贵州在这一方面有传统、有高峰。从蹇先艾到何士光再到欧阳黔森为代表，在几代作家之中均有一批实力派作家坐镇，其中中短篇小说大体代表了近几十年以来的贵州文学水准。肖江虹在中篇小说方面有了鲁迅文学奖零的突破，提振了贵州作家的信心，这一点颇为重要。贵州诗人以及相关作品，我在第三问和第四问的回答中也列举出了许多闪光的名字，大家从中可以看出贵州诗人的整体风貌和成就。

因此，贵州不缺少优秀作家、诗人，而是缺少更多评论家去"推波逐浪"的说法，一方面似乎是成立的，但另一方面并不完全如此。被评论界如何评价或被书写的状况当然很重要，但关键还得依赖作家以作品说话，相关的话题需要放在这个基础之上。

去年（2018 年）在贵州省作家协会开会，省作家协会主席欧阳黔森曾说起筹办评论刊物一事。如果贵州省作家协会筹办一个评论刊物，而且想把该刊物办成国内一流的评论阵地，在国内与省内互动，在创作与评论之间交流，肯定是贵州文学之大幸！譬如广西壮族自治区有《南方文坛》、辽宁省有《当代作家评论》、吉林省有《文艺争鸣》、陕西省有《小说评论》，都是学界很看重的刊物，也对当地文学的发展起到了不可代替的作用。如果类似评论刊物筹办成功了，首先要有精明强干的编辑队伍，然后会聚一流的评论队伍。我总是觉得可惜，贵州现有的评论力量没有好好地组织起来，也没有高效地发挥他们贮存的力量。以适当方式进行重点资助、扶持贵州的评论家，加强不同个性、才情的评论家队伍建设，是贵州文坛当下一个迫切而重要的问题。

吴茹烈：20 世纪 80 年代是中国大学生诗歌风起云涌的时代，那个年代，你也是文艺青年之一员，谈谈那时自己对文学的热爱感受最深的是什么？自己为什么会选择诗歌评论作为自己的主要学术研究方向？

颜同林：我以前有一段时间集中写作诗歌，乐此不疲，在全国很多报刊也发表过作品，但因为年龄问题没有赶上 20 世纪 80 年代诗歌发展的黄金时期，20 世纪 90 年代初才开始尝试写作诗歌。当时得到了老师和朋友的鼓励。这让我对文字的敏感和好奇，化为对文字虚构的审美世界的向往。

因为我有创作新诗的经历，在报考硕士研究生时选择了西南师范大学（今西南大学）的中国新诗研究所。这个研究所目前是全国唯一的专门研究新诗的实体机构。我最先喜欢上有韵味、有乡土味的诗，后来不断开疆拓土，各类作品、诗潮都有涉猎，全局意识明显增强。譬如"父亲挽起裤子吆喝／和春天第一次／握手"（《春耕》）；"木屋的头上／罩着印象派的炊烟"，"在山里，天凉得慢／落叶是些随写随寄的信笺"（《罩蓝手帕的母亲》），这是我以前创作的诗行，可以隐约看到过去的身影。基于此，我于是很自然地走上了研究新诗的道路，作品论、诗人论都有尝试。后来我也不满足于现状，不断从新诗研究拓展到现代小说、文学思潮和文化方面的研究。记得读硕士研究生时新诗研究所要求学生研究新诗，毕业论文也是如此规定，攻读博士学位时李怡先生说我在诗歌研究方面有基础，也有一定的天赋，就鼓励我继续从事这一方面的研究。通过正规的学术训练，我也就慢慢地掌握了相关的技艺，算得上有了一门手艺。

吴茹烈：一首好的诗歌虽然没有统一的"标准"去衡量，但对评论家来说，一定有一个"标准"去衡量和评判，您认为衡量一首诗好坏的标准是什么？

颜同林：这个问题如果放在学术讨论中言说肯定异常复杂。在标准的有无、取舍之间，每个评论家还是有大体的准绳。我的评判：首先，一首好的诗歌是建立在文本的基础之上，离开了新诗文本，就无所谓新诗标准。重视文本，重视作品本身是十分重要的。其次，好的诗歌是思想和艺术的最佳结合。好诗让人感动，打动人的内心，给人温暖和力量。举一个例子，很多读者喜欢戴望舒的诗，如《雨巷》《我的记忆》《萧红墓畔口占》等。在我的阅读中，我个人认为他最好的诗是《我用残损的手掌》，当推为百年新诗最经典的作品之一。此诗在思想内容上关注国家、民族和人民，又切合了自己的遭遇和不幸，诗人身陷囹圄却心忧家国，如"无形的手掌掠过无限的江山，/手指沾了血和灰，手掌沾了阴暗"，"我把全部的力量运在手掌/贴在上面，寄与爱和一切希望，/因为只有那里是太阳，是春，/将驱逐阴暗，带来苏生，/因为只有那里我们不像牲口一样活，/蝼蚁一样死……/那里，永恒的中国！"这一首诗思想极具穿透力，可以说超越了时空，到今天来看还显示出勃勃生机。同时这首诗用超现实主义的独特手法来表现，艺术手段多样，展开的是诗人想象的世界，是种种意象的流动与组合，随着诗人手掌的移动，手掌下是有形的地图，也是无形的"国破山河在"。

吴茹烈：贵州是一个多民族聚居的省份，有着极为丰富和浓郁的民族民间文化，《贵州民族报》开办了一个《民族文学周刊》栏目，希望您能为《民族文学周刊》栏目提一些建议。

颜同林：我对《贵州民族报》以前关注得不多，近几年有所关注。贵报所办的《民族文学周刊》栏目在省城许多媒体中很有特色，对贵州文学的推进也很有魄力和贡献。希望《民族文学周刊》栏目继续全方位记录贵州多民族文学发展的实况，有深度地进行报道和呈现。贵州这几年变化很大，是全方位的，贵州必将改变过去落后、贫穷的面貌，给外界一个脱胎换骨的新印象。贵州文学也将如此，《民族文学周刊》栏目站在历史现场，要发挥排头兵的作用，在这个大背景下大展身手。

文学的交流与互动，是人类文化交流与发展的重要动力。希望《民族文学周刊》栏目既是贵州文学走出去的阵地，也是外界认识贵州文学的窗口，双轨并行，各展其美。在当下贵州，这样的路很漫长，值得上下求索，坚持不懈地走下去，成为一道亮丽的人文风景。祝《民族文学周刊》栏目越办越精彩！

语言、文体、地域与中国新诗

访谈对象： 颜同林，贵州师范大学文学院教授，博士生导师。

访谈者： 王太军，《诗学》特约记者，研究生。

王太军： 作为一名评论家，您对中国现代新诗颇有研究，有人认为古典诗与现代诗是对立的，您是怎么看这一论断的呢？

颜同林： 通常看来，很多人都对古典诗与现代诗持二元对立论，甚至认为两者的文学方式截然不同。从晚清到"五四"，早期白话新诗经由胡适、郭沫若等一批先驱者的"尝试"与"创造"，使得中国诗歌在形式上得到了"大解放"，即用白话写诗，将中国诗歌从文言语体中解放出来。由此，古典诗与现代诗开始对立起来，前者只供读者品味、学习，而较少地再作为当下生活情感的表达方式。

但依我之见，古典诗与现代诗虽然看起来对立，实际上却有很多相似的地方。仅就分层而言，古典诗与现代诗均具有官方传统和民间传统，前者主要为书面表达形式，后者则在民间流传。但无论是在古代还是现代，民间传统均呈现出向官方传统转化的趋势，并且持续为官方传统提供动力。而在历史形态方面，古典诗有屈子《楚辞》的抒情传统，也有《国风》《乐府诗集》的歌谣化、民间化传统，现代诗歌的发展同样如此。

另外，古典诗与现代诗之间也有着很深的传承，古典诗歌中的一些艺术手法——比兴、意境营造、审美心理、将自然景物拟人化来承载情绪与感情等，在现代诗中都有沿袭。比如唐代诗歌中的"元白"（元稹、白居易）传统和"温李"（温庭筠、李商隐）传统，就被现代诗广泛传承和化用。像徐志摩在《沙扬娜拉一首（赠日本女郎）》一诗中写道："最是那一低头的温柔，像一朵水莲花不胜凉风的娇羞"，便是沿袭了唐诗以物喻人、以景写人手法的最好例证。还有 20 世纪 30 年代废名、何其芳、卞之琳、戴望舒等人因为不满"五四"新诗，而大加倡导与强调幻觉、想象、语言张力，并且注重诗歌的多义与含蓄，也表现出了对"温李"传统的继承。废名就认为，古典诗形式是诗的，内容是散文的；现代诗则内容是诗的，形式是散文的。

古典诗与现代诗之间具有丰富的联系，关键是要看古典诗歌如何在当下继续创新性发展。古典诗歌是我们重要的文化资源，必须对之进行创造性地转化，经由诗人们的创新，才能为现代诗提供更多的养分。

王太军：我了解到您早期的文章与著作多从语言的角度去审视诗歌的魅力，去全身心感受诗人的心灵，像您的博士学位论文就是《方言与中国现代新诗》，您也曾经发表过数量较多的关于方言入诗的学术论文，那么就请您谈一下方言入诗以及它与中国新诗之间的关系吧！

颜同林：方言入诗，是我的学术关键词，另一个关键词是普通话写作。只要搜索一下中国知网，这两个关键词都和本人的研究相关。概括地说，方言入诗是方言如何被纳入、融化、整合到新诗语言系统中，如何对新诗发生、发展产生影响。需要指出的是，方言入诗不仅与中国现代新诗之间有着错综复杂的关系，而且也可以追溯到古典诗词中去。古典诗词中的方言入诗现象并不少见，只是比较零散而已。一方面，古典诗词中的"元白"传统影响下的诗人作品用语接近人的话语，部分能满足口语化这一诉求；另一方面，方言入诗在古典诗词化俗为雅、以俗为雅的转换中也部分得以实现。在我看来，方言入诗也是一种诗学的传统，只不过一直被以文言为唯一工具论的传统文学观念所遮蔽。

在白话新诗发展的历史中，方言是在出场与入场、提倡与质疑、诱惑与困惑不断相互纠缠的历史语境下艰难前行的。不论是在口头上，还是在书面上，它都作为一种流动不居的话语，是诗歌创作中无法回避的存在。如果用一句话来说明两者之间的关系，可以说方言与现代新诗之间相互生发、支撑，对新诗发展具有催生、滋养、牵引、矫正等多重作用。

方言与民间、地域、歌谣等许多概念之间，联系十分紧密，作为一种理念的"真诗乃在民间"也早已深入人心。还原方言入诗在现代诗史上的历史，可以从晚清时期入手。来自粤方言地区的梁启超、黄遵宪等人，扛着"诗界革命"的大旗大胆前行，譬如梁启超的"颇喜捃摭新名词以自表异"的诗歌主张、黄遵宪"我手写我口，古岂能拘牵"的创作追求，都有不避方言，反而依赖方言来推进"诗界革命"的主张。"诗界革命"的主张、方式，像接力棒一样，在胡适为代表的"五四"白话诗人们手中发扬光大。用活文学代替死文学、用活的语言代替僵死的语言，成了当时诗人们所面临的迫在眉睫的任务。"五四"时期，主张方言俗语入诗、力求诗歌口语化的诗学主张，集中于"白话"这一概念，而"白话"与方言有着千丝万缕的联系。白话成为新诗的唯一工具，清除了新文学发展道路上的各种路障。

由此开端，方言入诗便普遍存在于中国现代新诗的发展史中。譬如，以南方文化人为主体的早期白话诗人群体，纷纷携带着方言从事新诗创作：地处杭州的湖畔诗人群，诗作中多有吴语底色；在创作与理论方面均有建树的刘半农，向诗坛捧出了江阴方言诗歌；精英知识分子诗人闻一多、徐志摩等新月派诗人群，"土白入诗"是他们的共同兴趣……总之，现代诗史上，或者是偶然尝试，或者是刻意经营，都可见到方言入诗的影子。无论是社团举行的大型诵诗、读诗活动，还是诗人们在私下交往中相互吟诵作品，都可以听到或看到对土腔土调的运用和试验，其中不乏诗人由于自己的语言习惯而不由自主地使用方言。在诗歌语言工具论上，白话为常，岂能没有方言入诗的一席之地！

王太军： 我注意到您刚刚谈到了"在白话新诗发展的历史中，方言是在一个出场与入场、提倡与质疑、诱惑与困惑不断相互纠缠的历史语境下艰难前行的"这一观点，您能不能具体地阐释一下？

颜同林： 方言与中国现代新诗之间关系复杂，是一个呈现动态性的不断演变的过程。《方言与中国现代新诗》（中国社会科学出版社，2008 年），《方言入诗的现代轨辙》（花城出版社，2019 年）这两本书，是我在这一领域所作出的独特的诗学思考。坦率地说我有某种自信，这两本书应该说在学术界还是有代表性的，当我和学术界的朋友交流时，也还对此多有讨论；

一些在读的博士生、硕士生做毕业论文时还经常来函请教过。

正如我前面所讲，方言与现代新诗之间相互生发、支撑，对新诗具有催生、滋养、牵引等多重作用。但事实上，方言进入诗歌乃至别的文学样式，却一直被主流正统文学圈子在习焉不察中忽略乃至歧视，虽然不断有人为它正名，典型的如有论者大胆地修改"国语的文学，文学的国语"口号为"方言的文学，文学的国语"，为"方言的文学"欢呼鼓舞。又如郭沫若、茅盾等新文学领军人物在 20 世纪 40 年代末为方言文艺所作的论辩，其激浊扬清的方式是：郭沫若称方言文学为"人民路线"的文学，"方言文学的建立，的确可以和国语文学平行，而丰富国语文学"。茅盾则不但指出"凡以北方语而外的地方语写作小说诗歌等等的，都被称为'方言文学'"这一流行着的错误观念，而且还明目张胆地宣称整个"白话文学就是方言文学"这一观点。这些代表性言论均可被归纳为争取方言文学的合法化。

但尽管如此，包括方言入诗在内的方言文学往往积弊难除，方言也因自身价值的不确定性、极其芜杂性，以及始终未改的底层身份，往往得不到主流正统文化一以贯之的重视与实事求是的估量。中国古典诗词，几乎以文言为语言正宗，几千年来一直占据主流地位。以白话为工具的新诗，相比之下仍有很长的路要走。方言对现代新诗的渗透、融入，始终在入场与出场之间游离和徘徊。

不过也不要太担心。相比于旧体诗词强大的雅言传统，方言入诗因自身的生命力也足以构成诗歌的小传统。诗歌口语化的推动，是根本性的依靠力量。在本人的学术视野中，方言入诗与去方言化，就像一个钟摆的两端，不同历史阶段有不同的动态。或是偏向于方言化，或是偏向于去方言化，或是接近于两者之间，处于一种动态的不平衡运动之中，难以真正静止下来。我在一篇文章中曾形象地称之为"一半是诱惑、一半是困惑"。可以断言，诱惑与困惑互为存在，不会消失。方言入诗的诱惑与困惑，构成了现代白话新诗在语言向度上的钟摆现象，其摇摆的方式、姿态都有不确定性，依赖于不同历史时期人们对方言的认识和判断。

王太军：将方言入诗与去方言化比喻成一个钟摆的两端，来说明白话新诗在两者之间游离摇摆，这样的说法十分形象，准确明了。看来您不仅对方言入诗有较深入的研究，对新诗发展中的去方言化也有着十分独特的见解，那就请您再谈一谈方言入诗与新诗的去方言化之间的关系吧！

颜同林：方言入诗与新诗的去方言化，关键点是我们怎样对待方言。对方言的地位、价值不同的判断，会影响它在新诗创作中的地位与价值。理性地说，方言入诗处在双重合法性危机之下。自确立白话新诗的正统地位之后，它的历史形象通过不同时期各具异彩的诗人与作品得到了丰富细腻的塑造。然而这一形象并不稳固，而是包含着不断地侵袭、腐蚀与补缀，处于不断地调整与修改之中。处于双重合法性危机下的方言入诗，更是处于不同历史时期诗学论争的风口，新／旧、白话／文言、方言／白话、诗／非诗等诸如此类的二元对立与更迭此起彼伏。其中，新诗的方言化与去方言化，呈现两极化趋势。而针对这一现象的各种意见，有的来自社会习俗与意识形态层面，有的来自雅言传统与古典诗歌传承，有的来自阅读习惯与审美程式，这些因素使得学界对方言入诗的接纳呈现出极为复杂的状态。

我们举一些具体的例子来讨论一下两者的关系，例如新诗版本中的方言入诗与去方言化的具体举措。新诗版本中用来强化方言入诗举措的表现不一,概括地说有以下几种:其一是在写作或修订时,尽量采纳方言词汇或句子,或者将汉语规范化的词汇转换成方言词汇,力求诗歌与地域结合起来,变得丰富和生动。其二是在出版或修订时添加一些方言语汇的注释,形成一种副文本,这样既有助于读者了解诗歌,不至于存在阅读障碍,为方言入诗的尝试寻找合法性。其三是在诗歌圈子内倡导方言入诗,有组织地展开诗歌活动,试图借团体、组织的集体力量以达到目的。与之相反,在去方言化的过程中,其手法也有类似之处,只是目的与之背道而驰罢了。

王太军: 您刚才提到方言入诗的双重合法性危机以及相关表现,能请您再结合具体的例子加以说明、阐释一下吗?

颜同林: 双重合法性危机,一是指以白话为语言工具的现代诗歌,在现代诗史上来看,一直存在是否合法的诗学论争;二是在白话新诗的内部,方言入诗则是低一级或次一级的合法性论争的对象。

从 1918 年胡适在《新青年》发表几首白话诗以来,中国新诗到当下已走过了一百年的光辉历程。如何看待新诗的生命、如何看待新诗的贡献,不论是诗歌界还是整个社会上,都存在较大的分歧。比如,胡适等人进行白话新诗的尝试以来,文学界对这一新生事物进行的争论可谓是不胜枚举。当年留学美国的胡适,在异国他乡尝试白话诗写作时便遭到身边文友的嘲讽和反对,从国外到国内,白话诗所受到的反对、批驳声音不绝于耳,《尝试集》中的"尝试"两字,真是用得很准,可谓"尝试成功自古无"。梅光迪、吴宓、林纾、章太炎、胡先骕等大学者,或是旧学饱学之士,或是喝洋墨水长大,都对白话诗的合法性给予了严厉批判。成仿吾、穆木天等新文学圈子，对胡适等人尝试的白话诗指手画脚，对初期白话新诗只有白话而没有"诗"进行了非议，以及20世纪90年代著名诗人郑敏对新诗的尖锐批评，都是对白话诗进行负面性评价，成为现代新诗是否合法的种种焦虑。以白话为工具的新诗完成了诗体形式、语言工具的转型，在审美、格律等层面仍有欠缺。尽管新诗在自我否定中走向了成熟，但仍然有不少人持质疑态度，不管时间如何推移，他们坚持认为新诗仍处在尝试阶段，新诗的"新"仍像帽子一样戴在头上，因而对于新诗合法性的质疑便持续到了当下。

至于方言入诗的合法性，一是依附在新诗的合法性之下，二是具有自己的独特品格。我以前阅览过《胡适全集》，包括胡适的日记在内。记得当时胡适的白话诗，很多时候都是以打油诗的名义在朋友圈子里传阅。对白话的方言性质，胡适也是心知肚明。为了白话诗的安全与保险起见，胡适删掉了方言性质明显的诗作，集中在白话工具上，整理编撰成了《尝试集》出版。但是，因为白话天然有方言的因素，相关质疑一直存在着。譬如，林纾、黄侃等人将之视为贩夫走卒的声口。新月诗派本身是留学欧美的精英知识分子群体，土白入诗一直被当作一种试验语言音乐性的方式，但同道中人——朱湘对闻一多、徐志摩土音入韵的试验，一直不肯包容。20世纪40年代，洁泯等人指责袁水拍的《马凡陀的山歌》，叶逸民等人否定沙鸥所创作的四川方言诗，诸如此类，都是不断质疑方言入诗的个案。记得在四川大学做博士论文时，因为研究方言入诗之故，我根据线索找到了20世纪40年代在港粤诗坛很有名气的《中国诗坛》杂志。据介绍，这本杂志是强调方言入诗创作的，发表的诗作中多有方言诗歌。由于找不到原刊，后来颇费周折买了 20 世纪 80 年代编辑的《南国诗潮——〈中国诗坛〉诗选》一书。结果拿到书后我十分失望，20 世纪 40 年代杂志上曾大力倡导和大量刊载的方言诗，在这本诗选中几乎绝迹了。

王太军：这确实让人费解。正如您所说，自新诗诞生以来，方言入诗的合法性论争便一直存在，那么您是怎样看待这些对方言入诗合法性现象的质疑与论争呢？

颜同林：仁者见仁，智者见智。在这些合法性论争的现象背后，显然有着复杂的原因，不过最基本的特征是，它们有如下本质的缺陷：一是参照系的缺失。作为合法性的参照系，一直找不到客观而具体的标准，将方言入诗矮化或妖魔化，都是不可取的。二是关于方言入诗的合法性论争，往往和政治、文化、社会等现象有关联。在《方言入诗的现代轨辙》一书中，我设计了一章，题目是《语言政策与政治变革——方言入诗的生存策略与"副刊"品格》，其中涉及《新华日报》《解放日报》《华商报》相关的方言入诗运动，通过翻阅这几份重要报纸，我发现方言入诗的诗歌创作现象和理论探究，几乎都和毛泽东《在延安文艺座谈会上的讲话》有密切关联。不管是在延安，还是在重庆、香港，都是"讲话"精神随着有共产党员身份的文化人不断南移或东扩的结果。

王太军：据我的阅读所及，您关于方言入诗的研究在全国新诗研究中颇具特色。除此之外，在中国新诗研究方面，您还在哪些领域取得了成果？其中有什么样的方法值得我们借鉴呢？

颜同林：因为我主要是从新诗创作开始，慢慢地过渡到新诗研究，所以对中国新诗的关注带有感性色彩和个人化体验，关注的时间比较持久，在一个领域待的时间一长，相应取得的成绩也较显著一些。除了方言入诗这一方面的研究，我的新诗研究主要包括以下方面：第一，关于诗人论。我的硕士论文是在西南师范大学（今西南大学）中国新诗研究所完成的，当时硕士论文的题目是《四重奏：独特的声部与永恒的旋律——李瑛诗歌主体意象综论》，主要研究对象是军旅诗人李瑛诗中的鸟意象、鱼意象、石头意象、树意象等四个主体意象，毕业论文对这四个主体意象做了较为宏观的剖析与解读。这一研究范式属于诗人论，后来抽出数篇文章发表过，刊发的文章还被收录进入李瑛研究集子中。循着这一方法的路径，我对胡适、郭沫若、艾青、臧克家、戴望舒、何其芳、闻一多、穆旦等一大批现代诗人做过个案研究。后来又涉及一些当代比较活跃的诗人，如叶延滨、刘章，以及家乡的青年诗人廖志理等。我到贵州工作以后，因为和贵州的诗人有所接触和联系，对贵州的一些诗人也做过专论或综论。第二，关于诗歌刊物、版本与诗潮的研究。我在研究中，看过的诗歌刊物比较多，但真正做过研究的，则是关于现代诗史上最早的诗歌刊物《诗》月刊的研究，主要是从传播学的角度进行的。关于诗歌版本研究，我也坚持了很多年，主要是对《女神》《蕙的风》《王贵与李香香》等经典诗集进行研究，积累了一些研究成果。此外，关于诗潮研究，我比较感兴趣的是受法国象征主义影响的中国象征诗学理论及现代主义的诗学潮流等。第三，新诗作品细读与鉴赏。包括借鉴西方的新批评，从文本细读的角度对诸多现代主义诗歌进行过批评方法的训练。我写了一些诗作的鉴赏文字，虽然没有发表，但也有益于自己的诗歌研究。

以上这些研究，在我看来都是综合性的训练，有些还是探索性的尝试，不一定固守在一个既定的领域，而是广泛涉猎不同对象，多方摸索，自然对中国现代诗学的现象、理论有了独特的认识。只有不断开拓自己的研究视野，不断打开心灵的窗户，才能做到一览众山小。

王太军：近年来，贵州诗歌取得了不俗的成绩，让人欣喜，您能不能选择某个方面，谈一下贵州诗歌创作的生态呢？比如从诗歌刊发、出版、创作情况等角度来展开。

颜同林：贵州诗歌和全国诗歌相比，明显比较滞后，在20世纪上半叶最为明显，贵州诗歌差不多到了被忽略的地步。新中国成立以后，贵州诗歌大体能跟上全国诗坛的节奏，以颂歌体、民族化诗风为标志。在前朦胧诗的阵营中，贵州的黄翔、哑默则被视为盗火者，为照亮诗坛作出了应有的贡献。20世纪70年代末以来，伴随着中国改革开放的深化，文化环境不断变革，贵州诗歌也迎来了自己的春天。从传媒角度出发梳理，不难看出本土传媒的复苏与蓬勃发展。纯文学杂志有《山花》，《贵州日报》辟有文学副刊，贵州人民出版社则是贵州诗人出版诗文集的首选。除此之外，全省各个地市的党报、市县文联主管的内部刊物等，则是基本的文艺阵地，为贵州本土诗人的创作、发表提供了新的平台。贵州诗人的个人诗集或合集，基本上沿袭了以前的格局，多半在贵州人民出版社出版；大多数贵州诗人的创作，也多半在贵州本地的报刊上发表并产生影响，还有少数几位诗人从贵州诗坛走向全国诗坛，具有了全国影响。进入21世纪以来，从闭塞走向开放的格局逐步形成，"走出贵州"已经成了贵州诗人们一种全新的姿态。

据不完全统计，1995年以前，贵州全省诗人一共出版诗集两百多部，其中包括一些合集。从1996年至2010年之间，在短短十多年时间里出版了近三百部，并且相当一部分诗集是由省外的出版社出版的。至于2010年以后，新诗集的出版数量更是大为增加，呈现出一种遍地开花的趋势。

此外，最近十来年，贵州的诗歌创作与全国保持着较高的一致性，贵州诗歌界在当地政府、文化部门的组织统筹下，举办诗歌节、诗歌周、文学采风，以各种名义进行诗研讨、诗朗诵等，诗歌活动十分频繁；同时，贵州诗人与不同省份的诗人互动密切，相应地也增加了面对这片土地的文化自信。值得特别提及的是"贵州诗歌节"以及以"尹珍诗歌奖"为核心的诗学活动，具有较大的影响。就诗人创作群体而言，从地域上来划分，除贵阳，主要以纳雍诗人群体、绥阳诗人群体、黔东乌江诗人群体为主。而贵州诗坛的相关评论也有较好的跟进，代表性评论家有十余人，梯队较为齐整。

王太军：您之前在一次采访中说过"贵州有诗人，更有作品"，也说过"贵州诗坛百花齐放"的话，那么请您详细阐述一下贵州诗歌在新时期以来取得的成就吧！

颜同林：进入新时期以来，贵州新诗主要以团队的方式发出了贵州高原独特的声音，呈现出多元化、多向度、多风格的格局，在少数民族诗歌、散文诗、女性诗歌、讽刺诗歌等领域取得了全局性的进展。分类阐述如下：

第一，以汉族身份并具有代表作的诗人群体。李发模被首推为贵州新诗向全国发出声音的诗人，他的政治叙事诗《呼声》在新时期一鸣惊人，成为贵州诗坛"伤痕文学"之佳作。廖公弦留给诗坛的有《山中月》等集子，素有乡土田园诗之称。王蔚桦的长诗《邓小平之歌》，始终关注着政治理想与热情。张克以朴实无华的文字风格著称，《大瀑布》是他的代表作。钟华的《乌江歌》、叶笛的《少女的太阳》、陈绍陟的《生命的痛处》、姚辉的《苍茫的诺言》、赵俊涛的《在石头间穿行》、南鸥的《春天的裂缝》、李寂荡的《直了集》等，也是这一方阵中的佼佼者。著名小说家欧阳黔森也曾创作诗歌《那是中国神奇的版图》，具有硬朗、明快的中国气派；同时他的诗歌有一部分在小说中出现，融诗入文、互文性的特色较为明显。此外，蒋德明、祝发能、卡西、杨杰等一大批诗人，也都彰显出各自的实力，不过置身在诗坛多元流变的大潮中，代表作出现的难度显然加大了。

第二，少数民族诗人群体。以苗族、布依族、侗族、彝族、土家族、白族等诗人为主，其他少数民族诗人相对较少。在少数民族诗歌领域，能获全国性的文学奖则是有典型意义的。全国少数民族文学创作奖（即"骏马奖"），成为衡量少数民族诗人创作水平高低的一把尺子。据统计，贵州少数民族诗人在这一方面斩获颇多，苗族的潘俊龄、布依族的罗汛河、水族的石尚竹，是以单篇的诗作获奖。以出版后的诗集获奖的有：布依族的张顺琼，获奖诗集是《绿梦》；彝族的禄琴，获奖诗集是《面向阳光》；布依族的罗莲，获奖诗集是《另一种禅悟》；土家族的喻子涵，获奖诗集是《孤独的太阳》。依照这一线索进行梳理，其他重要的少数民族诗人如下：苗族诗人如西楚、末未、马晓鸣、吴治由；布依族诗人如赵雪峰、牧之、王家鸿、杨启刚；彝族诗人如鲁弘阿立、阿诺阿布；侗族诗人如谭良洲、姚瑶；土家族诗人如徐必常；白族诗人如空空、赵卫峰、黑黑。进入 21 世纪以来，贵州少数民族诗人群体中不断有新人在全国诗坛涌现出来，创作水平得到公认。不同民族的诗人相互竞争，不同才情的诗人相互学习，形成了贵州诗坛百花齐放、各领风骚的优良传统，也构成了贵州诗歌创作的中坚力量。

第三，贵州散文诗诗人队伍。"归来诗人"徐成淼在自身周围形成了一支散文诗的"黔军"。同时期有影响力的散文诗人还有罗文亮、程显谟等。进入 21 世纪以来，散文诗创作中成就突出者则以喻子涵、黄健勇等为代表。贵州散文诗诗人队伍庞大，如 1992 年徐成淼编选的《中国散文诗大系·贵州卷》，收录近 70 位贵州散文诗诗人，大致反映了贵州散文诗发展的轨迹和概貌。1994 年张顺琼编选的《贵州散文诗十家》，收录罗文亮等 10 人。贵州散文诗诗人在风格、语言、技巧上基本与全国散文诗创作的水准持平。

第四，贵州女性诗人队伍。在诗歌圈子里，只要提到贵州女性诗人时，一般首先会想到唐亚平，她也确实是贵州女性诗坛的领头羊。作为 20 世纪 80 年代"第三代诗"的代表人物之一，唐亚平以鲜明、独特的黑夜意识亮相诗坛，成为当时女性诗歌创作潮流中的重要一员，《黑色沙漠》组诗是她的代表作。与唐亚平同时代有诗名的女性诗人还有陈佩芸、欧阳元华、陈春琼及稍后的罗莲、禄琴、张顺琼、周琪等，都显得比较整齐。她们的诗歌集中于青春、人伦、爱情等题材，在日常生活中挖掘诗意，品味人生。进入 21 世纪以后，钟硕、青红、伍亚霖、白沙、淡若春天、青石的小城等女性诗人找到了自身的创作方向，她们是这一群体中后出的佼佼者。贵州女性诗人群体，多半关注当下的现实生活，在城与乡之间，不管是家庭生活，还是职业生涯中的情感流变，都呈现出女性写作的柔情与丰润。

第五，罗绍书等关于讽刺诗歌的创作与编辑，也是贵州诗坛的亮点之一。

王太军：您对贵州诗歌现状的清晰认知、对诗人创作的诚恳建议，体现出一名学者的学术素养和人文关怀，相信在您和像您一样的学者们的共同努力下，一定会推动贵州诗坛焕发出更炫目的光彩！最后再请您谈一下对贵州诗歌发展的展望吧！

颜同林：贵州是一片有故事的土地，历史、人文、乡土都值得被反复书写。贵州诗人立足于黔地，对于审美表达的刷新不可缺失；同时应重视诗歌艺术的良性生态，不断推出精品力作。

汇聚贵州这一地域的诗歌精神和地域文化传统，穿越黔地生存实感的辽阔天空，接地气，通人心，贵州诗歌必将迎来新的春天！

王太军：十分感谢您接受我的访谈，并祝您诗心永恒、诗意永随，在今后的创作与评论中继续大放异彩！

颜同林：谢谢，以后有机会再坐下来聊一聊关于中国诗歌的话题。

后　记

夜深人静，我再次翻阅完书稿温暖如春的文字时，书名仍然引起了我的凝思。

《文艺批评的前途》的书名中，"前途"一词是对自己而言的，反映了本人对于文艺批评的信心和出发的多重路径。各个领域有所涉及，所选对象具有代表性，文字表述具有人性温度，是我从事文艺批评的出发点也是立足点。从事文艺批评工作多年，积累的文字已有不少，虽然并不成熟，也并非重要的创见，但是看到文章发表之后有或深或浅的回声，也产生了积极作用，我认为这都是学界朋友和读者的鼓励与包容，我也没有丝毫自满自得的意思。

书中的文字在收入集子之前，绝大多数已公开发表。这些报刊包括《文学评论》《文学评论丛刊》《北京社会科学》《广东社会科学》《福建论坛（人文社会科学版）》《当代文坛》《南通大学学报（社会科学版）》《名作欣赏》《现代中国文化与文学》《肇庆学院学报》《诗学》《粤港澳大湾区文学评论》《诗歌月刊》《重庆评论》《贵州师范大学学报（社会科学版）》

《当代贵州》，以及《人民日报》《文艺报》《中国民族报》《贵州日报》《贵州民族报》等在内，发表后被中国人民大学书报资料中心《中国现代、当代文学研究》杂志全文复印转载多篇。在此，十分感谢原刊和转载刊物的众多编辑老师的宝贵支持和费心编校。这次收集整理，我充分汲取了以上报刊编校的成果，有些在发表的时候因为版面等原因有所删节，这次或者酌情加以恢复，或者适当补充完善，基本上都再次打磨了一遍。

值得说明的还有，文章成书过程中，也得到了一些学生或朋友的帮助。本书第五辑《文学现场：作家访谈及其他》中的文章，因为是访谈，都注明了访谈的对象，是我和访谈者的共同成果。另外有三篇文章是我与自己指导的研究生合作完成，即《〈己卯年雨雪〉与抗战文学的新叙事》、《历史的趣味及其个性化书写》和《无形的门第与婚姻的距离》，合作者分别是王丽婷、任多艺、张梦迪。在整理的过程中，我的博士生金航、谢雪姣、王太军、唐艳萍、何婷等同学也在查阅资料、核对注释等方面做了一些工作。在此一并致谢。

值得本人铭刻在心的，有帮助促成丛书的贵州省文联主席、省作协主席欧阳黔森先生，以及被邀请来担任编委会的各位领导和专家。贵州教育出版社的编辑廖波、林鹏旭兄等数位，付出了辛苦的劳动。蓝泰凯教授精心帮我审读文稿，校正了不少错漏之处。对此，一并表达我的深深感激之情。

本书是贵州师范大学文学·教育与文化传播研究中心、贵州师范大学当代文艺研究院研究成果。

文艺批评向往至真至善，今后的工作很多，人生道路也很长，我愿意脚踏实地地干下去，日积月累，自然会有更大的收获。希望看到此书的读者朋友，提出宝贵意见，让我在这一条窄路上走得更稳健一些、更自信一些。

颜同林

2023 年 2 月于贵州师范大学照壁楼